JN056795

福引で当たったので異世界に移住し、恋をしました

～命を紡ぐ樹～

fukubiki de atatta node
isekai ni ijushi,
koi wo shimashita
～inochi wo tsumugu ki～

Written by
Hanagara
Illustration by
Ami Sasahara

花柄

笹原亜美

この物語はフィクションであり、
実際の人物・団体・事件等とは、いっさい関係ありません。

contents

異世界アグラム
忍の世界に比べて、人や動物のサイズが大きい。
主要産業は農耕と牧畜。
人々はおおらかで前向きな性格で、
世界の雰囲気ものんびりしている。
クリシュ
騎士隊の隊長。
誠実で男気があり、皆に慕われている。
仕事中は鉄兜を被っていることが多い。
松本忍（まつもとしのぶ）
植物系チート能力の持ち主。
童顔で小柄で、よく子供と間違われる。
祖母仕込みの料理の腕で
異世界人の心を鷲掴みにする。

characters
クウジュ
料理屋のオーナーシェフ。
ノルンとは幼馴染で恋人。
ノルン
管理所の職員で、忍の相談役。
忍とは同年齢で、
異世界での初めての友人になる。
フィルクス
生命の木を守る一族の中でも
特別な存在。
植物と話ができる能力を持つ。

福引で当たったので
異世界に移住し、恋をしました

fukubiki de atatta node
isekai ni ijushi, koi wo shimashita
〜inochi wo tsumugu ki〜

〜命を紡ぐ樹〜

第1章　デートのお誘い

『忍はどんな人と結婚するのかしらねぇ。あなたは少し危なっかしいところがあるから、年上でしっかりした人に手綱を握ってもらうといいかもしれないわねぇ』

　あ、これ、夢だ。なんでわかったかというと、婆ちゃんが生きていたときに実際に話したことがあったから。昼ご飯の準備をしてて、僕はそれを手伝ってジャガイモの皮を剝いていたんだ。僕の手は今よりずっと小さくて、包丁はまだ危ないからって皮剝き器を使って一生懸命に皮を剝いているところだ。

『僕、危ないことなんてしないよ』

『そうね、忍はいい子だものね。忍が可愛いお嫁さんを連れてくるまで、私は生きていられるかしらねぇ。曾孫の顔が見られたら幸せなんだけどねぇ。こんなことばかり言ってると、またお爺さんに気が早いって怒られちゃうかしら？』

　トントントンッて婆ちゃんがリズムよく野菜を刻む音が心地いい。僕はまだ背が小さくて、台に乗って手伝いしてたんだったな。

　二人にクリシュさんのことを紹介したかったな。爺ちゃんが死んでから婆ちゃんはやっぱり寂しかったみたいで、よく電話で話をしたけど、必ず僕の将来の話をしてたっけ。僕の恋人を紹介してもらえるのを楽しみにしてるって。

　ふと自分の手を見ると、大人の手になっていた。今と同じで、ささくれて荒れた手をシゲシゲと見る。こうやって見ると、僕もちゃんと育ってたんだな。だって、掌からはみ出していたジャガイモが今の僕の手には小さく見える。

『あら、忍。ちょっと目を離した隙にすっかり大人になっちゃったわね』

　婆ちゃんがニコニコ笑ってる。そうだ、せっかく婆ちゃんの夢を見てるんだから、ちょっと照れくさいけどクリシュさんのことを報告しよう。

「婆ちゃん。僕、年上の恋人ができたんだ」

『まあ！　あらあら、どうしましょう。お爺さん、お爺さん大変。お赤飯炊かないと』

　エプロンで手を拭いた婆ちゃんが慌てて居間に駆けていくのを追いかけると、爺ちゃんが縁側で競馬新聞を読んでいた。庭の桜の木は満開で、はらはらと散る花弁が凄く綺麗だ。

『なんだ、騒々しい。わしは今忙しいんだ』

　爺ちゃんの声を聞くのも久しぶりだ。

『競馬なんかしてる場合じゃないですよ。忍にね、年上の恋人ができたんですって。今夜はお祝いしないとね』

『なにを言っとる。忍はまだ八歳だぞ。恋人なんて十年は早い……。こりゃ、たまげた。忍、随分育ったじゃないか』

　競馬新聞から顔を上げた爺ちゃんが、目を擦りながら僕を見て驚きの声を上げた。僕はちょっと得意になって鼻を掻いた。

「僕、十九歳になったんだ」

『そうか、十九歳か。来年は成人式だな。爺ちゃんが袴を買ってやるぞ。それとも、スーツのほうがいいか？』

『その前にお祝いですよ。忍、今夜はなにが食べたい？　やっぱり唐揚げかしら』

　もう一回婆ちゃんの料理が食べられるのか！　婆ちゃんの唐揚げも、誕生日のケーキも大好きだけど、これで最後になるなら、僕はどうしても食べたいものがあった。

「イカと大根の煮物が食べたい」

　爺ちゃんの好物で、婆ちゃんの得意料理で、遊びに行くといつも毎日食卓に乗っていた。美味しかったけど、さすがに毎日は飽きてしまって僕のおかずランキングではかなり下の順位だったんだけど。一つだけ、もう一度婆ちゃんの料理が食べられるとしたら、これがいいってずっと思ってたんだ。

『あら、それじゃあいつもと変わらないわよ』

「うん、でも、これがいい。婆ちゃんの料理で一番好きだから」

『ハッハッハッ！　わしの孫だからな。味覚も似るんだなぁ。忍の恋人も年上ときた。そんなところまで爺ちゃんに似て。姉さん女房はいいぞ。なぁ、婆さん』

『なにを言ってるんですか、孫の前で』

　ああ、懐かしい。もっと爺ちゃんと婆ちゃんと一緒にいたかったな。

『して、その恋人はどんな人なんだ。美人か？』

「クリシュさんっていって、凄く格好いいんだ」

『なんだ、アメリカ人か？　うちもぐろーばるになったもんだ』

　爺ちゃん、グローバルなんて言葉知ってたんだ。クリシュさんが男の人だって知ったら、きっと驚くだろうな。でも、二人には知っていて欲しい。僕がどれだけクリシュさんに大切にされてるか、僕がどれだけクリシュさんを好きか。

「クリシュさんは異世界の人で、それで、男の人なんだ」

『男の人……？』

婆ちゃんがビックリした顔で爺ちゃんを見た。爺ちゃんも同じで、二人で視線を合わせて目で会話してるみたいに見えた。五秒くらい二人で見つめ合って、婆ちゃんが小さく頷いた。

『忍は、今幸せ？』

「うん。凄く幸せだよ。クリシュさんは異世界で若手騎士の隊長さんを務めてるんだけど、みんなにも慕われてて、僕も何度も助けてもらって、背が高くて格好いいから女の人にも人気があるんだ。だから僕なんて相手にされないって思ってたけど恋人になってくれて、向こうでできた友達の前で『大切にする』って言ってくれたんだよ。今一緒に暮らしてるけど、毎日が凄く楽しい。家に帰ってきてくれる人がいて、『お帰りなさい』って言えるのって凄いなって毎日思うんだ」

僕は一生懸命に異世界とクリシュさんのことを話した。初めてゲートを通ったときに酔って気持ち悪くなったこと。子供に間違えられてお菓子をもらったこと。ポチやハナコやピョン吉って家族ができたこと。ノルン達と友達になったこと。泥棒に襲われてクリシュさんが助けてくれたこと。それから、クリシュさんのことを大好きなんだってこと。

二人は頷きながら聞いてくれていた。

『そう。そうなの。幸せなのね。私達はね、忍が幸せならそれでいいわ。だって忍、クリシュさんって方の話をしてるとき、とてもいい顔してるもの。その顔を見ただけでよくしてもらってるんだなってわかったわ』

『クリシュって奴は、忍を選ぶなんてなかなか見る目があるな。忍は、わしの自慢の孫だからな。忍ほどいい子はそうそういないぞ』

豪快に笑った爺ちゃんと、『本当にそうよね』って笑った婆ちゃん。僕、二人の孫に生まれて本当に幸せだ。

『婆さん、お祝いだ！　田中さんからいただいた、いい日本酒があっただろう。あれ出してくれ』

『あら、あれはお正月に飲むって言っていたじゃないですか』
『いい、いい。正月など何回でも来るが、忍の初めての恋人を祝えるのは今だけだ。祝いには酒と昔から相場が決まっとるんだ。仏壇にも供えてご先祖様にも報告しないとな。さて、忍、ちょっとこっちに来なさい。成長した姿をよく見せてくれ』

爺ちゃんの隣に座ると、ギュウッて抱き締められた。オデコに爺ちゃんの髭がジョリジョリ当たって痛痒い。

「爺ちゃん、ジョリジョリする！」

『ほら、お爺さん。忍が痛がってますよ』

『なんだ、可愛い孫を可愛がってなにが悪い。しかし、子供の成長は速いなぁ。あんなに小さかった忍が、こんなに男前に成長して。爺ちゃんは嬉しいぞ。日に焼けて健康的になったんじゃないか？』

成長したのは本当のことだけど、男前はどうかなぁ。カボチャの騎士のティボットさんに『幼げ』とか言われたばっかりだし。

「もう、爺ちゃんってば」

爺ちゃんが顎を擦りつけるから、ますますオデコが痛痒い。

「髭が痛いって……？」

チュンチュンッて雀に似た鳥の鳴き声が聞こえる。自分の寝言で目が覚めた僕は、目の前にある男らしい喉ぼとけをボンヤリと眺めながらオデコをさすった。

寝ながら夢だってわかる夢を見たのは初めてだ。取り壊された家も、切り倒された庭の桜の木もそのままで、懐かしくって、爺ちゃんも婆ちゃんも元気で。いい夢だったな……。婆ちゃんの煮物を食べられなかったのは残念だけど二人にクリシュさんのことを報告できたし。なにより、夢だけどもう一度話ができたのが嬉しかった。

でも、変だな。爺ちゃんに髭ジョリジョリをされたのは夢の中のことなのに、起きてからもオデコが痛痒い。なんでだろう？　って首を傾げたらチクリとしたものが触れて、正体を確かめるために上の方に視線を動かしてみた。

「あ……、珍しい。クリシュさん、まだ寝てる……」

僕のオデコを痛痒くしていたものの正体は、クリシュさんの髭だった。寝ている間に伸びた髭が、ピッタリくっついて寝ていた僕のオデコに当たっていたようだ。

いつもはクリシュさんのほうが起きるのが早いんだ

けど、今日は仕事が休みのクリシュさんはまだ夢の中だ。

　クリシュさんを見ていると毎日休まず働いているから、この世界の休日ってどうなってるんだって思ってたけど、本当は夜勤明けの次の日は休みだし、六日に一回は休日があるんだって。今までは夕方仕事に出かけて次の日の夜に帰って、さらにその次の日は朝から仕事に出かけていたから、騎士の仕事って大変だなって思っていたんだ。

　本来は夜勤明けは朝出勤した騎士と引き継ぎを終えたら帰宅するのが普通だけど、若手騎士の隊長をしているクリシュさんは自発的に仕事をしていたんだって。

　昨日早く帰れたのは、フィルクス様に諭されたかららしい。忙しいのと部下が心配なのはわかるけど、クリシュさんがいないと業務に支障をきたすようでは話にならない。複雑な案件がないうちにきちんと休みを取って、部下達が自分で考えて仕事をこなせるように鍛えなさいって。おかげでクリシュさんは今日一日ゆっくりできるから、フィルクス様には感謝しないとな。

　でも、本当に珍しい。クリシュさんの寝顔を見たのって初めてだ。一晩のうちに伸びた髭を指先で撫でてみた。

　髭は嫌いじゃないけど、残念ながら僕は髭が薄い体質らしくってちょっと濃い産毛が生える程度だ。鼻の下が黒っぽく見えるなって思ってたら、ふさぁって産毛が生えてて間抜けっぽい。どうせなら、ビシッと生えて欲しかった。だから、髭が生えているのは羨ましい。男らしくって格好いいよな。

　何度も指を往復させて感触を楽しんでいたら、大きな手に指を摑まれた。まずい、起こしちゃったか。気持ちよさそうに寝てたのに。

　瞼がゆっくりと開いて、僕が好きな黄緑色の目が現れた。朝日が反射してキラキラしている。見とれていたら、摑まれた指先にチュッてキスをされた。

　普段は硬派なクリシュさんの甘い仕草に、僕の心臓は早鐘を打ち始めた。

「おはよう」

　寝起きの、ちょっと掠れた声が凄くセクシーだ。僕の寝惚けた鼻声とは大違い。寝起きも格好いいって凄いよな。

「おはよう、クリシュさん。せっかく寝てたのに起こしてゴメン」

「いや、こんな可愛らしい起こされ方をしたのは初めてだ」

ううっ、なんかすみません。そんなつもりはなかったんだけど、悪戯が見つかったみたいでなんだかいたたまれない。

「今日もいい天気になりそうだな」

「うん、暑くなりそうだ」

早朝の空気はヒンヤリして過ごしやすいけど、太陽は強い光を発し始めていて、今日もいい天気になりそうだ。

今日は一日クリシュさんと一緒にいられるんだ。なにをしようか。一緒にブランシュ達のブラッシングとか？　それとも、手の込んだ料理を作ってみようか。でもそれだと、いつもと同じだよな。なにか特別なことをしてみたい気分なんだけど、付き合ってなにをしたらいいんだろう。

「シノブの今日の予定は？」

「今、クリシュさんとなにをして過ごそうか考えてたところ」

「それなら隣街に出かけてみないか」

一緒に隣街に……。想像したら、ポワンッと頬が熱くなった。それってもしかして、デートか？　デートだよな!?

うわぁっ、生まれて初めてのデートだ!!　友達が楽しそうに放課後は出かけるんだって話をしてるのを聞いてるしかなかった憧れのデートに、クリシュさんから、誘われているんだ!!

誰か、誰かに自慢したい！　でも、当然だけど僕とクリシュさんしかいないから心の中で爺ちゃんと婆ちゃんに自慢しよう。爺ちゃん、婆ちゃん、僕やったよ。デートに誘われた!!

「出かけたい！」

何度も頷いたら、腕枕をしてもらったままだった頭がクリシュさんの腕に擦れて髪の毛がグチャグチャに絡まってしまった。

静電気が起きて逆立った髪をクリシュさんに笑われながら整えてもらっている間も、僕は堪えきれない笑いがもれてしまう。

「では、一緒に出かけようか」

改めてオデコに落とされた『おはよう』のキスを、僕は満面の笑みで受け止めた。

僕は今、誰から見ても浮かれて見えるんだろうなって自覚がある。気がつけば鼻唄を歌っていて、そのうちに楽しくなって小声で歌詞を口ずさんで、歩くときも歌詞に合わせて跳ねるように歩いてしまう。

流行りの歌はあまり知らなくて、思いつくままに歌っていると童謡が多くなるんだけど、歌ってみて気がついたことがある。僕、ほとんどの童謡の歌詞を一番しか知らなかったんだなって。

『ちょうちょう』とか『チューリップ』とか、『ぞうさん』とか『かたつむり』とか。昔習ったことがある気がするんだけど、ことごとく忘れてしまってるみたいなんだ。

今歌ってるのも一番しかわからないし、歌の題名も『犬のおまわりさん』だったか、『迷子の子猫ちゃん』だったか、どっちだったかなって思いながら歌ってる。

ふんふんふんって歌ってると、時々クリシュさんと目が合う。僕が笑うと笑い返してくれるんだけど、日本の童謡の歌詞が納得いかないのか、不思議そうに首を傾げていたり、『えっ⁉』って感じでこっちを振り向いたりする。『犬のおまわりさんとは、一体なんだろう』とか、『異世界のカタツムリは槍を出すのか⁉』とか思ってるのかもな。

「シノブ。随分とご機嫌じゃないか。なにかいいことでもあったのか？」

「あ、ゲネットさん、おはようございます‼」

今日もいつもと同じ時間帯に現れたゲネットさんは、真新しい帽子を被っていた。前の麦わら帽子は随分と年季が入っていて、穴が空いていたり、つばの部分がほつれていたりしたんだけど、やっと新しい帽子を買えたって自慢げに見せてくれた。バターのおかげで収入が増えたんだって。

「どうだ、似合うか？　帽子も新調できたし、奥さんに新しい服も買ってやれたし。そのせいか、ずっと上機嫌でな。夕飯のおかずが一品増えたよ」

僕もデート自慢したい‼　さっきから嬉しくて、誰かに話したくて仕方なかったんだ。

チラッてクリシュさんを見ると、僕達のやりとりを穏やかな表情で見ていた。いいかな。自慢しても、いいかな？　いいよな？

「僕、今日はクリシュさんと一緒に隣街に遊びに行くんだ。初めて行くから、すっごく楽しみ」

「へぇ、隣街に。……ん、隣街？」

あれ、なんか、僕が期待していた反応と違うんだけど。『遊びに行くのかい。楽しんでおいで!!』みたいなのを想像してたのに、僕とクリシュさんを交互に見ながら顎を擦っている。

「なるほどなぁ、そういうことですか」

（クリシュ様もとうとう身を固める決心をしたんですなぁ。あそこでは質のいい宝石が出ますから、プロポーズ用の品の下見にはうってつけですからな）

「まぁ、そういうことだ」

コソッとクリシュさんに耳打ちしたゲネットさんは満足そうに頷いているけど、そういうことって、どういうことだろう。二人はわかり合っているみたいで、僕だけ意味がわからないのがちょっと寂しい。

「なに、ねぇ、なにが？」

クリシュさんの腕を引っ張って聞いてみたけど、行ってからのお楽しみだって教えてもらえなかった。

隣街は、そんなに楽しい街なのか!?　って期待する気持ちがどんどん強くなって、僕は大急ぎで朝の仕事を終わらせるために走り回った。

重たい野菜達はクリシュさんに任せて、僕は果物をとりに行く。完熟したリンゴとククリがいい匂いをさせていて、朝ご飯がまだだった僕は口の中の唾をゴクンと飲み込んだ。

リンゴを入れたカゴを背負って、ククリを包んだ布を腕に抱えて歩いているうちに、やっぱり僕はスキップ一歩手前くらいの勢いで跳ねながら歩いてしまっていて、そんな僕を見たゲネットさんが『ぶふぅっ』って吹き出した。

「シノブ、後ろを見てみろ。順番待ちの列ができてるぞ」

「ん？」

なんのことだろう？　って振り向くと、僕の後ろに一列に並ぶ家族達がいて、モグモグと口を動かしていた。番犬のポチを先頭に、馬のブライアンと牛のハナコとハナヨ、羊のラムちゃん達の順番で。

どうやら跳ねながら歩いているうちに背中のカゴからリンゴを落としていたみたいで、それを狙った家族達が僕の後ろに一列に並んでいたみたいだ。

「途中からカゴが軽くなったと思ったら、落としちゃってたか。……ん？」

足元を見ると、ウサギのピョン吉が僕の靴の上によじ登っていた。若干切なそうな顔に見えるのは、ピョン吉は口が小さくてみんなのように丸ごとのリンゴを食べられないせいかもしれない。

「よしよし、ピョン吉には、後でリンゴを切ってやるからな」

ジトッとした視線を感じて振り向くと、今度は一ヶ所に固まっていた鶏のコッコさん達がジーッとこっちを見ていた。

「コッコさん達には米を食べさせてあげよう」

僕の家族達は今日も食欲旺盛だ。力士の土俵入りみたいにバザーッバザーッと大盤振る舞いで米を撒いて、ピョン吉にもリンゴをカットしてあげて、やっと外出の準備が整った。クリシュさんの愛馬のブランシュに相乗りして出発だ。

「隣街って遠い？」

「いや、わりと近いぞ。ブランシュをゆっくり歩かせても昼前には到着する予定だ」

朝出発して昼前に到着ってことは、四時間くらいか？　こっちの人達にとっては移動に四時間は近いうちに入るのか。結構遠いんだなって思っていたけど、クリシュさんと話しながらだと全然気にならない。

時々すれ違う人に挨拶しながらクリシュさんとの相乗りを楽しみ、到着したのは、予想以上に大きな街だった。

街の入り口でブランシュを預けて、クリシュさんと手を繋いでゆっくりと歩く。通りにはたくさんの露店が並んでいて、かなりの人で賑わっていた。

「宝石を扱ってる店が多いんだね」

「近くに鉱山があるんだ。良質な石が採れるから宝石店が多い。生命の木に実が生っていた頃は、必ずこの街を通って輸送していたから賑わっていたが、やはり、人が少なくなったような気がするな」

こんなところにも生命の木の影響があるのか。クリシュさんの話を聞きながら露店を覗いていくと、不思議なことに気がついた。店頭に並んでいるのは宝石ばかりで、アクセサリーはあまり置いてない。なんでだろう？

「みんな宝石だけ買っていくの？」

「気に入った宝石を選んでその場で加工してもらう」

見てごらんって指さされた方に顔を向けると、恋人にねだられてお金を払っている男の人がいた。買った宝石をお店の人が髪飾りにはめ込んでいる。

宝石にもピンからキリまであるみたいで、見るからに高そうな大粒の宝石を扱っている店、小粒だけど透き通ってキラキラ光っている宝石を扱っている店、そして、小粒で濁った色の宝石を扱っている店とさまざまだ。

「記念になにか買っていくか。シノブはどんな品が好みだ？」

「えー、でも、僕はアクセサリーはあまり身につけないからなぁ」

友達にはピアスをしたり、なんとかっていうブランドのゴツい感じの指輪をしてる奴もいたけど、僕には似合わない気がする。ウロウロと視線をさまよわせていると、ふっくらしたお母さんって感じの店員さんと目が合った。

「よかったら見ていってくださいな。うちの宝石はクズ石ばかりだけど、クズにはクズのいいところがありますよ!!」

元気な声に誘われて近づいてみると、歪(いびつ)な形をした小さな石が色分けされてたくさん並んでいた。宝石っていうよりは、ビーズみたいだ。

そういえば、婆ちゃんは若い頃に爺ちゃんに買ってもらったビーズのバッグを大事にしていたな。上品な感じのバッグで、着物を着て出かけるときにいつも持っていた。

昔のビーズは貴重で、硝子(ガラス)の中に本物の宝石を粉にして着色していたから高価だったんだって。婆ちゃんがここにいたら、『ステキなビーズねぇ』って喜んだだろうな。

あのバッグはどうなったんだろう？　たしか、形見分けのときに何人かで取り合いになったたって聞いたけど、大事に使ってもらえてるといいな。

「ヒビが入っていたり、不純物が多くて装飾品には向かない石ばかりだけどね、こうすると……ほら」

店員さんの手には細い針金で編んだ小さくて丸い入れ物があって、並んでいた宝石を一摘(つま)み入れて蓋(ふた)を閉めた。

シャンシャンシャンシャンッ。

「おぉっ、綺麗な音!!」

アレだよ、イメージはサンタの相棒の赤鼻のトナカイが首につけてる鈴。シャンシャンシャンシャンッて、凄く綺麗な音だ。

「石を変えると音も変わる。この世でたった一つの自分だけの鈴のできあがりさ。どうだい、坊っちゃん。お一ついかが？　二千ガルボのところを千八百ガルボにまけてあげるよ」

　自分だけの鈴かぁ。ちょっと欲しくなってきた。お金は持ってきたんだ。瓶に貯めていた小銭を少し。

　僕が買うものは自分や家族が食べる食材だけだから、いまだにお金の価値があまりわかってなくて、ゴソッと一摑み持ってきた。一ガルボ、十ガルボ、百ガルボ、五百ガルボ、千ガルボ硬貨まではわかるけど、それより上のお金はさっぱりだ。

　多分、子供のオモチャ程度の品物だと思うんだけど、この鈴が高いのか安いのかの判断もつかないんだ。でも、初デートの記念に欲しいな。

「シノブ、気に入ったのか？」

「うん」

「店主、一ついただこう」

「まいど!!　はいどうぞ、好きな石を選んでちょうだい」

　やった、どの石にしようかな。店員さんから入れ物を受け取って、たくさん並んだ石を見下ろした。

　まずは、これ！　僕が最初に選んだのは、黄緑色の小さな石。いや、待てよ。こっちの石のほうが綺麗かな。ヒビが入った石は、どんな音が鳴るんだろう？

　一粒一粒、大切に吟味（ぎんみ）しながら入れ物の中に落としていく。時々振って音を確かめながら、クリシュさんにも選んでもらって、あーでもない、こーでもないって結構な時間をかけてじっくりと。

　クリシュさんと顔を寄せ合って、お互いの耳の近くで音を鳴らして、首を捻（ひね）って一粒取り替える。石を一つ変えるだけで音が高くなったり、低くなったり、結構調整が難しい。

　僕が選ぶ石は緑系が多くて、クリシュさんは薄いピンク色ばかりを選ぶから、小さな入れ物の中は緑とピンクばかりだ。僕が好きな桜の配色だなって思うと、なんだか楽しい。

　僕達が選んだ宝石は、チリンッと可愛らしい音を鳴らした。

「どうかな？」

「いい音だ」

　お互いに満足できる音に仕上がって、ホクホク顔で店員さんに差し出すと、ペンチを使って蓋を閉じてキーホルダーにしてくれた。

「お代を」

　僕がキーホルダーを揺らして音を楽しんでいるうちに、クリシュさんがサッと財布を取り出して料金を支払ってしまった。

「待って、僕が払うよ」

「贈らせてくれ」

「でも……」

　嬉しいけど、人に物を買ってもらうことに慣れていない僕はちょっと困ってしまった。

「買ってもらいなよ。恋人にプレゼントしたいんだろうさ。そういうときはニッコリ笑って『ありがとう』って言えばいいんだよ」

　僕の顔は、あっという間に真っ赤になった。なんで恋人だってわかったんだろう。恥ずかしくなって、クリシュさんの後ろに隠れると、店員さんは楽しそうに大きな声で笑った。ううっ、頬が熱い。

「お客さん、可愛らしい恋人だね。はじめは親子か兄弟かと思ったけど、あんた達の顔を見てたらわかったよ。羨ましいくらいに幸せそうじゃないか。いいねぇ、私にもそんな時代があったけど、今じゃ旦那から渡されるのは洗濯物と食事の後の汚れた皿ばっかりさ。プレゼントなんて、ここ二十年はもらってないわよ。でも、お客さん。恋人を大事にしないと。かなり年が離れてるみたいだけど、年頃になったときに若い奴にかっ攫（さら）われないように、しっかり尽くして捕まえておかないとね」

　恋人に見えるのは嬉しいけど、僕はやっぱり子供っぽく見えるらしい。いつになったら年相応に見られるようになるんだろう。

「勿論（もちろん）、わかっている。誰にも譲（ゆず）るつもりはないからな」

　後ろに隠れていた僕の背中を押したクリシュさんは、横に並んだ僕の肩を抱いて、格好よく宣言した。あまりにもドキドキしすぎて、僕はそのまま後ろに倒れてしまいそうだった。


　店員さんに別れを告げて、僕達はまた手を繋いで歩きだした。

　僕は、チリンチリンッて鳴る鈴が嬉しくて笑いながら、クリシュさんはそんな僕を時々引き寄せたり、肩を抱いたりして人混みから守ってくれた。

宝石を扱っている店が多いせいか、周りはカップルだらけだ。僕達も恋人同士に見えるかな？　って思うとちょっと恥ずかしいけど、クリシュさんは僕の恋人なんだよーって自慢したくなったりして、ますます気持ちが浮き立った。

　店員さんにクリシュさんと僕が恋人だって言い当ててもらったこともあって、僕はちょっと調子に乗ってしまっている。

　だって、前はクリシュさんと手を繋いで歩いていたら迷子に見えていたのに、今日は恋人に見えるって凄くない？

　宝石を扱っている商店街を抜けると、今度は僕にも馴染みがある野菜や肉を扱っている市場に出た。売ってる物はいつも行く市場とほぼ同じだけど、隣にクリシュさんがいるのが凄く新鮮で、楽しい。見慣れた野菜や肉がピカピカ光って見えて、凄く美味しそうに感じるんだ。帰りになにか買って帰ろうかな。

　さっきは僕がクリシュさんを引っ張って宝石の店に寄ったけど、今度はクリシュさんの足が止まった。視線を追ってみると、花屋が数軒、競うように呼び込みをしていた。

「あ、花屋だ」

「少し見てもいいか？」

「うん」

　店の前には女の人がたくさんいて、それぞれ気に入った花を腕に抱えてる。どの世界でも、女の人は花が好きだよな。

　クリシュさんは豪華な花には目もくれずに、種を置いている店に行くと真剣な表情で一番小さな花の種を指さした。

　砂の粒くらいに小さな種。息を吹きかけると飛んでいってしまいそうだ。

「これは、どんな花が咲くんだ？」

「それは、ギオラといって、そりゃあ立派な花が咲きますよ。オレンジ色が鮮やかでご婦人に人気です」

「そうか……、では、これは？」

　今度はカボチャの種に似た、平べったい大きな種を指さした。

「それはツル科の植物で、八重咲きの青い花を咲かせます。見た目も豪華で美しいですよ。家の前にアーチを作って絡ませるのがオススメですよ」

「そうか……」

クリシュさん、ちょっと残念そう。探してる花があるのかな？　今までの感じからすると、色鮮やかな豪華な感じの花はあまり好きじゃないみたいだけど。

「クリシュさんはどんな花を探してるの？」

繋いでいる手を引っ張ると、クリシュさんはちょっと困った顔をした。前から花の種を買ってきていたから、好きなんだなって思ってたけど、もしかして、『男が花を好きなんて恥ずかしい』とか思って言いづらいのか？

「僕も花好きだよ。一緒に探そう？」

クリシュさんが好みを言いやすいようにアピールしてみた。だから、恥ずかしくないよって。

「小さな花を探してる」

「小さいのが好きなんだ？」

そういえば、クリシュさんが最初に買ってきたのは小さな種だったな。種が小さいなら花も小さいだろうって思ったんだろうか。

小さい花か。結構難しいんじゃないかな。僕はこの世界に来てから小さな花を見たことがない。育てている野菜も結構大きな花を咲かせるし、家の周辺に生えてるタンポポに似た花だって、もとの世界に比べると凄く大きい。

「色は？」

「薄いピンクだ」

クリシュさんはやっぱりピンクが好きなんだな。さっきの宝石もピンクばっかり選んでたもんなぁ。でも、ますます難しくなったぞ。ピンク色の花は結構あるんだ。でも、ドピンクなんだ。そもそも、薄い色の花はピンクに限らず見かけないし。

全体的にド派手な感じの花のほうがよく売れてるみたいだから、薄い色の花があっても、あまり仕入れしないのかもな。

「花弁は五枚」

「五……」

あれ、それって、もしかして……。クリシュさんを見上げると、困ったような、照れたような顔で僕を見下ろしていた。

小さくて薄いピンクで、花弁が五枚の花。それは、僕が大好きで夢の中で見ただけで嬉しくなる桜の特徴そのままだった。

「一斉に咲き乱れ、儚（はかな）く散っていくらしい」

「クリシュさん……探してくれてたんだ」

桜の話をしたのなんて、もう随分と前だ。それも、一回きり。光苔の繁殖期に連れて行ってもらったときに、少し話しただけだったのに。それを覚えていて、僕のためにずっと探してくれていたのか。ピンク色の宝石も、僕が好きな花の色だから選んでくれたのかな？

「こっそり探して驚かせようかと思っていたのだが、俺達の世界の花は自己主張が強すぎて、慎ましい花はどうにも見つからなくてな。一緒に探してくれるか？」

どうしよう、胸がキュンキュンして苦しい。その頃って、僕とクリシュさんはまだ知り合いの域を出ていなくて、フィルクス様のお使いのついでに様子を見に来てくれていた頃だ。

僕の他愛もない話を覚えていてくれて、一生懸命探してくれていたなんて、凄く嬉しい。

いつもキリッとしているクリシュさんの眉尻が心なしか下がっていて、ほんのりと目元が赤いのは照れているのかなって思うと可愛くて、衝動的に抱きついていた。めいっぱい背伸びをするとギリギリ届く、今朝指先で悪戯したクリシュさんの顎の先にキスをする。大好き、ありがとうって気持ちを込めながら。クリシュさんは、僕を嬉しくさせる天才だ!!

「嬉しい、ありがとう、大好き」

ビックリした顔のクリシュさんは、すぐに笑顔になって、僕のオデコにお返しのキスをくれた。

「どういたしまして」

二人で目を合わせて笑っていると、大きな咳払いが聞こえて、僕はクリシュさんから飛び退いた。

「えー、お客さん、仲睦まじいのはいいけど、おじさんはちょっと見ていて恥ずかしいんだが」

はっ！　そうだ、ここは花屋の前だった!!　応対してくれていた中年の店員さんが、ポリポリと鼻の頭を掻いてそっぽを向いている。

「まったく、近頃の若い者は大胆だね。あんたら、付き合い始めたばっかりかい？　よし、お祝いにとっておきの花の種をプレゼントしよう」

ゴソゴソ商品を探して親指くらいの大きな種を五つ、袋に入れてくれた。

「薄いピンクの花を探してるんだろ？　色だと、それが一番近いと思うよ。もっと詳しく教えてくれたら、希望の花を探してやるけど、どうする？」

「では、お願いしよう」

砕けた口調になった店員さんは、メモを取り出した。特徴を伝えるだけじゃ足りなくて、僕は下手くそな絵を描く羽目になって恥ずかしかったけど、見つかるといいなぁ。

もらうばっかりだと申し訳ないから、いくつか種を選んで包んでもらった。今まで見たことがない種を、クリシュさんと僕は直感で二種類ずつ選んだ。あえてどんな花が咲くのか聞かなかったのは、楽しみを取っておくためだ。そうしたら、種を蒔(ま)いてから花が咲くまでずっとワクワクしていられるだろ？

「お土産が二つに増えたね」

「ああ、どんな花を咲かせるか楽しみだ」

一通り商店街を散策して満足したら、今度はお腹が空いてきた。太陽は真上に昇っていて、ちょうどお昼時。肉が焼けるいい匂いがして、僕のお腹がグウッて食べ物を催促し始めた。

「あの店に入るか。この街で一番人気の飯屋だ」

「そうなんだ、楽しみだな」

人気店だっていうだけあって店内はお客さんでいっぱいで、僕達はお店の前の行列に並んだ。こっちの世界の人はみんな食べるのが速いから十分くらいで順番が来て、席に案内された僕達はクリシュさんオススメの一番人気の定食を頼んだ。

どんな料理が出てくるかワクワクして待ってたけど、注文する前にほかのお客さんを見てなにを食べてるか観察すればよかったって後悔したのは、頼んだ定食が運ばれてきてからだった。

「はい、お待ちどおさまでした。当店一番人気の牛(ぎゅう)塊(かたまり)定食になります!!」

運ばれてきた定食は、嘘だろ？　って二度見するくらいに量が多かった。この量の定食を片手で運んできた女の店員さんの腕力にもビックリだ。

「で、でかい!!」

大きな牛肉の塊(かたまり)を塩コショウで焼いたものと、大きなパンと、丼(どんぶり)みたいな入れ物に注がれたスープ。とてもじゃないけど食べきれる気がしない。

えっ、これ、みんな食べきれるのか？　って周りを見てみると、肉体労働者っぽいおじさん達も、若いカップルも、美味しそうに食べている。

まず、パンを手に取ってみる。案の定カチカチで、僕の手では割れそうにない。中にはフカフカのパン生地が詰まってるのは知ってるんだけど、そこに辿(たど)り着くまでが大変だ。ノコギリがあればギコギコ切れるんだけどなぁ。

いったんパンを置いて、今度はナイフとフォークを使って牛肉に挑む。

むぎゅむぎゅむぎゅ。

むぎゅむぎゅむぎゅむぎゅ。

むぎゅむぎゅむぎゅむぎゅむぎゅ。

き、切れない。僕の家にある鎌やら包丁やらはビックリするくらい切れ味がいいのに、このお店のナイフは刃を潰してるのかと思うほど切れない。

もしかして、ノルンが準備してくれていた僕の家にある刃物類は一流の職人が鍛えた名品だったりするんだろうか。あ、でも、クゥジュの店のナイフは普通に切れてたよなぁ。

「シノブ」

「ふぁに?」

一心不乱にむぎゅむぎゅしていると、ふいに名前を呼ばれた。「なに?」って言おうとして開けた口の中に、フォークに刺した肉が突っ込まれて、凄くビックリした。

「美味いか?」

コクコク頷きながら、口いっぱいの肉を一生懸命噛んだ。硬いけど肉汁がジュワーッて口の中に広がって美味しい。顎が怠くなるくらい噛んでやっと飲み込むと、クリシュさんがお皿を交換してくれていた。一口サイズに切り分けられた肉が山になっていて、切り口から肉汁があふれだしている。

「手伝いが必要なら言ってくれ」

そっか、クリシュさんに頼めばよかったのか。切れない肉も、硬いパンも、クリシュさんがいるならへっちゃらだ。

「じゃあ、パンを割ってください」

カチカチのパンをクリシュさんに手渡すと、慣れた仕草で二つに割ってくれて、僕はやっと柔らかい中身にありつけた。ふんわりもちもちの中身を食べて、外側の硬い部分はスープに浸して。

「クリシュさん、美味しいね」

「そうだな。だが……」

テーブルを挟んで向かいに座っているクリシュさんが、内緒話するみたいに前屈みになって僕に顔を近づけた。僕も前屈みになって耳を差し出してみる。

「正直、シノブの料理のほうがずっと美味い」

ポショポショって、耳にクリシュさんの息が掛かってくすぐったい。首の後ろがサワサワってなって、思わず首を竦めた。

「じゃあ、夕飯は頑張って作るね」

「楽しみだ」

　クリシュさんは、僕用に切り分けてくれた肉の倍くらい大きな肉をバクリと食べて、数回噛んで飲み込んだ。僕も負けじとパンを口に放り込む。

　一生懸命に食べ進めて、スープはなんとか完食できたけど、肉とパンは半分以上残してしまった。僕、食べ物を残すのが本当は好きじゃないんだ。作ってくれた人に申し訳ないし、もったいないし。顎も痛くなってきて、口に入れた肉がなかなか飲み込めない。もう無理だ、お腹いっぱいではち切れそう。

　見ると、クリシュさんは涼しい顔で最後の肉を口に入れたところだった。

「クリシュさん、僕お腹いっぱい。もう食べられない」

「じゃあ、残りは俺がもらおう」

「食べ残しなんて嫌じゃない？」

「いや、はじめからそのつもりだった。シノブの食事量は把握済みだ。ここの大盛り定食はボリュームが売りだからな。シノブにも体験させてやりたかったんだ。今も時々クゥジュの店のメニューの相談に乗っているだろう？　参考になるかと思ってな」

　クリシュさんは、本当にいろんなことを考えてくれているんだな。参考にするために他所のお店に食べに行くってことを、僕は全然思いつきもしなかった。

　尊敬の眼差しで見ている間にも、クリシュさんはどんどん食べ進めて完食してしまった。

　食事の後はまた市場に戻って調味料やらお米やらをたくさん買い込んで僕達の初デートは終了となった。結局、デート中の買い物は全部クリシュさんがお金を払ってくれて、ちょっと申し訳なかったけど、その分はこれからの食事でお返ししていくつもりだ。

　だって、僕の料理を美味しいって言ってくれたんだ、力が入るよな。

第2章　枯れ木に花を咲かせたい

「お帰りなさい、クリシュさん」

「ただいま。今日の夕飯もいい匂いだな」

　クリシュさんの肩に手を置いて、グググッと背伸びして笑顔で頬にキスをすると、クリシュさんは軽く抱き締めてくれた。

人間は凄い体験をすると、その前までのことを簡単にできるようになっちゃうんだなぁ。

僕は、クリシュさんと初めてのキスを経験した後から『行ってらっしゃい』と『お帰りなさい』の挨拶のときにカチンコチンに固まることがなくなった。笑う余裕もできたけど、顔が真っ赤になるのは相変わらずだ。

それでも経験したことを吸収して、大人の男として成長しているんだなって考えると、ちょっと得意な気分になる。今はまだ恋愛初心者だけど、いつかは爺ちゃんと婆ちゃんみたいな、なんでもわかり合えて支え合えるクリシュさんの頼れる恋人になりたいなって思ってるんだ。

『シノブになら安心して頼める』とか言われたら、僕はきっと張り切って頑張ると思う。

クリシュさんが困っている問題を自分がサクッと解決する将来を想像していたら、思ったよりも早くそのときがやってきた。

夕食が終わって、普段なら晩酌(ばんしゃく)の時間なんだけど、クリシュさんは僕をソファーに座らせて、自分は床に膝を突いて僕の手を握った。なんだか真剣な顔をしていて、なにか悪いことが起きたのかって凄く心配になる。

「シノブに頼みがある」

来た、来たよ、クリシュさんの役に立つチャンスが!!

「な、なにかの?」

……うわぁぁぁん!! 『の』って!! お爺さんみたいになった!!

ああ、もう、格好悪いなぁ。ビシッと決めて頼りになる恋人だって感動してもらうはずだったのに。

でも、いいや。僕が格好悪く言い間違いしたせいで、クリシュさんの真剣な顔が少し和(なご)んでくれたから、無駄じゃなかったって思おう。

「フィルクス様から正式に要請が出た。シノブに、生命の木を見て欲しい。君の能力で生命の木を活性化できるか試してみたいんだ」

「いいよ。いつ、明日?」

生命の木はこの世界の人達にとって、大切な存在だ。その実を食べなければ子供が産まれないのに十年前から実をつけなくなって、今もその原因はわかっていない。みんなが一生懸命に解決策を探している問題が、僕が行くことで少しでも事態が好転するならいくらでも協力する。

そう思ってすぐに返事をしたら、クリシュさんはちょっと困った顔をした。

「シノブ、答えはすぐじゃなくてもいいんだ。協力するかしないかはシノブの気持ち次第なんだぞ。一度応じてしまえば次から断るのが難しくなるし、面倒なことも増えるだろう。いろいろと試して成果が出なかった場合、煩（うるさ）く口出しする者も出てくると思う。勿論、そのすべてから全力で守ることを誓うが、正直言ってまったく影響がないとは言えないんだ。

シノブが協力することに不安があるなら断ってもかまわない。俺がフィルクス様に責任を持って報告しよう。あの方からも無理強いはしないようにと言われているから安心していい」

そっか、真剣な顔をしていたのは、僕を心配してくれていたからなのか。一度断った話をもう一度持ち出すなんて、多分生命の木の状態はあまりよくないんだろうなって想像がつく。可能性があるならなんだって試したいって感じなんだろう。

そんな中でも、僕のことを考えてくれるんだなって、気持ちがホッコリと温かくなった。

僕は本当に、出会う人に恵まれていると思う。だからこそ、僕にできることがあるなら頑張りたいって思うんだ。

「僕は異世界の出身だけど、もうこっちの世界の一員だと思ってる。クリシュさんや、フィルクス様や、ノルンもクゥジュもゲネットさんも、みんな初めて会った僕に優しくしてくれて、本当にこっちの世界に来られてよかったって思ってるんだ。だから、僕にできることがあるならなんでもするよ。無理して言っているわけじゃなくて、心からみんなの役に立ちたいって思ってるんだ。僕の『植物系』の能力がどれだけ役に立つかわからないけど、頑張らせてください」

頑張るけど、ダメでガッカリさせたらゴメンって言ったら、ギュウッとクリシュさんに抱き締められた。

「ありがとう。この世界に来てくれたのがシノブでよかった。君を誇りに思う」

『ありがとう』なんて、僕のほうが毎日思ってる。

優しくしてくれて、ありがとう。僕の恋人になってくれて、ありがとう。この世界に来ることができた偶然にありがとうって。

「生命の木が元気になるといいな」

「そうだな。シノブに枝いっぱいに咲いた生命の花を見せてやれる日が来るといいな」

枝いっぱいの生命の花かぁ。もし花が咲いたらみんなで花見ができるかな？　お弁当をたくさん作って、フィルクス様も誘って。

『綺麗だな』って笑いながらお弁当を食べたらきっと楽しいだろうな。

次の日、僕はさっそくクリシュさんと一緒にフィルクス様に会いに行くことにした。クリシュさんは、『そんなに急がなくていい』って言ってくれたけど、時は金なりっていうし、『頑張らせてください』って早く伝えたかったんだ。

執務室に案内してもらい、『一生懸命頑張ります!!』って頭を下げたら、フィルクス様は凄くビックリして、とても喜んでくれた。僕が急に来てしまったから準備が整っていないけど、せっかくだから生命の木を見学していってくれって通行証を用意してくれた。

クリシュさんの案内で街の南側にある石垣の前まで来ると、頑丈そうな鉄の扉の前には武装した騎士さんが槍を持って立っていて、少しだけビクッとしてしまった。

「通行証を」

クリシュさんが紙を差し出すと、念入りに中身を確認して頷いた騎士さんが『ドンドンッ』って扉を叩くと、内側から扉が開いた。

「どうぞ、お通りください。案内は必要ですか？」

「いや、大丈夫だ」

クリシュさんの後ろにくっついて頑丈な扉をくぐると、その先には枯れた森が広がっていた。

「これ、全部生命の木？」

「そうだ。この辺りはほとんど枯れてしまっているがな」

前に遠くから見たときよりも、枯れている部分が広がっているように見えた。

「大昔は誰でも簡単に中に入って見学することができたらしいが、今は厳しくなって通行証を持つ者しか入れなくなってしまった」

石垣沿いに、クリシュさんの後ろをゆっくり歩く。枯れた森は物悲しくて、枝に止まっている鳥もどこか寂しそうだ。

「最初に枯れ始めたのは、この辺りだ」

歩き進めて行くうちに、どんどん雑草も少なくなって、クリシュさんが足を止めた辺りは剝き出しの土と枯れた生命の木だけになっていた。

「土がパサパサだ……」

僕の家の畑の土と全然違う。虫も寄りつかない、死んだ土。

「どんな肥料をやっても、水を撒いても駄目だった」

どうして、こんな土になってしまったんだろう。手の届く場所にある細い枝を触ってみると、『パキッ』っと乾いた音を立てて簡単に折れてしまった。葉もすべて落ちてしまっていて、木の皮もボロボロ落ちて表面が剝き出しになっている。魔女が住む森みたいに、おどろおどろしい雰囲気に怖くなって、クリシュさんの腕にしがみついた。正直、こんなに酷いとは思っていなくて、ボロボロの木が可哀想で見ていられなかったんだ。

「もう少し向こうには、少しは葉が残ってるぞ」

抱えられるようにして歩いていくと、少しずつ枯れ葉が見えるようになって、しばらくすると枯れ葉と黄色くなった葉が入り乱れるようになった。

「この辺の木は、まだ生きてるんだね」

「辛うじて、といったところだがな」

それでも、さっき見た死んだ森よりずっとマシだった。枯れた枝の間を通る風がヒューヒューって悲鳴みたいな音を立てていたのに比べると、カサカサ揺れる葉の音と、時々顔を出す虫達が『まだ生きてる』って証明してくれているみたいだった。

幹に触ってみると表面がしっとりしていて、なんだかホッとする。

（ねえ、なにがあったんだ。なにが苦しい？）

フィルクス様でさえ微かにしか聞こえなくて原因がわからないんだから、僕に生命の木の声が聞こえるわけがないんだけど、心の中でたずねずにはいられなかった。そうすれば、少しは言葉が届くような気がして、幹に抱きついて額を押し当てて、目を瞑って心の中で話しかけてみる。

（みんな心配してる。早く元気になって欲しいって、祈っているんだよ）

頑張れ、頑張れ、元気になれって唱えながら抱きついていると、触れている部分がどんどん熱くなっていった。

『きゃはは、待ってよー』

「なに、誰？」

子供の笑い声が聞こえたような気がして目を開けると、周りの景色が一変していた。黄色い葉ばかりだったのが、一面の緑に覆われていて、木漏れ日がキラキラ輝いている。まるで別の空間に迷い込んだみたいだ。

「綺麗……」

なんて、生命力に満ちた木なんだろう。力強くて、緑の匂いが濃くて、この木から生まれる実が人の命の源になるんだというのも頷ける。そんな雰囲気を持った木だった。

なぜか懐かしいような気持ちにもなった。そんなに遠くないときに、見たことがあるような不思議な感じだ。

『こっちこっちー。早くー』

また、子供の声が聞こえた。遠くに男の子と女の子が立っていて、こっちに向かって手を振っている。僕の後ろに誰かいるんだろうか？　そう思って振り向いた瞬間、小さな人影が飛び込んできた。

（ぶつかる！　……えっ!?）

小さな人影は、とっさに支えようと出した手と僕の胴体をすり抜けてしまった。

水色の髪をした、可愛い顔をした子供だった。マルコよりもずっと年下に見えたけど、そんなわけないんだ。だって、十年前から子供が生まれていないんだから。それとも、奇跡的に生まれていた子供がいたんだろうか。

「シノブ、どうした？」

名前を呼ばれてハッと気がつくと、緑でいっぱいだったはずの景色が、枯れ葉と黄色い葉が斑になった寂しい風景に戻ってしまっていた。

「あれ、今……、あれ？」

ぐるっと見回してみても、緑はどこにもなくて、濃い緑の香りも消えてしまっていた。手を振っていた二人の子供も、僕にぶつかりそうになった水色の髪の子供も、どこにもいない。

「ボンヤリしていたが、具合が悪いのか？」

「ううん、今、子供がいたはずだったんだけど……」

「子供？　ここには俺とシノブ以外誰もいないが」

じゃあ、僕が見たのはなんだったんだろう。もしかして、お化け？　でも、こんな天気のいい昼間に出るお化けなんて、聞いたことがない。

「なんだったんだ？」

わけがわからなくて、目を瞬いてしまった。怖い感じじゃなかったと思う。むしろ、綺麗で優しい光景だった。

サワサワと葉が擦れる音がして見上げると、僕の真上で黄色い葉が風に揺れていた。

（もしかして、生命の木が見せた幻だったのか？）

そんなメルヘンなことを考えてしまうほど、優しい光景だった。

「随分と歩いたからな、疲れたんだろう。今日はこのへんにして帰ろう」

「うん」

クリシュさんに手を引かれながら歩いていたけど、なんとなく気になって後ろを振り返った。

黄色い葉がユラユラ揺れているだけで、やっぱり誰もいなかったけど、さっき見た光景が気になって仕方がなくて、家に帰ってからもずっと落ち着かない気持ちだった。


「こんにちはー」

「おう、坊主。今日も来たのか」

「うん。中に入ってもいい？」

「ちょっと待ってろよ」

首からぶら下げた通行証を見せると、見張りの騎士さんはゴゴンゴンッて楽しげなリズムをつけて合図した。すぐに開いた扉をくぐると、そこには初めて来たときと変わらない枯れた森が広がっていた。

初めて生命の木を見に来た日の三日後、通行証をもらった僕は石垣で守られたこの場所に自由に出入りできるようになった。通行証は木札にフィルクス様の焼印を押した物で、クリシュさんが持っていた紙の通行証と同じ効果がある。紙の通行証は使い捨ての一回こっきりの簡易版で、僕がもらった木札は何度でも使用ができる正式な物らしい。

これをもらってから、暇を見つけてはここを訪れるようになっていた。門番さんとも顔見知りになって、坊主って呼んで気軽に挨拶してもらえるようになっていた。

残念なことに、生命の木に劇的な変化はないけど、僕が来ると少しだけ元気になっているらしい。それを聞いてから張り切って日参している。

枯れかけて丸まっていた葉がピンッて元気になったかと思えば、いつの間にかもとに戻ってしまって、状況は一進一退だ。その周期はまちまちで、すぐに萎れてしまうときもあれば、何日か元気な状態を保つときもある。

ここで働いている職員が観察した報告書を読んで、なにがきっかけで萎れてしまうのか調べているけど、まだ原因はわからないままだ。

「なにが悪いんだろうな」

クリシュさんと初めて来たときよりも奥へ進んだこの辺りは、まだ緑が多く残っていた。緑の葉が八割、黄色い葉が二割くらい。ここが、今の僕に許されている見学場所の最深部だ。

この先にはさらに石垣があって、この世界で最初に根づいた生命の木の本体が厳重な警備で守られているそうだ。みんなにとっての最後の希望だから、まだ僕は見学の許可をもらっていない。

木の根本に寝転んで、上を見上げてみた。木漏れ日がキラキラ光って凄く綺麗。あのとき見た幻の光景に近くて、水色の髪の男の子のことを思い出した。

「あの子は誰なんだろうなぁ」

僕は、あの子が気になって仕方がなかった。自分でもなんで気になるのかわからなかったけど、もう一度会いたくて、ここに来るといつも探してしまう。

「今日もいないや」

日射しがポカポカ暖かくて、瞼が重くなってくる。僕はいつのまにか、陽気に誘われて昼寝をしてしまっていた。

『今日は随分と張り切ってるね。なにかあるの？』

あ、あの子だ。少し成長してるけど、間違いない。水色の髪の男の子。木の根本に座って、ニコニコ笑いながら話をしてる。今日は一人なんだな。前に見たときに遠くで手を振っていた女の子と男の子はいないみたいだ。

僕は不思議なことに、その姿を上から見下ろしていた。周りに誰もいないのに、独り言にしては大きな声で話す水色の髪の子は、誰かが目の前にいるかのように会話をしていた。

『へえー、そうなんだ。早く会えるといいね』

そう言って、男の子は指先で花弁を優しく撫でた。どうやら、木の根本に咲いている紫色の花に話しかけていたみたいだ。不思議な子だなって見ていると、水色の髪の子はふと後ろを振り返った。

『ミエル、どうしたの。こっちにおいで』

金髪巻毛の男の子だった。両手で左右の耳を押さえてベソを掻いている。チョコチョコと走ってきて水色の髪の子の隣に座って俯（うつむ）いてしまった。

『なんで泣いてるの？』

『うるさくて、耳がいたい』

『そっか、ミエルは聞こえるようになって間もないからね。僕は赤ちゃんのときから聞こえていたから気にならないけど、慣れていないとうるさいかもね。それで泣いてたの？』

ベソを掻いていたミエル君は、とうとうボロボロと涙を流し始めた。

『よるも、うるさくて寝れないよ。母上も父上もいないし。あいたいよぅ』

ああ、どうしよう。本格的に泣きだしちゃったよ。なんとかして慰めることができないかなって思ったけど、高い位置から見下ろすことしかできない僕には、なにもできなかった。

『ミエルは、まだ五歳だもん。母上と父上と離れて暮らすのは寂しいよね。でもね、僕はミエルが来てくれて凄く嬉しいんだよ』

水色の髪の子が、ミエル君の頭をヨシヨシって撫でて、『嬉しいよ』って笑うと、ミエル君は涙をいっぱいに溜めた目で首を傾げた。

『嬉しい？』

『うん、とっても。ミエルは、動物の言葉がわかるよね？』

『うん』

『じゃあ、草やお花の言葉は？』

『あまりわかんない。リーンッて、鈴の音みたいに聞こえる』

『これね、ほかの人には聞こえないんだって。僕とミエルだけの特別なんだよ。だから、仲間ができてとっても嬉しいよ。この木は、生命の木っていうんだけど、昔は僕達の一族はみんなお話ができたのに、今は木の声が聞こえなくなっちゃって、僕としか話ができなくなっちゃったんだ。だからね、生命の木もミエルが来てくれて喜んでるよ。

ねえ、クイズをしようか。あそこに止まってる鳥がいるだろ、なんて言っているかわかる？』

枝に止まっていた鳥が、水色の髪の子に答えてピチチッて鳴いた。

『……ぼくのこと、泣き虫っていってる』

『あはは、正解!! じゃあ、この種はなんて言ってるかわかる？ 凄く小さい声だから、耳を澄ませて聞いてみて』

そばに生えていた植物から優しい手つきで種を取り出した水色の髪の子は、ミエル君の掌に乗せた。

『わかんない。チリンッて音がする』

『これはね、早く芽を出したいよって言っているんだ。じゃあ、この花は？』

今度は、さっき話をしていた紫色の花を指さした。

『ジリリリッてうるさい音がする』

『ミエルには、そんな風に聞こえるんだね。彼は今、お嫁さんを募集中なんだ。早く会いたいよって言っているんだよ。植物は自分じゃ動けないから、虫や風が花粉をお嫁さんに運んでくれるのを待っているんだ』

水色の髪の子と話をしているうちに、ミエル君は耳を押さえるのを止めていた。『うるさい』と言っていたはずの音に耳を傾けて、『なんて言ってるか当てるゲーム』に夢中になっている。


顔を寄せ合ってクスクス笑いながらお喋(しゃべ)りする姿はとても平和で、可愛くて、微笑ましくて。でも、僕はなぜだかとても切ない気持ちになっていた。

悲しいとはちょっと違う、僕が爺ちゃんと婆ちゃんを思い出したときの気持ちに似ていて、不思議だった。

『じゃあ、生命の木はなんて言ってる？』

『うーん、リーンッて優しい音がする』

『ふふっ、はじめまして、会えて嬉しいって言ってるよ。ミエルは僕よりも力が弱いから、植物の声が楽器みたいな音に聞こえてるみたいだね。小さな音、うるさい音、優しい音。音にもいろんな種類があるでしょ？『うるさいな!!』って耳を押さえるよりも、『なんて言ってるのかな？』って想像した方がきっと楽しいよ』

『うん、楽しい!! ぼくもネレみたいに、話ができるようになるかな？』

『そうだね、言葉はわからなくても、音で聞き分けてお話をすることはできるよ。そうだ、ミエルが慣れるまで夜は一緒に寝ようか。二人でお喋りしながら寝たら、きっと音が気にならなくて、よく寝られるよ』

『じゃあ、今日からネレと一緒に寝る!!』

ベッドにオヤツを持ち込もうか、とか、ランプの明かりをたくさん点けたら綺麗だよ、とか、可愛らしいお喋りを聞きながら、僕は胸が切なくて苦しくて仕方がなかった。

この気持ちは、どこから来るんだろう。誰の気持ちなんだろう？

水色の髪をしたネレ君も、ふわふわの金髪巻き毛のミエル君のことも全然知らないのに、懐かしく感じるのはなんでだろう。

一つだけわかっているのは、今僕が感じている気持ちは、ほかの誰かの気持ちが流れ込んできているものなんだということだった。

「おーい、坊主。いくら日射しが気持ちいいからって、こんなところで寝るなよ」

ユサユサ体を揺すられて目を開けると、門番の騎士さんがいて、黄色い葉が風に揺れているのが騎士さんの肩越しに見えた。

子供はどこにもいないし、風景ももとに戻ってしまっているから夢だったんだなってわかるけど、まるで現実に起こったことのように鮮明に覚えているし、夢の中で感じた切なさが残っていて、胸が苦しかった。

「どうした、具合が悪いのか？」

「ううん、違う。違うけど……」

切なくて、愛しい。僕がクリシュさんに感じている気持ちとは違う愛しさ。たとえば僕に子供がいたら、こんな気持ちになるかもしれないな。この気持ちの持ち主は、夢に出てきたミエル君とネレ君をとても大切に思っていたんだろう。

「なんだ、心臓が痛いのか？　こりゃいかん!!」

「えっ、違っ、うひゃあ!!」

胸を押さえていたのを勘違いした騎士のおじさんは、ヒョイッと僕を俵のように担いでしまった。

「待ってろよ、坊主。すぐに管理所に連れていってやるからな!!」

騎士さんは、一目散に走り出した。体が揺れて、お腹が圧迫されて苦しい。『下ろして!!』って言いたかったけど、口を開いたら舌を噛んでしまいそうで話すことができなかった。

頭を下にして抱えられているのと、お腹を圧迫されているのと、ガクンガクンッと激しい揺れのコンボで、管理所に着く頃には僕は本当に気持ち悪くなってしまっていた。

「クリシュ殿はいるか、坊主の一大事だぁ!!」

バッターン!! と力任せに押し開けた扉は、壁にぶつかって跳ね返って、そのままの勢いでバンッて閉まった。

「ええぃ、急いでるってのに!」

もう一度扉を開けた先には、ポカーンと口を開けた騎士さん達がたくさんいて、書類仕事をしていた。

「なんだ、なんだ」

「シノブ殿じゃないか」

「どうした、怪我か、病気か!?」

わらわら寄ってきた騎士さんをかき分けて長椅子に座らされたんだけど、ぐらんって揺れた視界にますます具合が悪くなって突っ伏してしまった。

「心臓が痛いんだと」

「心臓!? 大変じゃないか!!」

「クリシュさんは外回り中だぞ」

「よし、俺がひとっ走りして知らせよう」

「いや、医者が先だろ」

大変な騒ぎになってきてる。このままじゃ、仕事中のクリシュさんに迷惑をかけてしまう。突っ伏してる場合じゃないって、頑張って体を起こしたんだけど、途端に吐き気が襲ってきた。

「ま、待って……、うっぷ」

「わー、吐くのか!? 気持ち悪いのか!?」

「誰か、バケツ持ってこい!!」

「心臓じゃなくて、胃の調子が悪かったのか?」

「どっちでもいいから、とにかく医者かクリシュさんを呼んでこいよ!!」

あああ、どんどん騒ぎが大きくなっていく。顔見知りの騎士さんも、はじめましての騎士さんも、ワアワアドタドタと長椅子に座っている僕を取り囲んで見下ろしてくるものだから、巨人の国に迷い込んでしまったような気さえしてくる。

「だ、大丈夫。寝起きで運ばれたから、ビックリしただけだから」

声を振り絞ってなんとか伝えると、騎士さん達はそろってホッと安堵の溜息を吐いた。

「なんだよ、おっさんの勘違いかよ」

「いや、すまん。胸を押さえていたもんだから、てっきり心臓が痛いのかと思って」

「まぁ、よかったよ。クリシュさんの恋人になにかあったらと思ったら冷や汗が出たよ」

「仕事中に騒がせてしまって、ごめんなさい」

よかった、と口々に言いながら、騎士さん達はその辺にあった椅子を持ってきて、長椅子の周りに集まった。

「いやー、なんだか久しぶりに会いましたね。元気でした？」

「あ、ティボットさん、こんにちは。エリーゼさんは元気ですか？」

クゥジュの店で会って以来だ。

「エリーゼって誰だ、まさか、お前、彼女ができたのか!?」

「聞いてねぇぞ！　一人だけ抜け駆けか!?」

「ちょ、首絞めるなって、イテテテッ」

うん、今日も騎士さん達は元気だ。小突き回されているティボットさんも、小突き回しているほかの騎士さんもガハハッて笑って楽しそうだ。

ミントっぽい感じの気分がスッキリするお茶まで用意してもらって、気持ち悪かったのも治まって、調子が出てきた僕は、騎士さん達と雑談をしていた流れで異世界の子供の遊びを伝授することになった。

みんな異世界のことに興味津々で、関心を持ってもらえるのって嬉しいな。

道具もないし、簡単に遊べるものってなんだろう？って考えて、『あっちむいてホイ』を教えてあげることにした。これなら手があれば遊べるだろ。

「じゃんけんホイ、あっちむいてホイッ、あっちむいてホイッ」

シンプルだけど、やっぱりみんな男だから勝負に熱くなって、あいこが続いたときは手に汗握る白熱ぶりだ。だんだん慣れてくると、三人であっちむいてホイをするっていうアレンジが加わって、なにがなんだかわからなくなってきた。

凄く難しいんだよ！　じゃんけんで二人勝った人がいたら、両方から指でさされるんだから。

「あっちむいてホイッ、ホイッ、ホイッ、ホイッ、やったぁ!!」

激闘の末に勝利を手にしたのは僕だった。僕のほうが『あっちむいてホイ』歴が長いんだから当然だと思われるかもしれないけど、日頃から鍛えている騎士さん達は反射神経も洞察力も凄くて、本当に厳しい戦いだったから、僕は両手を上げて喜んだ。

周りで観戦していた騎士さん達は、僕達の戦いに惜しみない拍手で健闘を称えてくれて、素晴らしい達成感が湧き上がっていた、そのとき。

「シノブ!!」

歓喜の雄叫びを上げたのとほぼ同時に、物凄い勢いで部屋に飛び込んできた人がいた。バンッて扉を叩きつける音がして、みんなビックリして一斉に扉を見ると、肩で息をしたクリシュさんがいた。

両手を上げた状態の僕と、悔しがって机を叩いていたティボットさんと門番の騎士さんと、三人そろって固まった姿は間抜けに見えたと思う。

シーンッと静まり返った室内に、クリシュさんの荒い息だけが響いていた。

「シノブ、具合は？　お前らは、全員集まってなにをしているんだ」

「あ、やべぇ」

ティボットさんの呟きに、クリシュさんの顔がみるみるうちに厳しくなっていく。

「シノブが倒れたと聞いて、急いで戻ってきたんだが……？」

どうやら、僕が運び込まれたのを見ていた管理所の職員さんが、クリシュさんを呼びに走ったらしい。遅れて到着した職員さんは、室内の異様な雰囲気に目をキョロキョロさせていた。

「クリシュさん、ごめんなさい!!　勘違いなんだ。うたた寝して寝起きでボンヤリしてたのを具合が悪いって勘違いして、運んでくれたんだよ」

急いでクリシュさんに駆け寄ると、ギュウッて抱き締められた。

「心配した」

深い溜息と一緒に耳に届いた声に、申し訳ない気持ちでいっぱいになって、僕もクリシュさんにギュウッて抱きついた。

「ごめんなさい……」

「なにもなくてよかった。……で？」

僕に囁いたのとは全然違う低い声で、クリシュさんは集まっていた騎士さん達を睨みつけた。

「まだ就業中だが、お前らはなにをしているんだ？」

「あー、俺、見廻りに行こうかなー」

そろっと立ち上がったティボットさんに、クリシュさんのこめかみにビキビキッて血管が浮いた。

「サボってないで仕事をしろ、馬鹿者共が!!」

クリシュさんの怒号に騎士さん達は一斉に、蜘蛛の子を散らすように部屋を飛び出していった。

第3章　爆発的大ブーム

今日も一日ご苦労様って言い合って、ベッドに寝転んで天井を見上げたら、うたた寝したときに見た夢を思い出した。水色の髪のネレ君と金髪のミエル君。あの子達は本当に存在しているのか、それとも、僕が夢の中で作ってしまった架空の人物なのか。考えても答えが出なくて、僕なんかよりもずっと街のことに詳しいクリシュさんに聞いてみることにした。

「ねぇ、クリシュさん。水色の髪をしたネレって子と、金髪のミエルって子、知ってる？」

「水色の髪……？」

布団に入るところだったクリシュさんは、まじまじと僕を見てから首を振った。

「多分だが、子供にその名前をつける親は、この世界にはいないと思うぞ」

「え、なんで？」

「ネレは水辺に出る妖精でミエルは蜂蜜好きな妖精の名前なんだが、どちらも悪戯好きで川で遊んでいる子供の足を引っ張ったり、家の蜂蜜を勝手に食べてしまって人間に討伐されるという物語に出てくる。子供の躾をするときに悪いことをすると、この妖精のようにお仕置きをされるぞと言い聞かすんだ。そんな妖精の名前を子供につける親はいないと思うぞ」

「へぇー、そうなんだ」

僕も子供のときに『嘘をついたら閻魔様に舌を抜かれるよ』とか、言われたなぁ。水辺に出る妖精ってことは、日本でいうと河童みたいな感じか？

「その子供がどうかしたのか？」

「今日、生命の木の下でうたた寝したときに夢に出てきたんだ。凄くリアルな夢だったから、もしかして実際にいる子なのかなって思って。僕は上から二人を見下ろしていたんだけど、二人のことがとっても大切で、なんだか切ない気持ちになったんだ。もしかしたら、僕が見たのは生命の木の気持ちなのかなって思ったんだけど、大切に思っていたのは生命の木の記憶で、違ったみたいだ」

じゃあ、あの子達は、妖精だったのか？　二人共可愛かったから、妖精だって言われたら納得できる気がするけど。

「どうだろうな。もしかしたら、過去にそんな名前の人物がいたのかもしれないが。その子達が気になるのか？」

「うん……、凄くね、優しい光景だったんだ。なのに、切なくなるのはなんでなんだろう？」

　騎士さん達との一件で吹っ飛んでいた切ない気持ちが甦（よみがえ）ってきて、なんだか無性にクリシュさんに抱きつきたくなった。以前の僕なら我慢しただろうけど、今はクリシュさんになら甘えても大丈夫だってわかってるから、広い胸に抱きついて顔を埋めてみた。

　ゆっくりと深呼吸をすると、気持ちが落ち着いてくる。クリシュさんの匂いは、いつだって僕を安心させてくれるんだ。

「シノブは感受性が強いのかもな。今まで見聞きした記憶からなにかを感じとって夢に見たのかもしれないな」

　感受性が強いって、どういう意味だっけ。影響されやすいとか、そんな感じ？

「うん、僕、バカだからすぐに影響されちゃうんだ」

「そうじゃない、優しいからだ。シノブはいつでも一生懸命に人の気持ちを考えるから、同調してしまうんだろう。シノブのおかげで救われた者がたくさんいるだろう？」

「？」

　よくわからないなってクリシュさんを見上げると、黄緑色の目が間近にあって、顔が熱くなった。僕は、クリシュさんの目に凄く弱い。

　日本人とは違う彫りの深い顔は目鼻立ちが整っていて、切れ長の綺麗な黄緑色の目で見つめられると恥ずかしくなるのに、もっと僕を見て欲しい気持ちになる。

「ノットもマルコもクゥジュも、みんなシノブに救われた。ポチ達も、シノブが必死に守ったから今もここにいる。そんな風に、苦労を厭（いと）わずに他人のために力を尽くせるシノブを、俺は好きになったんだ」

　僕はほんの少し手伝っただけで、クゥジュもノット達も自分で頑張ったから結果が出たんだ。ポチ達も、フィルクス様が異変に気がついて、クリシュさんが急いで駆けつけてくれたからすぐに動物のお医者さんに手当てをしてもらえた。

　僕が動けないまま、炎天下の荷馬車の中に閉じ込められていたら、きっとブライアン達も熱中症で死んでしまっていたんじゃないかと思うし。

だから、僕が頑張ったからっていうのは大袈裟に感じるけど、そのおかげでクリシュさんに好きになってもらえたなら、これからはもっと頑張りたいなって思った。クリシュさんは、僕をやる気にさせるのがとっても上手だ。

『好き』って言われて嬉しくて笑顔がこぼれると、クシャクシャと髪を撫でてくれていた手が頬に下りてきて、親指でスルッと唇を撫でられた。クリシュさんがこうやってするときは、口にキスをしてくれる前の合図だ。僕は、真っ赤に火照った顔で思いっきり息を吸い込んだ。

チュッチュッチュッって三回続けて短くキスをされて一度離れた唇は、僕が息を吐いてもう一度吸い込むと今度は強く押しつけられた。

キスにもいろんな種類があるんだってことを、僕は最近クリシュさんに教えてもらった。はむって下唇を挟まれたり、チュウッて吸われたり、スリスリッてしたり。そのどれもこれもに、僕の心臓はバクバクしっぱなしで、すぐに息が苦しくなってしまう。

何度もされると最後の方には息も絶え絶えで、走った後みたいに荒い呼吸をクリシュさんに背中を撫でてもらいながら整える。

僕がこんなにハァハァしてるのに、クリシュさんは全然平気だ。やっぱり、これは肺活量の違いなんだろうか。

そんなことを考えながら撫でてもらっているうちに、僕はいつも寝てしまう。クリシュさんの隣っていうこの世で一番安全な場所にいて、大好きなものに囲まれているからかな。

大好きなものっていうのは、勿論クリシュさんだ。目の前の厚い胸板も、腕枕をしてくれる筋肉質な腕も、抱きついている広い背中も、みんな大好きだ。

もしかしたら、クリシュさんは全身から僕の心をリラックスさせる成分が出ているんじゃないだろうか。そして、背中を撫でる手は力加減が絶妙で、僕を眠りに誘う魔性の手だ。

「クリシュさんの手、気持ちいい……」

うつらうつらしながら呟くと、背中を撫でる手が一瞬止まって、僕を抱く腕に力が入った。

もうちょっと起きていたいのに、気持ちがよくて凄く眠い。

スースーと穏やかに響く寝息を聞きながら、ゆっくりとシノブの背中を撫でていた。むにゃむにゃと動く口は、夢の中でなにかを食べているのか、誰かと話しているのか。眠っていてもコロコロと表情を変える恋人に可愛らしいと自然と頬が緩む。

先ほどまで触れていた唇は色を深めて鮮やかな紅色だ。口づけするとき、緊張して真一文字に引き結んでいたのを、最近ようやく力を抜いて柔らかく受け止めてくれるようになった。

おっかなびっくりながらも、二人の関係を深める努力をしてくれるシノブが愛しくて、ついつい息を切らすまで触れてしまう。

口づけすら知らなかったシノブに一から恋人同士の触れ合いを教えていくのは、思いの外嬉しいものだった。他人の癖のついていないシノブは、口づけの合間の呼吸のタイミングも己が教えたことを素直に覚えていく。自分の色に染め上げるとはこういう気持ちなのかと、この言葉を生み出した人間の表現の的確さに拍手を送りたい。

だが、自分に関してはそれなりの経験を積んでいてよかったと、騎士の先輩に夜の店に無理矢理連れて行かれたことにすら感謝したくなる。当時は煩わしいと迷惑に思っていたというのに、現金なものだ。その経験がなければ、慣れないシノブに無体をして泣かせる羽目になっていたかもしれない。

愛した相手と体を重ねたいと思うのは当然だが、その気持ちを押し通してシノブを泣かせては本末転倒だ。これからもずっと一緒にいるのだから焦ることはない。

だが、そんな風に考えること自体が先に進みたい気持ちを落ち着かせるためのものなのかもしれない。やはり俺もまだ青いということだろうか。

「むーん、それはクリシュさんの蜂蜜だから、だめー」

相変わらずシノブの寝言は面白い。どうやら今日は眠る直前まで話していた妖精の夢を見ているようだ。

妖精ネレ。悪戯が過ぎて討たれてしまった子供の姿をした妖精。その特徴を持った人物に、一人だけ心当たりがあるのだが……。

「水色の髪、か……。だが、名前が違う。やはり別人か？」

どうやら僕は、この世界に一大ブームを作ってしまったようだ。なんか、ちょっとドキドキする。僕は昔から流行りものには疎くて、友達が話しているのを『へー』って聞いてるばかりだったのに。

『なんだよ、お前知らないの？』って言われてばかりいた僕が、今や流行の最先端だ。だって、それは僕が騎士さん達に教えた遊びなんだ。

今日は生命の木を訪ねた帰りにクゥジュの店に行こうと思ったんだけど、その途中の市場で『あっちむいてホイ』をしている人達がいて、ビックリした。

こっちの店先で初老のご婦人が。

「ちょっと高いんじゃない？　もう少し安くしてよ」

「これ以上は勘弁してくださいよー」

「じゃあ、あっちむいてホイで私が勝ったら一割まけてよ」

あっちの店先でカップルが。

「ねぇ、この髪飾りステキ。買って欲しいなぁ？」

「ダメダメ、同じようなの持ってるだろ」

「ここの飾りが違うのよ。じゃあ、あっちむいてホイで勝負よ。私が勝ったらプレゼントして？」

あっちこっちで、ホイッ、ホイッて。

こっちの世界にはなかった遊びは、騎士さん達を通じて街に広まったらしい。もともとこういう手遊び自体がなかったようだから新鮮だったのか、老人から若者まで、幅広い世代で流行ってるみたいだ。

「あれって、シノブが広めたのか」

「僕じゃないよ、騎士さん達だよ」

クゥジュの店でも『あっちむいてホイ』で勝ったらサービスしてくれっていうお客さんがいるんだって。負けたら定食大盛りで、今のところ三十五勝七敗だって。クゥジュ、強いなー。

そうそう、今日はクゥジュにもネレ君とミエル君のことを聞きに来たんだ。商売をしているから、知り合いも多そうだし、もしかしたら知ってるかもって思って。

「ねえ、クゥジュ。ネレとミエルって子、知ってる？」

「悪戯妖精の話か？　そりゃあ知ってるさ。なんだ、クリシュ様に悪戯して怒られたのか？」

「そんなことしないよ」

うーん、知らないか。やっぱりあの子達は妖精だったのかな。今日は会えなかったんだよな。

「ところでさ、今日はビッグニュースがあるんだ」

「ビッグニュース？　なに、なに？」

もしかして、ノルンのご両親に結婚を認めてもらえたとか？　期待して身を乗り出すと、クゥジュは咳払いをした。

「今度、年に一度の大早食い祭りがあるの知ってるか？」

「初めて聞いた」

早食い祭りって、ノットがアメール草を六皿も食べて優勝したやつだ。あれ以来、外れ食材が続いてるって聞いたけど、大早食い祭りのために経費を抑えていたんだろうか。

「この日は街の飲食店の中から一番人気の店が選ばれて料理を提供することになってるんだ。店にとっては名誉なことだから、みんな選ばれるのを楽しみにしてるんだけど、今年はうちの店が選ばれたんだ」

「え、凄いじゃないか、おめでとう!!」

「こんなの、シノブが来るまで想像もできなかったよ。親父が店をやってたときも、一度しか選ばれたことがなかったんだぜ。俺、本当にあのとき諦めて店を売らなくてよかった。シノブとノルンのおかげだ」

クゥジュの目は少し潤んでいて、つられた僕も鼻の奥がツンッと痛くなった。

そうだよな、頑張ったよな。ノルンと二人で工夫して、メニューやサービスの研究もして、ここまで盛り立ててきたんだもんな。その手伝いをちょっとでもできて、僕も嬉しい。

「メニューはどうするか決めたのか？」

「それがまだなんだ。せっかくの機会だし、まだ店で出したことがない新作の料理を提供したいと思ってるんだけどな。最近はデザートにも興味が出てきて、なににしようか迷ってるんだ」

「デザートかぁ」

お祭りで甘いものっていうと、わたあめとか、かき氷とか？　でも、わたあめには器具が必要だし、氷もないよなぁ。

あ、クレープはどうだろう。生クリームとカスタードクリームと、フルーツをたくさん使って、十個食べるごとにソーセージと野菜を挟んだ口直しの食事クレープを出したらたくさん食べられそうじゃないか？　甘いものばかりって、案外量を食べられないし。

「あのさ、僕が生まれた世界ではクレープってデザートがあるんだけど……」

「それいいな。十個ごとに出す食事クレープも、二十個目、三十個目と中身を変えたら面白いんじゃないか？　よし、さっそく材料をそろえて試作品を作ってみるか。シノブも手伝ってくれるか？」

「勿論！」

大早食い祭りかぁ。すっごく楽しみだ!!


年に一度の大早食い祭りの参加者は、過去一年間に行われた月に一度の早食い祭りの優勝者の中から希望者が優先的に選ばれて、抽選で選ばれた一般参加者と合わせて二十名が参加できる。だから、過去の優勝者が十人参加したいって希望したら、一般からも十人が抽選で選ばれることになる。

ただ、大早食い祭りはその年の一番人気の店が選ばれることと、優勝賞金が跳ね上がることもあって、よほどの事情がなければ過去の優勝者は全員参加を希望するらしいから、おそらく優勝者は十二名、一般からは八名という振り分けになるだろうってクゥジュが言っていた。

じゃあ、ノットも優勝者だから、希望すれば参加できるんだ。一般からの参加者の抽選ってどうやるんだろう？　って思ってたら、こっちはノルンが教えてくれた。

まず、応募した人には一人一枚数字が書かれた紙が配られる。紙の偽造ができないように、判子が押されてる。そして、告知した日に街の広場で抽選会を開くんだけど、早食い祭りの執行部の代表者が棒を引いて、棒の先に刻まれた数字と同じ紙を持ってる人が当選というシステムらしい。

予選会を開いたりするのかと思ったけど、それだとどうしても参加者が男中心になってしまうから、女性や子供も参加できるように配慮されているんだって。

ノットが優勝したときみたいに、食材によっては女性や子供が優勝できるチャンスもある。今回クゥジュが提供するのはクレープだから、甘い物が好きな女性が有利かもしれないな。

二十人も参加するなら、料理を作る方も凄く忙しい。クゥジュの店は従業員がいないから、隣のパン屋さんや、ほかの飲食店から手伝いの人を派遣してもらうことになった。

さっそく、試作品を作ってみたんだけど、クレープの生地は薄いからすぐに焼き上がるし、当日の朝に作り置きできるからいいとして、問題は生クリームだった。

泡立てないといけないし、気温が高いから溶けちゃうし、これは大会中に作業しないといけないことが判明したんだ。腕が疲れてパンパンになってしまう。

諦めてカスタードクリームだけにしようかって相談してたんだけど、常連客の力自慢達が手伝ってくれることになって、こっちの問題もなんとか解決できた。食材の調達も準備万端で、あとは当日を待つばかりだ。

今回の目玉は、ククリをたっぷり使ったクレープだ。潰した果汁を生クリームに練り込んで、間にもたっぷりとククリの実を挟んだクレープは、三十個目に到達した人だけが食べられる特別製だ。

本当にそんなに食べる人がいるのかって思ったけど、クゥジュが真剣な表情で『奴等を甘く見ちゃいけない』って言っていたから、僕は一週間も前からククリの木に水をあげながら祈っておいた。

「ククリ君、頼むぞ。一週間後にたくさんの実を生らせてくれよ。一週間ってわかるか？　今日から六回夜が来た次の日だ。ククリの実を待ってる人がいるから頑張ってくれよ。あ、でも、無理しなくていいぞ。できる範囲で頼むぞ」

僕の言葉を理解しているか不安だったけど、ククリは見事に当日の朝にたくさんの実をつけてくれた。

そして、当日の早朝からクゥジュの店に集まって準備を整えた僕達は、意気揚々(ようよう)と会場に突入した。

ザワザワザワザワ。

布で区切られた調理場から会場を覗くと、すでに人が集まって大変なことになっていた。数日前から場所取りをしていた人もいるらしい。

参加者の家族や友達は一番前で応援できるように席を確保されているけど、一般の人達は早い者勝ちだから激しい争奪戦が繰り広げられたようで、昨日は喧嘩(けんか)が起きて騎士が出動したらしい。

「こんなに人が集まると、ちょっと怖いな」

ドミノ倒しになって怪我人が出たりしないといいんだけど。

「誰が優勝するか賭けも行われるからな。少しでも近くで観戦したくて、みんな必死なんだよ」

さすがは大早食い祭りだね。月に一度のときとは熱気が違う。

「さぁ、あと三十分で始まるぞ。みんな、準備はいいか」

「「おう!!」」

「最高の大早食い祭りにするぞ!!」

「「おう!!」」

僕達はみんなで拳を突き上げて、最後の準備を始めた。

『さぁ、やってきました、年に一度の大早食い祭りです、みなさん盛り上がっていきましょう！　今回は諸事情により、特別に司会の私と、解説二人の三人体制で実況していきたいと思います。まずは、紹介から。私、司会のサンストンと申します。毎回司会をさせていただいていますので、ご存知の方も多いかと思いますが、よろしくお願いいたします。解説は執行部からネイサンとインゲルの二人でお送りいたします。実は解説の選考は大揉めに揉めました。立候補者が多くて、危うく乱闘になるところでした。それというのも、今回選ばれた料理の提供店が今話題の日替りランチのクゥジュの店だからです!!』

クゥジュの店が紹介されると、会場から『ワーッ』っと歓声が上がった。その歓声は僕達のところにも勿論届いていて、クゥジュがパン屋のおじさんから肘で突っつかれて、照れ笑いを浮かべていた。

『かなりの人気店ですから、なかなか食べられないと嘆いている方も多いかと思います。私は一度食べましたが、実に斬新で美味な料理が味わえるのですよ。いやー、またぜひ食べに行きたいです。そんな人気店から提供される今回の料理は此方です。どうぞー、持ってきてください』

パン屋さんの娘さんが、お盆に乗せたクレープを静々と運んでいった。生クリームとカスタードクリームと、果物をたくさん挟んだ三角クレープは僕にとっては見慣れたものだけど、こっちの世界の人達にとっては初めて見る食べ物だ。『あれはなんだ、初めて見るぞ』って会場がどよめいた。

「食ったらビックリするぞ」

手伝いに来てくれた常連さんが、ウシシッて笑いながらいたずらっ子みたいな顔で笑った。今日手伝いに来てくれた人達には、打ち合わせのときに試作品を食べてもらったから、クレープの味を知っているんだ。

焼き菓子はあるけど、生クリームとカスタードクリームは初めてだったらしくて、『この白と黄色のドロッとしたものはなんだ!?』ってちょっと警戒されたんだったなぁ。クンクン匂いを嗅いで、勇気を出した一人がバクッてかぶりついて、目を見開いて数秒止まった後にバクバクバクッて一気に口に詰め込んで頬をパンパンにして『なんだこりゃ、うまー!!』って叫んだときは、やったね!! ってクゥジュとハイタッチして喜んだ。

『みなさんこれが今回の料理のクレープです。甘いデザートだと聞いていましたが、初めて見る形をしています。一体、どんな味がするのでしょうか。今回は特別に、司会と解説の三名で試食をすることになりましたので、失礼して食させていただきます』

「なんだよ、ズルいぞ!」

「俺達にも食わせろー!!」

すかさず会場から飛んできたヤジに、司会の人がニヤッと笑った。

『このデザートは、今まで店で出したことのない完全なる新作です。その上、定食との両立が難しいことから今後店で提供する予定がないとお聞きしていますので、今回限りの幻のメニューとなります。見慣れない食べ物を口に入れるのは不安だろうという配慮から司会である私が試食して感想をお伝えすることになったのですが、これが先ほどお話しした揉める原因となった事案でした。

〈試食ができるのなら俺が司会をやる〉と我も我もと立候補者が現れまして、収拾がつかなくなるという前代未聞の出来事が起こったのです。結果、司会のほかに解説を二名選出することになり、恨みっこなしのくじ引きで運良く解説の権利を手に入れたのがネイサンとインゲルであります。今回の試食は選ばれし者の特権ということで、ご容赦願います。では、さっそく試食してみましょう!!』

『うまー!!』

『うまーい!!』

サンストンさんが説明している間に、すでに食べ始めていた解説の二人が雄叫びを上げた。調理場にいる全員が、『そうだろう!!』と得意顔だ。

『えー、失礼いたしました。解説の二人の感想では、みなさんには伝わらないと思いますので詳しく説明させていただきます。まず、これは……、薄く焼いたパンでしょうか? 厚さは一ミリくらいです。こんなに薄く焼くことができるんですねー。そして、このパン生地に優しく包まれている白くてフワッとしたものと、黄色のトロッとしたものは資料によると生クリームとカスタードクリームというそうです。名前を聞いただけでは、なんのことかさっぱりわかりません。さらに、フルーツがこれでもかと入っていて、ボリュームも満点です。

これは………!!　なんということでしょう。上品な甘さのクリームは舌にふわりと絡みつき、飲み込むのが勿体ないと思うのに口の中でトロけて消えていきます。生地は仄(ほの)かに甘く、果物の食感がアクセントとなり、なんとも表現できない味わいとなっております。申し訳ありません、私の語録には、このデザートを表現する言葉がございません。ただ一つ確実に言えることとは、とんでもなく美味いということであります!!』

モグモグしながらハッキリと話すという技を披露したサンストンさんがポケットから出したハンカチで食後の口元を拭いている間にも、会場のブーイングが止まらない。

『一口よこせー!!』とか、『ちくしょー!!』とか。本気のブーイングじゃなくて、ヤンヤヤンヤとお祭り騒ぎだ。

『では、会場が盛り上がってきたところで、挑戦者達の入場です。どうぞー!!』

まずは、歴代の優勝者達が入場してきた。その中にノットの姿を見つけて、僕は叫びながら手を振った。

「ノットー、頑張れー!!」

ノットは満面の笑みで手を振っていた。会場にはお母さんとマルコも応援に来てるから頑張らないとな。

「あれ!?」

優勝者の後に入場してきた一般参加者の最後尾に現れた人を見て、僕はビックリ仰天(ぎょうてん)した。

「エリーゼさんだ。あれ、エリーゼさんだよね!?」

「うわ、マジだ。あいつ、応募してたのか」

たくさんの応募者の中の八人に選ばれるなんて、エリーゼさん強運だなぁ。でも、大丈夫かな。そんなにたくさん食べられるだろうか。

僕は失礼だとは思いつつ、エリーゼさんの括(くび)れたウエストを凝視してしまった。だって、凄く細いんだ。

『さあ、勝利を摑むのは誰か、いよいよ競技の開始となりますが、準備はよろしいでしょうか。制限時間は四十分。その間に一番多く食べた者の勝利となります。そして、大早食い祭りの名物、優勝者を予想する賭けくじは開始十分後まで購入が可能です。買い忘れた方もまだ間に合いますのでこぞって参加してください。ちなみに、賭けの収益は今後一年間の毎月行われる早食い祭りの予算となります。それでは、今から四十分。大早食い祭りの開始です!!』

プペーッと笛が鳴った瞬間、選手が一斉にクレープにかぶりついた。バクバクバクッと、あっという間に口の中に消えていく。

「「「おかわり!!」」」

『速いです。物凄い速さです。見てください、彼等の幸せそうな顔！　そうでしょうとも。彼等は今、至福のときを迎えているのです!!　いやー、羨ましいですね。私ももっと食べたかったです!!』

どんどん追加されるおかわりに、クレープを運ぶ係りの人達はアタフタしながら走り回ってる。

「なあ、これ、ヤバくないか？」

「うん、ヤバいと思う」

作り置きのクレープが見る間に減っていくのを見て、厨房の僕達は顔を引きつらせた。一人十枚は食べるだろうと作り置きしてあったクレープが、開始十分経たずに三分の一に減ってしまっていた。

「追加を作るぞ!!」

クゥジュの号令と共に持ち場についた僕達は、一斉に調理を開始した。

ガシャガシャガシャ。

一心不乱に生クリームを泡立てる音と、果物を切る音。厨房は戦場と化していた。

「「おかわり!!」」

ドッと沸いた会場の音に、すでに汗だくの僕達は必死に追加のクレープを作っているんだけど、僕は大早食い祭りを舐めてかかっていたんだなぁと反省していた。

だって、もとの世界のフードファイターの人達はそりゃあビックリするくらい食べるけど、あれって職業として訓練してるんだって聞いたことがあったし、こっちのは大会じゃなくて祭りだし、参加者は過去の優勝者も含めて普通に生活している一般人だしさ。フードファイターの人達ほどには食べられないいんじゃないかなって思ってたんだ。

ところがだよ、作り置きのクレープはとっくになくなってしまって、必死に作業してるのに作った先から運ばれていく。

僕はまだいいんだ。焼き上がった生地にクリームを乗せて果物を包むだけだから。

生地を焼く係りのクゥジュとノルンはずっと火を扱っているから、逆上せそうなほど顔が真っ赤になっているし、生クリームを泡立てる係りの人はかき混ぜる腕の動きが鈍くなってるし、できあがったクレープを運ぶ係りの人は、走り回ってるから息が切れている。

「もう、俺は駄目だ……!! あとはお前に託す」

「諦めるな、お前ならまだやれる!!」

「もう無理だって!! これ以上やったら腕が壊れちまう」

「わかるよ、わかるけど、もうちょっと休ませてくれ!!」

やっぱり、一番大変なのは生クリームの係りの人達かな。でっかいボウルに並々と注がれた生クリームを泡立てるのは大変だもんな。

液体のときはシャカシャカと軽快にかき混ぜることができるけど、完成に近づくと泡立った生クリームは重くなるから、かき混ぜるのに力がいるんだ。いくら力自慢の常連さんでも、休みなくかき混ぜるのは大変だ。交代制にしてるんだけど、腕の怠さが取れる前に順番が回ってくるからみんなグッタリしてる。

「どっちでもいいから、早く泡立ててくれ!! もう生クリームがなくなるぞ」

手伝いのシェフが高速でリンゴの皮を剝きながら叫んだ。さすがプロ。手元も見ずにスルスル剝いていく。

「おかわり!!」

『おおーっと、二十五枚目のクレープに一番に到達したのはゴンザレスです。彼は大工を生業としていますが、その巨体に見あった食欲で賭けくじの一番人気となっています。やはり、彼が優勝するのでしょうか？ いや、しかし、少々表情が厳しくなってきたか？ でも、休むことは許されません。二位との差はわずか一枚。気を抜くと逆転されてしまいます!!』

『開始から二十分が経ったが、全体的にペースが落ちてきたな。各選手十五枚は食べてるから、そろそろ苦しくなる頃だろう』

『でも、開始からスピードが落ちてない奴がいるぞ。このままのペースで四十分間食い続けることができたなら、逆転もあり得るんじゃないか？』

『いや、それは無理だろ。賭けくじの人気も最下位だぞ』

『あー、こらこら、ネイサンもインゲルも、ここは自宅でも酒場でもないんだから雑談してないでちゃんと解説してくれよ』

『ちゃんとした解説ってどんなんだ?』

『さあ、わからん』

『役立たず共め!!』

司会と解説の漫才みたいなやりとりに、思わずプホッと吹き出してしまった。この人達面白いな。

「二十五枚目か。シノブ、そろそろククリの用意をするぞ」

「わかった」

冷たい井戸水で冷やしていたククリを取り出して、豪快に潰して生クリームに練り込んでいくと、独特のいい香りが広がった。

「はー、美味そうな匂いだなー」

「祭りが終わったら打ち上げでみんなでクレープパーティーをしよう。ククリもたくさん収穫できたから、打ち上げで食べてよ」

思わず調理の手を止めて匂いを嗅いでいるみんなに声をかけると、俄然(がぜん)やる気が出たみたいで、カシャカシャとクリームをかき混ぜる音が速くなった。僕もククリのクレープの仕上げにかかる。

「あ、カスタードクリームも、もうあと少ししかない。作り置きあったっけ?」

「はいよ!」

ドンッとカスタードクリームが入ったボウルが目の前に置かれて、さっそくヘラでたっぷり持ち上げてクレープに落としていく。

『さて、二十五枚を過ぎた辺りからガクンとスピードが落ちましたが、依然としてゴンザレスが一位をキープしています。もうすぐ二十九枚目を食べ終わるところですが、十枚ごとのご褒美(ほうび)クレープはなんでしょうか。甘い物続きの中でありがたいソーセージ、ハンバーグと惣菜が来ましたが』

「おかわり!!」

『おかわりが出ました。三十枚目もゴンザレスが一番乗りです!!』

「よし、行ってこい!!」

できあがったばかりのクレープを係りの人が満面の笑みで運んでいった。

『おおーっと、これは豪華だ、ククリです、ククリのクレープですよ!! これは羨ましい、ちょっとゴンザレスに感想を聞いてみましょう』

ククリという言葉に会場がどよめいた。そりゃそうだ。この町では滅多に手に入らないんだから。

『どうですか、ククリのクレープのお味は？』

『美味しい、美味しいが、今はしょっぱいものが食いたかった……!!』

『ゴンザレス選手、涙目でククリのクレープを頬張っています。凄い戦いになってきました。みなさん苦しそうですが、一人淡々と食べ進めている方がいますね。開始からペースが落ちません。実に美味しそうに食べています。最下位だったのがジリジリ差を縮めて八位まで順位を上げてきました。これは波乱の展開を迎えそうですよ』

『あの細い体のどこにクレープが消えてるんだ？』

『ビックリだな。彼女に賭けた奴は本命と組み合わせての大穴狙いだったんだろうが、もしかしたら逆転もあるかもしれないぞ』

彼女？ 女性の参加者は三人いたけど、そのうちの二人はふくよかな女の人だったよな。まさか、エリーゼさん？ チラッとクゥジュを見ると、『まさか？』ってノルンと視線を交わしていた。エリーゼさん無理するなよ。男の人達と張り合って食べたらお腹を壊すぞ。

「ああ、ちょっと、中に入ったら駄目だ。出て、出て!!」

何事？ って声がした方を見ると、観客のおじさんが仕切りの布から顔を出して厨房を窺っていた。

「なぁ、俺にも食わせてくれないか？ 金なら払うから」

「私も食べたい!!」

ククリのクレープが引き金になったのか、厨房近くに陣取っていた観客が押し寄せてきていた。

「調理の邪魔しちゃ駄目だ。今忙しいんだから」

「なんだよ。一つくらい、いいだろ」

手伝いのおじさん達と観客が入り口の辺りで揉み合いになってしまった。集団心理って怖いよなって思うのはこういうときだ。一人が『食べたい』って声に出したら俺も私もって、大騒ぎになる。

力自慢の常連さん達が力を合わせて押し返しても、入り口じゃない場所から布を捲って入ろうとする人がいて、そっちの対応に追われて生クリームを泡立てる人手が足りなくなってしまった。

「クゥジュ、どうしよう」

「シノブとノルンは危ないから近寄るなよ。騒ぎを治めてくれるように執行部にかけ合ってくる」

エプロンを外したクゥジュが走っていったのを、僕とノルンは不安な気持ちで見送った。足手まといにならないように騒ぎから距離を取りながらも、僕達にもなにか手伝えることはないかと右往左往(うおうさおう)していたら、騎士さんがヒョコッと顔を出した。

「はいはーい、みんな落ち着いて。これ以上騒いだら、みんな纏めて捕まえるっすよ。捕まったら罰金が課せられて、せっかく賭けくじで勝ってもスッカラカンになっちゃいますよー」

この話し方は、ティボットさんだ。騒ぎを聞きつけて助けに来てくれたんだ!

それまで押し合いへし合いしていた観客の人達がティボットさんの言葉に従って、潮が引くみたいにサァーッて大人しくなった。やっぱり、騎士さんの影響力って凄いんだな。

『あー、はいはい、厨房に押しかけている観客のみなさんは、今すぐ離れてくださいねー。厨房から苦情が来てますよ。せっかくのお祭りなんですから、みなさん楽しく参りましょう』

司会のサンストンさんからも注意が入って、これで一安心だ。緊張から力が入って凝(こ)り固まっていた肩を回して安堵の息を吐いた。

「シノブ殿、ここは騎士数名で警備しますので、安心して作業を続けてください」

「助けてくれてありがとう。会場の警備は大丈夫なの?」

「クリシュさんからの指示ですから、大丈夫っすよ。いやー、でも、クリシュさんはシノブ殿のことをよく見てますよね。シノブ殿のピンチに鼻が利くっていうか。人の流れをジーッと見てたかと思ったら、『今すぐ厨房の警護に向かえ』ですもん。何事かと思ったら、騒ぎが起きちゃって。シノブ殿のことに対して先読みの能力でも開眼したんじゃないでしょうかねー。まぁ、俺としては厨房の警備を任されてありがたかったですけど。ここからのほうがエリーゼさんがよく見えるし、密かに応援しながら警備を頑張るっす。もしエリーゼさんからも俺が見えてたら、『真面目に仕事してる姿が素敵』とかって見直してもらえるかもしれないですしね。名誉挽回っす!!」

フンッて鼻息荒く敬礼したティボットさんは、ビシッと背筋を伸ばして厨房の入り口に陣取った。それにしても、『名誉挽回』って……。なにがあったんだ?

「エリーゼさんと喧嘩したのか?」

「ちょっと怒らせちゃったんすよね。せっかくお付き合いに漕ぎ着けたのに、バカやっちゃって。しばらく会わないって言われちゃったんですよ~。最後に会ったのは十日も前っす」

ティボットさんはガクッと項垂れた。よっぽど反省しているみたいで、眉毛がションボリ下がって凄く悲しそうだ。いつも元気なティボットさんだから、余計に可哀想に感じちゃう。

「反省してる?」

「勿論っすよ。街ですれ違っても目も合わせてくれないんすよ。知り合ってからはニッコリ笑ってくれてたのに、俺に気がつくと無表情でスッて目線を逸らされるんす。エリーゼさんの笑った顔が好きだったのに、俺、本当にバカだ」

うーん、これって、お節介になるかなぁ。でも、本当に反省してるみたいだから、謝るチャンスがあってもいいんじゃないかなぁ。

「あのさ、僕達、大早食い祭りが終わったら打ち上げをするんだ」

「打ち上げっすか。いいですね、楽しんできてください」

「エリーゼさんも誘おうと思うんだけど、ティボットさんも来る?」

「エ、エリーゼさんに嫌がられないですかね?」

「わからないけど、謝るチャンスができるかもしれないよ?」

「うわー、ありがとうございます! 俺、ぜひ参加させてもらいます!!」

イテテテッ、ティボットさん、力が強いって! 僕の手を握ってブンブン振り回すから、体がガクガク揺れてしまった。

「……お前ら、なにやってんだ? 遊んでないで、ラストスパートかけるぞ。あと十分だ」

遊んでたつもりはなかったんだけど、走って戻ってきたクゥジュに怒られちゃったよ。

『はい、そこまでー。終了です!! 今から係りの者が皿の集計をしますので、みなさん少々お待ちください』

「やっと終わったー」

最後の五分間のデッドヒートは凄かった。わんこそば状態で、危うくクレープの生地が足りなくなるところだったよ。

厨房のみんなも立ちっぱなしの作業だったから疲れてその場に座り込んでグッタリだ。

グッタリしながらもみんな笑顔だった。修羅場を切り抜けた連帯感みたいなものが生まれていて、座ったままハイタッチしたり抱き合ったりしてお互いの健闘を讃え合う。

「コラッ、うちの娘に抱きつくな!!」

いつのまにか厨房に入ってきていた執行部のお兄さんが、パン屋の娘さんと抱き合って喜んでいるのを見て、おじさんが怒鳴りつけた。

「まぁまあ、お父さん、そう怒らないで」

「お前にお父さんと言われる覚えはないわ！　娘にはパン屋を継いでくれる婿をとってもらわにゃならんのだから、お前は近づくな!!」

「あ、じゃあ僕、パン屋継ぎます」

「簡単に言うなー!!」

お父さんは怒ってるけど、娘さんの方は満更でもない様子で頬をほんのりと染めていた。大早食い祭りは出会いの場にもなったみたいだ。

結局、優勝は一位を突っ走っていたゴンザレスさんが優勝して、ノットは健闘虚しく五位になった。ビックリなのはエリーゼさんだ。開始当初は最下位だったのに、ジリジリ順位を上げて三位に食い込んでいた。

『私、早食いは苦手なのよ。あと三十分あれば優勝できたかもしれないのに残念だわ』というコメントを聞いて、エリーゼさんの胃袋はどうなってるんだろう？って恐ろしくなった。

エリーゼさん、ウエストが細いままだったんだよ。ゴンザレスさんは、ズボンのベルトやボタンを外してポッコリお腹になっていたのに。

うーん、これって異世界七不思議に登録できるんじゃないだろうか？

戦い終わって日が暮れて。打ち上げ会場のクゥジュの店は、大早食い祭りを一緒に乗り切った仲間で賑わっていた。

みんな、本当にお酒が好きだよなぁ。生クリームの泡立てにへばっていた常連のおじさん達も、パン屋のおじさんも、手伝いに来てくれたほかの店のシェフ達も浴びるようにお酒を飲んでガハガハ笑ってる。

好きな物を好きなだけ食べる立食形式にしたのは正解だったと思う。だって、椅子が足りないんだ。

なんだか知らないうちに人数が増えていて、おじさん達の知り合いだとか仕事仲間だとか、奥さんだとかが入り乱れてるんだ。

厨房ではシェフ達が料理の腕を競い合っているし、力自慢のおじさん達は腕相撲大会で盛り上がってる。

僕はあっちこっちに呼ばれては『まあまあ一杯』ってお酒を勧められて、『飲めないんです』『じゃあ、ジュースで乾杯』を繰り返しすぎて、水分だけでお腹がいっぱいになってしまった。

どのくらい飲んだかというと、歩くと胃がチャプチャプ音がするくらい。

これ以上飲むのは辛いから、お酌(しゃく)をされない場所を探して歩き回ることにした。

僕の安全地帯はどこだ？　って周りを窺っていたら、パン屋の娘さんがコソコソと外に出ていくのを偶然目撃してしまった。外で待っていたのは、執行部の人だった。

僕はちょっと考えて、スーッて視線を逸らして見なかったことにした。たとえばさ、いかにも悪いことしてますって感じのチンピラが相手だったら、僕は大声を上げて止めたかもしれない。でも、今日一日の仕事ぶりしか見てないけれど、あの人は大丈夫じゃないかなって思うんだ。働き者だし、気遣いもできるし。それに、人の恋路を邪魔すると、馬に蹴られるって言うし。

だから、僕はなんにも見てないし、娘さんが嬉しそうに手を繫いでどっかに行ったことも知らないということにしておいた。

なるべく不自然にならないように娘さんが出て行ったドアから離れた僕は、バチッて音が鳴りそうな勢いでエリーゼさんと目が合ってしまった。

エリーゼさんは僕とドアを見比べて、ニヤリと笑って手招きをした。

「ねぇ、あなた、気がついたでしょ？」

僕はギクリとしたけど、なんのことかわからないって感じで首を傾げて誤魔化(ごまか)した。

「な、なにを？」

「……まぁ、いいわ。アイツのこと少し知ってるけど悪い奴じゃないし」

エリーゼさんは、一人で手作りクレープのコーナーに陣取っていた。

「またクレープ食べてるんだ。甘い物ばかりで飽きない？」

「全然。だって今日しか食べられないのよ？　思い残すことがないように、思いっきり食べておかないと」

そんなエリーゼさんに、とっておきの情報がありますよ。

「今日手伝いに来てくれたシェフの末の息子さんがクレープの屋台を出すことになったんだ。近いうちに街で食べられると思うよ」

これほど美味しい食べ物を今日一日限定にしてしまうのは勿体ないから、ぜひ屋台で提供したいってクゥジュが直談判されて、僕に相談してきたんだ。クゥジュがいいなら、僕は特に問題はないので、その場で決定したんだ。

「本当に？　やだ、楽しみだわ!!」

エリーゼさんがクレープ片手に飲み干したお酒から覚えのある香りを感じて、思わずジッと見てしまった。

それ、クリシュさんが好きなお酒と同じ香りがする。

「なに、シノブも飲みたいの？」

「そのお酒、クリシュさんが好きなやつだなって思って。それって美味しい？」

「興味があるなら飲んでみたら」

前回お酒を飲んだときは酔っ払ってクリシュさんにセクハラしたらしいし。エリーゼさんにセクハラしたら大変だからやめたほうがいいと思う。

「お酒に弱いからやめておく」

「お酒はね、飲んで酔っ払って二日酔いになって鍛えられるのよ。でも、無理にとは言わないわ。代わりに特製のミックスジュースを作ってあげる」

エリーゼさんはガチャガチャいわせながらジュースのビンや果物のシロップを集め始めた。

「なんか塩辛いものが食べたいわね。シノブ、あれ取ってきて。唐揚げとかいう茶色いやつ」

「はーい」

エリーゼさんに渡された大きなお皿を持って唐揚げを取りに行く僕の背中に追加の注文が入った。

「あ、大盛りでね」

本当にエリーゼさんの胃袋はどうなってるんだろう。食べた先から消化できる特異体質なんじゃないだろうか。

唐揚げを手に戻ると、どこかから椅子を調達してきたエリーゼさんに隣に座るように促された。

「遅いわよー」

僕が運んできた唐揚げにザクッとフォークを突き刺してかぶりついたエリーゼさんは、泥水のような色をしたジョッキをドンッと置いた。

「はい、作っておいたわよ。スペシャルミックスジュース！」

「エリーゼさん、これ、なに入れたの……」

「大丈夫、飲めるものしか入ってないわよ」

全然大丈夫じゃない色をしてるんだけど、本当に飲めるのか？　匂いを嗅いでみたけど、なにが入っているのかさっぱり予測がつかなかった。

早く飲めという隣からの威圧に負けて、恐る恐る口をつけてみた。

「あれ、美味しい」

「そうでしょ」

凄く意外だけど、泥水みたいな色のわりにはちゃんと美味しかった。

僕とエリーゼさんは、唐揚げと、ついでに取ってきたサンドウィッチなんかを食べつつ、今日の大早食い祭りやアマンダさんの最近できた彼氏の話で盛り上がった。

「シノブはクリシュ様と一緒に住んでるのよね。クリシュ様って、やっぱりあっちの方も凄いの？」

手酌でお酒を注ぎながら聞かれたクリシュさんの話に、僕は満面の笑みで頷いた。

「クリシュさんは、いつも凄いよ!!」

「そんなに？」

「うん!!」

僕は、なんだかやたらと楽しくてケラケラ笑いながら答えた。

「クリシュさんはねー、力持ちだし、僕なんか簡単に持ち上げるんだよ」

「いやーん、激しそう!!」

激しい？　クリシュさんはいつも落ち着いてるから、激しいイメージはないけどなぁ。

「激しくはないよー」

「じゃあ、じっくりねっとり系？」

ジックリネットリケイってなんだろうって考えながら首を傾げていると、ブハッて吹き出す声が聞こえた。

「お前ら、たぶん会話が嚙み合ってないぞ」

「あー、クゥジュとノルンだ」

ノルンと腕を組んだクゥジュが、口を押さえて笑っていた。ノルンは赤い顔をして、クゥジュにしなだれかかっている。酔っ払ってるのかなぁ。

「シノブ、クリシュ様のどこが凄いんだ？」

「えっとねー、優しくて、強くて、ご飯もたくさん食べて、優しくて、それから、働き者でー、優しくてー、格好よくてー」

思いつく限りのクリシュさんの凄いところを上げていると、自然と顔が笑ってしまう。クリシュさん、まだかなぁ。会いたいなぁ。

「おい、シノブ変じゃないか？　まさか、酒飲ませた？」

「お酒じゃないよー。エリーゼさん特製のスペシャルミックスジュースだよー。クゥジュも飲む？」

ジョッキを見せると、受け取ったクゥジュは匂いを嗅いで顔をしかめた。

「おい、これ、酒入ってるだろ？」

「ほんの一匙よ。まさか、それで酔っ払うなんて思わないじゃない。さっきまでは普通だったんだけど、時間差で効いてきたのかしら？」

「あー、甘い物が食べたい!!　クレープでケーキ作ろうっと」

「私もお手伝いしますよ」

僕とノルンは協力してミルクレープを作り始めた。意味もなくおかしくて、笑いが止まらない。

騒ぎながらミルクレープを作っている間に、クゥジュはエリーゼさんと酒盛りを始めた。

「酔っ払ったノルンとシノブって微笑ましいよな」

「やーね、緩んだ顔しちゃって。相変わらず仲が良くて羨ましいこと。その後、戦況はどうなの？」

手近にあった酒を注いだグラスを渡すと、クゥジュは一口舐めて顔をしかめた。

「うわっ、これって一番キツい酒じゃん。誰だよこんな度数の高い酒持ち込んだの。俺達のほうは今のところ進展はなしかな。相変わらずノルンの母さんには結婚を反対されてる。でもまぁ、別に嫌われてるってわけじゃないし。昔から家に出入りしてたから、今でも普通に飯食いに行ったりはしてるしな。気長に説得すれば、いつかは認めてもらえると思ってるよ。俺達のことより、そっちはどうなんだよ。ケンカしたって聞いたけど？」

「ケンカっていうか、お仕置き中。体の関係を持つのはまだ早いって言ってるのに、隙を見ては部屋に連れ込もうとするからビンタしてしばらく会わないって言ってやったのよ」

ゴッゴッゴッと勢いよく酒を飲み干したエリーゼのグラスに酒を注ぎ足したクゥジュは、呆れ気味に肩を竦めた。

「相変わらず、気が強いな」

「三回よ」

指を三本突き立てたエリーゼは、当時のことを思い出したのか、眉間に深い皺を寄せている。

「三回までは優しく諭してあげたのよ？　四回目のときに気がついたのよ。これは犬の躾と同じだって。悪いことをしたときに厳しくしなきゃ、遊んでもらってると勘違いするのよ」

「彼氏を犬扱いかよ。あまり厳しくするとほかの奴のところに行っちまうかもよ」

「……やりすぎだと思う？」

「どうだろうな。人によると思うけど。俺、エリーゼの彼氏のことはよく知らないし」

エリーゼの表情が不安げなものに変わったのを見て、クゥジュは余計なことを言ってしまったかと、ポリポリと頭を掻いた。


「楽しそうだな」

振り向くと、いつの間に到着したのか、クリシュさんが僕とノルンの会話を聞いて笑っていた。

僕は大急ぎで椅子に膝立ちになってクリシュさんの首に飛びついて、いつもの『お帰りなさい』の挨拶をした。

「お帰りなさい!!」

「ただいま」

「今ね、ノルンに『えいっ』って負けて、酸っぱいジユースを飲んだら顔がギューッてなって、笑ってたんだ」

そのままグリグリッとクリシュさんの肩に頭を擦りつけていると、顎をクイッと指で持ち上げられて、顔を覗き込まれた。

「シノブ、もしかして酒を飲んだのか？」

「お酒じゃないよ。エリーゼさん特製のスペシャルミックスジュースだよ。泥水じゃないよ」

「泥水？」

「すみません、遊び心でジュースに一匙酒を入れたらしくて。シノブは酒に弱かったんですね」

「え、お酒が入ってたの？」

　クゥジュの説明に、僕はビックリしてエリーゼさんを見た。お酒が入ってるなんて、全然気がつかなかった。

　エリーゼさんは、てっきり悪戯が成功したって感じで笑ってるかと思ったのに、苦い物を食べたかのような表情をしていて、ペシッとお尻を叩かれてしまった。

「イテッ」

「シノブ、あなた、謀（はか）ったわね？」

　計（はか）ったって、なにをだろう？

「私を打ち上げに誘ったの、ティボットと会わせるためだったのね？」

　エリーゼさんの後ろには、大きな花束を抱えたティボットさんが緊張した顔で立っていた。僕は、二人が仲直りするきっかけができたらいいなって思ってエリーゼさんを打ち上げに誘ったんだけど、エリーゼさんはそれが不満みたいでムスッとした顔をしている。やっぱりお節介だったのかなあ？

　反省して椅子の上で正座すると、エリーゼさんに右の頬を摘まれてしまった。

「ふおめんなさい。へも、ふぃほっほはんふほふはんへひひへはひ、はははひはいっへゆっへはら」

（ごめんなさい。でも、ティボットさん凄く反省してたし、謝りたいって言ってたから）

「……それで？」

　エリーゼさんは、今度は両頬を引っ張り始めた。ううっ、かなり怒ってる？

「ほへんっへひうひはひはあっへほひひはは っへほほっへ。へひーへはん、はははひほひいへはへへ」

（ごめんって言う機会があってもいいかなって思って。エリーゼさん、話を聞いてあげて）

「シノブ……、なに言ってるのかサッパリわからないわ」

　一生懸命話したのに全然伝わってなくて、ショックを受けた。エリーゼさんは、最後に思いっきり頬を引っ張ってから、パチンッと手を離した。

「それで、なにしに来たの？」

　エリーゼさんは苦い表情のまま、腕を組んでティボットさんを見上げた。

「まずエリーゼさんを怒らせてしまったことについて、本当にごめんなさいっす。でも、単純にヤりたいからとか、そんないい加減な気持ちで誘ったわけじゃないんだ。はじめはエリーゼさんみたいな綺麗な人とお近づきになれてラッキーってくらいの気持ちだったけど、会うたびにどんどん大切に思えてきて。エリーゼさんは友達のことを『あの子は可愛いからモテる』ってよく言うけど、俺から見るとエリーゼさんのほうがずっと可愛いと思うし、ほかの奴に取られたくないって思ったら、早く深い関係にならなくちゃって焦っちまって。もうエリーゼさんと手を繋ぐくらいじゃ満足できないくらいに好きになったんだ」

　ティボットさんは、そこで言葉を切って抱えていた花束をエリーゼさんの腕に押しつけて、甲子園の応援団の人みたいに腕を後ろに組んだ。

　そして、スウーッと息を吸い込むと、クゥジュの店中に響き渡るくらいの大きな声で叫んだ。

「だから、俺と結婚を前提にお付き合いしてくださいっす!!」

　一瞬、店の中がシーンッて静まり返って、次の瞬間におじさん達は一斉に口笛を吹いたり、拍手をしたりして、ワーワーと騒ぎだした。

「いいぞー!!」

「兄ちゃん、よく言った!!」

　エリーゼさんは、ビックリした顔で花束とティボットさんを見比べていた。

「結婚なんて、急にそんなこと言われても……」

　いつもは姉御(あねご)って感じの勝ち気な表情をしているのに、戸惑っている様子はやっぱり普通の女の子なんだなって思えて、とても可愛らしかった。ティボットさんは、ちゃんとエリーゼさんの可愛いところをわかっていたんだな。

「うわぁ、大勢の前で公開プロポーズかよ。これは断りづらいな」

「クゥジュ、余計なことを言ってはダメですよ!!」

「イテッ」

　困り顔で目を伏せてしまったエリーゼさんを見て思わず呟いてしまったクゥジュは、ノルンに肘で脇腹を突っつかれて蹲(うずくま)った。

「騎士の兄ちゃん、その姉ちゃん食わしていくのは大変だぞー」

「そうそう、なにせ大早食い祭り三位だからな。たくさん食うぞー」

ちょっとおじさん達、真面目な話をしているところなんだから、チャチャ入れちゃダメだって!!

変なことを言ってエリーゼさんを怒らせたら、プロポーズが失敗するかもしれないじゃないか。

「美味しそうに食べる顔にも、食べっぷりにも惚れ直しました。一生懸命働いて稼いで、エリーゼさんに美味しいものをたくさん食べてもらえるように頑張ります!!」

「「おおー!!」」

ティボットさんは、お腹の底から声を出したせいか、はぁはぁと息を切らして顔を真っ赤にしていた。こんなに堂々とプロポーズできるなんて、凄く格好いいと思う。

「ど、どうでしょうか?」

プロポーズで出した大声とは裏腹に、自信なさげに返事を促したティボットさんの肩をパシリッと叩いたエリーゼさんは、抱えていた花束をテーブルの上に置いた。

「もう、恥ずかしいじゃないの」

「すみません……」

しょんぼりするティボットさんの前に立ったエリーゼさんは、首にスルリと腕を回して下から顔を覗き込むようにして抱きついた。

「浮気は、許さないわよ?」

「そ、それって!?」

「仕方ないから、結婚を前提にお付き合いしてあげるわ」

そう言って、ティボットさんの頭を引き寄せてブチュッとキスをした。その瞬間、ドワッと店中から歓声が上がって、中には手に持っていた物を上に放り投げている人もいて、いろんな物が宙を舞っていた。

お酒のジョッキを上に掲げたおじさんは中身を全部こぼしてしまっているし、打ち上げが終わった後の掃除が大変そうだ。

「おめでとうー!!」

「乾杯!!」

「幸せになれよー」

店中の至るところでコップを打ち鳴らし、祝福の言葉が乱れ飛ぶ中、僕はというと、目の前で繰り広げられる大人のキスに、固まってしまった。

（し、舌が、レロレロしてる……!!）

ティボットさんの首に腕を回したエリーゼさんと、その背中を抱き寄せるティボットさんは、ガッチリ抱き合いながら長い長い濃厚なキスを繰り広げているんだけど、何度も顔の位置を変えながらお互いの舌を食べ合っているみたいに出入りしているのが、僕の位置からは丸見えなんだ。

僕はクリシュさんと恋人になってから、恋人同士のキスについていろいろ教えてもらっていて、大人の仲間入りをしたような気になっていたんだけど……。まだまだ全然序の口だったみたいだ。

こんな上級者向けのキスを、僕もいつかクリシュさんとすることになるんだろうか。

（無理なような気がする……。）

見ているだけで鼻血を吹きそうなのに、実行に移すなんて絶対に無理だ。なんとかこの場から離れようとして、よろけながら一歩後ずさりしたところを体を支えるように肩に手を置かれて、驚いて振り返ると真後ろにいたクリシュさんと目が合ってしまった。

クリシュさんは、微笑ましそうな顔をしていたけど、僕は思わずクリシュさんの唇を見てしまって、爆発的に恥ずかしい気持ちになって顔を伏せてしまった。

絶対に無理だと思っているのに、クリシュさんとの大人のキスを想像してしまったんだ。顔どころか耳まで熱くなってしまった。

周りの人が平気な顔をしてるのに、僕だけがこんなに顔を真っ赤にしていたら、物凄くイヤらしいことを想像しているみたいに見えるんじゃないだろうか？

「シノブ、顔が真っ赤ですよ？」

ノルンに指摘されて、あまりにも恥ずかしくて顔を手で覆ってしゃがみ込んでしまった。

「シノブ、どうしたんだ。眠いのか？」

「酔いが回ったのかもな。大丈夫か？」

「う、うん」

本当は違うけど、もう酔っ払いでもなんでもいいや。クゥジュ、ナイスフォローだよ。

わざと目をゴシゴシ擦って眠たいアピールをすると、クリシュさんにヒョイッと抱き上げられてしまった。

「顔が赤いが……、まさか、熱があるのではないか？」

「!!」

クリシュさんは、片手で僕の前髪をかき上げて額を寄せてきた。

(顔! 顔が、近い!!)

クリシュさんが話すと唇の隙間から舌がチロリと見えるものだから、僕の顔は熱を計られている間中真っ赤なままだった。

それにしても、エリーゼさんもティボットさんもキスが長いよ!! 目に毒だから、もうそろそろ終わらせてくれ。


ティボットさんのプロポーズに盛り上がった打ち上げは、歌ったり踊ったり、娘さんが脱け出したことに気がついたパン屋のおじさんが暴れたりと大盛況で終わり、僕はクリシュさんに抱えられて家に連れ帰ってもらった。

酔っ払った(とクリシュさんは思っている)僕を寝室のベッドに転がしたクリシュさんは、水を浴びるために外に行ったから、今は真っ暗な部屋の中で一人っきりだ。

日中締め切っていた部屋の熱気を逃がすために開け放たれた窓の外から、パシャリパシャリと水の音が聞こえてくる。

エリーゼさんとティボットさんの濃厚なキスを見てしまった僕は、変な方向にスイッチが入ってしまって、水の音が響くたびにクリシュさんの裸の背中を想像してしまって足をバタつかせたり、大人のキスを交わすシーンをクリシュさん相手に想像して枕を叩いたり。

頭の中がピンク色で染まってしまったみたいにエッチなことばかり考えてしまって、途方に暮れていた。

考えるな、考えるなって呪文みたいに繰り返しても、次の瞬間にはクリシュさんの唇がもわわんっと頭の中に浮かんでしまって、その結果僕に叩かれたり投げ飛ばされた可哀想な枕達が広いベッドの上に散らばっている。

バタバタ暴れすぎて息を切らしていたら、水浴びを終えたクリシュさんが階段を上ってくる音が聞こえて、慌てて枕をかき集めてもとの場所に戻して寝たふりをした。

(ね、眠れない………。)

クリシュさんに背中を向けたまま、僕はモソモソと足を動かした。戻ってきたクリシュさんは、ベッドに入って僕の頭の天辺にキスをすると、小さな声で『おやすみ』と囁いて眠ってしまった。

しばらくの間、息を潜めて寝たふりをしていたけど、妙に目が冴えてしまって全然眠れない。普段はクリシュさんの方を向いて腕枕をしてもらっているのに、今日は逆側を向いて寝ているからかもしれない。

クリシュさんは明日も仕事だし、起こしちゃいけないって思ってなるべく動かないようにしているんだけど、ずっと同じ体勢でいるのって結構辛い。

気持ちを落ち着かせるために窓から見える夜空を眺めていたら、あれ？　って思った。僕はいつから夜目が利くようになったんだろう。

街灯もない真っ暗な夜は、明るいネオンに慣れた僕には恐ろしいものだった。なにも見えなくていろんな物にぶつかるし、躓くし。

さらに、盗賊に襲われてからは、夜が怖い気持ちが酷くなって、クリシュさんがいない夜は怖いのに眠れなくてギュッと目を瞑っていることが多かった。

でも今は、隣にクリシュさんがいるから安心して目を開けていられる。この世界で一番安全だと思えるクリシュさんの隣で落ち着いて見てみると、夜は真っ暗闇じゃないんだと気がついた。窓から微かな星明かりが差し込んでいて、うっすらとだけど部屋の中が見渡せる。

僕の目は少しずつだけど、この世界に馴染んでいたんだな。このことに気がつくことができたのはクリシュさんがそばにいてくれているからだ。

そう考えていたら、なんだか無性にクリシュさんの顔が見たくなってしまった。クリシュさんはもう寝ているし、それなら顔を見て赤面しようが唇を見て妄想しようが自由だ。そのためには、クリシュさんを起こさないように寝返りを打つ必要があるぞ。

僕はゆっくりと体を動かした。クリシュさんは物音に敏感だって言っていたから、ベッドの振動や衣擦れの音で起こしてしまわないように細心の注意を払って。

そうやって苦労して寝返りを打った先、ようやく見ることができたクリシュさんは、闇の中でパッチリと目が開いていた。今起きた寝惚け眼じゃなくて、ずっと起きてましたって感じの顔で。

「ひゃっ!!」

てっきり眠っていると思っていた僕は、ビクゥッ!!とベッドから跳ねてしまうくらいに驚いた。

「やはり起きていたのか。眠れないのか?」

僕の寝たふりは、クリシュさんにバレバレでした。

片手でコロンと僕を転がしたクリシュさんは頭の下に腕を入れて、いつもの寝る体勢を整えてくれた。

「俺は、シノブになにかしてしまったか?」

「え?」

クリシュさんらしくない、ちょっと寂しそうな声。なんのことかわからなくて首を傾げた先には、声と同じで少しだけ悲しそうな顔をしたクリシュさんがいた。いつもはキリッと凛々しい眉毛が、心なしか下がっているように見える。

「打ち上げの途中から避けられているような気がしたのだが、気がつかないうちになにか気に障ることをしてしまったんだろう?」

「あ……」

僕は自分のことばっかりで、クリシュさんがどう思うかを全然考えていなかった。僕だって意味もわからずクリシュさんに避けられたらショックを受けると思う。今回なんて、喧嘩したわけでもないのに急に僕の様子が変になって、クリシュさんは本気で意味がわからなかったんだろう。

「ち、違うよ、クリシュさんがなにかしたとかじゃないから!!」

「気を遣わなくていいから言って欲しい。シノブを気づかぬうちに傷つけてしまう方がよっぽどキツい」

ああもう、僕のバカっ!! よからぬ妄想をしてしまったばっかりに、クリシュさんにこんな顔をさせてしまうなんて。

「あの、違うんだ」

もうこれは恥ずかしがっている場合じゃない。ちゃんと説明して誤解を解かないと。だけど、エリーゼさん達のキスを見てクリシュさんとのエッチなキスを想像していたのを告白するのは、なんとも情けなくて言い辛い。そんなことで避けられたのかってクリシュさんに呆れられてしまうんじゃないだろうか。それどころか、怒らせてしまったらどうしよう。

そんな風に迷ってみても、きちんと説明する以外の選択肢は僕には残されていないから、覚悟を決めた。

「あの、その……、エリーゼさん達のキスがさ、凄かったから」

「うん?」

クリシュさんの相づちを打つ声が、なんとも不思議そうだ。『え、今その話、関係ある？』って感じに思ってるんだろうなぁ。

「あんな濃いキスを見たのは僕は初めてで、ちょっと、いろいろ想像したというか」

腕枕をしてくれている方と反対の手が、僕の耳の横の辺りの髪の毛をくすぐるように撫でた。『怒らないから言ってごらん』って言われているような気がして、僕は今度こそ覚悟を決めた。

「僕もいつかクリシュさんとあんなキスをするのかなって想像したら、恥ずかしくてクリシュさんの顔が見れなかったんです!!」

覚悟をしたけど、それで恥ずかしいのが薄れるわけじゃなくて。穴があったら入りたいような気持ちで、せめて顔だけでも隠したくて、両手で顔を覆った。

「………」

「………」
ク、クリシュさん、なにか言ってくれないかな？　沈黙はちょっと辛いのですけど。言葉も出ないくらいに呆れてしまったんだろうか。
「シノブもしてみるか？」

顔を覆っていた手首をクリシュさんに摑まれて、優しく引き離された。まだ恥ずかしくてちょっとだけ力を入れて抵抗したけど、僕の抵抗なんてなんの役にも立たなかった。

そのまま摑まれた手首をシーツに押しつけられると、僕の体は自然と横向きの体勢から仰向けになる。

ギシッとベッドが軋む音がして、大きな体をのそりと動かしたクリシュさんが、僕の体の上に覆い被さってきた。

被さるっていっても、肘で体を支えているから体重はかかっていなくて、潰されることはなかったし、その心配をしている暇もなかった。

真っ暗な中、クリシュさんの顔が凄く近くにあるのがわかった。

いつものクリシュさんは優しい目をしているのに、今はもっと強い視線で、上手く表現できないけど、凄く男っぽい表情をしていて、僕の心臓はドクドクと暴れ始めた。

僕の手首を摑んでいた手を離して、頬をスルリと撫でた後、親指で唇を押された。

なにを『してみる』のかなんて、この行動で聞かなくてもわかってしまった。だって、これって、いつもクリシュさんが唇にキスをくれる前の合図だ。

だんだんと近づいてくるクリシュさんの唇に、僕はギュッと目を閉じた。

チュッ。

（……あれ？）

軽く合わさった唇が離れて、親指で撫でられた。クリシュさんは、その動きを何度も繰り返した。

何度も繰り返されているうちに、だんだんと体の力が抜けていく。抜けてから気がついたんだけど、僕は相当緊張していたみたいだ。

力が抜けると、今度は下唇をはむっとされた。はむはむ、すりすりってされているうちに気持ちに余裕ができてきて、僕もお返しにクリシュさんの下唇をはむっとしてみた。

「シノブ、鼻で息をするんだ」

「でも僕の鼻息が顔にかかったら、クリシュさん、嫌じゃないか？」

「シノブは俺の息がかかったら嫌か？」

「嫌じゃない」

「なら、そういうことだ」

なるほど、そうか。クリシュさんが嫌じゃないならいいやって納得して、目を閉じてもう一度触れてくれるのを待った。

普段は僕の息が切れてくると終わりの合図でトントンッて背中を叩いて落ち着かせてくれるんだけど、今日は休憩を挟んで何度もクリシュさんの唇が降ってくる。

その休憩の間にも、クリシュさんは僕の頬にキスをしたり、手首にキスをしたりで、心臓のドキドキが治まらない。耳の縁をかじられたときは、痛くはなかったけど凄くビックリした。

せっかく鼻で息をすることを教えてもらったのに、僕はやっぱりゼーハーと息を切らしてしまう。息継ぎって難しい。

何度目かの休憩に息を整えていると、クリシュさんの親指が唇の隙間から入ってきて、トントンッて歯をノックされた。

酸素が足りなくてポヤンとした頭で、口を開けろってことかなって考えて、首を傾げながら開くと、歯と歯の間にクリシュさんの親指が入ってきた。

クリシュさんが優しく笑ったのを見て、正解だったなってちょっと得意な気持ちで笑い返すと、またクリシュさんの唇が降りてきた。

親指と入れ替わりに入ってきた濡れた柔らかいものがなんなのか、はじめはわからなかったけど、とっさに噛んじゃ駄目だって思って、さっきより大きく口を開けた。

柔らかいものは歯と歯の間に留まって、それ以上入ってこようとはしなかった。僕は口が開いたままだったから、唾が飲み込みにくくて困ってしまった。

だんだんと口の中に唾が溜まってきて、無理矢理に喉を動かして飲み込むと、その拍子に大きく動いてしまった舌の先っちょが柔らかいものに触れた。

その瞬間、尾てい骨の辺りがゾワッとして、僕は慌ててクリシュさんの胸を押した。覆い被さっていたクリシュさんの体が離れていって、慌てて口を両手で押さえた。

なんだ今の、なんだ今の！　ゾワッてした!!

クリシュさんは僕の顔の横辺りに肘をついて、慌てる僕を見下ろしていた。

美味しい物を食べた後みたいにペロリと唇を舐めた舌を見て、親指の代わりに歯の間に入ってきたものがクリシュさんの舌だったってことにようやく気がついた。

「嫌だったか？」

嫌ではなかったから顔を横に振ったけど、ゾワッてした感覚が抜けなくて、涙目になっていた。

「嫌でなかったのなら、もう一度」

口を押さえていた手を指先で撫でられた。これって、自分から手をどけて口を開けろってことか？　それって、キスをねだっているみたいに見えない？

頭に浮かんだのはクリシュさんが水浴びしているときに妄想したエッチなキスで、恥ずかしさに爆発してしまいそうだった。

転げ回りたくても、いつのまにかクリシュさんの体が僕の足の間に入っていて、身動きできないし、両手は口を押さえるのに使ってしまっているから、顔を隠すこともできない。

クリシュさんは、僕の手を無理にどかせようとはしなかった。僕が躊躇っている間は頬を優しく撫でてくれた。ベッドに肘をついて適度に距離を取りながら、気持ちが整うのを待ってくれているみたいだった。

僕は大きく深呼吸をして、意を決して口を押さえている手をどけると、パカッと口を大きく開いた。恥ずかしいから、目はギュッと閉じてしまったけど。

「……シノブ、そんなに口を大きく開けたら口づけができない」

「はっ!!」

そ、そうか。餌をもらう鳥の雛じゃないんだから、こんなに口を開く必要はないのか。格好悪いなって思いながら照れ笑いをすると、ククッて低く喉を鳴らすクリシュさんの笑い声が聞こえた。

格好悪かったけど、クリシュさんと目を合わせて笑い合うことができて、体の余計な力が抜けた僕は、今度は少しだけ口を開けてクリシュさんを待った。

『よくできました』って感じで僕の頭をクシャクシャと撫でてくれたから、今度はちゃんとできたと思う。

唇が重なって、さっきみたいに舌が口の中に入ってきた。今度は『これはクリシュさんの舌だ』ってわかってるから、僕は恐る恐る舌先を伸ばしてツンッてクリシュさんの舌を突っついた。

ちょっと触れただけなのに、また尾てい骨の辺りがゾワッとなって、慌てて舌を引っ込めた。でも、さっきとは違ってクリシュさんの舌が追いかけてきて、僕の舌の表面をスルリと撫でる。

クリシュさんの舌は、凄く熱かった。そして、本当に僕と同じ舌なんだろうかって思うくらいに器用に動く。

舌の表面を撫でたかと思えば、次には舌の裏側に。グルリと一周して戻ってくると、今度は頬の内側や歯の裏側を舐められて、一つ一つの動きはゆっくりに感じるのに、流れるように動くから、なにがどうなってるのかさっぱりわからない。

「んうっ」

上顎のデコボコした辺りをくすぐられると、喉の奥から声が漏れてしまった。反応してしまった場所を舌がヌルヌルと往復して、ジンッと痺れる感覚に怖じ気づいた僕は背中を反らして逃げようとした。でも、ベッドに寝ている体勢だから、逃げることができなくて、腰の辺りに隙間ができたくらいで終わってしまった。

体を捩って逃げようとしても、クリシュさんは容赦なく上顎をくすぐってくる。尖らせた舌でコショコショしてくるから、僕がたまらず舌で押し返すと、搦め捕られてクリシュさんの口の中に引っ張り込まれてチュウッて吸い上げられてしまった。

「んんんっ」

息が苦しいやら、体がビクビクするやらで、僕はもう無理ってクリシュさんの肩をタップした。

唇が離れた隙に、ゼーハーと息をする。鼻で呼吸を頑張っても、やっぱり息が切れてしまうのはなんでだろう。

これが普通のことなのか、僕の息継ぎが下手くそなのか。練習したら上手にできるようになるだろうか。

「すまない、苦しかったか？　加減をしたつもりだったんだが」

あれで加減してたのか……。じゃあ、加減をしなかったら、僕はきっと窒息死してしまう気がする。

「息継ぎって、練習したら上手くなると思う？」

クリシュさんは、キョトンとしてから、とてもいい笑顔で言った。

「そうだな。今日から毎日練習をしたら上達するんじゃないか？」

「ま、毎日？」

僕は、もしかしたら墓穴を掘ったのかもしれない。キスは嬉しいけど、毎日こんなキスをしたら、体力的に限界が来てしまうんじゃないかと思う。

「じゃあ、もう一度練習だ。俺の真似をしてみるんだ」

「え」

クリシュさんは、やっぱり騎士をしているだけあって、練習とか訓練とかになると力が入るのかもしれない。有無を言わさず降りてきた唇に、僕は目を白黒させた。

クリシュさんの舌はさっきよりもゆっくりと動いた。一つの動作を終えると動きを止めて『やってごらん』って僕を促すように髪を撫でてくる。

僕は、こうかな？　どうかな？　って思いながら真似をしてみるんだけど、やっぱり難しい。なんか違うんだよな。ゾクッとすると、思わず動きが止まってしまうし。

クリシュさんの舌の動きを追いかけているうちに、時折体に走っていたゾクゾクする感覚が強くなってきた。そして、お腹の下に熱が溜まるようになってきて、僕は心の中でヤバい、ヤバいって焦り始めた。

僕の足の間にはクリシュさんの体が挟まっていて、ちょうどお腹の辺りに僕の股間が当たってしまっている。

ただでさえキスで反応してしまっているのに、クリシュさんが身動きするたびにソコが擦れてしまって、のっぴきならない状況になってしまった。

(待って待って、動かないで、擦れるから!!)

僕はクリシュさんの舌の真似をするどころじゃなくなって、ただただ搦め捕られるばかりだ。

ゴリッ。

「ううううんっ!!」

クリシュさんが顔の向きを変えた拍子に体が大きく動いて、どうにも治まらなくなってしまっていたソコにゴリッと擦れた。

ピクッとクリシュさんが反応したことで、『気づかれた!!』って焦った僕は、火事場の馬鹿力を発揮してクリシュさんの体を押し退けて、股間を押さえてうつ伏せになった。

「クリシュさん、僕、トイレ!!」

多分バレた、絶対に気づかれた。頼むから、なにも言わずにトイレに行かせてくれ! クリシュさんも男なら、僕の今の状態わかるよな? 武士の情けで、知らないふりをして見逃して!! 僕は枕に顔を押しつけて、クリシュさんが退いてくれるのを待った。

「……シノブ」

「うあっ」

後ろからクリシュさんの筋肉に覆われた硬い腕が巻きついてきて、うつ伏せた僕の体をスッポリと包み込んだ。

首の後ろの髪を鼻でかき分けて、チュウッて唇を押しつけられて、僕はビクビクするアソコをギュッと握り締めた。そうしないと、危うく爆発してしまいそうだったんだ。

恥ずかしくて情けなくて。半ベソを通り越して泣きベソになっている僕の首の後ろにクリシュさんの湿った息がかかった。その微かな風にさえ、僕の体は反応してビクッとしてしまう。

もうヤダ、逃げたい。どこか狭いところに隠れて、クリシュさんの目に入らない場所で縮こまってしまいたい。

「シノブ。大丈夫、大丈夫だ。恥ずかしいことじゃない」

全然大丈夫じゃないし、凄く恥ずかしい。口を開けたらまた変な声が出てしまいそうだったから、グッって唇を噛み締めて左右に首を振った。

「愛しい相手と触れ合って、そうならない男などいない。シノブの体は俺のことが愛しいと一生懸命に伝えてくれている。そう思ってもいいだろう？」

そんな風に言われたら、頷かないわけにはいかないじゃないか。僕がクリシュさんを好きなのも、キスに反応してしまったのも本当のことだし。でも頷いてしまうと、勃っているのを認めることになってしまう。それはやっぱり恥ずかしくて、本当にちょっとだけ、もしかしたら、そうかな？　ってわかるくらいに少しだけ顔を縦に動かした。

「それなら、気持ちに応えるのは恋人の役目だ」

後ろから抱き締められて、僕のお腹の辺りにあったクリシュさんの右手が動いて、寝巻き用にしているウエストがユルユルのズボンの中にスルッと入ってきた。

「あっ、ひぁっ!?」

僕とは違う、硬い掌の感触。凄く、熱い。

「ちょ、ま、待って、」

掌にスッポリと覆われてしまった僕のソコは、その刺激が欲しかったんだと言わんばかりにトロトロと汁をこぼし始めた。駄目だよ、だって、今日僕は!!

「き、汚いよ！　今日は水浴びしてないのに!!」

「そうか、終わったら体を拭いてやろう」

「違っ!!」

僕は、『違う』の言葉を最後まで言えなかった。体を拭いて欲しくて言ったんじゃないんだよ。汚いから触らないでって伝えたかったんだ。

だけど、クリシュさんの手がゆるゆると動き始めると、それ以上話すことができなくて、フーッフーッと口に枕を押し当てて必死に鼻で息をすることしかできなくなってしまった。

擦られて、時々先っぽのツルツルした部分を親指でクリッと刺激されて、根本の辺りをニギニギされて。すぐにでも出ちゃいそうだったのに寸前になると動きを止められてしまって、そのたびに動物みたいに喉の奥から唸り声を上げてしまう。

途中から『枕に口を押しつけていたら苦しいだろ？』ってクリシュさんに背中を向ける形で横向きにされてしまったから、枕で口を押さえることができなくなって、ずっと変な声が出っぱなしだ。

「もう無理、無理」

自分でするときは手早くパパッと済ませてしまうから、こんなに時間をかけたことなんてなくて、寸前で焦らされるのを繰り返された僕は息も絶え絶えだった。

「もう少し、我慢しろ。もっとよくなるから」

寝巻きのシャツの襟がずり落ちて、剝き出しになった肩にチュウッとキスをされて、頭の奥がジーンッと痺れるみたいだ。

これ以上我慢するなんて本当に無理だ。もっと気持ちよくなったら、僕は頭が変になってしまうかもしれない。怖くなって、クリシュさんの腕を摑んでグイグイ引っ張った。

「ヤダヤダ、もう怖い、出したい」

お願い、お願いって繰り返して、爪先をギュッと丸めた足でシーツを蹴って、後頭部をクリシュさんの胸に擦りつけて、それでもクリシュさんは簡単には出させてくれなかった。

「アッ、アッ、アッ、」

「いい子だ、気持ちいいか？」

「うん、うん」

焦らすような動きをしていた手がだんだんと速くなって、やっと出させてくれるかもって期待に腰を動かして自分から擦りつけてしまっていることに気づかずにクリシュさんの左腕を抱き締めた。

「クリ、シュさん、出る」

「ああ、そのまま……」

「ふっ、あっ、うあっ、」

カリッと耳の縁をかじられて、それを合図にドロッと先っぽから漏れ出した。

普段はビュビュッと一気に出して終わりなのに、今日の僕は長い時間クリシュさんの手の動きに合わせてドロドロと少しずつ出し続けた。

散々焦らされたせいなのか、クリシュさんが僕のを握る力が強くて塞き止められてしまったのか、原因はわからないけど、出している間はずっと気持ちいいまま、全部出し終わったときには余韻と疲れで放心してしまっていた。

「はふっ、はふっ、」

息を整えている間、クリシュさんは髪にキスをしたり、左手で肩や腕を撫でていてくれた。そうされると安心して、頭の先から爪先まで入っていた力が徐々に抜けていく。

完全に脱力した後も、しばらくの間抱き締めてくれていた。

「湯を持ってくるから、シノブは休んでいてくれ」

力が抜けてダランと寝転んだ僕の頰にキスをしたクリシュさんは、ベッドから下りると部屋を出て行った。

（僕、今まで生きてきた中で、今が一番疲れてるような気がする……）

僕は不覚にもクリシュさんが戻ってくる前に、とろりとした眠気に負けて眠ってしまった。

第4章　最初の記憶

「うーん、イテテテテッ」

朝起きて、なんだか体が怠いなぁって思いながら伸びをしたら、体の変なところが痛かった。力を入れると、ピキッとする。

なんだぁ？　って思いながら布団の中でモゾモゾ動いていると、布団の上からポンポンッて体を叩かれた。

「おはよう、どうしたんだ？」

「クリシュさん、おはよお～ぅ」

挨拶の最後に大きなあくびが出て、目をコシコシ擦る。しっかり寝たはずなんだけど、なんだか疲れが残ってる気がして、起き上がって首を回すとパキパキッて音が鳴った。

「変なところが筋肉痛になったみたいなんだ」

「変なところ？　どこだ？」

「背中と、脛と、手首の内側と、脇の下の肋骨の上辺りと、お尻と、腕の内側と」

体を動かしてみると、あちこち痛い箇所が見つかって、なんだ？　って首を傾げた。

「あと、お腹も」

「要するに、全身か？」

「うーん、そうかな？　普段使わない筋肉が痛いみたいなんだ。……あれ、僕の寝巻きじゃない」

手足を動かしてる途中で、自分が見慣れない服を着ているのに気がついた。ブカブカで、裾なんて膝をスッポリと隠してしまうくらいに丈が長い。

これって、クリシュさんのシャツか？　洗濯のときに見た覚えがある。

なんでクリシュさんのシャツを着ているんだろう。

たしか、昨日クリシュさんが水浴びをしている間にコソコソッと着替えたはずだったんだけどな？

「ああ、昨日濡らしてしまったからな。シノブの寝巻きの替えが見当たらなかったから、俺のシャツを着せておいた」

「そうだったんだ、ありがとう。ベッドの周りにコップでも置いてあっ……たっ……けぇぇぇぇ!?　わーっ!!」

思い出した、思い出した!!

昨日、僕はクリシュさんに、その、あの、手伝ってもらってしまったんだった!!

寝巻きが濡れていたのは、僕の……がついてしまったせいで、僕は、それを放置して眠ってしまったのか!!

「わ――っ！　わ―――っ!!」

布団を引っ張って頭から被った。大福みたいに丸まって布団の中に隠れながら、僕はなんてことをしてしまったんだ!!　ってサァーッて血の気が引いていった。

クリシュさんに僕のを処理させてしまったばかりか、後始末までさせてしまうなんて!!

昨日は水浴びをしなかったのに、体がサッパリしてるのは、クリシュさんが体を拭いてくれたからなんだろう。

『ヤダヤダ、もう怖い、出したい』

「うわ―――!!」

背中から抱かれて自分が言った台詞を思い出して、顔から火が出るかと思うほど恥ずかしかった。

僕は前々から自分のことを『バカだなぁ』って思うことがあったけど、今日ほどそれを実感したことはなかった。

合わせる顔がないって涙目になっていると、ヒョイッと持ち上げられてクリシュさんの膝の上に座らされてしまった。

「シノブ、顔を見せてくれ」

ヒィィ、無理、無理だよ。今合わせる顔がないって思ったばかりなのに、どの面(つら)下げて顔を出したらいいのか。僕は、被った布団を取られないように端っこを握り締めた。

「昨日は可愛かった」

「ひゃっ!!」

昨日のアレコレのどの辺りが可愛かったのか、さっぱりわからない。顔を横に振ったけど、恥ずかしさに全身がブルブル震えていたから、クリシュさんに伝わったかどうか。

「シノブは奥ゆかしいから昨夜のことを恥ずかしいと思うかもしれないが、世の中の恋人同士はみんなやっていることだ。俺は、また一歩シノブとの仲を深めることができて嬉しい。ただ、少し強引だった自覚があるから、昨日のことを怒っていないのなら、顔を見せて安心させてくれないか?」

　怒ってるなんて、そんなことないよ。ただちょっと……だいぶ恥ずかしかっただけで。

　僕も嬉しい。クリシュさんのことが大好きなんだ。エリーゼさん達のキスを見て、クリシュさんとのキスを妄想しちゃうくらいに好きだ。強引なクリシュさんも、ドキドキして好きだ。

　僕は意を決して被っていた布団から脱出することにした。

「……あれ、あれ?」

　上手く出られない。布団を引っ張ったり、押し退けたりしながらモコモコ動いて、やっと布団の端を尻で踏んでしまっていることに気がついた。

「ぷはっ」

　尻を浮かせて布団から脱出すると、息苦しさから解放されて、ぷはって息を吸い込んだ。

　クリシュさんは、とっても優しい顔で頭を撫でて髪を整えてくれた。

「嫌じゃなかったと思ってもいいか?」

「全然嫌じゃないし、怒ってないよ。むしろ、嬉しかったと思う。でも変な声をたくさん出しちゃったし、後始末までさせちゃって、恥ずかしいやら申し訳ないやらの気持ちでした」

「ありがとう」

　お礼を言われてしまった……。それはむしろ、僕が言わないといけなかったんじゃないかと思うんだけど。

　クリシュさんは機嫌がよさそうに、体を左右に揺らして僕の背中を撫でてくれた。

　僕は昨日、クリシュさんのキスが気持ちよくてヘロヘロになってしまったけど、クリシュさんを同じように気持ちよくしてあげられる日が来るんだろうか。いや、来なきゃ駄目だろ。されるばっかりだと不公平だし。『気持ちに応えるのは恋人の役目だ』って、クリシュさんも言っていたし。でもなぁ、クリシュさん、僕相手に興奮したりするんだろうか?

　なんとなく、視線が下がってクリシュさんの股間の辺りを見てしまった。だってさ、クリシュさん、武士って感じでストイックだし、清廉潔白って感じでソコが大きくなってるところが想像できないんだよな。

「シノブ?」

　もし、もしだよ?　クリシュさんがその気になってくれたとして、僕に昨夜のクリシュさんのような行動ができるかどうかも問題だ。キスを教えてもらったときみたいに真似できるだろうか？

「シノブ、どうしたんだ？」

「えっ、ああ、うん」

名前を呼ばれて見上げると、クリシュさんが不思議そうな顔をしていた。

うん、そうだよな。僕はクリシュさんの恋人なんだから、真似ができるように頑張らないとな。

「クリシュさん、僕、頑張る」

「？　ああ」

クリシュさんは、よくわからないなって顔をしながらも、頷いてくれた。

大早食い祭りが終わって、僕は普段の日常に戻った。畑仕事をして、牛乳を搾って、卵を集めて、家族達の毛繕いをして。そして、できるだけ時間が許す限り、生命の木に会いに行った。

不思議な幻は、その後も何度も見ている。瞬きをしたら消えてしまうくらいに一瞬だったり、ショートフィルムを見ているみたいだったり。視点も高い場所から見下ろしていたり、逆に地面に近い場所から見上げていたり、遠くから眺めていたり。

登場人物もいろいろだったけど、そのどれもに必ず登場するのは、あの水色の髪の子供だった。姿も少年だったり幼児だったり、お母さんらしき人に抱っこされている赤ちゃんだったり。

水色の髪の子供の正体は相変わらずわからないけど、生命の木がこの子について伝えたいことがあるんじゃないかって思ってる。

だから余計に気になって、毎日のように通ってしまう。僕もフィルクス様みたいに植物の気持ちがわかるといいのにな。そうしたら、なにを伝えたいのか知ることができるのに。

そんなある日のことだった。

「シノブ、やっと許可が出たぞ」

「許可？」

夕飯の盛りつけをしているときに話しかけられて、首だけで振り向いた。

「近いうちに生命の木の本体に案内できることになった」

「え、もう？　だって、大切な木だから許可を取るのには時間がかかるって言ってなかった？」

フィルクス様は僕が生命の木の本体に会うことに賛成しているけど、周りには慎重派の人もいて、説得するのに難儀しているって聞いていたけど。

「煩い狸達はフィルクス様が捻じ伏せた」

そうか、いよいよかと思うと緊張する。実際に生命の木に会いに行くようになって、僕はこの世界の人達がどれほど生命の木を大切にしているか実感したんだ。

僕の『植物系』チート能力が、本当に生命の木に効果があるのかはわからない。今だってよくなったり悪くなったりしているのが僕の能力と関係があるかどうか、誰にも証明できないんだし。

たとえば、僕の体から緑色の煙が出ていて、それが生命の木に吸い込まれていったら元気になりましたとか、目に見えるものならよかったのにな。

僕がやってることって、会いに行って触ったり、歩きながら独り言みたいに話しかけたりしてるだけだもんな。

慎重派の人達が、本当に効果があるのか、偶然じゃないのかって疑うのもわかる。そんな不確かなものに頼って大切な木に触れさせるなんて、危険じゃないかって思うよな。

「クリシュさん、本当にいいの？　効果がなかったら、フィルクス様の立場が悪くなったりしない？」

「不安か？」

不安……。そうかも。ゴチャゴチャと考えていたけど、結局は上手くいかなくて、クリシュさんやフィルクス様を失望させたり、迷惑をかけるのが嫌で、怖いんだと思う。

僕は、人の迷惑になるのが怖い。ずっとずっと、怖かった。それはもう、僕の中に染みついてしまった習性で、普段は大丈夫だけど、なにか決断が必要になったときに顔を出す。大学に進学しないと決めたときもこの習性がチクチクと僕を刺した。学校の先生には、大学が無理なら専門学校もあるって何度も勧められたけど、進学したら、それだけ独り立ちする時期が遅くなる。僕は、父さんと母さんが早く僕の手を離したがっているって知っていたから、その選択はしなかった。僕を見て、溜息を吐く姿をもう見たくなかったんだ。

「もし、今回試してみて効果がなかったとしても、『効果がなかった』という新たな手がかりが見つかるのはそれだけで有益な情報だ。シノブは手伝ってやっているのだと、胸を張っているといい。十年間、なんの成果もなく過ごしてきた俺達にとって、わずかな手がかりだとしても、画期的なことなのだから。そうだ、頻繁に生命の木に足を運んでくれていることが門番から報告で上がって、フィルクス様からシノブへお礼をしたいと言われているんだ。『素晴らしい友人の善意に感謝する。なにか欲しいものがあるなら言って欲しい。できる限りの努力はする』と。希望があるなら伝えるが、なにかないだろうか？」

『善意』って言われるほどのことはしてないし、それに、純粋な善意ってわけでもないんだ。幻の水色の髪の男の子のことも気になるし、みんなが幸せになったらいいなって思うけど、実は僕は自分のために行動している部分もあるんだ。

もうずっとずっと、考えていることがある。誰にも言っていないけど。

クリシュさんがもう、危険な旅に出なくてもいいようにしたい。森の中を探し歩いて、食べる物に困るような状況をなくしたいんだ。旅に出ると数年は帰ってこられないとか、怪我をしたり、その怪我が原因で騎士を引退したり、亡くなった人もいるって話を聞いた。クリシュさんがそんな危険な旅に出ないで済むようにできたらって。

「なぁんにも、いらないよ」

残金一一〇〇円だった頃に比べると、今の僕はとても幸せだ。家族もできて、仕事もあって、何よりもクリシュさんって恋人ができた。

「僕は、クリシュさんがいてくれたら、ほかにはなにもいらないんだ」

もし、僕に生命の木を元気にさせる力があるのなら、どうか叶えて欲しい。なにもいらないから、それだけは。

「シノブは欲がないな」

本当は違うんだ、僕は結構欲張りなんだ。クリシュさんに関してはどんどん欲張りになっていく。会えるだけで満足だったのが、恋人になりたいに変わって、それが叶ったら、ずっと一緒にいたいって新しい欲望がどんどんあふれてくるんだ。

「生命の木が元気になるといいな」

「そうだな。シノブにばかり負担をかけてしまってすまないが、よろしく頼む」

うん、僕頑張るよ。まずはご飯を食べて、力をつけよう。

その日、僕は朝から気合いが入っていた。いつもよりも早く目が覚め、急かされるような気持ちで身仕度をして、冷たい水で顔を洗ってパンッと両手で頰を叩く。今日は頑張るぞって、池の水に映った自分に頷いた。

「よしっ」

スッキリした気持ちで飼育小屋の扉を開けると、ポチがキュンキュン鼻を鳴らして飛びついてきた。

「おわっ!!」

体を斜めにしながらなんとか持ちこたえて、ブンブン尻尾を振るポチを撫でる。

生命の木に通いだしてからは出かけることが多くて、みんなとのスキンシップが減っていた。そのせいなのか最近のポチは、前にも増して甘えたになって、畑仕事の間も鼻を鳴らして僕のあとについて歩くようになってしまった。

「あまり遊んであげられなくて、ごめんな。ポチがおりこうさんに留守番してくれるから、僕はとっても助かってるよ」

落ち着いたらたくさん遊んであげたいなって思っていたら、ハナコとハナヨとすっかり毛が生えそろったラムちゃん達も小屋から出てきて、四方八方からギュウギュウと押しくらまんじゅうみたいに押されて、小川に浮かべた笹舟のように僕の体はユラユラ揺れる。

「おおっ、おわわわわっ」

足の甲に重さを感じて下を向くと、ピョン吉が上に乗ってズボンの裾をカジカジと嚙んでいた。短い前脚を僕の脛の辺りに置いて見上げてくるのが可愛い。

「うわっぷ」

僕を取り囲んだラムちゃん達の背中にコッコさん達がバサバサッて乗っかって、背中やら脇腹やらをツンツンしてくる。抜けた羽が顔に当たって、とっさに顔を背けた。

「わぁ、なんだ!?」

今度は髪を引っ張られて慌てて上を向くとブライアンが僕の髪の毛をムシャムシャと食んでいた。その後ろから忍び寄っていたブランシュは、ブライアンの右後ろ脚に蹴り上げられて三歩下がったところでブルルンッと嘶いた。

「うわあ、モテモテだ」

かまってちょうだいって感じに押し合いへし合いしていた家族達は、なぜか右回りに移動を始めて、まるで僕がメリーゴーランドの中心の柱になってしまったみたいだ。

「みんなも留守番ありがとう。今日は頑張ってくるから応援してくれよ」

ホッコリした気持ちで家族との絆(きずな)を確かめ合っていたら、大きな体を屈めて飼育小屋からクリシュさんが出てきた。クリシュさんは背が高いから、体を屈めないと小屋の入り口に頭をぶつけるんだ。羨ましいけど、ちょっと不便だよな。

僕が囲まれている間に卵の回収をしていたみたいで、クリシュさんが腕からぶら下げたカゴの中には産みたての卵が十個入ってる。

そう、十個だ。知らないうちに、コッコさん達は繁殖して家族が増えていたんだ。この中に雄のコッコさんがいるはずなんだけど、僕にはまったく見分けがつかない。

「餌の時間だぞ」

クリシュさんが餌を与えると、まずはコッコさん達が羽をバタバタさせながら我先にと群がっていった。

続いてハナコもハナヨもブライアンもラムちゃん達も、僕から離れて一目散にご飯に群がった。ポチ用に、いつもより豪勢な骨つき肉が準備されると、『ワンッ』て一声鳴いて、プイッとそっちに行ってしまった。

「あー」

一人ポツンと残された僕が『食欲に家族の絆は勝てないのか』とちょっとガッカリして足元を見ると、ピョン吉は残っていてくれた。

嬉しくてしゃがんで撫でようとすると、ピョン吉はちゃっかりと足の甲に乗りながらみんなより先にタンポポに似た花を食っていて、僕の足は食卓テーブルと同じなのかと微妙な気持ちになった。

「シノブ、髪がブライアンのヨダレまみれだぞ」

「はっ!!」

今日は気合いを入れて身支度を整えたのに、ブライアンにモシャモシャ食まれた僕の髪はヨダレで濡れてピーンッと立ち上がってしまっていた。

「収穫は俺に任せて、池で頭を洗ってくるといい」

「ありがとう、お願いします!!」

大変だ、急がなきゃ。今日はフィルクス様や管理所の偉い人が同行するんだから、ビシッとしないと。僕は駆け足で池に向かった。


僕が持っている中で一番上等に見える服を着て、クリシュさんの前に座ってブランシュに揺られていた。緊張して、ちょっと顔が強張ってしまう。

今日は、生命の木の本体に会いに行く日だ。

クリシュさんから知らせを受けてから、一週間が経っていた。フィルクス様や管理所の偉い人が同行するために日時の調整が必要だったみたいで、ちょっと時間がかかったらしい。

フィルクス様は、とても忙しい。ずっと先まで予定で埋まっているのに、前倒ししたり先送りにしたり、時間を調整してくれたんだ。だからこの一週間、フィルクス様の護衛をしているクリシュさんも大変に忙しくて、帰ってくるのが凄く遅かった。

待ち合わせは生命の木を守る門の前だ。僕達が着いたとき、フィルクス様はすでに到着していた。一緒にいるのは護衛の騎士さん達と、他に五人。そのうちの一人はノルンだ。きっと残りの四人が管理所の偉い人なんだと思う。

「来たか」

フィルクス様は今日もゴージャスな金髪が太陽の光を反射していて神々しい。クリシュさんと並ぶと、物語に登場する王様と騎士みたいだ。

「フィルクス様、今日は時間を作っていただいてありがとうございます」

「それはこっちの台詞だな。協力を感謝する。今回は私達も同行するが、今後はクリシュかほかの騎士が同行することになる。シノブのことは信頼しているが、ほかの者達を納得させるための措置だ。どうか気を悪くしないで欲しい」

「はいっ、よろしくお願いします」

頭を下げると、フィルクス様はフッと格好よく笑った。

「シノブ殿、お久しぶりですね。私のことは覚えてらっしゃいますか。シノブ殿が初めてこちらの世界においでになったときに一度お会いしているのですが」

「はい、覚えてます」

たしか、ノルンの上司で管理所の所長さんだったよな。胸に手を当てて軽くお辞儀をする姿が上品で、大人っぽくて格好いい。

　フィルクス様が王様でクリシュさんが騎士なら、所長さんは賢者って感じだ。

「改めまして、管理所の所長をしておりますギルバートと申します。本日はよろしくお願いいたします」

「こちらこそ、よろしくお願いします」

　ギルバートさんって、どっかで聞いたことがあるな。いつだったかなって考えて、あっ!!　って閃いた。アンネッテ様の好きな人だ。

　思わずクリシュさんを見ると、『そうだ』って感じに頷いていた。

　アンネッテ様、お目が高いな。若いお嬢さんが憧れるのも頷けるよ。物腰が柔らかくて、上品で、ニッコリ笑われたらメロッてなるんだろうな。

　アンネッテ様って、向こうの世界でいうと女子高生と同じ年頃だし。僕の同級生も、格好いい先生にキャーキャー言っていたもんな。

　なんというか、僕は今、街のお嬢さん達から羨ましがられる環境にいるんじゃないだろうか。クリシュさん、フィルクス様、ギルバートさん、ノルンと四人のイケメンに囲まれている。

　僕は酷く場違いな気がしてジリッと一歩下がりそうになったけど、ノルンのそばにいる立派な服を着たおじさんが、お腹が出ていて少しだけ毛髪が寂しいのに気がついて、仲間がいた、イケメンじゃないのは僕一人じゃないんだって安心してしまった。

　安心してから、失礼だったなと心の中で反省したのだった。


　生命の木の本体は、門から見て一番奥にある。今はフィルクス様を先頭に、みんなで黙々と歩いているところだ。

　普段、僕一人のときはのんびりゆっくり、周りを見渡したり、独り言を言ったり、鼻唄を歌いながら歩くんだけど。この辺りの土はあまりよくないなとか、前に見たときは枯れかかっていた枝に新芽が生えていないか探したりとか。今日は話をしながら歩く雰囲気じゃないからみんな無言だ。空気がピリピリしていて、みんなも緊張してるのか、歩く速度がだんだん速くなっている気がする。

　僕が生命の木の本体に会いに行くことで、どんな影響が出るのか。今までの経験から考えると、なにかが劇的に変化するってことはないように思う。それでも、『もしかしたら』っていう期待と『やはりダメかもしれない』って不安がみんなの心に浮かんでいるんじゃないだろうか。

そんな雰囲気でみんなが黙々と歩く中、僕は予想していなかった事態に苦戦していた。

フーッ、フーッて息をする。本当はゼーハーと思いっきり息を吸い込みたいけど、遠慮して周りに息を切らせていることを気づかれないように。だって、そんな状態なのは僕だけなんだ。

ご存知の通り、僕は背が小さい。みんな僕よりずっと足が長いんだ。みんなの一歩が僕にとっては二歩なんだ。いや、もしかしたら二歩半かもしれない。つまり、みんなが歩いているところを僕は速足にならないと置いていかれてしまうんだ。

偉い人が一緒だから『待って』って言いづらいし、それなら頑張って歩くしかない。必死に足を動かしながら、クリシュさんの優しさが身に染みた。クリシュさんって、僕と二人で歩くときは随分と気を遣ってゆっくり歩いてくれていたんだなって。

デートをしたとき、僕はクリシュさんに手を繋いでもらいながら、道に立ち並ぶお店をゆっくりじっくり見て歩いた。僕の感覚でゆっくりじっくりだから、クリシュさんにとってはかなりノロノロ歩きだったと思う。

そのときに買ってもらったキーホルダーは今日も腰で揺れているんだけど、さっきから僕の歩調に合わせて忙しく音が鳴っている。キーホルダーの音が大好きなのに、今日は楽しむ暇もない。

でも、息が切れても頑張るぞ。今日は朝から頑張るって決めていたし。

そう思いながら一生懸命に足を動かしていたけど、クリシュさんは全部お見通しだったみたいだ。

「フィルクス様」

「なんだ」

クリシュさんの呼びかけにフィルクス様が足を止めて後ろを振り返った。ここぞとばかりに息を整えていると、クリシュさんが僕の肩を抱き寄せて、フィルクス様に目配せをする。フィルクス様は軽く目を見開いて、なるほどって感じで頷いた。

「気が利かなくてすまない、気が急いて歩調が速くなっていたようだ」

「いえっ、僕の、足が、遅いから」

「ああ、無理して話さなくていい」

僕一人だけ情けないな。さっき僕が親近感を感じたお腹が出たおじさんも全然平気な顔をしてるのにな。勝手に仲間認定してしまってごめんなさい。おじさんは、立派な大人です。

「水を少し分けてくれないか?」

「あ、俺持ってますよ。どうぞ」

クリシュさんが護衛の騎士さんに声をかけて水を分けてもらったのをありがたくいただいて少しずつ飲んだ。

一息ついて、さあ出発ってなったとき、フィルクス様の動きが止まった。視線を追ってみると、そこには男の人が二人、連れ立って散歩していた。

一人は、髪の毛が真っ白なお爺さん。いや、おじさんかな? 白髪だから年齢が上のように感じるけど、足腰がピンシャンしているから意外に若いのかもしれない。もう一人は、真っすぐな髪を腰まで伸ばした青年だった。

おじさんの前を青年が歩いているんだけど、その歩き方が、なんだかちょっと普通じゃない感じで違和感を覚える。ふわふわと雲の上を歩いているような足取りで、視線も定まっていない感じで。もしかしたら夢遊病の人はこんな感じで歩いているのかもしれないって思った。

「すまないが、少し時間をくれ」

そう言い置いて、フィルクス様は二人のところへと近づいていった。

おじさんがフィルクス様に気がついて深く頭を下げたけど、青年の方は無反応だった。まるでフィルクス様のことが見えていないみたいに。

「ムルカリ様」

「フィルクス様、私に敬称などつけないでください。今は貴方(あなた)が当主なのですから」

「そんなことを言わないでください。確かに私は当主となりましたが、ムルカリ様を尊敬している気持ちに変わりはありませんから」

フィルクス様が敬語を使っているってことはもしかしたら、おじさんがフィルクス様の前の当主様なのかな。

それよりも、僕は長い髪の青年が気になって仕方なかった。

(同じ髪の色だ……)

　何度も見た幻の男の子。彼は、その子と同じ水色の髪をしていた。ただ、似ているかと言われると、どうだろう。男は成長するとグッと身長も伸びるし骨格も変わるから、印象が違ってもおかしくはないのかな。面影はあるような気がするんだけど……。

　あの子はキラキラした目をしていて、コロコロと表情が変わって、いつも笑っていたから、表情が抜け落ちたような顔でぼんやりと立っている彼が、男の子の成長した姿とは思えなかった。

「今日のカシミールは顔色がいいですね」

「ええ、朝には会話もできたのですよ。嬉しくて散歩についてきてしまいました」

「それはよかった。ああ、髪に葉が絡まっている。取ってあげよう」

　僕が知っている男の子と名前が違う。あの子は、ネレという名前だった。どうひっくり返しても、カシミールからネレってあだ名が出てくるとは思えないから、やっぱり別人なのかもしれない。

　フィルクス様は、カシミールと呼んだ青年の後ろに回り、髪に指を滑らせて絡まっていた葉を丁寧に取り除いてあげていた。取れた葉を青年に見せながら、耳元でなにかを囁いた後にフワリと笑った顔を見て、驚いてしまった。

　フィルクス様のこんな表情は初めて見た。いつも冷静で、眉をヒョイッと上げたり、軽く目を見開いたり、口の端っこを上げたりして顔のパーツを動かすことで感情を表現するフィルクス様が、顔全体で笑っているんだ。そして、その笑顔を見て、僕はある可能性に気がついてしまった。

　目の温度が違うっていうのかな。クゥジュとノルンが、ティボットさんとエリーゼさんがお互いを見るような。そして、自惚(うぬぼ)れかもしれないけど、クリシュさんが僕を見るときと同じ熱を感じたんだ。多分、僕がクリシュさんを見るときも同じ目をしているんじゃないかなって思う。

(フィルクス様、カシミール様のことが好きなのかな)

　フィルクス様の心を覗いてしまったみたいでドキドキしながら見ていると、フィルクス様は取り除いた葉からそっと手を離した。葉はちょうど吹いてきた風に浚(さら)われて空に舞い上がっていった。

それと同時にサラサラの水色の髪が風に靡(なび)きながら日の光にキラキラと輝いて、まるで小川の澄んだ水が太陽の光を反射しているみたいで、とても綺麗だ。

　ムルカリ様は、そんな二人の様子を目を細めて見ていた。嬉しそうなのに、少しだけ悲しそうにも見える不思議な表情で。よく見ると、カシミール様と目元が似ているような気がするから、親子とか血縁関係にあるのかもしれない。

「クリシュさん、あのおじさんが先代の当主様？」

「いや、あの方は先先代の当主様だ。先代は、隣にいらっしゃる髪の長い方だ」

「え、フィルクス様より年下に見えるけど」

「若く見えるが、実際の年齢はフィルクス様より五歳ほど年上のはずだ」

「そうなんだ……」

　フィルクス様はムルカリ様と言葉を交わし、カシミール様が歩き始めたのを見て『それでは』と挨拶をすると、ふわふわとした足取りで去っていく背中を見送った。

「すまない、待たせてしまったな」

　僕は、水色の髪が気になって、カシミール様の背中を無意識に目で追ってしまった。

「彼のことが気になるかい？」

「はい、あの、フィルクス様の前の当主様だって聞きました」

「若く見えるから驚いただろう？　彼は、少しショックなことが重なってね。心が眠ってしまっているのだよ。だから早くに退き、代わりに私が当主となったのだ」

　心が眠っているという表現は、僕が受けた夢遊病のようだと思った印象と合致していた。それほどにショックな出来事というのは、どんなことなんだろうか。

「さて、先に進もうか。まだかなり歩くから、疲れたら遠慮なく言ってくれ」

「はい、ありがとうございます」

　フィルクス様は、今度は歩調を緩めて歩いてくれた。これなら、みんなが一歩のところを僕の足だと一歩半くらいで歩けそうだ。歩みに余裕ができた僕は、なんとなくカシミール様達を振り返った。

　特になにがあったとか、なにかが気になったとかじゃなく、本当になんの気なしに振り返った先に。

　カシミール様は、こっちをジッと見ていた。距離が離れているから顔は輪郭くらいしかわからなくなっているのに、なぜだか目が合ったような気がして心臓が跳ねた。

フィルクス様が心が眠っていると表現したカシミール様。髪に絡まった葉を取ってもらっている間も、そばに人がいることを認識していないように、その目が意思を持つことはなかったのに、このとき僕は、なぜだかカシミール様が僕を見ているように感じていた。

サワリと、心の中を冷たい手で撫でられたような、表現できないような不安が湧いて、思わず足を止めていた。なにに対しての不安なのかと聞かれても、明確な答えは出てこない。怖いとか悲しいとか、たくさんの負の感情を小匙一杯ずつ集めて混ぜ合わせたような、正体がハッキリとしないもの。それを言葉に表すと、『不安』という単語が一番近い気がするんだ。

ヒタヒタとなにかが近づいてきている。そんな気持ちだ。これは、予感だろうか。僕には霊感の類いはないはずなんだけど、よくないことが起きそうな気がする。

「シノブ、どうかしたか？」

「……ううん、なんでもない」

よくわからないけど嫌な感じがするなんて、余計なことは言わない方がいいよな。起こってもいないことに対して悩んでも仕方がないし。

今は、生命の木に会いに行くことだけ考えよう。今僕にできることはそれだけなんだから。

奥まで進んで、さらに石垣に囲われた門を通った先に、その光景は広がっていた。

「これが、生命の木の本体……」

「そうだ。この世界に根づいた最初の生命の木だ」

とても、とても大きな木だった。人間が十人手を繋いでも囲みきれないほどの太い幹は、一本の木が真っすぐに立っているんじゃなくて、何本もの幹が複雑に絡まり合っていた。

昔、なにかの映像で見た巨大なガジュマルの木に似ているかもしれない。ガジュマルの木は真っすぐに生えた木が何本も密集しているみたいに見えたけど、生命の木は捻じれて捩れて絡まり合っていて、目の前の枝がどう伸びているのか予想もつかない感じだ。

根元には苔がビッシリと生えていて、一歩踏み出すたびに足が沈む。上等な絨毯（じゅうたん）の上を歩いているみたいにフワフワだ。

　地面は苔に覆われ、空を見上げると張り巡らされた枝に瑞々（みずみず）しく艶やかな葉が生い茂り、視界いっぱいに緑が広がっていて、まるで緑の洪水みたいだ。

　入り口近くの木は枯れ葉ばかりだったのに、ここは別世界のように生命力に満ちている。

　僕は、ただただ圧倒されて、口を半開きにして生命の木を見上げていた。どこかで見たことがあるような、そんな既視感と共に。

　こんな立派な木を見たことがあるなら、絶対に忘れないと思うんだけど、なんだか曖昧（あいまい）で。上を見上げて、枝葉の間から射し込む木漏れ日を見たときに気がついた。この木は、盗賊に襲われたときに見た夢の中の映像とよく似ているって。

「生命の木を発見し、この地に植えたのは私の先祖だと言われているが、すべて口伝で伝わってきたものでそれを証明する書物などは残っていないのだ。だから、この木の樹齢が何年なのかもわかっていない。少なくとも五百年はこの地に立っているのではないかと言われている」

「五百年……」

　日本でも長い年月を生きた木を御神木（ごしんぼく）として奉（まつ）っている神社があるけど、これほどの巨木なら本当に神様やら聖霊やらが宿っていてもおかしくないような気がする。

「一族を……、人間の営（いとな）みをずっと見守り、助けてくれた木だ。できれば救ってやりたいのだが、情けないことに私にはこの木を侵すものの正体がわからないのだ。私にもっと力があれば、苦しむ理由を突き止めることができたんだがな。祖先は植物と容易に言葉を交わすことができたらしいが、その力も時が経つごとに失われて、今では私のみとなってしまった。それさえも、予測する程度の力だ。嬉しい、楽しい、苦しい。その程度しか察してやれないのだよ」

　フィルクス様は、巨木を見上げながら口惜しそうに呟いた。僕から見ると、それだけで充分素晴らしい力だと思う。でも、フィルクス様は聞こえてしまう分、余計に悔しいのかもしれない。

「あの、シノブ殿はどうですか。なにか感じたりとか、聞こえたりとかはしませんか？」

「ごめんなさい、僕には植物の声は聞こえないんです」

「しかし、少しくらいはなにかあるのではないですか？　直感的なものとか、なにか……」

そう言われても、僕にはもともと植物の声は聞こえないし、『植物系』の能力がどうやったら発現するのかもよくわかっていない。『元気に育てよ』とか、『美味しい野菜に育ちますように』とか話しかけながら世話をしているだけなんだ。期待を裏切ってしまったみたいで申し訳ないけど。

「無理を言うのは止めなさい。今日の目的はそういうことではないはずだ」

ギルバート様の言葉に、今度は管理所の人が気まずそうに俯いてしまった。

「シノブ殿、お気を悪くさせてしまって申し訳ありません。彼は生命の木のこととなると、力が入りすぎてしまうのです。許していただけますか？」

「いや、はじめから怒ってないですよ！」

管理所で一番偉いギルバート様に謝らせるなんて、なにか、僕こそすみませんって謝ってしまいたいくらいだ。

「シノブ様に生命の木に対して責を負わせるつもりはありません。それは、我々の仕事ですから。どうか気を楽にして、これからは気軽にここへ来てくださいね。いつでもすぐにお通しできるように手続きは済ませてありますから」

「はい、ありがとうございます」

頑張ろうって思っている気持ちは本物だけど、少しプレッシャーを感じてもいたから、ギルバートさんにそう言ってもらえてホッとした。

やっぱり、ガッカリされるのは辛い。僕はいつの間にか、自分になにができるかもわからないのに、結果を出さなければって思っていたみたいだ。

「フィルクス様、今日の生命の木のご機嫌はいかがですか？　私には、お元気そうに見えるのですが。葉も艶やかで、潤っているような気がいたします」

ギルバート様は、少し重苦しくなっていた雰囲気を変えるようにフィルクス様へと話しかけた。

フィルクス様は生命の木の声に耳を澄ましているみたいに目を瞑って両手を耳に当てた。

「そうだな、今日はとても機嫌がいいようだ。はしゃいでいるようにも感じるな。今ではここを訪れるのは限られた人間だけになってしまったから、久方ぶりにたくさんの人間が会いに来たのを喜んでいるのではないかな」

植物も寂しいんだろうか。僕も、家で一人きりのときは寂しかった。テレビを点けている間はいいけど、寝る前に消すとシーンッと静まり返るのが凄く嫌だったな。生命の木も、たくさんの人が訪れていた頃の賑やかさを知っているぶん、余計に寂しく感じているのかもしれないな。

「フィルクス様、もっと近づいてもいいですか?」

「そうしてやってくれ。きっと喜ぶ」

僕は、絨毯のような苔を踏み締めて生命の木に近づいた。立派な巨木を見上げて心の中で話しかけてみる。

(寂しかった?)

僕に巨木の声は届かない。サワサワと風に揺れる葉の音が聞こえるだけで、今どんな気持ちなのか、僕の質問に答えてくれているのかもわからない。

ゴツゴツした木の表面に触れてみると、生命の木はしっとりと水気を含んでいて、生きていることを教えてくれた。

(僕に幻を見せたのは君?)

聞きたいことはたくさんある。たとえば、水色の髪の男の子のこと。あの子は今どうしているのか、一体誰なのか。耳を澄ましたら聞こえてこないかなって、フィルクス様の真似をして生命の木に触れながら目を瞑ってみた。

初めて幻を見たときのように、掌が熱い。僕の体からなにかが流れていっているのを感じた。

『やぁ、はじめまして。生まれてきてくれてありがとう』

僕は、とても小さくなっていた。机の上に乗ってしまうくらいに。

『元気に育ってくれよ』

頭の上からシャワーのように水が降ってくる。とても気持ちがいい。渇いていた体に水が染み込んでくる。

……染み込む?

『ほら、今日はとてもいい天気だ。お日様の光をたくさん浴びられるように、窓の近くに移動してあげよう』

目の前に大きな手が迫ってくる。その手は、僕を優しく持ち上げて、窓の近くの机に連れていってくれた。

『ふふ、気持ちいいかい?』

うん、とても気持ちいい。ありがとう。

『どういたしまして。少し窓を開けようか』

僕の周りには、芽吹いたばかりの新芽がたくさん。

僕は、土から顔を出したばかりの植物の新芽の一つになってしまっていた。

鼻唄を歌いながら、忙しそうにしているこの人は誰だろう。眼鏡をかけた、痩せた男の人。この人は、植物になってしまった僕の声が聞こえているみたいだ。

僕の視界はぼんやりと霧がかかったように白くなり、霧が晴れたときには少し大きくなっていた。

一緒に生まれ育ってきた仲間の数が減っている。男の人に連れていかれて、そのまま戻ってこないんだ。もしかしたら、次は僕の番かもしれないと思うと怖い。仲間達は、どこに連れていかれて、なにをされたんだろう。

次から次へと数を減らして、とうとう僕一人になってしまった。

『とうとう最後の一つになってしまったな。この子が希望の芽になることを祈ろう。葉を一枚もらうよ』

プチッと葉を一枚取られてしまった。髪の毛を一本抜かれたみたいな感覚だ。

男の人は、葉を磨り潰して絞ったエキスを水色の薬品の中にポタリと落とした。

薬品は、滴が落ちたと同時に緑色に変化した。

『緑……、緑だ、やった、成功だ！　ああ、なんて素晴らしいんだ!!　っとっと、痛!!』

僕を高く持ち上げてクルクル回った男の人は、椅子にぶつかってひっくり返った。床に背中をぶつけて痛みに悶絶しながらも、それでも僕を落とさなかった。

なにが成功なのか、なにが素晴らしいのかわからないけど、僕はどうなってしまうんだろう。さっき毟られた葉みたいに、磨り潰されてしまうんだろうか。みんなも磨り潰されてしまったんだろうか？

怖くて不安で逃げたくても、土に根を張った僕は自分の力では動くことができない。

『ああ、大丈夫。磨り潰したりしないから安心して。君の兄弟達の毒素を取り除くことはできなかったから、君達の親木の生えている森に植樹してきたよ。時々様子を見に行っているけど、今のところはすくすく育っているみたいだ。君も兄弟達に負けないように元気に育ってくれよ。君は、人類の救いになる。僕達を助けてくれ』

また視界に霧がかかって、次に晴れたとき、僕はまた大きくなっていた。場所も外に植えられていて、そばには僕が育った温室と、男の人の住居がある。

目の前には眼鏡の男の人が立っていた。男の人の隣には優しそうな女の人がいて、その腕には生まれたばかりの赤ん坊がフワフワの産着に包まれていた。

『紹介するよ。結婚してから十五年目にして、やっと授かった僕の息子のディナだ』

僕の身長は男の人と同じくらいになっていた。

『この子がお嫁さんをもらう頃には、君は実をつけているだろうか。そのときは、どうか力になってあげておくれ。可愛い孫に会えるのを楽しみにしているんだ』

『あなた、気が早すぎるわ。まだ生まれたばかりなのに、孫だなんて』

『それもそうか。ほら、お父さんのところにおいで』

危なっかしい手つきで赤ん坊を抱き上げた男の人は、小さな手を突っつきながら顔を綻ばせた。

『どんな男に育つのかな。大人になったら、父さんの研究を手伝いたいとか言ってくれたら嬉しいな』

腕の中の赤ん坊は、僕を見上げてホニャリと表情を崩して枝に手を伸ばした。

はじめまして、よろしくね。

『あぶぅー』

『ははっ、返事をしたよ。ディナにも声が聞こえるのか？』

季節は移り変わり、赤ん坊だったディナが歩くようになり、話すようになり、初めての彼女を連れてきて、喧嘩別れをして、別の女の子と結婚して、眼鏡の男の人が切望していた孫がやっと生まれた。

そのすべてを、僕はこの位置で見守り続けていた。雨の日も風の日も、カラカラに渇いてしまいそうな暑い日も。

気がつけば、眼鏡の男の人はヨボヨボのお爺さんになっていた。

『妻が昨日旅立ったよ』

皺くちゃな顔に涙を浮かべて、僕を見上げる。僕はとても大きくなっていて、男の人を見下ろしていた。

『君が実をつけるのを楽しみにしていたんだが、見せてやれなかったなぁ』

人間は、なんて儚い生き物なんだろう。僕にとっては瞬く間だった時間が、男の人にとって寿命を迎えるほどの長さだった。生きている時間が違うんだと、初めて気がついた。

『私もそう長くはなさそうだ。最近では歩くことさえままならなくなってしまった。なにをするにも力がいるし、膝の関節がゴリゴリと音を立てて軋むのがわかるのだよ。年は取りたくないね』

嗄れた声でポツリポツリと呟きながら、僕を撫でる手は痩せて枯れた枝のようだ。

『なぁ、私はね、君のことを二人目の子供だと思っているんだよ。種族は違うが、種から芽吹かせて、息子と一緒に育った私の子供だ。ディナは結婚して、やっぱり随分時間がかかったが、ついに孫もできた。今では私の研究を引き継いで、肥料の成分がどうとか、水の量がどうとかって一端な口を利くようにもなった。立派な大人だ。もうなにも心配せずに後を任せることができる。だがなぁ、君のことは心配だよ。できれば実を結ぶまで見守ってやりたかったが、私が生きているうちは花を咲かせないかもしれないなぁ。君の晴れ姿を見たかったよ。枝いっぱいに可愛らしい花を咲かせるところが、見たかったなぁ……』

どうして人はこんなに速く老いてしまうんだろう。もっと一緒にいたい。これからも、毎日話しかけて欲しい。朝はおはようって、昼は今日も暑いなって、夜はまた明日って。

僕が花を咲かせたら、喜んでくれるだろうか。元気になってくれるだろうか。

それなら僕は、咲きたい。僕が芽吹いた日みたいに笑ってくれるなら、咲きたい、咲きたい、咲きたい……。

「一体、なにが起きているのですか。生命の木の枝が……！」

夢から覚めたみたいに、視界がクリアになっていく。

ああ、そうだ。ちょうどフィルクス様が立っている辺りに温室があって、その奥に住居があって。

僕が体験したのは、きっと生命の木の最初の記憶だ。生まれてから育ての親の眼鏡の男の人と別れる直前までの。

フィルクス様も、クリシュさんも、ギルバート様も、みんなが口を開けて僕の方を見ている。どうしたんだろう、そんなにビックリした顔をして。さっきの声はノルンだな。こっちを差した指先が震えてる。

ミシミシミシッ。

軋む音が聞こえて上を見上げると、一番近くにあった大きな枝の真ん中辺りから細い枝が伸びてきていた。

その枝は、僕の胸の前まで伸びて、動きを止めた。

まるで、なにか大切なものを差し出すときのような、そんな格好で止まった枝の先に若葉が芽吹き、そして、葉に隠れるようにして、小さな小さな丸い蕾が顔を覗かせた。

　茶色い薄皮に包まれた、小さくて固い蕾。それは十年間、この世界の人達が待ち望んでいた蕾だった。

「あれは、蕾か？　本当に!?」

「すげぇ、こんなことが起こるなんて……」

　枝についた蕾はたった一つ。その蕾をもっと近くで見ようと身を乗り出した管理所の職員を止めたのは、ギルバート様だった。

「あまり近寄らないでください。蕾は一つしかないのです。なにかの拍子に傷つけたり、蕾を落とすことになっては悔やんでも悔やみきれないでしょう？　それに、まだ終わりではないようです。蕾は少しずつですが、膨らみを増しています。落ち着くまでは離れた場所で見守りましょう」

　ギルバート様が諭している間に、茶色い薄皮の先が割れ始めていた。最初は、ほんの小さな傷のように見えた。中の蕾が成長して薄皮は外に押し出され、十字に割れた隙間から、柔らかそうな薄緑色のガクが覗いたとき、周囲の人間はハッと息を呑んだ。

　たった一輪だけど、生命の木が花を咲かせようとしている。

　今日、門の前で落ち合ったとき、こんなことが起こるとは誰も予想もしていなかっただろう。

　僕は誰よりも近い場所で、突如始まった奇跡の光景を見ていた。

　僕が見た幻達のように、少しでも身動きすると消えてしまいそうで、生命の木に左手を押し当てたまま、ジッと動かずに。

　茶色い薄皮が完全に押しやられ、蕾から剝がれてポロリと落ちると固い蕾が顔を出し、少しずつ少しずつ、膨らみを増した固い蕾は先端が綻び、薄桃色の花弁を覗かせ始めた。

　葉に隠れるようにして覗いた薄桃色は、まるで小さな女の子が見知らぬ人間に恥ずかしがって親の後ろからそっと顔を出してこちらを窺っているようにも見えて、とても愛らしい。

「可愛い……」

「ええ、本当に……」

思わず呟いた言葉に潜めた声で同意したのはノルンだった。

　口を両手の指先で押さえて、微かな吐息で花の成長を妨げないようにしながら。

　外側の薄緑のガクを脱ぐように薄桃色が広がって、いつ開花してもおかしくない柔らかそうな蕾の先端がゆっくりと開いていった。

　一生懸命に花開こうとする健気な姿を一瞬も見逃したくなくて、乾いてしまうのもかまわずに目を見開いた。

『咲きたい、咲きたい、咲きたい……』

　垣間見た生命の木の記憶が僕の耳に甦る。

　育ての親との別れを目前にした切ないほどの願いが果たされたのかはわからない。でも、この可愛らしい健気な姿を見せてあげられていたらいいなって思った。

　とうとう雄しべが見えるほど花開いたとき、周りから感動の溜息がもれた。

　先端が二つに割れた五枚の花弁。花弁は先端から中心に向かうにつれて、色の濃さを増している。

　中心に黄色い雄しべが点々とアクセサリーのように彩りを与えていて、僕が知っている桜の花にとてもよく似ていた。

　大きさは桜よりも大きくて、僕の掌くらいだ。色も少しだけ濃いかもしれない。でも、僕が見たくて見たくて仕方がなかった、桜の花と同じ形をしていた。

　今咲いたのはたったの一輪だけど、この花を昔は枝いっぱいに咲かせていたんだ。

『花霞』という言葉がふと浮かんで思い出したのは、爺ちゃんが亡くなる前の年の春休みに遊びに行ったときのことだった。

『今年も綺麗に咲いたわねぇ。この季節は本当に心が浮き立つわ。日本人の習性なのかしらね』

『世の中に　たえて桜の　なかりせば　春の心は　のどけからまし、か？』

『あら、お爺さんたら珍しいですね。では、私も。散ればこそ　いとど桜はめでたけれ　憂き世になにか久しかるべき。ふふっ、たまにはこういうのもいいですね。それにしても、昔の人は風流よねぇ。桜に纏わる言葉もたくさんあるし。花曇りに零れ桜、花霞に桜人、桜雨に徒桜。桜の別名は夢見草だし、綺麗な呼び名よね』

　僕は、桜餅を食べながら二人の会話を縁側で聞いていた。

『婆ちゃん、花霞ってなに？』

『遠くから見る満開の桜が、白く霞がかかったみたいに見えることよ』

『ふーん、じゃあ、アダザクラは？』

『徒桜っていうのはね、儚く散ってしまう桜の花って意味なのよ』

婆ちゃんは、隣で丸くなって寝ている近所の野良猫を撫でながら楽しそうに笑っていた。

きっと、枝いっぱいに満開に咲いていた頃に生命の木を高い場所から見下ろしたら『花霞』って言葉が似合うくらいに綺麗だったんだろうな。

「こんな花を咲かせるのか。俺、初めて見た」

感動していたのは僕だけじゃなかった。護衛の騎士さんの中で一番若い彼が、興奮を隠しきれない声音で囁いた言葉に今度は数人の騎士さんが頷いた。

管理が厳しくなってから、生命の木に近づけるのは管理所の職員とか一部の人だけだったと聞いたし、若い騎士さんは最後に生命の木に花が咲いたときにはまだ幼児といっていい年齢だっただろうから、当然なのかもしれない。

本当に綺麗で、可愛くて、いつまでも見ていたいような気持ちになってしまう。だけど、僕らの目の前で固い蕾から花開いた生命の花は、散るのも速かった。

ヒラリ、と、一枚の花弁が僕の足元に落ちた。

「ああっ……」

ノルンの口から思わず漏れた声を合図にしたように、一枚、また一枚と残りの花弁も次々と風に乗って旅立ち、最後の一枚がフィルクス様の頰を掠めて空に消えてしまった。

婆ちゃんが言っていた、徒桜の言葉のように。

「なんて儚いのでしょう。あっという間に散ってしまいましたね」

「ああ。だが、十年間咲くどころか蕾もつけなかったのが、一輪とはいえ花開いたのだから、これは大変なことだ。これを機会に、花を咲かせるようになるといいのだけどね」

「俺達、物凄い体験をしたんじゃないか？」

「きっと、このことを話しても誰も信じないんじゃないかな。実際に見た俺でさえ、まだ信じられないんだから」

思いがけない光景の目撃者となった人達が、高揚(こうよう)し

た気持ちでそれぞれの感想を語り合っている中で、フィルクス様と僕は、ガクだけになってしまった生命の花から目を離すことができないでいた。

花が咲き終わった中心部の子房の部分が膨らみ始めていることに気がついたから。

「騒ぐな。まだ終わっていない。実をつけるぞ」

「本当ですか!?」

「それは凄い、凄いですよ!!」

その姿をぜひ見たいと、その場にいたフィルクス様とギルバート様とクリシュさん以外の全員が一歩踏み出したのを、フィルクス様は視線だけで制した。

「ですが、一つだけ実をつけたとなると、面倒なことになりますな」

「まぁ、間違いなく揉めるだろうな」

誰が実を手に入れるのか。欲しいのはみんな同じだと思うけど、その中でも強く権利を主張するのはやはり、権力を持っている人達だろう。

「盗まれないように、保管場所を決めておくべきではないですか?」

「そうですね、騎士にも警護の要請をしないと。忙しくなりますよ」

僕やフィルクス様達は実を観察するのに忙しかったし、管理所の職員さんや騎士さん達はこれからのことについての話で忙しかったから、気づくのが遅れてしまった。

そのことに最初に気がついたのは、お腹が出た管理所の職員さんだった。

「フィルクス様」

「なんだ」

フィルクス様は、実に視線を向けたまま、声だけで返事をした。

「フィルクス様、大変です」

「だから、なんだ」

「見てください、大変ですよ。これは、大変です!」

要領を得ない言葉に渋々顔を上げたフィルクス様がその光景を見て絶句した。

「そんな、なぜだ」

生命の木は、急速に枯れ始めていた。外側の方から僕達がいる中央に向かって順に、実が育つにつれて葉が緑から黄色へ、そして茶色くなり、落葉してバラバラと上から降り注ぐ。

まるで、一つの実をつけるために生命の木の命のすべてを注いでいるかのように。

「!!」

フィルクス様は、誰かに呼ばれたかのように急に生命の木を振り返り、険しい顔でジッと見つめた。推測する程度しかできないと言っていた力で、生命の木の言葉を懸命に読み取ろうとしているようだった。

「シノブ殿、生命の木から手を離した方がいいのではないですか?」

「そ、そうですよ、いったん手を離して、この現象を止めなくては!」

顔を引きつらせたおじさんに言われて、僕は幹から手を離そうとした。でも、僕の手は張りつけられたように動かなかった。

恋人繋ぎをするように、指の間から伸びた枝が肘の辺りまで絡まりながら上がってきて、いつのまにかガッチリと固定されてしまっていたんだ。

「枝が絡まって、手が離せない。どうしよう!」

「誰か、ナイフを持っていないか!?」

「剣ならいつも腰から下げているが……、これだとシノブ殿の腕を傷つけてしまうかもしれないぞ」

「なんでもいいから、とにかく枝をなんとかしないと。こうしている間にも、枯れ落ちてしまう!!」

ほとんどパニック状態で、管理所の職員さんと護衛の騎士さんが駆け寄ってきて、僕の背後からたくさんの手が伸びてきた。

「勝手に動くな、フィルクス様の指示を待て!!」

「落ち着きなさい、シノブ殿を引き離したとして、この現象がおさまるとは限らないのですよ。安易に動いてはいけません!」

クリシュさんとギルバート様の制止の言葉も、必死になっているみんなには届かなくて、僕の腕やら肩を掴み、お腹に腕を回して引っ張る人と絡まる枝を剝がそうとして隙間に無理矢理指を捻じ込んでくる人に分かれて僕を引き離そうとする。

「痛っ!!」

僕の体はたくさんの腕に掴まれて簡単に持ち上がり、引っ張られて腕に巻きついた枝が食い込んで痛みが走った。

「落ち着けと言っている!!」

僕の悲鳴を聞いたクリシュさんが、肩とお腹を掴んでいた人の襟首を引っ張って投げ飛ばし、腕を掴んでいた人の手を叩き落とし、枝との隙間に指を捻じ込んでいた人達を腕で払った。

「しかし、このままでは!!」

「下がれと言っているのが聞こえないのか」

低い獣の唸り声のような恫喝に気圧された人達が一歩二歩と後ずさり、僕とクリシュさんの周りにスペースができたことで、僕はやっと息を吐くことができた。

「シノブ、大丈夫ですか?」

「うん、ありがとう」

ノルンが駆け寄ってきて、痛む腕を擦ってくれた。

掴まれた腕にクッキリ残った手形に顔を歪ませて、ノルンのほうが痛そうな顔をしている。

僕達が騒いでいる間にも実の成長は続いていて、僕の世界のSサイズの卵くらいの大きさになっていた。

「フィルクス様はどうお考えでしょうか。一番恐れるべきことは、生命の木も実も両方失ってしまうことです。実はまたつけるかもしれませんが、木は枯れてしまえばもとには戻りません。どちらかを選ぶなら、私は生命の木を残すのが得策だと思います。ただ、ここまで枯れたものがもとに戻るとも思えませんし、シノブ殿と生命の木を引き離すことでどんな影響が出るのか……」

確かにそうだ。この現象は僕が触れたときから始まったんだから、僕が手を離したら止まるのかもしれない。でも、それだと実の成長も止まって、下手するとせっかく大きくなったのに熟す前に落ちてしまうかもしれない。

みんながフィルクス様の言葉を待っている。

僕の周りにいた人達は、クリシュさんの有無を言わせない、というような表情のあまりの迫力に後ろに下がっていた。フィルクス様はみんなに背中を向けて立っていたから、ほかの人には見えないだろうけど。僕には、フィルクス様の横顔がハッキリと見えていた。

哭いている……。

涙を流していたわけじゃない。でも、このとき僕には、フィルクス様が哭いているように見えた。

「このまま、本懐を遂げさせてやろう」

「本懐、ですか。生命の木がそれを望んでいると?」

ギルバート様がフィルクス様の横まで歩み出て、生命の木を見上げた。そして、フィルクス様の横顔に視線を移して動きを止めて、顔を正面に戻して目を伏せた。

ギルバート様には、この後に続く言葉が予想できてしまったのかもしれない。

「生命の木が、最後の力を振り絞って生み出そうとしてくれているのだ。私は、それを見届けようと思う」

「最後……？」

『まさか』という声と、『どうして？』という問いかけに、サワリと空気が揺れた。

最後という言葉から意味を読み取った人から順に動揺が広がっていく。

「もう生命の木を救うことはできない。シノブの力を借りても、たった一つの実を生み出すことしかできないほどに弱っていたのだ。今シノブから引き離せば、生命の木はただ枯れて、実も落ちてしまうだろう。今まで人の営みを見守り続けてくれた木だ。最後のときは、騒がず静かに、今度は私達が見守ってやるべきだ」

生命の実は、薄い緑色から黄色へと色を変えていく。僕達はフィルクス様の言葉に従って、静かにその姿を見守った。

誰も動くことも声を出すこともできなかった。

オレンジ色から赤くなり、熟しすぎた実がジュクジュクと汁をあふれさせても。

今この場にいる誰よりも、生命の木の終わりを悲しんでいるだろうフィルクス様が動かなかったから。

甘い匂いを漂わせて果汁をあふれさせた実の中心に焦げ茶色のものがあるのに気がついた。

ボトボトと果肉が地面に落ちて、最後に残った焦げ茶色のものが枝から落ちたとき、僕は思わず右手を伸ばしていた。

ポトンと転がり落ちてきたのは、栗みたいな大きさの真ん丸で、ツヤツヤツルツルの触り心地のものだった。

僕ははじめ、これがなんなのかわからなくて掌に乗った真ん丸をしげしげといろんな角度から眺めて、これってもしかして……とフィルクス様を窺った。

「フィルクス様、これって、アレですよね？」

あり得ないって思いながらも、そうとしか考えられない。でも、生命の実は種がないって誰かが言っていたと思うんだけど。誰だったかな？　……あ、ノルンだ。

ゲートが消えて初めて生命の木の話を詳しく聞いたときにノルンから聞いたんだった。

「これが、生命の木が残そうとしていたものだ」

差し出した掌から種を摘み上げたフィルクス様は、

両手で挟んで額に押し当てた。

合掌（がっしょう）している姿が、生命の木を偲（しの）んでいるみたいだった。

「種をつけないはずの生命の木から生み出された、最初で最後の種だ。これを植えたら、新たな生命の木が根づき、いずれは花を咲かせて実をつけるだろう」

生命の木は、最後に人間に贈り物を用意してくれていたんだ。

見上げると、枯れた葉が次々に降ってきていた。今日初めて会ったときの圧倒されるような生命力はもうどこにも見当たらない。

「シノブ、これは預からせてもらってもいいか？」

「はい」

フィルクス様が持っているのが一番いいと思う。絶対に、大切に育ててくれると思うから。

僕の腕に絡まっていた枝が、パキパキと乾いた音を立てて剝がれていく。

種を残した生命の木は最後の葉が地面に落ちると、急速に老いていくみたいに水分すら失い、萎（しな）びていった。

「ありがとう、もう頑張らなくてもいい。ゆっくり休んでくれ」

申し合わせたわけでもなく、この場にいる全員が右手を拳にして心臓の辺りに押し当てて目を伏せた。僕も両手を合わせながら、心の中で祈る。

（どうか、安らかに）

生命の木への黙禱（もくとう）は長く続き、その間、フィルクス様は枯れた生命の木の幹を労（いたわ）るようにそっと撫でていた。

第5章　クリシュさん不足

生命の木が枯れて、授けられた種をどこに蒔（ま）くのかはまだ決まっていない。

早く蒔いてあげたらいいのにって思うけど、実際はそんな簡単な話じゃなくて、いろいろな手順を踏まないといけないみたいだ。

地方に散らばる管理所の責任者や一族の人を呼び寄せて状況説明や、どこに蒔くか議論するための大きな会議が開かれているから、フィルクス様の護衛をしているクリシュさんも忙しくて、最近は深夜の帰宅になっている。

クリシュさんを出迎えたかったし、真っ暗な家に帰ってくるのは寂しいだろうなって、最初のうちは起きて待っていたんだけど、夕食も外で取るから先に寝ているように言われてしまった。

少しでもクリシュさんの顔が見たいから『起きてるよ』って言ったんだけど、居眠りしたらロウソクの火が点いたままだと危ないし、心配で仕事が手につかないって言われたから最近は先に寝るようにしている。

ただ、僕は一人で眠るときはクリシュさんの枕を抱いて眠る癖がついてしまっていて、ある朝起きたらクリシュさんの枕を抱いて眠る僕をクリシュさんが抱いていて。癖がバレてしまったんだ。

恥ずかしくてたまらなかったんだけど、クリシュさんはなんだか嬉しそうだった。

僕だったらどうだろう……？　って、僕の枕を抱いて眠っているクリシュさんを想像すると、なにかこう、胸がきゅううんってなった。だってさ、まるで僕が抱き締められてるみたいで。

それからは、もうバレちゃったし、クリシュさんが気持ち悪くないならいいやって堂々と枕を抱いて眠っている。

クリシュさんの匂いを吸い込んで、ほぅっと息を吐く。クリシュさんは今日も遅い。

体だけは壊さないで欲しいなぁって思いながら、ショボショボする目を擦る。僕が心配になってしまうほど、クリシュさんは働き通しなんだ。

生命の木が枯れてしまったことはすぐに街中に広まって、結構な騒ぎになったらしい。管理所に市民が押し寄せて職員は対応に追われるし、中には暴れる人もいて騎士さん達も総動員で警備に駆り出されていたから休みが取れていないんだ。

当然、僕とクリシュさんの二人の時間も減って、朝の少しの時間に会話するのが精々だ。クリシュさん不足で凄く寂しいけど、こればかりは仕方ない。我儘（わがまま）を言ったところでクリシュさんの仕事が減るわけでもないし、クリシュさんを煩（わずら）わせるつもりもないから我慢だ。

今の僕にできるのは、クリシュさんが仕事に集中できるように掃除や洗濯に力を入れたり、気持ちよく眠ってもらえるように、毎日布団を干してフカフカにすることくらい。それくらいしか、できないんだよなぁ。

ティボットさんが羨ましい。一緒に働いてクリシュさんを手助けすることができるんだから。僕は、そっちの方面は役立たずだし。空手とか柔道とか合気道とか、習ってたらよかったな。そしたら一緒に警備の仕事ができて、クリシュさんの仕事を減らすことができたのに。

モダモダと考えながら、やっと眠れそうになったとき、トントントンッと階段を上がってくる足音が聞こえた。

微かな音を立ててドアが開いて、ベッドに入ってきた馴染んだ体温にすり寄ると、『ふーっ』って長めの溜息が聞こえた。

「おかえりなさい」

「ただいま。まだ起きてたのか？」

「ううん、ちょっと寝てた。クリシュさん、疲れてるね？」

長い溜息がクリシュさんの疲労具合を表しているみたいで、本当に心配になる。

「いや……、そうだな、少し疲れているかもしれないな」

珍しく弱音を吐いたクリシュさんが覆い被さってきて、僕の首筋の辺りに顔をすり寄せる。

「癒してくれるか？」

なんだか甘えられているみたいで、胸がきゅんっとなってしまった。思わず頭を撫でたくなるけど、年上の人にそんなことをするのは失礼だろうか。

でも、ナデナデしたい〜〜〜。

僕は、とうとう自分の欲求に勝てずに、クリシュさんの髪の毛にそっと指を通した。

体を起こしたクリシュさんが驚いた顔をしているけど、『やめろ』って言われないのをいいことに、クシャクシャと撫でる。

「頭を撫でられたのは久しぶりだ」

「嫌だった？」

「全然」

オデコ同士をコツンってしながらクスクス笑い合うと、クリシュさん不足でポッカリと空いていた心の隙間が温かいもので埋まっていくみたいだ。我慢我慢って思っていたけど、自覚しているよりもずっと寂しかったらしい。

チュッチュッてクリシュさんの唇が顔中に降りてくる。僕もお返しにクリシュさんの鼻にキスしてから、首に手を回してそっと引き寄せた。こうやって、ゆっくりとキスをするのも久しぶりだ。

教えられたように唇を開くと、熱い舌が絡まってくる。それだけで、条件反射のように、ジーンと腰の辺りが痺れる。この後に気持ちいいことが待っているって、体が覚えてしまったんだ。

ただ、いつも僕ばかり気持ちよくしてもらっているのが気になっている。

最初の頃はそこまで考えつかなかったけど、クリシュさんはいいのかなって思うんだよな。前に『僕はなにをしたらいい？』って聞いたことがあるんだけど、『それは追々な。今は俺に触れられることに慣れてくれ』って言われてしまったんだ。

慣れてくれって言われても、クリシュさんに触られると、なにも考えられなくなってしまう。

クリシュさんの手は本当に不思議で、自分で触ってもなにも感じない場所が、クリシュさんの手だとゾクゾクしてしまう。

たとえば、脇腹とか。今もクリシュさんの足で太股の内側を刺激されただけで、僕の体は簡単に跳ねる。クリシュさんは、僕自身よりもずっと僕の体に詳しいんじゃないかと思う。

「んっ、クリシュさ……」

触ってもらうのは、恥ずかしいけど嬉しい。僕も触りたくなって、背中を撫でてみる。

服を着たままだから、体温は伝わってくるけど、掌の感触は着ている服の感触だ。それだと少し足りなくて、僕は初めてクリシュさんのシャツの裾から手を忍ばせて直接背中に触れてみた。

クリシュさんの背中には時々指に引っかかる場所があって、それは昔怪我をした傷跡だ。騎士を職業にしている限り怪我はつきものだって理解しているけど、実際に傷跡に触れると怖くなる。

『クリシュさんは強いから大丈夫』だって、恋人になる前は憧れるような気持ちでいられたけど、好きになるほど不安が強くなるものなんだな。

強くても、怪我をしたら痛いに決まってる。傷跡が残るほどに酷い怪我だったんだと思うと悲しくなって指を何度も往復させていると、クリシュさんに舌を強く吸い上げられてしまった。

「ううっ」

「シノブ……」

今日のクリシュさんは、本当に珍しい。いつもより先に進むのが早い。

普段は手足の先からマッサージするみたいに触れてくるけど、今日は僕の気持ちがいいところばかりを狙って撫でてくる。

呼吸も速くて、もしかしたらかなり疲れてるのかもしれない。疲れているときは、こんなことをしていないで早く寝た方がいいんじゃないか。

でも、僕のソコは久しぶりにクリシュさんに撫でてもらえることを喜んで、ガチガチに自己主張をしている。堪え性がなくって申し訳ない。

グズグズしているうちに、慣れた手つきでズボンとパンツを脱がされてしまった。

そして、大きな手に包まれてしまうと僕はなにも考えられなくなって、先っぽを親指で擦られて、クリシュさんの背中に爪を立ててしまった。

「シノブ、俺もいいか？」

『いいか？』の意味が理解できないまま頷くと、僕のに熱いものが押しつけられて、クリシュさんの掌に一緒に握り込まれた。

あふれた汁がクチュクチュ音を立てるのは、何度聞いても恥ずかしい。その上今日は、熱いなにかと触れ合っていて、その熱さが僕を敏感にしているみたいで、たまらず顎をのけ反らせた。

鎖骨の間から顎までを舌でネットリと舐め上げられて、半開きで喘いでいた唇の隙間からクリシュさんの舌が忍び込んでくる。

大きな体が覆い被さってきて、足のつけ根に感じた硬い毛のチクチクした感触に、一緒に握り込まれている熱いものがクリシュさんのアレなんじゃないかってことに初めて気がついた。

鈍いって言われるかもしれないけど、それがクリシュさんのアレだってわからなかったのは、僕のせいじゃないと思う。だって、大きい。これって、こっちの世界の標準サイズなんだろうか。

「ハッ、ハッ、ハッ」

犬になってしまったかのように短く息を繰り返しながらクリシュさんの背中にすがる。カリカリと引っ掻くとクリシュさんの手の動きが激しくなって、キシッ、キシッとベッドが軋んだ。

ベッドが軋む音って、凄くエッチな感じがする。キシキシッて音と、クチュクチュッて音に煽られて、僕はたまらず腰を揺らめかした。

もうちょっと、あとちょっと先に凄く気持ちいいことが待っている。僕はそれをねだってクリシュさんの肩に顔を擦りつけた。

「クリシュさん、クリシュさん、お願い……」

「ああ、わかってる。一緒に」

いっそう強く擦り上げられて、僕はビクビクしながら溜まった熱を一気に吐き出した。

「ウッ、クッ……！」

押し殺した声と同時に、お腹に大量の熱い液体がかかって、『ああ、クリシュさんと一緒にイケたんだ』ってぼんやり思った。

「んっ」

僕の耳を甘く噛んだクリシュさんが体を起こして、汗で張りついた前髪を払ってくれた。灯りのない部屋の中で星明りを受けたクリシュさんの目が微かに光って、色っぽい表情で見下ろす。もっと近くでその顔を見たくて行為の余韻で力が入らない腕で引き寄せると、クリシュさんは僕の唇を甘く吸い上げた。

顔を見たくて引き寄せたのに、唇が触れた瞬間に目を瞑ってしまって、結局色っぽい表情を見損ねてしまったけど、多分見てしまったらまた興奮して体が反応してしまっただろうから、これでよかったのかもしれない。


うーん、絶好調。元気百倍!!

クリシュさん不足で日照りのようにカラカラに乾いていた僕は、昨日のスキンシップで息を吹き返したように元気いっぱいになった。

「おっとっと……、あっ！」

調子に乗ってトマトを山ほど乗せた籠を持ち上げたら、ポロポロッと転がり落ちて、待ち構えていたポチに食べられてしまった。

「ポチー、素早いなぁ」

カシュカシュと音を立てて食べながら得意気な顔をしているポチの顔をグニグニと揉む。でも、いいよ。今日の僕は機嫌がいいから許す。

「シノブ、水くみが終わったぞ」

「ありがとう」

昨日甘えっ子みたいで可愛かったクリシュさんは、一晩経つと男前に戻っていた。でも、なんだか昨日の朝よりも元気そう。潑剌(はつらつ)としている。

「あっ、そうだ。フィルクス様に渡して欲しいものがあるんだ」

「ああ、いいぞ。なんだ？」

あの日のフィルクス様がとても悲しそうだったから元気になって欲しくて、一枚だけ残っていた花弁を押し花にして栞を作ってみたんだ。

ところで、この世界の紙は三種類ある。一つは大事な書類や契約書に使う、動物の皮を使った紙。とても丈夫だし、長持ちするけど値段も凄く高い。

もう一つは市民が手紙を書くときに使う紙。これは安いけどあまり長持ちしない。乾燥すると凄く破れやすくなる。

で、最後の一つは和紙みたいな紙で、植物の繊維を叩いて潰して水に溶かして漉いたものだ。これは少し高くて、贈り物に添えるカードとか、包装紙として使われている。紙の厚さや強度を好みで決められるって聞いたから、ゲネットさんが紹介してくれた工房で栞を作ってもらったんだ。ゲネットさんって、何気に顔が広いよな。

薄緑の栞の右下に押し花にした花弁を乗せて乾かしただけの簡単なものだけど、結構上手くできたと思う。

「これなんだけど……」

「これは、生命の木の花弁か？」

クリシュさんは僕から栞を受け取ると、表、裏と確かめた。

「ああ、これはいいな。フィルクス様もきっとお喜びになるだろう」

そう言って、ハンカチに包んで胸ポケットに入れた。

「必ずフィルクス様に届けよう」

「うん、お願いします」

クリシュさんは朝ご飯をたくさん食べて、ブランシュに乗って颯爽と仕事に出かけた。

よし、僕も頑張るぞ。今日もフカフカの布団で眠ってもらうんだ。シーツも洗って、畑仕事をして、合間にピョン吉を撫でて。今日の晩ご飯はなににしようかって考えていたら、無性にきんぴらごぼうが食べたくなった。醤油味の調味料も手に入ったし、今日の晩ご飯はパンにきんぴらを挟んで食べようかな。

……で、畑から引っこ抜いたごぼうを両手に一本ずつ持った僕の隣には、般若みたいな顔になっているポチが『ウウーッ』って低い唸り声を上げていた。お久しぶりにアニマル全開の迫力だ。

なにに唸っているかというと、僕の目の前に立っている、立派な服を着た知らないおじさんに向かってだ。最近のポチは利口になって、無闇に人に吠えなくなった。

人の出入りが多かったから慣れたっていうのもあるけど、ポチがアニマル全開になるたびに『吠えちゃダメ！』って言い続けた努力が実を結んだのかもしれない。闇雲に吠えたりはしないけど、唸って僕に教えてくれるようになった。

しかし、このおじさんは誰だろう。馬車から降りてから一言も話さないんだけど、僕から話しかけるべきなんだろうか？

値踏みするみたいな視線がちょっと嫌だなぁって思いながら、僕もおじさんを観察してみる。

目がつり上がっていて、鷲鼻で、髪はド派手なオレンジ色だ。一目見て上等だとわかる服を着て、ちょっと変わった靴を履いている。爪先がビョンッと上に向かって尖っていて、先っぽには丸い飾り。ピエロが履いてる靴みたいだ。お洒落（なのかな？）な靴が畑の泥で汚れてるけど、いいんだろうか？

「ふんっ、お前が異世界の住人か？」

「あ、はい。シノブと言います」

頭を下げると、鼻で笑われた。

「ふんっ、なんだ、ただの子供ではないか。……まあ、いい。お前、今後はシュベルツェハイマーに住むように。わかったな」

ポカーンと口を開けているうちに、おじさんは返事も聞かずに帰ってしまった。馬車に乗り込むときに、『靴が汚れたではないか!!』って文句を言っていて、なぜか御者さんが謝っていた。御者さんのせいじゃないのに、酷いとばっちりだ。

「え……、シュ……、どこ……？」

えっ、シュなんとかって場所に引っ越せってこと？　クリシュさんは知っているんだろうか。

「結局、あのおじさんは誰なんだろう？」

ソワソワソワソワ。

今日もクリシュさんは遅いんだろうなぁ。引っ越しが気になって落ち着かなくて、さっきから部屋の中を歩き回っている。

引っ越すなら準備をしないと。僕の家族達はどうやって移動するんだろう。家畜運搬用の馬車をどこかから借りるのか？　ゲネットさんなら、顔が広いから紹介してくれるだろうか。

そもそも、シュ……、シュ……、駄目だ、思い出せない。シュなんとかって場所はどこにあるんだろう。クリシュさんと離ればなれになるのは嫌だ。

きんぴらごぼうは、引っ越しのことが気になってちょっと焦がしてしまったし、畑の野菜をどうするか考えながら食べたせいで、パンに挟んだきんぴらをボトボト落としてしまって勿体なかった。

「あっ、布団！　シーツも干しっぱなしだ!!」

大急ぎで取り込んだ布団は、少しペショッとなっていて、クリシュさんにフカフカで寝て欲しかったのにって項垂れた。

夜が更けて、まだかとウロウロしていた僕は、ブランシュの嘶きを聞いて外に飛び出した。

「クリシュさん、クリシュさん、クリシュさん!!」

ブランシュから降りたばかりのクリシュさんの背中に突進して抱きついて、その感触に『あれ？』って首を傾げて一回離れて、もう一度抱きついた。

「ただいま。まだ起きていたのか？」

「おかえりなさい。ねぇ、クリシュさん、ちょっと痩せたんじゃないか？」

抱きついたときの感触が、前より細くなってる気がする。

「そうか？　シノブの料理が食えなくて、食事がつまらないせいかもな」

えーっ、クリシュさんは体が資本なのに!!

「やっぱり、晩ご飯作ろうか？」

「いや、俺につき合っていてはシノブが大変だ。落ち着いたらたくさん料理を作ってくれ」

軽く抱き締められて、うっとりと目を瞑る。昼間感じていた焦りが溶けていくみたいだ。

「ところで、こんな時間まで起きてると朝が辛くなるぞ？」

「あっ、そうだった!!」

うっとりしてる場合じゃなかった。

「クリシュさん、僕引っ越しするの？」

「なんだそれは？」

「だって、シュ……、シュ……」

ああ、もう！　ちゃんと聞いておけばよかった。

「シュなんとかに住めって言われたんだ」

「なに、どんな奴だった？」

「つり目で、鷲鼻で、オレンジ色の髪の人」

「アイツか……」

特徴を伝えると、クリシュさんは難しい顔をして僕の肩に手を置いた。

「返事をしたか？」

「ううん。ビックリしてる間に帰ったから」

「そうか。シノブには話しておいた方がいいかもな。夜更かしすることになるが、大丈夫か？」

「平気」

むしろ、このままだと気になって眠れない。

水浴びを済ませたクリシュさんに、お酒を用意した。痩せてしまったのが気になって簡単な料理を作ると、クリシュさんは嬉しそうな顔をした。

「生命の木について会議が開かれているのは知っているな？　種をどこに蒔くかについて、フィルクス様のお考えを伝えておこう。フィルクス様は、できればシノブが生活する場所の近くに種を蒔きたいとお考えだ。幸いにもこの辺りには広い土地があるから、管理所やフィルクス様の屋敷もこの辺りに移すつもりなのだ。それに合わせて、職員と騎士達の宿舎も用意することになる」

うわー、凄いことになってきた。確かにこの辺りはなにもないから建物も建て放題だし、街から一時間もかかるから、宿舎もあった方がいいかもしれないな。

「この話はまだ公にはしていないが、生命の木が枯れるに至るまでの経緯を説明する際に、シノブの能力のことが話題に上ったんだ。勘がいい者なら、フィルクス様がシノブの暮らす場所に生命の木の種を蒔きたいとお考えだと気がついたと思う。だから、先手を打って自分が管轄する土地に生命の木の種を蒔くためにシノブが居を移す言質を取りに来たのだろう。生命の木が存在する土地は必ず繁栄する。運搬のための道路が整備され、宿が建ち人が増えれば商人が集まる。自分の管轄する土地が繁栄すれば収入も増え、左団扇で暮らせるとでも思っているのだろう。今回は相手が阿呆でシノブの返事を聞かずに帰ったから、まぁ、大丈夫だろう。だが、ほかにも同じように考える奴が出てくるかもしれん。言葉巧みに誘導してシノブから『移住する』という言質を取ろうとするだろうが、絶対に返事をしないようにな。あまりしつこいようなら、自分はわからないからクリシュに聞くようにと言えばいい」

その手は婆ちゃんも使ってたな。セールスマンがしつこいときに、『主人に相談しませんと……。今旅行でしばらく帰ってきませんのよ』って追い返してた。

「ずっとそばにいられたらいいんだが、そうもいかないからな。もし不安なら、護衛をつけるようにフィルクス様に進言するが」

「大丈夫、返事をしなければいいんだろ」

「本当に大丈夫か？」

「うん、任せて!!」

なにはともあれ、クリシュさんと離ればなれにならなくてよさそうでよかった。


「いやー、このトマト、美味いですなぁ。渇いた喉が喜んでますわ」

「お口に合ってよかったです。キュウリもどうですか？」

「これはこれは、遠慮なくいただきましょう」

この人はベローズさんといって、行商のおじさんだ。故郷の品を売り歩いているそうだ。うちの畑の野菜を見て、トマトが美味しそうだって言ってくれたから、ご馳走したんだ。

ポチはさっきまで般若顔をしていたけど、ずっとその顔でいるのが疲れたのか、今はいつもの顔に戻ってる。でも、僕とベローズさんの間に入って体をピッタリくっつけて守ってくれている。

「海があるベネストホルムという北の街から来たのですよ。そこは海風が強くて涼しく感じるのですが、この辺りは暑いですな。もう汗だくです」

「へー、海があるんだ」

海かぁ、いいなぁ。刺身が食べたい。ここは内陸だから、干した魚しか手に入らないし、あまり売ってないんだ。

「海はいいですよ。泳げるし、魚は美味いし。波の音が始終聞こえて。暮らしているときは気にも留めませんでしたが、聞こえないと寂しく感じます。あ、波ってわかります？」

「わかる！　海を見たことがあるから」

「そーですか。この辺りは海を知っている人が少なくてね。話してもわからない人が多いんですよ。『波とはどういうものか』なんて聞かれても、なかなか説明が難しいんですよね。水が砂浜に押し寄せてくるって説明しても、そもそも砂浜も知らないんですから」

「あー、そうかも。僕も説明できないや」

ベローズさんの話はとても面白い。行商をしているだけあって、人の興味を引くのが上手いんだ。僕は、久しぶりの海の話に夢中になった。

海で採れる虹色の貝殻は表面は綺麗だけど中身は不味くて食べられないとか、人間の指を簡単にチョン切ってしまうカニの話や、とても人懐っこい海の中で生活する動物の話が凄く楽しい!!

「嵐のときは、身長を越えるほどの高波が来たり。ほら、あの二階の窓まで届くんですよ」

「うひゃー、波に浚われちゃうな」

「ええ、そうなんです。そんな日は家から出ずに嵐が過ぎるのを待つんですけど、その後のお楽しみもありまして。砂浜に、貝やら魚やらが打ち上げられていて、家族総出で網や桶を持って拾うんです」

「楽しそう!!」

「楽しいですよ。一度遊びに来てください。案内しますから」

海に旅行かぁ。クリシュさんと一緒に浜辺でバカンスとか、いいよなぁ。波打ち際で水のかけ合いして、海の幸に舌鼓を打って。焼そば食べて、かき氷食べて釣りをして、シュノーケリングをして。

あれ、シュノーケリングって泳げなくてもできるんだっけ？　僕はあまり泳げないんだけど、クリシュさんはどうだろう。イメージではザバザバ泳いでそうだけどな。

でもなぁ、ハナコ達は連れて行けないし、その間の世話のことを考えると無理だよなぁ。

「気に入ったらそのまま住んでもいいですし」

「うちはポチ達がいるから。世話があるからあまり長く家を空けられないし、無理かな。でも、久しぶりに海の話が聞けて楽しかった。ありがとう」

「そんなこと言わずに。一度来てくださいよ。家畜の世話なら誰かに頼んだらよろしいですし。ね？」

「いや、えっと」

「そうしましょう。いつ出発しましょうか。早い方がいいですね、できれば今日にでも」

なんだか随分と強引だな。『今日にでも』なんて、そんなの無理だ。クリシュさんに相談しないと。あまりにも熱心に誘われて、僕は正直引き気味だ。

「家財道具も後で荷運び人に依頼して運んでもらえばいいですし、住むところもあります。海がお好きなら、小高い丘の上で海を見渡す生活なんてどうですか？　街の住人も明るく朗らかな者ばかりですから、きっと楽しく暮らせますよ」

『絶対に返事をしないようにな』

「はっ!!」

もしかして、これはクリシュさんが言っていたやつではないだろうか。いつの間にか、旅行じゃなくて引っ越しの話になってるし。勢いに負けて頷いたら大変なことになりそうだ！

「あの、引っ越しはしません！　これ以上なにか話があるなら、騎士隊長のクリシュさんにしてください!!」

「ありゃ、もしかして、気づかれちゃいましたか」

ベローズさんは、『参ったな』って笑いながら頭を掻いた。あ、危なかった。途中まで全然気がつかなかった。

「まあ、最初から成功するとは思っていませんでしたが。とあるお方から貴方を私共の故郷にお誘いするようにと、お願いという名の命令を賜りまして、行商のついでに立ち寄った次第なんですが。会話で興味を引いて商品を買っていただくのが私の仕事ですから、『試しに遊びに行ってみよう』くらいの言葉なら簡単に引き出せるとは思っていましたが、なんだか詐欺を働いているみたいで、嫌な気持ちになりましたよ。子供をいいようにしようなんて、まったく、あの御方も誰に入知恵されたんだか。しかも、あのクリシュ様が後見人になっておられるご様子。ご不況を買っては商売に影響が出るところでした。失敗してよかったです」

「クリシュさんを知ってるんですか？」

「そりゃあもう、それぞれの土地のお偉いさんは大体把握しておりますよ。この街はいいですね。治安もいいし、商売がしやすくて。騎士隊長殿がしっかりと部下の教育をしてらっしゃるんでしょうね」

おおっ、クリシュさんって有名なんだ。

「私が言うのもなんですが、気をつけた方がいいですよ。詳しくは聞きませんでしたが、なにやら特殊な能力をお持ちとか。口車に乗せられたら、利用されて散々な目に遭いますよ」

「散々な目って、どんな？」

「そうですねぇ、たとえば、奴隷のように昼も夜もなく働かされたり、子供好きの方の夜のお相手をさせられたり。っと、失礼、『夜のお相手』と聞いても意味がわからないですよね。大人になればわかると思いますが、ろくでもないことですよ」

ベローズさん、僕のことを完全に子供だと思ってるな。うん、まぁ、いいよ。慣れたし。

それにしても、奴隷とか、夜のお相手とか、考えたら背筋が寒くなる。逃げないように足枷をつけられて監視されながら一日中畑に種を蒔き続ける生活なんて嫌だ。

でも、どうしてあんなに強引な誘い方をしたんだろう。僕の言葉を引き出すなんて簡単だったはずだ。あのままの話の流れなら、本気半分、社交辞令半分で『行ってみたい』って言ったと思う。

「もしかして、強引だったのって、わざと？」

ベローズさんは答えなかったけどニコニコ笑っていたから、僕に気づかせようとして、わざと不審に思うような言い方をしたのかなって思った。

「失敗したら、ベローズさんが怒られる？」

「まぁ、小言くらいは言われるかもしれませんが。商売をしているとね、理不尽な物言いに慣れるものなんですよ。それにね、『どうやらクリシュ様が後見人のようで』って言えば、あの方のことですから、大層なことなんてできませんよ。基本的に気が小さい人ですから。あ、できれば、名前は聞かないでいただきたいのですが。昔お世話になった方でしてね、悪い人ではないのです。ただちょっと、考えが足りないのです」

なにか、散々な言い方をされてるけど、ベローズさんは多分『あの方』のことが嫌いじゃないいんだな。

「うん、聞かないでおく」

そう答えると、ベローズさんはホッとしたように目尻を下げて笑った。

「さて、お詫びと言ってはなんですが、私の扱っている商品の中からお好きな物を一つ差し上げますよ。ちょっと待っててくださいね」

馬車から大きな荷物を持ってきて、地面に布を敷いて鞄(かばん)から出した物を次々並べだした。その中に気になる匂いを見つけたのか、ポチがフンフンとしきりに匂いを嗅いでいる。

「さあ、どうぞ。気に入る物があるといいのですが」

「わぁ、凄い!!」

ベローズさんの扱っている商品には、貝殻を加工したブローチや、鮮やかな色の砂が入った小瓶などの雑貨や、乾物やドライフルーツ、中には真珠みたいな高価な商品もあった。

「これ、もしかして」

僕が気になったのは、一見すると枯れた木の棒のように見える茶色い物で、持ってみると凄く硬かった。ポチが気になっていた物もこれみたいで、尻尾をブンブン振り回しながら凄い勢いで匂いを嗅いでいる。

「これ、鰹節(かつおぶし)じゃないか？　削って出汁(だし)を取るやつだよな？」

「おや、ご存知ですか？」

うわー、こっちに来てから初めて見た!!　ずっと鶏ガラとか、野菜やキノコの出汁ばっかりだったから凄く嬉しい。うどん、うどん食べたい!!

「ベローズさん、お金を払いますから、これくださいい！　それで、また行商でこの辺りに来たときは声をかけて欲しいんです!!」

それじゃあお詫びにならないって言われたけど、一回のお詫びの品よりも鰹節が定期的に手に入る方が魅力的だったから、どうしてもってお願いを聞いてもらった。タダで物をもらうのはちょっと怖いっていうのもあったし。

「じゃあ、おまけで専用のスライサーをつけましょう。これは硬くて普通の刃物ではなかなか削れないんですよ。使い方はわかりますか？」

「大丈夫!!　婆ちゃんが使ってたから」

大工道具のカンナに箱を取りつけたみたいなやつ。見たことがあるから多分大丈夫。嬉しいなぁ。鰹節を三本もゲットしたぞ。

「ベローズさん、楽しかったよ。行商頑張って」

「こちらこそ、今後もご贔屓(ひいき)に。では」

ベローズさんとのことは凄く勉強になったなぁ。彼が善人でよかった。途中まで、僕は本当になにも気がついていなかったし。

クリシュさんとのバカンスを妄想したり、海の幸に心惹かれたり。ハッキリ言って、ポチ達の世話がなかったら『行きたい』って言っていたと思う。それで、フィルクス様やクリシュさんを困らせることになっていたんだ。あの夜、クリシュさんに忠告してもらえなかったら、大変なことになっていたかもしれない。

僕は、今日は早々に家に引き籠(こも)ることにした。また勧誘が来たら面倒だし、鰹節を削ってうどんを作るんだ。上手くできたらクリシュさんにも食べてもらおう。

「あれ、意外と難しいな」

初めて削った鰹節は、粉々になってしまった。これはちょっと練習が必要だな。

見よう見まねで打ったうどんは、太さもバラバラでコシもいまいちだったけど、初めてにしては上出来で、うどんを啜り、汁も全部飲み干す頃には凄く幸せな気分になっていた。

ところで、クリシュさんは箸を使えるだろうか。無理だったらフォークに巻きつけてパスタみたいに食べてもらえばいいか。

二本の箸で悪戦苦闘しながらうどんを食べるクリシュさんを見てみたい気もするから、今度クリシュさん用の箸も作ろうかなとか考えながら、お椀の底に張りついたネギを箸で摘んで食べた。ご馳走様でした!!

第6章　採用決定いたしました

生命の木の種を蒔く土地の条件で、最低でもこれだけは絶対に必要なもの。それを、フィルクス様は五つあげた。
・新鮮な水が豊富にあること。
・清浄な土壌であること。
・生命の木が育つのに気候が適していること。
・生命の木の実の運搬、管理の面からある程度栄えた街に属した土地であること。
・『植物系チート能力』を持っているシノブが近くに住んでいるか、通いやすい距離の土地であること。
気候に関しては、先代の生命の木が生えていた場所が一番好ましいとされたけれど、同じ場所に蒔くには清浄な土壌という面で不安がある。ある程度距離が離れていなければならないという意見から、近隣の街が候補に名乗りを上げたけれど、フィルクス様はそのどれもに難色を示した。

近隣の街といっても、馬車で移動をするこっちの世界では、隣街まで半日とか、数日とかは当たり前の感覚だ。

フィルクス様が一番重要視していた、『植物系チート能力』を持っている僕が近くに住んでいるか通いやすい土地であるという条件は、往復するだけで一日かかるような場所では無理がある。

会議が長引いたのは、自分の管理する土地に蒔きたい人達とフィルクス様の間で意見の食い違いがあって、なかなか賛成を得られなかったからだ。最終的には、個人の思惑よりも一つしかない種を確実に育てることが最も重要だと、フィルクス様が押しきった、らしい。

「本当に、ここに蒔くんですか？」

「そうだ」

大変なことになってきたな。次々と運び込まれる木材に目を丸くしながら、僕はポチと目を見合わせた。ポチは『なに？』って感じで片方の耳をピクッと動かしながら首を傾げてる。可愛いな。

会議で決定した場所は、僕の家の裏側にある水が湧き出る池のそばだった。確かに、ここなら生命の木の種を蒔く条件がすべて当て嵌る。水もあって、健康な土があって、大きな街の近くで、広い土地があって、僕が暮らす家のすぐそばだ。

家の敷地内に生命の木が生えているなんて、凄い環境で暮らすことになるんだなぁ。

今運び込まれている木材は、塀を作るための資材だ。いずれは頑丈な石垣を作るけど、簡易的に木材で塀を作るんだって。今日から工事が始まるってことで、フィルクス様がわざわざ挨拶に来てくれた。

そうそう、僕がこの世界に移住したときに用意してもらった土地は、ちゃんと僕の名義で登録されていたらしいんだけど、このたび返納することにした。

僕自身すっかり忘れていたけど、この辺り一帯は僕の土地になっていたんだよ。管理所や宿舎やフィルクス様のお屋敷を建てなきゃいけないし、生命の木が育つためには充分な敷地が必要だから買い取らせて欲しいって言われたけど、ここはもともともらった土地だし、手入れが行き届いていなくてほとんどの土地が雑草畑だったし、今の家と畑はそのまま使っていいって言われたし、じゃあ返納しようかなって。

お金をたくさん持っていても、普通に生活する分にはそんなに使わない。上等な服も靴も宝石も、畑仕事をする僕には邪魔なだけだし、使い道のないお金を僕に支払うくらいなら、これからのみんなのために使って欲しいんだ。

だって、僕はこの世界からたくさんの宝物をもらったから。この世界に来て、僕は欲しくてたまらなかった家族を手に入れた。父さんと母さんも家族には違いないけど、そうじゃなくて一緒に生活してくれる誰かが欲しかったんだ。

ポチ達と家族になって、毎朝『おはよう』って挨拶して、畑仕事をしている間もずっと一緒で。大袈裟かもしれないけど、一人きりの耳が痛くなるほどの静けさに慣れていた僕にとって、ポチ達との生活はどんな宝石にも代えがたい宝物になった。その上、ポチ達だけでも幸せだったのに、クリシュさんという恋人ができた。

幸せなんだ。すーっごく。だから、今度はこの世界の人達が幸せになる番だ。

僕にたくさん幸せをくれたこの世界の人達に、感謝を込めて。こんなことしかできないけど、僕に支払うはずだったお金を宿舎や管理所を建てる費用の足しにして欲しい。

このことをフィルクス様に話したら、感謝状を贈らせて欲しいって言われて、動物の皮から作った丈夫な紙で書かれた感謝状をもらった。家のリビングにでかでかと飾ってあるんだけど、家にあるなによりも感謝状が収まっている額縁が高価に見えて、ちょっとおかしい。似合わないなぁって思いながら毎日眺めるのが習慣になりつつあった。

「ところで、シノブ。管理所の特別職員として働くつもりはないか？」

「え？」

「土地は返納するというし、このままではシノブの能力を搾取することになってしまう。職員となるなら給金で能力に見合った報酬を支払うことができるのだが。仕事内容は、生命の木の管理。今まで通りに生活する中で、生命の木についてなにか気がついたことがあったら私に報告して欲しい。どうだろうか？」

それって、就職ってことか？　僕、就職できるのか。履歴書を送っても書類審査で落とされて、面接では幼く見える容姿を理由に断られ続けた僕が！

「ぜひ、働かせてください。なんでもやります！」

「頼もしいな。こちらこそ、よろしく頼む」

異世界生活一年目、就職難民から自営業を経て、このたび管理所の職員として採用決定しました!!

初任給が出たら、クリシュさんにプレゼントを買いたいな。実用的なものがいいかな？　それとも、休みの日に二人で楽しめるようなものがいいかな？　僕の頭の中は、クリシュさんへの贈り物のことでいっぱいになった。今から楽しみだ。

家の敷地をぐるっと取り囲む塀の建設は急ピッチで進められている。毎日、金槌の音と作業員のかけ声で賑やかだ。

塀が完成したら種を蒔くことになっているんだけど、そのときに大規模な式典が催される。その日を記念日にして、毎年お祭りを開こうって話も出ているみたいで、街も盛り上がっていた。

『へー、式典かぁ。僕も見学できるかな？』とか、のほほんと思っていたんだけど、見学どころの騒ぎじゃなくて、僕の参加は決定事項だって聞いたのはつい昨日の話だ。

僕がその話を聞いて最初に思ったのは、『どうしよう、なにを着たらいいんだろう？』ってことだった。手持ちの服は、もとの世界から持ち込んだ服とノルンからもらったノルンが子供の頃に着ていたお下がりの服だけだ。こっちの世界での正装ってどんな服のことなんだろう？

クローゼットから服を引っ張り出して唸る。一番上等な服も到底式典に出られるレベルの服じゃない。ほかの服よりちょっとは綺麗に見える程度だ。ほかにはないかと漁っていると、一番奥にもとの世界から持ってきたお気に入りのTシャツを見つけた。この世界で生きていくんだと決意したときに封印したTシャツだ。

「懐かしいな」

移住してから随分時間が経ったような気がするけど、まだ一年経ってないんだよな。

「ちょっと着てみよう」

久しぶりに袖を通してみると、すごく違和感があった。こっちの世界のガサガサした荒い生地に慣れると、摩擦が少なすぎてなにも着ていないみたいで心許ない気持ちになる。

「ひゃー、なんか、変」

一人で袖を引っ張ったり、お腹の辺りを擦ったりしていると、自室で書類仕事をしていたクリシュさんが二階に上がってきた。

「懐かしいな。シノブと初めて出会ったときに着ていた服じゃないか」

「そーだったっけ？　よく覚えてるな」

そのときは、まだ顔も知らなかったんだよな。十八歳って言っても信じてもらえなくて、『面白い冗談だが』って言われたんだっけ。

「初めて会ったとき、クリシュさんと話すタイミングが被っただろ。覚えてる？」

「ああ」

「あのとき、波長が似てるのかも、仲よくなれそうな気がするって思ってたんだ。クリシュさんは？」

「まあ……、そうだな。似たようなことを思っていたかもな」

「本当に？　以心伝心だ」

僕は嬉しくて、鼻唄を歌いながら散らかした服を畳み始めた。

「ところで、なぜこんなに服を出していたんだ？」

「式典で着る服を探していたんだ」

学生の頃は楽だったよなぁ。制服があったから、着るものに悩まなくてよかったし。

「すまない、話していなかったな。フィルクス様より衣装を作るように言われている。今度採寸に行こう。経費で落ちるから、金の心配もいらない」

「なんだ、そうだったのか」

と、いうわけで。クリシュさんと一緒に、服屋に来た。こっちの世界で服を買うのは初めてだ。しかも、オーダーメイド。

一回しか着ないのにオーダーメイドは勿体ない気がして既製品でいいって言ったんだけど、店の人もクリシュさんも無理だって言うんだ。試しに試着してみたら、二人が無理だという理由がすぐにわかってしまった。

「ダブダブだ」

僕のサイズの成人用の服は売っていなかった。日本人とは骨格が違うんだな。

諦めて寸法を計ってもらったけど、それはもう細かく計られた。

『手を上げて、下げて、後ろを向いて、背筋を伸ばして』って。終わる頃には疲れて生地選びはクリシュさんに任せてしまった。生地の良し悪しのわからない僕が見ても無駄だってのもあったし。

打ち合わせが終わったクリシュさんとお針子さんは、満足そうな顔で握手をしていた。

「クリシュさん、終わった？」

「ああ。完成したら届けてくれるそうだ」

服の心配もなくなったし、あとは塀ができあがるのを待つだけだ。早く種を蒔いてあげたいな。そして元気に育って、花をたくさん咲かせて欲しい。

店を出るときに、店員さんから『うちは装飾品の類いも扱っていますから、お二人の記念日にはぜひご利用ください』って言われて、クリシュさんとペアで指輪を着けているところを想像して頬が熱くなった。初任給で指輪を買ってプレゼントするのはどうだろう？　あ、でも、クリシュさんの指のサイズを知らないし、剣を握るときに邪魔になるだろうか。

一度想像したら気になってしまって、服屋さんからの帰り道、僕はクリシュさんから片手を借りて、ずっと薬指を握ったり僕の指と比べたりしていじくり回してしまった。


準備は着々と進み、僕の家の周りは木の塀でグルリと覆われた。視線が遮られたことで閉塞感が出るかと思いきや、そんなこともなく快適に過ごしている。というのも、塀が設置されたのはかなり広範囲なんだ。よくこんなに早く設置できたよなって感心するほど広い。ポチやブライアンが走り回れるくらいに。

公道に面した位置に出入り口の門があって、今後は守衛が常時二名つくことになるから、クリシュさんは防犯面の心配が減ったと喜んでいる。

僕は一度盗賊に襲われているし、夜勤のときに一人で家に残すのがずっと心配だったんだって。


いよいよ明日の式典で生命の木の種を蒔く。フィルクス様から、なんと僕が種を蒔く役に任命された。管理所の特別職員としての初仕事だから今日は早く寝て、明日は気合いを入れないと。前にフィルクス様に『植物系チート能力』は感情の大きさによって左右されている部分がありそうだって言われたし、一生懸命に念じて蒔いたら元気に育ってくれるかもしれないから。

翌朝、僕はご飯を二杯も食べた。手に入れた鰹節で作ったおかかで食べる炊きたてご飯が美味しくて美味しくて、箸が止まらなかったんだ。

おかか美味しいな!!　海苔があったらおにぎりを作るのに。今度ベローズさんが来たら、海苔を扱ってないか聞いてみよう。

クリシュさんも気に入ったみたいで、四回もお代わりをした。肉団子を入れた澄まし汁は三杯も食べた。

ご飯の後は、今朝届いたばかりの衣装が包まれた箱を持って二階に上がった。

「え〜〜〜」

スタンドカラーのスーツを想像していたのに、イメージと違う。ぴらぴらした布を持ち上げて体にあててみる。ドレスシャツっていうのかな？　スタンドカラーだけど、ヒラヒラ飾りがついていて裾が足首辺りまであって、前側の布が短くなっている。燕尾服が近いかな。それの、シャツバージョン。色は薄い若草色と空色を混ぜたような、爽やかな色だ。フィルクス様のような上品なイケメンが着たら似合うんだろうけど、僕が着てもなぁ。コスプレみたいで変じゃないかな。

まさか、このシャツだけじゃないよなって不安になりながらもう一つの箱を開けてみると、そっちにはズボンとブーツが入っていてホッとした。まぁ、そうだよな。男のシャツワンピース姿なんて、誰も見たくないよな。

「まずは着てみるか」

ボタンの数が多くて、ちょっと面倒くさいなぁって思いながら着てみると、さすがオーダーメイドなだけあって、着心地は抜群だった。

「肩にぴったりフィットだ」

腕をグルグル回しても、窮屈じゃない。着るまでは『デザインがなぁ』って思ってたけど、着てみると動きやすい。しかもこの生地、凄く高級なんじゃないか？　軽いし肌の上でスルスル滑る。こっちの世界にも、こんな布があるんだな。

ズボンを穿いてみると、これまたピッタリ。お尻も太股も布が余らないって素晴らしい。編み上げのブーツも何時間でも走れそうなほど、履き心地が抜群だ。

「着た感じはどうだ？」

「この服、すごく動きやすい！」

嬉しくて、手を広げてクルンと回ると、シャツの裾が綺麗に広がった。

「よく似合う。やはりこの色にして正解だったな」

襟を直してくれたクリシュさんの指先が首を掠めてくすぐったい。笑いながら逃げると、ふわっと抱き上げられた。

「ほかの男に見せるのが惜しいな」

「誰も僕なんて見ないって」

今日はクリシュさんもフィルクス様もギルバート様もいるし。綺麗どころがそろっているのに、僕に注目する人なんていないよ。

でも、僕も格好いいクリシュさんの姿は誰にも見せたくないかも。今日のクリシュさんは、いつもの鎧じゃなくて、軍服みたいな服を着ている。街の娘さん達が見たら、『キャーッ』ってなるに決まってる。僕も見とれたし。

これでまたクリシュさんのファンが増えるんだよ、きっと。嫌だなぁ。誰かがクリシュさんに迫るところなんて見たくないし。格好いいクリシュさんを見れないように、娘さん達に目隠しして歩こうかな。男の嫉妬は醜いっていうけど、しょうがないよなぁ。だって、クリシュさんみたいな素敵な人が恋人なんだ。嫉妬するのも当然だ。

「少しジッとしていてくれ」

クリシュさんは、ポケットから取り出した小さな缶の蓋を開けると、中に入っていたクリーム状の物体を指ですくって掌に馴染ませた。

「わっ、何?」

僕の髪に指を差し込んで、グルグルとかき混ぜて、クシュクシュ握って、ツンツン引っ張られた。柑橘系の匂いがするけど、これって整髪料?

「よし、できた」

「僕の髪、どうなってる?」

鏡を取り出して見せてくれたんだけど、僕の髪型は、ゆるふわでクシュクシュのパーマ風になっていた。

「凄い」

手で整えただけなのに、どうやったらパーマ風に仕上がるんだろう。きっと、僕がやるとあっちこっちに跳ねて寝癖みたいになってしまう。

「クリシュさんって、器用だよな」

「そうか?」

「うん。大体のことは人並み以上にできるし」

格好よくて器用ってポイント高いよな。料理もできるし、洗濯も掃除もやるし、働き者で優しいし。僕の胸の中に、またしてもモヤモヤッと嫉妬心が湧いてチクリチクリと心に針を刺す。クリシュさんに『僕の』って名札をつけてしまいたい。

「式典まではまだ時間がある、少し散歩に行かないか？　出店が立ち始めていたから見物に行こう」

「あ、見たい!!　クウジュもクレープの出店の手伝いに来ているはずなんだ」

僕は自分で歩くつもりだったけど、クリシュさんは僕を抱き上げたまま歩きだした。

「自分で歩くよ」

「今日は一日慣れない靴を履くことになるからな。今のうちに足を休ませておいた方がいい」

クリシュさんが言うなら、そうなのか？　って思いながら、階段を降りるときの揺れに備えて首にしがみついた。

「おはようございます!!」

「おはよう」

挨拶してくれたのは、以前生命の木のところで、僕の具合が悪くなったと勘違いして管理所まで運んでくれた門番さんだった。『おや?』って顔をして、僕に人差し指を向けたと思ったら。

「あっちむいてホイッ!」

「わっ!!」

僕はとっさに上を向いた。門番さんの指は下を向いている。

「やった、勝った!!」

「やっぱりシノブ殿ですか。身形と髪を整えると印象が違いますなぁ。どこぞの御曹司かと思いました」

突然のあっちむいてホイは、僕が本物か確認するためだったのか。そんなに変わったか? って思いながら頭を触ろうとしたら、クリシュさんに手を握られて止められた。危ない、髪型が崩れるところだった。

「かなりの人が集まり始めて、賑やかになってきましたよ。今日はいい日になりそうですな」

いってらっしゃいって手を振る門番さんに振り返して外に出ると、布を敷いて場所取りをしている人や、商品を並べている人がいた。中には場所を決めかねているのか、荷物を持ってウロウロしている人や仲間内で立ち話している人もいた。荷物を広げている人達は知らない顔が多いから、地方からこの日のために遠征してきた人なのかも。

逆にウロウロしている人は、市場でよくみる顔ぶれだったり、大早食い祭りで知り合いになったシェフの店の下働きの人だったり。街の方をチラチラ気にしているけど、誰か待ってるのか?

「あれ、もしかして、シノブか?」

「あ、クウジュだ。おはよう」

「おはよう。一瞬誰だかわからなかった」

「変?」

「いや、可愛い。よく似合ってるよ。いつもそうしてたらいいのに」

お、男に可愛いはキツイだろ。僕はどちらかというと、格好いいとか男らしいとか言われたい。

「さて、店はどの辺りにするかな。あまり密集してない方がいいから、この辺りにするか」

周りに荷物を広げている人がいないところに荷馬車を止めて食材の整理を始めると、立ち話をしていた人達が必死の形相で走ってきた。

「俺ここ!!」

「俺はこっちだ!!」

「くそっ、先越された!」

クウジュが荷物を置いた両脇が埋まり、その後も競うように場所取りが始まって、あっという間にギュウギュウになった。

「おいっ、絶対に行列ができるから空いてる場所にしたんだぞ」

「へへっ、便乗させてもらうぞ」

「どーゆー意味?」

クリシュさんを見ると、簡単に説明してくれた。

「クレープの店には必ず客が集まる。近くに店を構えていたら、呼び込みをしなくても客が集まってくるだろう。甘いものを食べると塩辛い物が食べたくなり、美味い物を食い酒を飲んで気分が高揚すれば、さらに財布の紐が緩くなり必要のない物も買ってしまう」

なるほど、と僕はポンッと手を叩いた。祭りでかき氷を食べた後にたこ焼きを食べて、ヨーヨー釣りをするような感じだ。楽しくなると、特に欲しい物じゃなくても買っちゃうときがあるよな。

「クリシュさん、凄いな。全部お見通しだ」

観察してみると、みんな考えながら出店しているみたいで、甘い食べ物と塩辛い食べ物の店が交互に並んでいて、時々雑貨の店が間に入っている感じだ。そうか、同じ商品を売っている店が隣同士だとやりにくいから、調整してるのか。

「シノブ、そろそろ行こうか」

「そうだな」

あまり長く立ち話をしていたら準備の邪魔になるから、もうそろそろお暇しよう。

「クウジュ、頑張れよ」

「ああ、シノブもな!!」

それから僕とクリシュさんは、ほかの店も見物しつつ、グルッと回って散歩を終了した。式典が終わったらゆっくり見て歩きたいな。クリシュさんはフィルクス様の護衛でそばを離れられないから、ノルンを誘おう。

歓声がどんどん近づいてくる。みんな、馬車の中にフィルクス様と一緒に生命の木の種が乗っているってわかっているんだ。

沿道を民衆が埋め尽くし、等間隔に立っている騎士さん達が興奮した市民が道路に出ないように警備している。

遠くから近づいてくるフィルクス様の馬車がいつもより輝いて見えるのは気のせいではないと思う。そこには、この世界の人達の希望が乗っているんだから。

フィルクス様やギルバート様の名前を呼びながら手を振る娘さん。野太い声でお祝いの言葉を叫ぶおじさん達。祈るように手を組んで見守るお爺さんとお婆さん。

僕は、いよいよだと思うと凄く緊張して、若干足が震えている。思わず隣にいるクリシュさんの手を握ると、ギュウッと握り返してくれた。

クリシュさんの温もりに癒されながら、目を閉じて深呼吸をする。少し落ち着いた矢先にフィルクス様が到着したらしくて大歓声が聞こえて、緊張がぶり返してしまった。

式典は厳かに始まった。全員で祈りを捧げてから、種を蒔く予定の場所を掘る。そこは前日に一度掘り起こしてあるから土が柔らかい。

フィルクス様をはじめとした参列者が順番に一回ずつシャベルで土を掘り、充分な深さになったところで木箱から種を取り出した。

「シノブ」

「は、はい！」

名前を呼ばれた僕は、ギクシャクした動きでフィルクス様から種を受け取った。みんなの視線が集まっていて、もしかしたら緊張して右足と右手を同時に出して歩いていたかもしれない。

ツルツルの種を両手で受け取って胸の前で掌に包んだ。僕にはやっぱり種の声は聞こえないけど、早く芽を出したいって言っているんだろうか？

柔らかい土の上にそっと落として手を合わせて目を瞑ると、周囲の視線が気にならなくなって、自然と祈りのような気持が浮かんだ。

無事に芽が出ますように。元気に育ちますように。ピンク色の可愛い花が枝いっぱいに咲きますように。実がたくさん生りますように。実を食べた人に幸せが訪れますように。実を食べた人から生まれた赤ちゃんが元気に育ちますように。

この世界に神様と仏様がいるのかはわからないけど、どうか守ってください。どうか、どうか。よろしくお願いします。

僕は魔法の呪文も神様に届ける祈りの言葉も知らないから、心の中でひたすら『お願いします』って祈り続けた。

祈りの気持ちを出し尽くして顔を上げると、その場にいた全員が僕と同じように手を合わせてお祈りしていた。

「もういいのか？」

「はい」

僕の役目が終わったことに気がついたフィルクス様が合わせていた手を下ろすと、周りの人もそれに倣って次々と手を下ろしていく。その顔は、式典が始まった頃の生命の木の種への期待や興奮が高まっていたときとは違って、どこか清々しさを感じさせた。

「よい祈りだった。シノブの気持ちは、きっと種にも届いているだろう」

「僕がなにを考えて祈っていたのかわかるんですか？」

もしかして、フィルクス様には人が心の中で呟いた言葉も聞こえているんだろうか。だとしたら、クリシュさんに対する気持ちとかもだだ漏れだったってことになる。恋人になる前にわちゃわちゃ考えていたことが知られていたんだったら、僕は凄く恥ずかしいぞ。

「人の心は植物やほかの動物よりも複雑だ。それを読み説く能力など、私にはないよ。だが、その姿を見ていれば、どれほど真摯に祈ってくれているかはわかる。思えばシノブははじめからそうだったな。見ず知らずの子供が困っているのを見過ごせずに手を貸したり、自ら進んで協力を申し出たり。シノブにとって、こちらの世界は優しいばかりではないだろうに。異世界の人間とは、みんなシノブのように慈悲深い精神の持ち主なのだろうか。いずれにしても、今後生命の木の恩恵にあずかる人類を代表して礼を言おう」

「いや、あの、はい。こちらこそ」

フィルクス様に深々と頭を下げられた僕は、どうしていいのやらわからなくて、ペコッと頭を下げるとクリシュさんの後ろに隠れた。だって、『慈悲深い』とか言われてもさ。そんな崇高な精神で行動していたわけじゃないし。

僕は爺ちゃんと婆ちゃんに言い聞かされて育った。

自分がやったことは、巡り巡っていつか自分に返ってくるって。意地悪なことをしたら、いつか仕返しをされるときが来るし、親切なことをしたら、親切が返ってくる。だから、自分がされたら嬉しいと思う行動をしなさいって。

僕は、困っているときに助けてもらえたら嬉しい。優しくされたら嬉しい。だから、人にも同じようにする。でも、これって、純粋な好意じゃないんだ。『優しくされたいから優しくする』って見返りを求めているわけだし。

崇高な精神っていうのは、フィルクス様やクリシュさんのことを言うんだと思う。みんなのために危険な旅をしていたんだから。

そんなフィルクス様にお礼を言われたら、ちょっと申し訳ない気持ちになってしまう。とりあえず、フィルクス様に僕の心の声が筒抜けじゃなくてよかった。

フィルクス様は、清々しい顔をしたみんなを見渡すと、パンッと手を叩いて足元に置いていたシャベルを拾い上げた。

「さあ、続きだ。種に土を被せてやろう」

穴を掘ったときに順番が回ってこなかった人達が、シャベルで一回ずつ土を被せていく。最後に土を被せたお爺さんは、多分足が悪くて一人じゃ立てないんだろうな。両脇を支えられながらヨボヨボした足取りで時間をかけて種を蒔いた場所まで近づいた。シャベルを持って土を掬ったけど、手の震えのせいでほとんどの土が落ちてしまい、ほんの少しの土の粒がパラパラと種の上に降り注いだ。お爺さんは、泣きながら土を被せていた。

後から聞いた話では、そのお爺さんは成人して管理所で働き始めてから七十五歳までずっと生命の木のお世話をしていたんだって。足腰が弱くなって引退してからすぐに生命の木が実をつけなくなって、自分のお世話の仕方が悪かったんじゃないかってずっと気に病んで過ごしていたらしい。

それからは残されている文献を読み漁り、口伝で伝わっている話と照らし合わせて生命の木の元になった親木が生えていたと思しき場所を探り当てて、同じ水源を持つ川から水を運んだり土を運んでくるように進言したり、肥料の研究を手伝ったりと、十年の間ずっと尽力していたそうだ。

初期の頃は火事やら災害やらで消失した文献もあっ

て、研究には大変な苦労と気力が必要だったから、その作業を黙々と続けたお爺さんは管理所の職員みんなに尊敬されている。

両脇を支えていた職員さんも一緒に泣きながら背中を擦ってあげていて、苦労したんだろうなって思うと僕までもらい泣きしてしまった。

最後にフィルクス様が池からくんだ湧き水をかけると、カランカラーンっと門番さんがハンドベルを鳴らして式典の終了を伝えた。

すると、塀の向こうから『ワーッ』っと歓声が聞こえた。塀の外に出てみると、既に歌え踊れの大騒ぎになっていた。

オペラ歌手みたいに歌いだしたおじさんの声に合わせてカップルが手を繋いで踊って、周りの人達が手を叩いて、出店の店員さん達も鉄板をガンガン叩いたり、リズムよく食材を刻んだり。

時折聞こえるお酒を飲みすぎた人達の喧嘩の声も含めて、この場にあるすべての音が一つの音楽になったみたいだ。

一緒に塀の外に出たフィルクス様は集まった人達に声をかけて歩いていたけど、周囲を市民に囲まれて身動きが取れなくなった。握手を求める人、拍手をする人、みんなが笑顔でフィルクス様に『お疲れ様』って声をかけている。

フィルクス様やクリシュさんをはじめとする騎士さん達がみんなのために長い旅をしていたことを市民のみなさんはちゃんとわかっていて、感謝していたんだな。

僕はノルンと一緒に店を見て歩いたんだけど、服を汚したらいけないと思うと、パチパチ油を跳ねさせながらいい匂いをさせている串焼きの屋台には近づけなかった。油染みって洗ってもなかなか落ちないし。クリシュさんが選んでくれた僕の一張羅(いっちょうら)は今後着る予定はないけど、綺麗に取っておきたかったんだ。

途中で立ち寄ったクレープの店は、案の定長蛇の列ができていて、店員のみんなは戦場のような忙しさにヒーヒー言っていた。忙しすぎて目が虚(うつ)ろになっているクゥジュ達が可哀想で、僕も着替えて手伝おうかと思ったんだけど、『せっかく可愛くしてもらったんだから、駄目ですよ』ってノルンに止められてしまった。だから、今日の僕は食べる専門だ。

油跳ねを気にする僕のために、ノルンが食べ物を運んでくれて、お腹がはち切れそうになるくらいに食べた。でも、お腹いっぱいって思っても、見たことのない料理を見ると、つい一口食べてしまう。一番美味しいって思ったのは、なにかの肉の煮込み料理で、もつ煮込みに近い味だった。

やがて売り切れて店じまいしたクウジュと一緒にノルンも帰ることになって、僕も家に戻った。

日が暮れてもお祭り騒ぎは続いていて、まだまだ賑やかだ。篝火の灯りが塀の向こうから漏れていて、いつもよりも明るい。水浴びをして、着替えてグイーッと伸びをする。やっぱり、いつもの服が一番だ。

クリシュさんは、今日は晩餐会があるからフィルクス様と一緒に街に行った。僕の参加を希望する声が上がっていたみたいだけど、フィルクス様とクリシュさんが断ってくれた。前に僕のところに来たオレンジ色の髪のおじさんを警戒してのことらしい。僕自身、晩餐会なんて緊張して食事どころじゃなくなりそうだからホッとした。

寝るにはまだ早いなって思ったら、種のことが凄く気になった。畑の野菜みたいに、明日の朝になったらグンッと育っているんだろうか。もしかしたら、もう芽が出ていたりして。そう思ったら、我慢ができなくて様子を見に行くことにした。

「まだ芽は出てないか」

種はふかふかの土の中でお休み中だ。早く出ておいでって思いながら土を撫でていると、ポチが寄ってきてフンフンと土の匂いを嗅いだ。

「ポチも気になるのか？」

鼻に土がついたポチの頭から尻尾にかけて撫でてあげると、バサバサと尻尾を振った。うっぷ、ちょっと待って、あまり勢いよく振らないで。尻尾が顔にぶつかるから。

「ここで待ってたら、芽が出るところを見られるかな」

どんな風に芽が出るんだろう。ゆっくりチョコッと出るのか、それとも、ポンッて弾けるみたいに出るんだろうか。クリシュさんが帰ってくるのは夜中を過ぎるって話だし、観察してようかな。

ポチの隣で体育座りをしてジーッと土を観察していると、塀の外の騒ぎもだんだん小さくなって、最後には門番さん達の小さな話し声だけになった。

ただ待っているだけなのは正直暇で、そのうちに瞼が重くなって、その格好のまま膝に顔を埋めて眠ってしまった。

第7章　たとえ世界中から恨まれたとしても

今日蒔かれたばかりの生命の木の種を守りながら、こんな晴れやかな気持ちで仕事をするのはいつぶりだろうかと、月明かりの下、守衛のアシュビクはぼんやりと思った。祭りの喧騒はとうに過ぎたというのに、興奮の熱はまだ冷めない。年甲斐もなく浮かれていると自分でも思うが、夜になっても目が冴えていてまったく眠気が来ないのだ。

祝いの夜に任に就くことを同僚達は『気の毒に』と言っていたが、ちょうどよかったのかもしれない。どうせ今夜は眠れそうにないのだ、家で迷惑そうな顔をした妻に『いつまで酒を飲んでいる、片づかないから早く寝ろ』と急かされることを思えば、夜通し起きていられる夜勤の仕事のほうが気が楽だ。

十年前、収穫間近の生命の実が落ちてしまったとき、それがずっと続くなど思っていなかった。今回は運が悪かっただけで、また時季が来れば花を咲かせて実が生るものだと、なんの根拠もなく思っていた。

一年経っても二年経っても花は咲かず実もつけず、葉は枯れて。そのときになってやっと、『これはただごとではない』と騒ぐようになった。

管理所の職員は過去の文献を引っ張り出して昼夜問わず原因究明に勤しんだらしいが、なぜ生命の木が枯れ始めたのか、その謎の答えに辿り着く者はいなかった。

枯れかけの生命の木を背に門を守るのは恐ろしかった。いつ希望が潰えるのか。突然実が落ちてしまったように、今日にでも枯れてしまうのではないかと、毎日怯えていた。

今も原因はわからない。だが、確実にいい方向に向かっている。この状況を作り出したのが、あの少年のような姿をした異世界からの友人だとは今でも信じられない。

無邪気に異世界の手遊びを教えてくれたシノブは、どうやら我々にとって救世主だったらしい。

「今日はいい日だったなぁ」

「ああ、人生最高の日かもしれん」

隣に立つビスコに話しかけると、俺と同じく興奮冷めやらない様子の答えが返ってきた。

「お前さんの娘はいくつになるんだった？」

たしか、生命の実が落ちた前後に嫁に行った一人娘がいたはずだ。結婚が決まったときには仲間内で酒を酌み交わして祝ったが、あれから十年か。

「もう三十二になる。アイツが嫁に行ったときには実が生らなくなってたからな。孫の顔を見るのは諦めてたんだが、まだ間に合うかなぁ」

「今日蒔いた種が実を生らせるほど育つには、どれほど時間がかかるんだか。見当もつかないが、間に合うといいな」

うちには孫が二人いるが、コイツのところは初孫もまだだからな。さぞや待ち遠しいことだろう。

「実が生るまで十年かかれば四十二だ。お偉いさんから順に実を配るだろうから、うちの娘に順番が回ってくるのは何年先になるやら。だが、なにも希望がないよりはマシだ。もしかしたらって思っていられるのが、こんなに幸せなことだとは思わなかったぜ」

グスッと鼻を啜る音が聞こえて、さりげなく視線を逸らした。今夜、ビスコと同じ思いを抱えている者がどれほどの数存在するだろうか。諦めかけていた小さな命を抱く瞬間を想像して、ビスコのように涙ぐむ者があふれていることだろう。

「月が陰ってきたな。雨が降らなきゃいいが」

俺達の立っている場所が暗くなり、隣に立っているビスコの顔も見えなくなった。職務中だが、今日くらいは男泣きしても許されるだろう。

ザワザワと葉の揺れる音を聞きながら、これから目まぐるしく変わっていくだろう未来を思って、アシュビクは顔を綻ばせた。


晩餐会が終わり、クリシュが職務から解放されたのは深夜を過ぎてからだった。早く終われと念じてみたところで浮かれた酔っ払い達は聞く耳を持ってはくれない。祝いの席とあってはフィルクス様も途中で席を立つわけにもいかず、結果随分と遅くなってしまった。

シノブのことを根掘り葉掘り聞いていたオレンジ頭を思い出すと、自然と眉が寄る。生命の木を自分が管理する土地へ誘致するのは失敗したが、なんとか恩恵を得られないかと醜く根回しをしようとする姿を見て、晩餐会へのシノブの参加を断って正解だったなと、フィルクス様の判断に感謝した。

シノブはもう眠っているだろうか。式典では随分と緊張していたし、式典後はノルンと一緒に露店を見て回っていたから今夜は疲れているだろう。

ブランシュの足音でシノブを起こさないように速度を落として走らせていると、今夜の守衛のアシュビクとビスコが俺に気がついて敬礼をした。

「お疲れ様です」

「ご苦労。変わりはないか？」

「ええ、この辺りは静かなものですよ。街の様子はどうですか。今夜はどんちゃん騒ぎになっているのではないですか？」

「酔っ払いの喧嘩が数件あったようだが、大きな騒ぎにはならなかったようだ」

「酒飲みはしょうがねぇなぁ。こんな日くらいは大人しくできないものですかねぇ」

「まったくだ。クリシュ殿もお疲れでしょう。ここは我々がしっかり警備していますので、ゆっくりお休みください」

「そうさせてもらう。これは差し入れだ、後で食べてくれ」

手土産を渡すと二人は顔を綻ばせて受け取った。寝ているだろうシノブを気遣って静かに門を開けた二人に礼を言い、ブランシュの手入れをしながら息を吐く。近頃は忙しくてシノブとの時間を取れずにいたが、これで少しは落ち着くだろう。もう少しすれば一緒に夕食を取れるようになる。

俺と同じでブライアンと離れている時間が多かったブランシュは、しきりと飼育小屋を気にしている。手早く手入れを済ませてやると、いそいそと飼育小屋へ入っていった。

一度家に入り、着替えを持って極力音を立てないように水浴びを済ませて寝室に入ると、部屋の中は静まり返っていた。

「……シノブ？」

普段であれば、シノブの健（すこ）やかな寝息が出迎えてくれるのに、物音一つしない。ベッドは朝整えたままの姿で乱れがなく、使用した形跡が見られなかった。

ほかの部屋を確認し、不審に思いながら外に出る。俺が水浴びをしていたとき、ポチは池のそばで体を横たえ、丸まって寝ていた。あのシノブに忠実な番犬が大人しくしているということは、シノブは無事だということだが、どこかで居眠りでもしているのだろうか？

　飼育小屋の中を覗き、畑と花畑と家の裏側にある果樹園を探し、一周回って家の入り口まで戻ってきたが、シノブの姿は見つけられなかった。

「まさか、帰っていないのか？」

　クウジュの家にでも行っているのだろうか。いや、それなら俺に連絡が来ているはずだ。シノブが俺を心配させるような行動を取るとは思えないし、ノルンはその辺りをよく弁えているだろう。

　……酒を飲んでいたら別だが。密かにノルンに、シノブに酒を飲ませないように頼んではいたが、以前のように知らずに飲んでいたということもある。念のため、守衛に話を聞いておくか。

「すまないが、シノブは帰ってきたか？　姿が見えないのだが」

　門を開けると、差し入れの串焼きを頬張っていた守衛の二人は目を丸くして急いで口の中の物を飲み込んだ。

「日暮れ辺りに帰ってきましたよ。ノルンがここまで送ってきたので間違いありません。その後は門を閉めて誰も中に入れていませんし、シノブ殿も出かけていませんよ。巡回で場を離れることもありましたが、必ずどちらかが残っていましたから、知らぬうちに出入りしていたということはないと思いますが」

「不審な物音もしませんでしたし」

　困惑の表情の守衛の二人は、本当にシノブの行方を知らないようだ。焦りで心臓が嫌な音を立てる。ほかに手がかりがないとなると、あとは、やはりポチに確認するのが早いだろうか。

「そうか、わかった。なにか思い出したら教えてくれ」

　再度周囲に視線を走らせながら池に戻ると、ポチは先ほど見たときと同じ体勢で地面に伏せていた。

「ポチ」

　俺が呼ぶと、ポチは伏せていた顔を上げた。

「お前の主人はどこにいる？」

　のそりと起き上がったポチは、木の根本に座るとパタリと二回尻尾を振った。

「おい、遊んでるわけじゃないんだぞ。シノブはどこだ？」

「ワンッ」

　少々苛立ちながら再度聞くと、木に向かって吠えた。一体その木がなんだというのだ。こんな夜中にシノブが木登りをしているわけじゃあるまいし。……待て。

「こんな場所に木があったか？」

記憶の底を掘り返してみても覚えのない木に近づいて、気がついた。ここは、種を蒔いた場所ではなかったか？　木の根本は掘り返したばかりの柔らかい土が剝き出しになっており、少し湿っている。

「いや、まさか。こんなに急激に育つはずがない」

シノブがククリの苗を植えたときでさえ、ここまで速く成長しなかったはずだ。

家の屋根を追い越すほどに成長した木を見上げた。ぐるりと取り囲む急ごしらえの塀の高さも追い越してしまっている。

「シノブの能力か？」

シノブは、種を蒔くときに熱心に祈っていた。フィルクス様はシノブの能力は気持ちによって左右されると言っていたが、これほどの差が出るものなのだろうか？

チリンッ。

木の中から聞こえた音にハッとして幹に手を置いた。俺が聞き間違うはずがない。あれは、あの音は、シノブがいつも身につけている鈴の音だ。隣街へ行ったときに二人で音を確かめながら選んだ鈴の音だ。

「まさか、この中にいるのか？　シノブ!?」

チリンッ。

また聞こえた。間違いない。俺が腕を伸ばしても届かないほど太く育った木の幹の中から、確かに鈴の音がした。よく見ると、木は何本もの幹が絡まり合ったような複雑な形をしていた。あの日見た生命の木と同じだ。

あのとき、シノブの腕に生命の木の枝が絡まりついたように、この中にシノブが捕らわれているのだとしたら……。

「アシュビク!!」

怒鳴るように呼ぶと、アシュビクはすぐに門を開けて駆けてきた。

「お呼びですか!!」

「フィルクス様に連絡を。今すぐここへ来ていただくように。ブランシュに乗っていけ!!」

「わ、わかりました。けど、なんとお伝えしたらよろしいでしょうか」

「生命の木に異変ありと伝えろ。いいか、他言するな。必ずフィルクス様に直接伝えるんだ。シノブが生命の木の中に閉じ込められている可能性がある。俺には判断がつかないがフィルクス様なら確かめることができるかもしれない」

「そんな、まさか……。あっ！」

アシュビクがなにかに気がついて声を上げた。地面に視線を落とし、影を辿りながら門の方へと顔を向ける。

「木の影だったのか……」

「なんだ？」

「いえ、我々はずっと門の前に立っていたのですが、ビスコと話しているときに急に月明かりが陰って。てっきり雲が出てきたのかと思ったのですが」

空を見上げても、今夜は雲一つない星空が広がっている。木の影は月明かりを背に、ちょうど守衛の二人が立っていた場所まで真っすぐに伸びていた。

「それは、いつの話だ？」

「祭り客が捌けてからだから、太陽が完全に隠れてからしばらく経った頃かと思いますが」

では、そのときすでにシノブはこの状態だったという可能性が高い。思わず、腰にさしている剣に意識が向いてしまう。今すぐにでもこの剣で幹を断ち、シノブを助け出したい。もしこれが生命の木でなければ、俺はそうしていただろう。しかし、熱心に祈っていたシノブの姿が俺を思いとどまらせた。

「とにかく、至急フィルクス様に連絡を。ブランシュ」

すでに飼育小屋から出ていたブランシュに鞍をつけ、背中を叩いた。ブランシュは嫌がりもせずにアシュビクを背に乗せると『任せておけ』とばかりに前脚で土を掻いた。

長年連れ添った相棒は、今のような緊急時になると自分の役目をわかっているように表情が変わる。頼もしく思いながら、再度首を叩いて手綱をアシュビクに渡した。

「ブランシュ。帰ってきたばかりで疲れていると思うが、アシュビクをフィルクス様のところまで運んでくれ。振り落とさない程度に全速力で。頼む」

「ブルルルッ」

「いってまいります」

「頼んだ」

地鳴りのようなブランシュの足音が遠ざかっていく。俺は、鈴の音が聞こえた辺りに手を置き、少しでもシノブの気配が感じられないかと木を見据えた。

「これから、どうなってしまうんでしょう？」

ビスコが木を見上げながら不安げに呟いた。

「わからない。わからないが……」

もし、もしも、シノブを選ぶか生命の木を選ぶかの選択を迫られたとしたら。俺は、間違いなくシノブを選ぶ。世界中の人間に恨まれようとも、たとえシノブの意思に反することだとしても、腰の剣を引き抜き、幹を抉ってシノブを助け出すだろう。

月明かりに照らされている生命の木を見上げ、心の中で語りかけた。どうか、シノブを返してくれ。俺にお前を殺させないでくれ、と。


ああ、これは夢の続きだ。忙しそうに働いている人達を見下ろしてそう思った。僕はまた、夢の中で生命の木になっていた。眼鏡の男の人が暮らしていた家から子供が飛び出してきて、僕の周りをグルグル回って駆けっこを始めた。あの人のお孫さんと違う、見たことのない子供だ。あれからどれくらいの月日が経ったんだろう。

僕は、前に夢で見たときよりもずっと大きくなっていた。長く伸びた枝の下、大人達は僕の実を収穫していたり、周りの雑草を刈り取ったりと忙しそうだけど、みんな笑顔だ。

子供達に『転ぶなよ』って声をかけながら生命の実がいっぱいに入った箱を持ち上げた男の人は、目元が眼鏡の男の人に似ている気がする。血縁者だろうか？

走り回っていた子供達は小さなことから言い争いになって、二組に分かれて喧嘩を始めた。

『喧嘩は駄目だぞ。仲よく遊ぼう』

僕がそう言うと、何人かの子供が枝を見上げて『はーい』と返事をした。前の夢では僕の言葉がわかるのは、眼鏡の男の人と、その息子さんとお孫さんだけだった。会話ができる人が増えるのって嬉しい。

あの人は僕の花を見たんだろうか。枝にいっぱいに実った生命の実を見たんだろうか。そうだといいなって思いながら、『ごめんね』って言い合って仲よく遊びだした子供達を見守った。

生命の木になった僕には、人の営みは一瞬のように思える。さっきまで子供だったのに、青年になり、老人になり、いずれ会いに来なくなる。その代わりに、また新しい子供が遊びに来てくれるから寂しくはなかったけど。

僕は、駆け足のように過ぎていく人の人生を、一緒に笑ったり悲しんだりしながら見守っていた。

眼鏡の男の人の家に住んでいた家族が、家が古くなったのと家族が増えて手狭になって引っ越すことになった。僕の実を食べてもなかなか子供を授かれない人もいるけど、ここの奥さんと生命の実の相性がいいのか、夫婦仲がすこぶるいいからか、ポコポコポコッと三人目だ。

『引っ越すけど、毎日会いに来るよ』って街に近い大きくて新しい家に家族みんなで引っ越すのを『待ってるよ』と見送った。

家は働く人の休憩所と研究資料を保管する場所になって、夜になると無人になる。夜の間は少し寂しいけど、また朝になったら大勢の人が会いに来てくれるから、朝が待ち遠しかった。

僕が育った温室も随分とボロくなった。やっぱり、家は暮らす人がいないと傷むんだな。母屋の方も雨漏りや隙間風が凄くて、修繕するかいっそのこと建て直すかって話が出始めていたけど、僕としては今の姿のまま残して欲しかった。だって、僕と眼鏡の男の人の唯一の思い出の場所なんだ。なくなったら寂しい。

そんなある雨の夜。風が強くて夜通し雷が鳴っていた。ゴウゴウと唸るような風が僕の枝を揺らして、千切れた葉が真っ暗な雲に吸い込まれるように消えていく。眩しい光が一瞬だけ夜を照らした直後、耳が痛くなるほどの轟音が響き渡った。

『待って、駄目だ!!』

僕の真上で光った雷が、眼鏡の男の人が暮らしていた家に落ちた。木造の家はあっという間に炎に包まれて、強い風に煽られた炎が隣の温室に移るのもすぐだった。

燃えてしまう。あの人との思い出が、全部。土に根を張る僕はその場から動けなくて、燃えていく思い出を見ていることしかできなかった。

『いやだ、燃えるな!!』

僕はなんとかして火を消そうと枝を伸ばしたけど、人間と違って物を摑む腕がなくて。強風に飛ばされてきた桶に水をくむこともできず、伸ばした枝が燃え盛る炎に煽られてジリジリと焦げていく。

『大変だ、火事だ、火事だぁ!!』

火事に気がついた人が応援を呼んで、みんなで火を消そうとしたけれど、古い木造の家は火の回りが速く、ミシミシと嫌な音を立てた柱が崩れ落ちて朝になる前には炭になってしまい、ブスブスと燻（くすぶ）って細い煙を上げていた。

　みんな全焼してしまった家を見て絶句していた。しばらく立ち竦んだ後で僕を見上げて焦げてしまった枝に気がついた人が、僕の幹を撫でながら『無事でよかった』と深く息を吐いた。

『ごめん、火を消せなかった。思い出だったのに、全部燃えてしまった』

『そっか。君にとっては大事な思い出だよな。俺にとっては曾祖父の曾祖父の……あれ、今何回言った？　とにかく、ずーっと昔の人の遺産だから、思い出とか遺品ってよりは研究資料としての価値のほうが高いかな。残念ではあるけど、自然の力の前ではどんなに踏ん張っても駄目なときは駄目なものさ。今生きている者の命には代えられないからね。君が無事だったこととほかに怪我人がいなかったことのほうが大事だよ』

　そう言ってくれたけど、僕はやっぱり家がなくなったのが寂しくて、凄く悲しかった。目がないから涙は流せなかったけど、その代わりのように雨の名残の水滴がポタポタと葉から落ちていった。

『それに、ご先祖様は資料が燃えてホッとしてるかもよ。なにせ、君の成長記録と自分の日記をごちゃ混ぜにして書いていたからね。どんな肥料を与えたとか、何センチ大きくなったとかと一緒に、好きな人ができた、今度デートに誘いたいけどどうやって誘ったらいいだろう？　とか、妻と喧嘩したとか晩ご飯はステーキだったけど量が少なかったとか書いちゃってるんだよ。俺なら個人的な日記を他人に回し読みされているみたいで嫌だな』

　そ、そんなこと書いてたのか。それは、僕も読まれるの嫌かもしれない。

『だからさ、君が責任を感じることはないんだよ。枝が焦げてるけど、守ろうとしてくれたんだよな、ありがとう。でも、無茶はしないでくれ。君がいなくなったら僕達は凄く困るし、ご先祖様だって悲しむから』

　そう言って笑った男の人は眼鏡の人にはあまり顔は似ていなかったけど、笑ったら雰囲気が似ているなって思った。

　僕はどんどん大きくなる。たくさん実ったらみんなが笑ってくれるから、枝だけじゃなくて土の中でも根を伸ばし、新しい芽をどんどん芽吹かせた。その間にも人はどんどん入れ替わり、笑った雰囲気が似ていた彼も随分と前から姿を見せなくなっていた。

僕の感覚で随分前だから、きっと今の子供達の曾祖父の曾祖父の……ずっと前のご先祖様になったんだろう。でも、ご先祖様になった彼等の子孫は今も子供が生まれると挨拶に来てくれるから寂しくない。……本当は、ちょっと寂しいけど。

最近では時々、夜に僕のところに来て実を持っていく人がいる。昼間に来ればいいのにって思いながら、

『暗いから気をつけて帰って』って話しかけたけど、その人達は僕の言葉がわからないみたいだった。

そのうちに、夜に警備をする人が現れて、実を持っていく人を逮捕するようになった。実を悪いことに使っていたんだって。

同じことが起こらないように、僕の周りを石垣で囲うことになった。これからは限られた人しか出入りができなくなるんだって。しょうがないって思ったけど、やっぱり寂しい。僕のところに来る人はめっきり少なくなってしまった。

僕が根を伸ばしすぎてうっかり石垣の外に芽を出してしまったせいで、外側にもう一つ石垣を作ることになってしまった。おかげで僕のところに来る人は本当に少なくなった。

新しい芽も僕には違いないけど、糸電話で話しているような感覚なんだ。もっと近くに来て欲しいけど、外側の石垣から僕のところまでは結構な距離があるから、なかなか会いに来てくれない。

眼鏡の男の人の子孫は今では出世したようで、凄く忙しくなってしまった。だから、僕のお世話をするのは、その部下の人達で、僕の言葉はわからない人がほとんどだ。

時々ぶつぶつ言いながら仕事をしている人がいるけど、それは独り言であって、僕への言葉じゃない。生まれたときは毎日眼鏡の男の人が話しかけてくれて寂しいなんて一度も思わなかったのに。なんで人はすぐにいなくなってしまうんだろう。

僕の言葉がわからない人が増えてきた。集中しないと聞き取れないみたいで、僕の方から話しかけても気づいてもらえないことのほうが多い。返事が返ってくるのは当たり前のことじゃなかったんだって実感する

と、眼鏡の男の人のことが凄く恋しくなった。

その後もどんどん言葉がわかる人が減って、一人だけ残っていた、辛うじて聞き取ってくれていたお婆さんが来なくなると、僕は寂しくてたまらなくなった。

もう僕に話しかけてくれる人はいない。挨拶しても返事がなくて、それでも諦めきれずに新しい人が来ると話しかけてがっかりしての繰り返しだった。寂しい寂しい悲しい。誰か、僕の言葉がわかる人はいないのか？　せめて、挨拶だけでも交わせたらいいのに。

『さあ、見てごらん。これが生命の木だよ。わかるかい？』

若い夫婦が赤ちゃんを連れて会いに来てくれた。言葉がわからなくなってからも、眼鏡の男の人の一族は赤ちゃんが生まれるとお披露目に来てくれる。今はこれだけが僕の楽しみだ。

『おかげで子供を授かることができました。妻に似た、可愛い男の子です。ありがとうございました』

『貴方ったら、木に話しかけてもわからないわよ』

『いや、曾曾祖父さんが子供の頃には一人だけ生命の木と話せる人がいたって話だ。昔は当たり前のように会話ができていたって文献にも残っているから、俺達にはわからなくても生命の木には伝わってるんじゃないか？』

うん、伝わってる。元気な赤ちゃんが生まれてよかったな。

赤ちゃんは、奥さんの腕の中で柔らかそうな産着に包まれていた。ギュッて握った小さな拳が可愛い。

『うぁー』

『あら、起きたみたい』

『おっきしたんでちゅかー。ご機嫌はどうでちゅかー？』

『あなた、言葉遣いがおかしくなってるわよ……』

奥さんから赤ちゃんを受け取った男の人が、よしよしって体を揺すって赤ちゃんをあやした。産着の中から顔を出した赤ちゃんの髪の毛は水色をしていて、ハッとした僕は赤ちゃんの顔をまじまじと見た。

この子、もしかして、幻に出てきた男の子じゃないか？　でも、どうだろう。赤ちゃんってみんな同じ顔に見えるし、面影があるかと言われると微妙な感じだ。髪色だけで決めつけることはできないか。

僕の言葉がわかる人がいなくなってしばらく経つけど、それでも、もしかしたらと期待せずにはいられなかった。だって、あの子は植物の話が理解できていた。また僕と話ができる人が生まれたかもしれない。僕は、期待に胸を膨らませながら赤ちゃんに話しかけてみた。

『はじめまして。僕の声が聞こえる？』

寝起きの顔を小さな拳でグシグシッて擦って大きな欠伸(あくび)をした。赤ちゃんは生まれたばかりのときはあまり目が見えてないって聞いたことがあるけど、うるうるの綺麗な目に僕は映っているんだろうか。

『なぁ、わかるか？　まだわからないか』

赤ちゃんだもんなぁ。聞こえていたとしても、まだわからないよな。でも、可愛いなぁ。小さな手も、産着の中でモコモコ動く足の動きも可愛い。

『べろべろばー、いないないばー』

『うぶー』

あれ、返事した？　タイミングがよかっただけか？

小さな口にはヨダレがたくさん。口をパクパクさせているけど、お腹が空いているんだろうか？

『元気に大きくなれよ。でも、できればゆっくり大きくなって』

人はすぐに年をとっていなくなるから、寂しいんだ。そして、たくさん会いに来て欲しい。昔みたいに、子供がたくさん会いに来て僕の枝の下で昼寝したり、駆けっこして遊んでくれたらいいな。


嬉しい、嬉しい!!　水色の髪の男の子は僕の言葉がわかるみたいで、話しかけると反応してこっちを見るんだ。

『あなたは本当に生命の木が好きね。グズっていても、ここに連れてくるとご機嫌になるんだから』

日傘をさした母親が見守る中、ネレ君はよちよち歩きで僕の方に向かってくる。もう歩けるようになったのか。ゆっくり大人になってってお願いしたけど、やっぱり人間の成長は速い。

でも、その分早く話ができるようになるって思うと、嬉しくて複雑な気分だ。

『あだー』

ゴールの木の幹にタッチしたネレ君は、どや顔で僕を見上げた。誉めてって言っているみたいで、目をキラキラさせている。

『凄い、頑張ったな』

『あーい』

ああ、嬉しい。この子が生まれるまで、僕は凄く寂しかった。僕はこの子を大切にするよ。ずっとずっと、この子の味方でいる。

君が大きくなったときに喜んでもらえるように、もっと枝を広げてたくさん実をつけよう。

『こっちこっち、はやくー』

『まってよー』

ネレ君が少し大きくなると、友達を連れて来るようになった。同じ年頃の男の子と女の子。この子達も一族の子供みたいだけど、僕の言葉はわからなくて残念だ。男の子の名前はアレン君。女の子の名前はラミダちゃん。

付き添いの子守りの女性達が話しているのを聞いたんだけど、ネレ君のお父さんは一族の当主様で、将来はお父さんの跡を継ぐらしい。アレン君は将来の側近候補でラミダちゃんはお嫁さん候補だ。今のうちから仲よくさせておいて、将来の基盤を作っておくんだって。

こんな小さな頃から将来を決められているなんて大変そうだけど、本人達は大人の目論見もどこ吹く風で仲よく遊んでる。昔みたいに賑やかになってくれて凄く嬉しい。

『あっ、アレン、そっちは駄目だよ。蕾があるから踏まないでって言ってる!!』

ネレ君の制止に駆け回っていた男の子が急停止した。ラミダちゃんが男の子の足元を見ると、確かに小さな蕾が葉の陰に隠れていた。

『本当にお花の言葉がわかるの？　私にはなにも聞こえないけど』

『俺だってミールの従兄弟なのに、聞こえないんだよなぁ。すげー羨ましい。聞こえたら、俺が当主様になれたかもしれないのにさ』

『うーん、でも、たくさん勉強をしなきゃいけないし、僕は当主様になれなくてもいいなって思うよ』

『うへー、勉強は嫌だな。やっぱり俺もなれなくていいや』

この三人はとても仲よしで、見ていて微笑ましいんだけど、ちょっと不思議なんだ。ネレ君は、間違いなく幻で見たネレ君本人なんだけど、みんなはネレ君のことを『ミール』って呼ぶ。もしかして、愛称だったのか？

僕のこの疑問は、わりと早く解決した。ネレ君がマルコと同じくらいの年頃になって、一緒に遊んでいたアレン君とラミダちゃんは姿を見せないことが多くなった。側近としての勉強と、花嫁修業が始まって忙しいようだ。

ネレ君は一人でも僕のところに会いに来てくれて、そういうときは周りの草花や動物達も交えてたくさん話をした。友達が一緒だと僕と話す暇がないけど、一人だとたくさん話をしてくれるから嬉しい。

子供達が賑やかに遊んでいるのを見るのも楽しいけど、こうしてゆっくりお喋りを楽しむのもいいものだ。

今日は、ネレ君は一人でやってきた。最近の勉強の話や、悪戯して叱られた話を笑いながら聞く。ネレ君は可愛い顔をしてるのに、結構ヤンチャで悪戯っ子だ。

今日の晩ご飯は肉がいいなとか話しているのを聞いていたら、お父さんが小さな男の子を連れて僕のところにやってきた。

『まただここにいたのか。勉強は終わったのか？』

『終わったよ。午前中のうちにぜーんぶ』

ネレ君の頭をワシワシと撫でたお父さんは、連れて来た小さな男の子の背中をそっと押して二人を対面させた。

『今日から一緒に住むことになる。仲よくするんだよ』

小さな男の子は、不安そうな顔で親指をチューチュー吸っていた。僕は、あれ？　って思った。この子、金髪だ。俯いているから顔がよく見えないけど、もしかして、ミエル君じゃないか？

『こっちに来て、生命の木に紹介してあげる！』

ネレ君がミエル君（仮）の腕を摑んで引っ張った。指しゃぶりをしていた方の腕だったから、チュポンッて音と一緒に親指が口から外れて、ミエル君（仮）は目を真ん丸にしてビックリしていた。

その拍子に俯いていた顔が見えるようになって、やっぱりミエル君だって確信した。そうか、僕は今、二人の出会いの場面に同席しているのか。

『えーっと、あれ、名前はなんていうの？』

『……』

ミエル君は腕を引っ張られたことを怒っているみたいで、無言の抵抗だ。せっかく可愛い顔をしているのに、下唇をプクッと膨らませて『怒ってます』アピールをしている。

ネレ君は無視されても全然めげてなくて、ヒョコッとしゃがむと、また俯いてしまったミエル君の顔を下から覗き込んだ。

『金髪だー。下から見ると髪の毛に光が当たってキラキラしてて、悪戯妖精のミエルみたいだ。蜂蜜好き?』

『……自分だって、ネレみたいな髪してるくせに』

『んー、そうかな、似てる?』

ネレ君は自分の髪の毛を引っ張って首を傾げた。

『名前を教えてくれないなら、あだ名で呼ぼうっと。きーめた。君はミエルで僕はネレにしよう。悪戯妖精にそっくりな僕達にピッタリじゃない?』

『あだな……』

『そうだよ。でもね、これは二人だけの秘密の名前だ。ほかの人がいるときは本当の名前で呼び合うんだ』

『ふたりだけのヒミツ?』

ミエル君の目がキラキラ輝いた。子供って、秘密が好きだよな。

『そう。僕の名前はカシミール。みんなはミールって呼ぶよ。君は?』

『ぼくは、フィルクス』

えっ、フィルクス?　フィルクス様?


あのキラキライケメンのフィルクス様の子供時代がミエル君なの!?　うわー、フィルクス様って、こんなに可愛い子供だったのか。

『じゃあ、紹介するね。生命の木だよ。こっちはね、フィルクスでミエルだよ』

『は、はじめまして!!』

僕が興奮して大きな声で挨拶したら、ミエル君は耳を押さえて嫌な顔をした。

『うるさい……。耳痛い』

『あれ、ミエルも生命の木の声が聞こえるの?　僕と同じだね。ねえ、こっち来て。花の蕾を見せてあげる。もうすぐ咲くんだよ』

二人は手を繋いで、蕾をつけた露草(つゆくさ)が群生している方へ走っていってしまった。

フィルクス様にうるさいって言われた。それにしても、カシミールってどっかで聞いたことがあるような……。うーんって頭を捻ってみても思い出せなくて、まあ、いいかってとりあえず放っておくことにした。

僕は今、小さなフィルクス様に興味津々なんだ。この可愛い男の子がどうやったらキラキライケメンのフィルクス様に育つんだろうって。

ミエル君なフィルクス様は、大人しい子供だった。ネレ君と二人のときは楽しそうにしているけど、アレン君とラミダちゃんが一緒だと一歩引いている感じで、一人で蟻の観察をしていたりする。少し年が離れているお兄さん達の間に入って遊ぶことに気後れしているんだと思う。

気後れの原因はきっとアレン君だ。アレン君はミエル君に対しての態度や口調が少し乱暴なんだ。原因は多分、ネレ君とミエル君がとても仲がいいこと。

友達に自分よりも大切な存在がいることに対する子供らしい嫉妬心はミエル君に向けられて、言葉の端々に表れる。ネレ君がそれを庇うのがますます気に入らなくて意地悪な態度を取ってしまうんだろうなぁ。

大人から見ると可愛らしい子供の嫉妬でも、それを向けられるミエル君からしたら辛いことだと思う。だって、まだ小さいんだし。

ネレ君とミエル君は、順調に仲よくなって兄弟か親友みたいな間柄になっていた。二人とも植物の声を聞き取ることができる能力を持っているせいか、互いが自分にとって特別な存在だと思っているのが端から見てもわかるくらいに。アレン君はそれが気に入らないようだ。

仲よくしてあげてよって思うけど、僕の声はアレン君には届かない。ネレ君はミエル君を庇って時々アレン君と喧嘩になることがあって、それを止めるのはラミダちゃんだった。

『どうして苛めるの!?』って言いながら、アレン君の腕を引っ張って連れていく。その場に残されたネレ君は落ち込むミエル君の手を握って『気にすることないよ』って慰めるんだ。

ミエル君が加わったことで、仲のいい友達だった三人の関係が、少しずつ変化していった。

ネレ君の特別な能力を支える相手にミエル君を、それ以外の当主の仕事の補佐にアレン君を。お父さんは二人がネレ君を両側から支えていってくれることを願っていたみたいだけど……。

アレン君にしたら、ミエル君に側近の立場を奪われたと感じたみたいで、ラミダちゃんに愚痴を言うことが増えた。

『俺は雑用係になるために勉強してきたわけじゃない』

『そんなこと、誰も思っていないわ』

励ますラミダちゃんの言葉も、ひねくれてしまったアレン君には届かないみたいで、ネレ君とアレン君の心の距離は、成長するにつれて離れていった。

　また少し成長して、ネレ君とミエル君の関係も少しずつ変化する。勉強が進んで立場の違いが理解できてきたミエル君は、他人がそばにいるときはネレ君の一歩後ろに控えるようになった。ネレ君の補佐としての自覚が芽生え始めたんだ。

　二人きりのときは相変わらずあだ名で呼び合って仲よしのままだけど。

　キリッとした表情で大人と話すネレ君はすでに当主としての風格が備わりつつある。ネレ君は数世代ぶりに生まれた能力者だから周囲の期待も凄くて、本来であればお父さんが年を取って引退してから引き継ぐはずだった当主の地位を、成人するのと同時に引き継ぐことになっていた。

　期待を浴びながら堂々としたネレ君と影のように後ろに控えるミエル君はまるで太陽と月のようだと、周囲の人達は賞賛する。この二人が治める世の中は安泰だろうって。

　うん、僕もそう思う。きっと二人は協力して立派に仕事をしてくれるはずだ。勿論、アレン君とラミダちゃんも一緒に。今は少し心の距離が離れているけど、大人になればきっと蟠りも解けて、協力できる日が来るだろう。

『ねえ、聞いて！　ラミダが正式に婚約者に決まったんだ。僕が成人したら当主を引き継いで、そのときに一緒に結婚式をするんだよ!!』

　その日のネレ君は興奮ぎみに報告してくれた。成長するにつれ、ネレ君は一番近くにいる女の子のラミダちゃんを意識するようになっていて、婚約をとても喜んでいた。

『おめでとう、よかったな』

『ありがとう!!』

　いつものようにミエル君と一緒に会いに来てくれたネレ君は、頬を紅潮させて嬉しそうに笑った。

　赤ちゃんのネレ君に初めて会ったのがつい昨日のことのように思えるのに、もう恋をする年頃になったのか。やっぱり人間の成長は速い。そのうちにラミダちゃんとの間に子供を授かって報告に来るんだろうな。

『成人まであと二年かぁ。待ち遠しいな、早く大人になりたい』

　将来のことをあれこれ語るネレ君は、今までで一番輝いていた。

『ミールー!!』

『あ、ラミダだ!!』

遠くから手を振るラミダちゃんに気がついたネレ君は、姿を見るなり駆けていった。二人は一言二言、言葉を交わすと、そばの枝で羽を休めていた綺麗な小鳥をネレ君が呼び寄せてラミダちゃんの指先に止まらせた。

おっかなびっくりしながらラミダちゃんが小鳥の羽を撫でると、お返しに小さな嘴でラミダちゃんの指を啄む。その様子を優しい顔で見守るネレ君は凄く幸せそうだった。

『ネレ、幸せそうだ』

一人取り残されたミエル君がぼんやりした表情でポツリと呟いた。なんだか元気がなくて心配になる。

『どうかしたのか?』

思わず声をかけると、ミエル君はぼんやりした表情のまま僕を見上げた。

『内緒にして。もう二度と言わないから』

そう言ったミエル君はクシャリと今にも泣き出しそうに顔を歪ませた。

『ネレが好きだ』

その言葉を聞いたとき、すぐには正確な意味を理解できなかった。僕が見ている限り、ネレ君とミエル君は仲のいい兄弟で親友で、互いの一番の理解者だったから。

『ネレが、好きなんだ』

繰り返された言葉は、僕に向けてというよりは、自分の気持ちを噛み締めているように聞こえた。

『だけど、ネレが跡継ぎを求められることは知っていたし、ラミダが婚約者候補だってこともわかっていた。ネレがそれを望んでいることも』

ミエル君はネレ君より五歳も年下だ。自分よりも先に大人になるネレ君の後ろに控えながら、精一杯背伸びして支える存在であろうとしているのは知っていた。でも、それでも五歳の年齢差を埋めるには足らなくて、僕の目には子供が大人を装う微笑ましい光景に見えていた。

だけど今、ネレ君はこの瞬間に一気に年齢を飛び越えたような、大人びた表情をしていた。

いつの間に、恋を知ったんだろう。ネレ君が自然とラミダちゃんに惹かれたように、ミエル君もネレ君に想いを寄せるようになっていたのか。

『もう、二度と言わない。この気持ちはここに置いていく。でも、君だけは覚えていて。僕の気持ちを』

駆け足で大人の階段を上ったミエル君は、『誰にも言わないで』と僕にそっと秘密を教えてくれた。

その切ない気持ちは、痛いほど理解できた。

『誰にも言わないよ。でも、ずっと覚えてる』

僕は、ゆっくりと語りかけた。ミエル君はネレ君よりも僕の言葉を解読するのに時間がかかるから、同じ言葉を何度もゆっくり繰り返す。

『誰にも言わないよ。でも、ずっと覚えてる』

何度目かに語りかけた言葉をやっと読み取ったミエル君は、ホッとした表情で『ありがとう』と呟いた。

生まれたばかりの小さな恋は、僕の胸の中だけにそっとしまわれることになった。大事に大事にしまっておくよ。花の蕾の中に隠して。

いつか、穏やかな気持ちで今日のことを思い出せるときが来るまで。そんなこともあったねって将来懐かしくなったら僕のところに来て。そしたら僕は、蕾の中に隠した小さな恋をそっと見せてあげるから。

僕はネレ君のことがとても大切で、いつも笑っていて欲しいって思っているけど、ミエル君のこともとても大切だった。

この世界でたった二人だけの僕の声を聞いてくれる人が、どんなときでも幸せであって欲しいって思っていた。

ここに立っていることしかできないけど、僕でよかったらいつでも話を聞くよ。いつでも僕は、ここで君達を待っているから。


ネレ君とミエル君は急激に大人びて、一人称も『僕』から『私』に変化した。

婚約して守るべき存在ができたネレ君も、相手の幸せを思って気持ちを僕に預けたミエル君も、それぞれを取り囲む環境や気持ちが二人を大人にさせていく。

ネレ君は数世代ぶりに生まれた能力者だけど、若いネレ君が当主の座に就くことをよく思っていない大人はいた。そういった人は、嫌みったらしい挨拶と意地悪な言葉を投げかける。

彼らは気がついていないんだ。自分達の行いが、若い当主と側近を成長させているってことに。ネレ君は毅然（きぜん）とした態度で大人の意地悪に対処し、言葉に詰まれば後ろに控えるミエル君が助け船を出して、日々確実に成長していった。

人間の成長は瞬く間で、子供らしいふっくらとした柔らかい頬は引き締まり、肩幅が広くなり、僕が咲かせた花弁を追いかけていた紅葉（もみじ）のような手も、骨張った大きな手に成長した。

もう、見た目だけなら大人と遜色（そんしょく）ないくらいに成長した二人を、僕は嬉しいような寂しいような気持ちで日々見守っていた。

とうとう成人になる前日の夕方、ネレ君は一人で僕のところにやってきた。

『生命の実を一つ分けて欲しいんだ。一番綺麗なやつ』

『一番？』

僕は、たわわに実った生命の実をぐるりと見渡した。どれもよく実っているけど、一番ならこれかな？って形もよくてツヤツヤした実を選ぶと、枝を震わせてネレ君の掌にポトリと落とした。

『うん、凄く綺麗な実だ。ありがとう』

大切に受け取ったネレ君は、ツヤツヤな実を掌に包んで太陽のような笑顔を浮かべた。

『本当はね、結婚して三年経たないと実をもらえないんだけど、ラミダは特別に明日のお披露目でみんなの前で食べるんだ。明日は私達が夫婦になる日なんだよ』

『そうだったね、おめでとう!!　僕はここから動けないから、お披露目に参加できないのが残念だ』

『ふふっ、お披露目が終わったらラミダを連れて挨拶に来るよ』

嬉しくてたまらないって顔で大切に生命の実を抱えたネレ君は、弾むような足取りで家に帰っていった。

翌日はよく晴れて青空が広がっていて、僕は風に枝を揺らしながらネレ君とラミダちゃんが結婚の挨拶に来てくれるのを楽しみに待っていた。

『まだかな、さすがにまだ早いか』

昼頃、真上に昇った太陽を見ながら早く来ないかなって思った。

『新しい当主様のお披露目だ、挨拶とか忙しいよな』

お日様が傾いて空が茜色（あかねいろ）に染まった頃、まだか、まだかとソワソワしながら待っていた。

『遅いなぁ。忘れてるのかな？』

とっぷりと日が暮れて頭上に星が瞬く時間になってもネレ君とラミダちゃんは現れなかった。当主の就任と結婚が同時に行われるなんて過去を振り返っても初めてのことだから、忙しいのかもしれない。

僕はずっとここにいるし、明日にでも来てくれるだろうって考えていたんだけど、その後しばらくの間、ネレ君は現れなかった。

挨拶回りで忙しいのか？　とか、約束を本当に忘れてしまったんじゃないかとか考えながら待ち続けた。誰かに聞きたくても、ネレ君とミエル君以外に僕の言葉を聞き取ってくれる人はいないし、頼みの綱のミエルくんも来ないから、待つことしかできなかった。

こんなに長い間会いに来てくれないのは初めてで、ネレ君の身になにかがあったんじゃないかと心配になる。僕が自由に歩けるなら会いに行くのにって毎日思っていた。

待ち続けて、やっと会いに来てくれたネレ君の様子がおかしいことは一目見てすぐにわかった。当主に就任する前日よりもずっと痩せてしまって、頬がゲッソリ痩けていたんだ。

最後に会ったときはあんなに幸せそうな顔でキラキラしていたのに、落ち窪んだ目の奥が鋭く光っていて、『なにがあったのか』なんて簡単には聞けないような雰囲気を醸し出していた。

『久しぶり』

僕は、考えた末に当たり障りのない挨拶をした。元気だった？　って聞けなかったのは、見るからに元気がなかったからだ。ネレ君の後ろには、気がかりそうな顔をしたミエル君が付き添っていて、一緒に挨拶に来るはずのラミダちゃんの姿はない。

『約束を守れなくてゴメン。ちょっと、いろいろあったんだ』

そのいろいろを聞きたかったけど、聞けるような雰囲気でもなくて。『ラミダはもうここには来ない』って言われて、『そうなんだ』って返すことしかできなかった。

どうしたんだろう。喧嘩をしたんだろうか？

本当はミエル君にコッソリ聞きたかったけど、ミエル君が来るときは必ずネレ君も一緒で、ミエル君は絶対にネレ君のそばを離れようとしなかったから聞くこともできなかった。

ネレ君は変わってしまった。悪戯っ子でキラキラ輝いていたネレ君から、楽しさや無邪気さをごっそり取り除いてしまったように、いつも厳しい表情を浮かべている。

前はなんでも話してくれたのに、口数もどんどん減って、思いつめたような表情で枝がしなるほどたくさん実った生命の実を睨みつけるように見つめる。

子供の頃、枝いっぱいの実を歓声を上げて見上げていたネレ君に戻って欲しくて、もしかしたらもっとたくさん実らせたら喜んでくれるんじゃないかって、たくさんの花を咲かせてたくさん実を作った。そんなことくらいしかできなかったし、それがネレ君を喜ばせる方法だって思っていたから。だけど、ネレ君はますます難しい顔になって、どうしたら笑ってくれるんだろうって毎日毎日考えた。

僕にできることがあるならなんだってやるのに。ずっとネレ君を大切にするって、あの日決めたんだ。ネレ君を苦しめるものを取り除いてあげたい。

『なにか僕にして欲しいことはない?』って聞いても、ネレ君は悲しそうな顔で『なにもないよ』って言うばかりだ。

そのうちに聞いても答えてもらえないようになって、僕は途方に暮れてしまった。

ネレ君の様子がおかしくなってから二年くらい経ったと思う。珍しくこの日はネレ君一人で僕のところにやってきて、ぼんやりとした表情で枝を見上げていた。

挨拶をしても返事がもらえないことに落ち込んで、ネレ君の顔を見下ろすことしかできない自分に役立たずだなって思っていた。

ネレ君はなにも語らずに随分と長い時間そこにいた。ネレ君を探してミエル君が駆けてくるまで。

『やっぱりここにいたのか。探したぞ』

ミエル君が肩を叩くと、ネレ君はぼんやりした表情のまま口を開いた。

『私は、もう駄目だ』

『ネレ?　なにが駄目なんだ』

『なにも聞こえない』

ミエル君の眉間に薄く皺が寄った。返事をしているのに、なにも聞こえないとはどういう意味だろう。

『鳥の歌声も、草花の囁きも、生命の木の声も。聞こえなくなってしまった』

それは、ネレ君の能力の喪失を意味していた。

ミエル君の眉間の皺が消えて、ゆっくりと目が見開かれていく。コクリと喉が動いた。

『ネレ、いつからだ。急に聞こえなくなったのか?』

焦りを含んだミエル君の声がことの重大さを物語っていた。

『ずっと前から少しずつ。声が小さくなって、ただの音のようになって、とうとう聞こえなくなった』

ネレ君が一歩二歩と僕に近づいたことによって肩に置かれていたミエル君の手が滑り落ちた。

『私は生まれてからずっとたくさんの声に囲まれていた。世界は話し声や歌であふれていて、あんなにも賑やかだったのに……。今は静かすぎて気が狂いそうだ。聞きたい声は消えてしまったのに、聞きたくない声ばかり聞こえる。どうせなら、すべて聞こえなくなってしまえばいいのに』

僕の根本まで来たネレ君は、体中から力が抜けてしまったように膝から崩れ落ちた。

『ネレ!!』

駆け寄って背中を支えるミエル君の肩にもたれかかり、表情を失った瞳から一筋涙があふれて地面に落ちた。

『もう無理だ。楽になりたい』

そう言って目を閉じて、気を失ってしまった。

『ネレ、ネレ!?』

慌てたミエル君がネレ君を背負って運んでいく姿を、僕は呆然と見送った。

口数が少なくなったネレ君。あれは、話してくれなくなったんじゃなくて、僕の声が届いていなかったのか。

なぜ聞こえなくなってしまったんだろう。様子がおかしくなった当主就任の日になにが起きたんだろう。

僕は、ずっとネレ君の味方でいるって決めていたのに、なにもしてあげられなかった。孤独から救ってくれたネレ君の力になりたかったのに、なにも。

『医者が言うには、ストレスから来ているのではないかという話だ』

後日、疲れた顔をしたミエル君がネレ君の様子を教えてくれた。脱け殻のようになって、誰の言葉にも反応しないらしい。

『ネレは……、ネレは、人間不信になっていたのだと思う。花嫁になるはずだったラミダと、友人であり側近になるはずだったアレンに裏切られたことがずっとネレの心を蝕んでいて、なにを信じればいいのか、わからなくなってしまっていたんだ』

ポツリポツリと、僕が知らなかった事実を語るミエルくんの表情には深い後悔が浮かんでいた。

『あの日、ネレを止めればよかった。ネレは、就任式の打ち合わせが終わった夜、ラミダに生命の実を見せに行くと言って屋敷を出たんだ。あのとき止めていれば、裏切りの事実は変わらなくても、その瞬間を目撃することはなかったはずなんだ』

　そういえば、ラミダちゃんのほかにアレン君の姿もずっと見なかった。

『なにがあったんだ、それが原因なんだろ？』

　原因を知れば、僕にもなにかできることが見つかるかもしれない。どうしても聞きたくて、正面に立っているミエル君の方に前のめりになると、幹がミシミシと音を立てた。

『軽々しく話していいことじゃないんだ。当時その場に居合わせた一部の者と親族のごく近しい者しか知らないことになっている。一般市民には表向き、婚約は破談になったとだけ伝わっているはずだ』

『表向き？』

『人の口を完全に塞ぐなら殺すしかないが、そんなこと、できるはずがないだろう？　箝口令は敷いたけど、秘密は知る人間が複数いれば必ずどこかから漏れるものだ。〈ここだけの話だけど〉〈話しているのを聞いたんだけど〉そんな風に少しずつ広まって、秘密ではなくなってしまう。おそらく、今では街の大半の者が知っているだろう』

　公然の秘密ってやつか。ミエル君は口に出すのを躊躇っていた。大きく溜息を吐いて、唇を舌で湿らせて、やっと続きを話しだした。

『私はその場にいなかったから実際に見たわけではないんだ。ただ、直後に行われた会議にはネレの側近として出席したから、脚色されていない、真実に近い話を知っていると思う。あの日、生命の実を持ってラミダの屋敷を訪れたネレをラミダのご両親は快く迎えて、ラミダの部屋に案内した。ノックの後に大きな物音がして、心配した夫人は扉を開けてしまった。鍵は、掛かっていなかった。もし掛かっていたら、生々しい裏切りの瞬間を見ずに済んだのだが……すべてのタイミングが悪かったんだ。扉を開けた先で、ネレの花嫁になるはずのラミダは、側近になるはずのアレンと裸でベッドで絡み合っていたんだ。それはもう、凄い騒ぎだったそうだよ。夫人が悲鳴を上げたことで父親と屋敷の使用人が駆けつけてしまい、随分と大勢の目撃者が出てしまった。〈なんてことをしたんだ〉と体にシーツを巻きつけたラミダに詰め寄る夫人と〈どういうつもりだ〉と慌てて服をかき集めようとしていたアレンに摑みかかる父親と、見たものを信じられなくて呆然とするネレ。騒ぎに集まった使用人達の目にベッドに付着した破瓜の血が晒されたことによって二人の裏切りは隠すことができないものになってしまった』

もう、僕には想像することもできない。なんでそんなことができるのか、意味がわからなかった。

だって、笑っていたじゃないか。ネレ君に優しくされて、ラミダちゃん笑っていたのに、なんで……。

『アレンはラミダのことが好きだったんだ。諦められず、ラミダに夜這いをかけたらしい。アレンの情熱に引きずられるようにして、ラミダは受け入れてしまった。当人達曰く、〈俺にはラミダが必要だ〉〈アレンは私がいないとダメなの〉だと。それなら、ネレにそう告げて婚約を破棄すればよかったんだ。ネレの花嫁になりたい者なら腐るほどいるし、ラミダが願えばネレは受け入れただろう。……ラミダの笑顔がなによりも好きだと言っていたからな。結局、あの二人は自己陶酔していただけなんだ。ラミダは婚約者がいる自分にアレンが愛を語ることに、アレンはネレの婚約者に横恋慕して奪うことに、それぞれ酔っていた。悲劇の主人公になったつもりで自分に酔うのはさぞ心地よかったのだろうな。特にアレンはいろいろと拗らせていたから、ネレから花嫁を奪ったことに強い優越感を感じていたことだろう。〈俺はお前らの雑用係じゃない〉って言っていたくらいだ、ラミダを奪うことが私達よりも優れていることの証のように感じていたのではないかと思う。そうでなければ、ネレを裏切っておいてあんな顔で笑えるはずがない。……すまない、つい恨み言を言ってしまった。今のは私の憶測だ。ラミダの気持ちもアレンの気持ちも、当人達にしかわからない。忘れてくれ』

ミエル君は当時のことを思い出したのか、顔を歪めて拳を握り締めていた。

僕は、子供だから恋する気持ちがすぐに消えてしまうなんて思わない。ミエル君は真剣に、一生懸命に恋をしていた。きっと今でも気持ちは変わらないんだろう。ネレ君の幸せを思って気持ちを僕に預けたのに……。震える拳が、ミエル君の悲しみを表しているようで、見ていて辛かった。

『ラミダとアレンは引き離されて、処罰が決まるまで自宅で軟禁されることになったが、手引きする者がいたのだろうな、会議を開いている間に屋敷を抜け出して駆け落ちした。残されたネレは、周囲の好奇の視線に晒されながら生活していくしかなかった。花嫁を寝取られた当主として生きるのは、どれほど苦痛だっただろう。それでもよき当主であろうと仕事に忙殺されながら、心ない噂話と侮蔑を含んだ視線に耐え続けて、そして、壊れてしまった。私は、そばにいることしかできなかった。ネレの救いにはなれなかったんだ』

一体どこで間違えてしまったんだろう。もし、過去に戻ってやり直せるとして、なにを直したら現在を変えることができるんだろう。

誰か、助けて。ネレ君を助けてくれ。

『――――』

ああ、誰だろう。僕のことを呼んでいる。なんだか懐かしくて心が温かくなるのに、誰なのか思い出せない。絶対に知っているはずなのに。

僕は、微かに聞こえたような気がする呼び声に向かって助けてって叫んだ。思い出せないけど、この誰かが僕を助けてくれるって知っているんだ。

僕を助けてくれたみたいに、ネレ君のことも助けて。お願いだから。

ネレ君の代わりとして、ミエル君が当主代行を務めることになった。ネレ君を解任した方がいいって声が上がっているみたいだけど、お父さんもミエル君も、ネレ君の回復を信じている。ゆっくりと休養をとって、心を穏やかに過ごしていれば以前の笑顔を取り戻すはずだって。

僕もそう信じているけど、ネレ君は相変わらず脱け殻のまま、目を開けていても誰の声にも反応しないし、食事も口の中に入れてあげないと食べられないみたい。それでも、介助を必要としても食べてくれることに希望を持って、お母さんは赤ちゃんに戻ってしまったみたいに手が掛かるネレ君を大切に守っているって話だ。

信じ続けてもうすぐ一年が経とうという頃、回復を願う僕のところにネレ君がフラフラした足取りで一人でやってきた。姿を見るのも一年ぶりで、一人で出歩けるまでに回復したんだと凄く嬉しかった。

ネレ君が会いに来てくれたのは、僕が根を伸ばした端の方で、外側に作った石垣の入り口にごく近い場所だった。糸電話みたいな状態でも、ネレ君に会えて嬉しくて。まだ聞こえないかもしれないって思いながら話しかけてみた。

『ネレ君、また会えて嬉しいよ』

『……』

　返事がなくてもいいんだ。こうやって話しかけていたら、いつか聞こえるようになるかもしれないし。

『実が、なっている』

　ネレ君の声を聞いたのも久しぶりだ。嬉しい!!

　僕の枝にはもうすぐ完熟する生命の実が鈴なりに実っていた。今朝職員の人が『あと数日で収穫だ』って喜んでいたんだよ。

『もうすぐ収穫だ。今年もたくさん実をつけるから楽しみにしていて』

　返事がなくても、僕はたくさん話しかけた。ネレ君が来られなかった一年間のことをたくさん。嵐で実が落ちそうになったことや、新人の職員さんが僕の根っこに躓いて肥料をぶちまけてしまったことを面白おかしく脚色して。

　僕の声が聞こえているのかいないのか、ボンヤリと実を見ていたネレ君は、服のポケットから透明な小瓶を取り出して僕の根に液体を振りかけた。

『――!!』

　熱い、苦しい!! まるで熱湯をかけられたみたいに、痛みが広がっていく。水のように見えた液体は、根に染み込んで吸収され、僕の細胞を壊した。

『ネレ君、どうして?』

　ネレ君は無言のまま、僕の問いに答えてくれなかった。訳が分からないまま苦しみが数日続いた。

　液体をかけられた辺りの葉が萎れて黄色くなり、ハラハラと枝から離れていく。やっと苦しみが治まったころ、またネレ君が現れて、僕に液体をかけた。能面のように無表情で虚ろな目をしたネレ君は、僕に苦しみを与える液体をかける時だけは口元に笑みを浮かべる。でもその笑みからは楽しい嬉しいという感情は感じられなくて、僕にはネレ君こそが苦しんでいるように感じられた。

　そんな事が何度か続いたある日、夢遊病者のような足取りでふらふらと現れたネレ君は、ポケットから取り出した小瓶の蓋を開けながら、ブツブツと独り言を呟き始めた。

『生命の実なんて、いらない。いらないんだ』

　呟きながら最後の一滴まで小瓶の中の水を振りかけ

るネレ君の顔は、涙こそ流れていなかったけど、見ていて苦しくなるほどの悲しみが浮かんでいた。

『もう三年経つ。三年経ったら、実をもらえる』

もう小瓶に水は残っていないのに、まだ足りないと言いたげに水を振りかける動作を繰り返す。

『お前達だけが幸せになるなんて許さない。子供なんて作らせない。私だけが苦しむなんて不公平だ』

『三年』『お前達』『子供』。そのキーワードから浮かび上がるものに気がついて、僕は息を呑んだ。ネレ君が当主になってもうすぐ三年。ラミダちゃんとアレン君が駆け落ちしてもうすぐ三年。結婚して三年経ったら生命の実を食べる権利がもらえて、子供を授かることができる。ネレ君は、自分を裏切った二人が子供を作って幸せに暮らすのが許せなかったんだ。

ネレ君一人が花嫁を寝取られた当主として陰口を叩かれ好奇の視線に晒され、裏切りから人を信じられなくなって、能力まで失って苦しんでいるのに、この世界の街のどこかで子供を抱きながら微笑み合う二人がいることが許せなかったのか。だから、睨みつけるように生命の実を見ていたのか。それほどまでに、ネレ君の心は傷ついていたのか。

僕がやっていたことは、まったくの逆効果だった。ネレ君が喜んでくれると思い込んで根を伸ばし枝を広げ、毎日せっせとネレ君の苦しみの元を育てていたんだ。

『僕だけが、苦しい!!』

うん、ごめん。もう大丈夫。僕はネレ君が大切だから、ずっと味方でいるって決めているんだ。ネレ君がもう苦しくないように、実を作るのは止めるよ。ネレ君の心を深く抉った傷を、時間が癒してくれるまで。また笑ってくれるようになるまで、僕は実を作らないから。

実を作らなくなったら、世界中の人が困るんだろう。でも、僕は顔も知らないたくさんの人よりネレ君のほうが大切だ。世界中の人間とネレ君を天秤(てんびん)にかけて、多数決で数が多い方を選ぶなんてできない。

それでも、もうすぐ収穫だって笑っていた職員さんの顔を思い出して、胸が痛んだ。ごめん。でも、僕はネレ君を救いたい。知らずに苦しめていた分を取り戻したいんだ。

鈴なりに実っていた生命の実を枝から切り離すとボトボトボトボト、雨のように熟す前の実が落ちていく。

嵐が来たわけでもないのに実がすべて落ちてしまったら、みんなきっとビックリするだろう。ごめん、ネレ君が元気になるまでは許して欲しい。いつか、ネレ君が笑えるようになったら、また実をつけるから、それまで待っていて。

『――ブ』

ああ、また声が聞こえる。優しくて力強い、僕が大好きな声。思い出せないけど、この声が聞こえたら頑張れる気がするんだ。ネレ君が元気になるのを頑張って待つよ。僕には、なにもできないけど。

フラフラと不定期に現れるネレ君は、小瓶を取り出して液体を僕に振りかける。根元だったり、幹だったり、葉だったり。そのたびに僕の細胞は壊されて、一部が枯れ始めた。

根から染み出した液体が周囲の土にも影響を与えて、生命力が強いはずの雑草すら育たなくなり、生き物の育たない死んだ土へと変わっていく。

苦しくて、痛くて。でも、この苦しみはネレ君の苦しみだ。僕の実のせいで、ネレ君は三年我慢して苦しんだ。僕だって我慢してみせる。

実が落ちてしまったことをミエル君に心配されているけど、ネレ君のことを話すわけにもいかなくて、僕はだんまりを貫いている。だけど、僕が苦しんでいることは伝わるみたいで、水を変えたり土を変えたり肥料を変えたり、凄く手間をかけさせてしまっていることが申し訳ない。

『教えてくれ、なにが苦しいんだ。私はなにをすれば君を救える？　君まで失いたくないんだ』

ごめん、ミエル君。ネレ君が元気になるまで待って。ミエル君には心配事がたくさんだ。ネレ君のことでも僕のことでも心配させっぱなしだし。ミエル君の笑顔も最近見てない。

ネレ君が元気になったら、また一緒に笑おう。太陽の下で、芝生の上に座ったネレ君とミエル君と、僕とで笑い合える日が絶対に来るから、待ってて。

僕が実を作らなくなって二年経った。今年はミエル君が成人する。そう、やっと成人だ。ミエル君は大人びているから勘違いしそうになるけど、ネレ君が当主に就任したときはまだ十二歳で、子供だったんだ。ネレ君が心を閉ざしてしまってからは当主代行として踏ん張っていたけど、今年成人を迎えて正式に当主に就任することになった。

思えば、ミエル君は苦労ばかりしている気がする。年端もいかない子供の頃に親と引き離されて側近になる勉強が始まって、人間関係で苦しむこともあったし、代行になってからはネレ君のお父さんに力を借りながら仕事に忙殺されていた。

今までだって忙しかったのに、ミエル君は当主に就任してからまた一つ苦労を背負い込むことになった。枯れ始めた僕に危機感を覚えた周囲から、僕の代わりになる植物を探す提案が出されて決定したんだ。

ミエル君は当主なんだから、指示を出すだけでよかったのに、自ら率先して旅に出る。表向きは僕の代わりになる植物を探すのが目的だけど、ミエル君はこの世界のどこかにあるだろう僕の仲間を探し出すことができたら、枯れ始めた原因を突き止めることができるんじゃないかと考えているみたいだ。

『必ず助けるから』ってたくさんの土や植物のサンプルを持ち帰り、研究してはまた旅に出る。周囲を調べ尽くすと、捜索範囲を広げて遠くまで旅をすることになり、一週間の旅が二週間になり、一ヶ月になり、一年になり。ときには怪我をして帰ってくることもあった。

ネレ君のことを話せない以上、ミエル君を止める理由が見つからなくて、危険な旅に出ていくミエル君に心の中で何度も謝った。でも、ごめん。僕はやっぱりネレ君を選んでしまう。

ネレ君が僕にあの液体をかけていることを知られたら、周囲からどんな目で見られるかと思うと、ミエル君にさえ真実を話すことができなかった。

『秘密というものは知る人間が複数いれば必ずどこから漏れるものだ』ミエル君が言っていた言葉が僕に口を閉ざさせていた。ネレ君の秘密を知っているのは僕だけでいい。たとえそのせいで枯れてしまったとしても。

ネレ君に回復の兆しはなく、ミエル君の旅も成果がないまま時が過ぎて、僕は自分があまり長くないことを感じていた。枯れてしまうことに後悔はないけど、僕を救うために頑張っているミエル君のことを思うと苦しい。

せめてミエル君のためになにか残したいと思っても、すでに自力で花を咲かせることもできなくなっていた。このままでは、ミエル君から預かって大切に閉じ込めた小さな恋も僕と一緒に消えてしまう。

どうしたらいいのかわからないまま、水分を吸い上げる力もなくなりつつある根で体を必死に支えて踏ん張っていた。

もう駄目かもしれない。そう思うと、必ず僕を呼ぶ声が聞こえる。

『――ノブ』

その声が聞こえると、あともう少し頑張ろうって思えるから不思議だ。ネレ君でもミエル君でもない、この声の持ち主は誰なんだろう。知っているはずなのに思い出せない貴方は、どこにいるんだろう。会いたいな。会えたら僕は、もっと頑張れる気がするのに。

『今度の旅は長くなりそうだ。この周辺は調べ尽くしてしまったからな。もっと遠くまで行かなければ。しばらく会えないから挨拶に来た』

旅に出る前には、いつもミエル君は忙しい時間を縫って会いに来てくれる。今日は、ミエル君の後ろに若い騎士さんが佇(たたず)んでいた。黄緑色の髪の毛で、眉のところに傷がある。

『この者は今後私の護衛に就くことになるから顔合わせに連れて来た。父のところでアンネッテつきの騎士として働いていたのだが、なかなか見込みのある男で引き抜いたのだ。クリシュ、挨拶を』

美しい仕草で騎士の挨拶をしたその人に胸がザワつく。ああ、僕はこの人を知っている。

『フィルクス様、そろそろ次の予定の時間が迫っております』

『ああ、わかった』

騎士さんの声を聞いたのを合図に、シャボン玉がパチンッと弾けたみたいに記憶があふれて次々と映像が流れていく。

『シノブ』

そうだ、僕はシノブだ。これは、生命の木の夢なんだ。長い長い夢を見ていたせいで忘れかけていたけど、僕はシノブで、この若い騎士さんはクリシュさんで、僕の恋人になってくれた大切な人で。

フワフワと、視界に霧がかかっていく。辺りが真っ白になって、僕の名前を呼ぶクリシュさんの声だけが響いていた。

やっとわかった。生命の木がなぜ僕にネレ君とミエル君の幻を見せたのか。長い長い夢を見せることでなにを伝えたかったのか。

僕に、なにをして欲しかったのか。

『シノブ』

クリシュさんが呼んでる。うん、帰るよ。今帰るから。

第8章　光の道標(みちしるべ)

「フィルクス様、こちらです」

クリシュから緊急の連絡を受けた私は、すぐさま駆けつけて巨木となった生命の木を見上げた。

「これは、また……」

パチパチと篝火が跳ねて火の粉が散る。下から見上げた生命の木は、風に揺れる炎が作った陰影が揺らめいて、闇の中に潜む異形(いぎょう)の者の姿を映し出しているようにも見えた。

炎の揺らめきは人の心を落ち着かせる効果があると聞いたことがあるが、今はとてもじゃないがそんな気にはなれそうにない。目の前で起きていることの異常性に気づいてしまえばなおさらだ。

見上げるほどに育った巨木が今日蒔いたばかりの種だなどと、誰が信じられるだろうか。確かにシノブの『植物系』という能力に期待して家の敷地内に種を蒔く段取りをつけたが、この成長の速さはあまりにも異常だ。

そして、この木の中にシノブが捕らわれているのだという。クリシュは、シノブが身につけていた鈴の音色を木の中から三度聞いた。そのうちの一度は守衛も一緒に聞いたのだと。

「間違いないのか？」

ビスコは困惑した顔で頷いた。

「はい、アシュビクがフィルクス様に知らせに走ったすぐ後に私もクリシュ殿と一緒に聞きました。念のため、周囲の草むらや木の枝も登って調べましたが、シノブ殿の姿はなく」

「そうか」

二度の偶然はあるのかもしれない。風がどこかから運んできた鈴の音がタイミングよく聞こえたなど。だが、三度となると、それは偶然ではなくなる。信じがたいが、シノブは確かに木の中にいるようだ。

どういった経緯で捕らわれるに至ったのか気になるが、とりあえずは後回しでいい。問題は、シノブが無事でいるかどうかだ。

生命の木の幹は何本もの幹が複雑に絡まり合った形

状をしている。隙間なく絡んでいる幹にシノブが押し潰されてはいないか、それが心配だ。

「フィルクス様」

「ああ、わかっている」

幹に手を当てて目を閉じ、耳を澄ます。子供の頃はうるさいと耳を塞いでいた音が心地よく感じるようになったのはいつからだろうか。生命の木に出会ってからなのは確かだ。

ネレの存在が突然聞こえるようになった謎の騒音に対しての安定剤になっていたのもあるが、生命の木の優しい音は混乱する子供の耳に優しく響いた。初めて出会ったときに『うるさい』と言ってしまったせいか、気を遣わせてしまっていたのかもしれない。

君の声を聞かせてくれ。

意思を持って音に耳を傾け、その思いを読み取っていく。なぜなのか生命の木の声は千々(ちぢ)に乱れていて、まるで複数の者の感情が含まれているように感じた。喜び、不安、期待、焦り、そして恐怖。生命の木はなにかを恐れている。

「なにを恐れているんだ。……まだ脅威が去っていないと言いたいのか？」

生命の木が枯れるに至った原因は今も摑めていない。場所を変えて芽吹いても、まだ不安が去っていないということなのだろうか。

「生命の木よ、シノブを解放してはくれないか」

さわりと揺れた感情は拒絶。やはり、生命の木は意思を持ってシノブを捕らえているのか。シノブの能力が成長に必要なのだとしても、なぜこれほどに急ぐのか。

「シノブの無事を確認させてくれ。この者は、シノブの伴侶となる男だ。とても心配している。姿だけでも見せてはくれないか？」

「頼む、シノブに会わせてくれ」

後ろに控えていたクリシュが、拳を握り締めたまま頭を下げた。クリシュの拳は、私が駆けつけてから握り締められたままだ。今すぐにでもシノブの無事を確かめたいのを堪えてくれているのだろう。

生命の木からの反応はない。ダメなのかと諦めかけた頃、ミシミシと音を立てて絡まり合っている幹が動き始めた。徐々に開いていく幹の隙間から白い手が見えたときには正直ヒヤリとした。シノブは、この世界の人間よりも格段に色が白い。最近では日焼けして健康的な肌色になってきているが、まだ我々に追いつくほどではない。

指を軽く折り曲げて、まったく力が入っていない白い手が、死人の手のように見えてしまう。

子供が一人通り抜けられるほどに開いた幹の中にポッカリと空間ができていた。その中で胎児のように丸まって眠っているシノブの胸が呼吸で上下に動いているのを見てホッと胸を撫で下ろす。表情に苦しみは見られず、むしろ口元に笑みを浮かべて穏やかな顔で眠っていた。その姿を確認したクリシュから、ビリビリと息苦しくなるほど発せられていた緊張がわずかに緩んだ。

篝火を近づけると、中の様子がよく見えた。木のうろの中は厚みのある苔がビッシリと埋め尽くしており、その上を柔らかな新芽が覆っていた。まるで緑のベッドだ。

子供のようなシノブの姿も相まって、まるで生命の木に宿る妖精が微睡(まどろ)んでいるかのようだ。

「シノブ」

身を乗り出したクリシュがシノブを抱き上げようと、うろの中に腕を差し入れた。こうなった原因はわからないが、とりあえず事態が終息したと思ってもいいだろう。

今日は朝から式典の準備に追われ、その後の晩餐会でも人々に取り囲まれて息を抜く暇もなかったせいか、疲れた目を瞑ると目の奥がジンッと重く痛んだ。

昔は感じなかった疲れにもう若くないという思いが胸をよぎり、しかし、そんなことを言っていたらムルカリ様に『まだまだ序の口だ』と笑われてしまいそうだと想像して姿勢を正した。

あの方はいつでも堂々としていて、凛(りん)としていて、疲れた表情を見せたことがなかった。私が尊敬する立派な方だ。彼の息子が能力を持っていなければ、今も当主として腕を振るっていただろう。

そんなムルカリ様が唯一憂いた表情を見せるのが、ネレのことだった。周囲の求めが大きかったとはいえ、かつてない若さでネレを当主にしてしまったことをずっと悔いておられた。

ラミダとアレンのことはどうしようもないが、せめて当主の重圧からネレを守ってやれたのではないかと。今さら言っても詮(せん)ないことだと思いながらも、考えずにはいられないのだろう。

私も同じだ。過去の後悔を抱えたまま、苦い人生を歩んでいる。クリシュとシノブの関係を見るといつも思ってしまう。この二人のように、いつか私の人生も甘くなる日が来るのだろうかと。

「フィルクス様、これをご覧ください」

物思いに耽(ふけ)っていたところを現実に引き戻したのは、クリシュの声だった。

中腰のまま動きを止めたクリシュが、体を傾けて場所を空けた。

クリシュの手が示す場所を検分すると、シノブの足が生命の木の中に埋まっているのが見えた。シノブ自体が生命の木の一部であるかのように。

「生命の木よ、まだシノブが必要だと言いたいのか？」

生命の木の考えがわからない。実をつけなくなってから、ずっとこのような状態が続いている。一時はネレのように能力が弱まっているのではないかと疑ったが、ほかの植物や動物とは変わらずにやりとりができていることを思うと、生命の木が私に対して気持ちを閉ざしているというのが正しいのではないかと思う。

悔しいが、ネレと同じようには心を開いてはくれないということなのだろう。

「しばし様子を見るしかないか……」

横に立つクリシュからまたビリビリとした緊張を感じ始めた。クリシュの腰にさげている剣は留め金が外されて、いつでも抜けるように準備されている。シノブを守るためなら、クリシュはきっと躊躇わずに剣を振り上げるだろう。

「フィルクス様、人間が飲まず食わずで生存可能な日数をご存知ですか？」

クリシュの瞳に迷いはなかった。

「シノブは訓練された騎士とは違います。俺達が思うよりもずっと早く衰弱が始まるでしょう」

人が飲まず食わずで生きられるのはせいぜい三日。みなまで言わずともわかっている。クリシュは今、生命の木を取るかシノブの命を取るかの選択を私に迫っているのだ。

クリシュはすでに選んでいる。私の答えがどうだろうと、自分の意志と責任でことを起こすのだろう。

「わかっている、もしものときは止めはしない。クリシュの思うようにやるといい。責任はすべて私が負う」

「……よろしいのですか？」

私の言葉がよほど意外だったのか、職務中は滅多(めった)に

表情を崩さない男が無防備に驚きの表情を浮かべた。

「私はね、過去に選択を間違えたことがあるのだよ。そのときはそれが最良だと思っていたし、そうするしか方法がないとも思っていた。周囲の状況や環境や立場。そういったものと己の気持ちを天秤にかけて、より多くの者が望むことを優先して、己の気持ちに蓋をした。だが、その選択は誰も幸せにしなかった。今になって思うことがあるのだ。あのとき声を上げていればなにかが変わったのかもしれないと」

ものわかりのいいふりをして、ネレに気持ちを伝えることを諦めた。もしあのとき伝えていたら、後に起こる悲劇の救いになれていたかもしれないと、今でも思うことがある。

裏切られ、傷つき、誰も信用できないと感じたとしても、自分のことを愛している者がいるという事実が、精神の支えになっていたかもしれないと。

「多数の望みを叶えることが必ずしも最良だとは限らない。私はそれを身を以て知った。ましてやシノブは異世界から訪れて、惜しみなく力を貸してくれた得がたい友人だ。シノブ一人を犠牲にして済ませようなどと思ってはいないよ」

小さな体の中に深い懐（ふところ）を持ったシノブに何度許され、何度助けられたことか。故郷に帰れなくなり、盗賊に襲われ酷い怪我を負ったにもかかわらず、彼はこの世界を愛してくれている。

その気持ちに必ず報いなければならない。

「もしものときには私の責任でシノブを助け出そう。しかし、しばしの時間を与えてくれ。生命の木がなにを恐れ、なにを目的として今に至ったのか探らなくては。私は、これから枯れた生命の木に会ってくる。もう話を聞くことはできないが、今まで見落としていたなにかを発見することができるかもしれない」

生命の木が枯れた原因。土でも水でも肥料でもないなにか。生命の木が恐れるもの。それを見つけることができれば、生命の木を傷つけることなくシノブを救うことができるかもしれない。

それに……。私は信じているのだ。生命の木が、人を傷つけるはずがないと。

クリシュには『もしものときには』と言ったが、生命の木とシノブは心を通わせているように思える。今のこの状況は、生命の木の願いをシノブが受け入れて起こったのだとしたら、生命の木を脅かすなにかを突き止めることができれば、必ずいい方向に向かうはずだ。

「フィルクス様、俺もご一緒いたします」

「いや、クリシュはシノブのそばにいてやってくれ。お前がいた方がシノブは安心するだろう。誰か、馬を用意せよ」

そばでやりとりを見ていたアシュビクがあたふたと駆けだそうとすると、飼育小屋の中からシノブの馬が顔を出し、私に近づき挨拶をするように鼻を近づけてきた。

「お前が乗せてくれるのか？」

「ヒンッ」

「ありがとう。夜遅くにすまないな」

アシュビクが鞍の用意をしている間、クリシュが木のうろに手を差し入れてシノブの頬を撫でている姿を見てしまい、思わず視線を逸らした。人形のようになってしまったネレにわずかな期待をかけて話しかける自分の姿と重ねてしまい、見ていられなかったのだ。

目を開けていても、眠っているかのように動かないネレの頬や髪を撫でながら何度夢であってくれたらと思ったことか。今でこそネレは自分の足で歩き、具合のいいときは挨拶程度の会話を交わせるようになったが、当時のことを思い出すと今でも胸が苦しくなる。

見守ることしかできないのがどんなに辛いか、私はこの十年で嫌というほど思い知った。

「フィルクス様、準備ができました」

「ああ。みんなわかっているとは思うが、このことは他言無用だ」

この場に居合わせた者達は一応了承をしてくれたが、ビスコなどは微妙な表情を浮かべていた。子を待ち望む者にとっては、クリシュと私の会話が納得できないのだろう。

（あまり猶予がないと思った方がよさそうだ……）

シノブのブライアンは、私の焦りを感じ取ったように風のような速さで夜道を駆け抜けた。


なんて寂しい場所になってしまったんだろう。

足元を照らすわずかな灯りを見ながらそんなことを思った。

風が南から連れてきた分厚い雲が月の光を遮って、カンテラの灯りがなければ一寸先も見えない暗闇。なんの音もなく、命ある者の気配もない。死者の国とはこういう場所なのだと言われたら納得してしまいそうだ。

　初めて生命の木に出会ったとき、この場所は色彩と音であふれていた。空の青と葉の緑と土と幹の茶色。可憐（かれん）な花は薄桃色で、実った赤は吸い寄せられるような鮮やかさだった。

　葉の裏に潜む虫の気配とそれを狙う野鳥の鋭い目。草花の囁きに、走り回る小動物の挨拶に、働く人間の色とりどりの髪の色。そして、降り注ぐ太陽の光。それらのすべてをとても愛していた。

　親元から引き取られ、ムルカリ様に手を引かれてネレと出会い、突如発現した能力とのつき合い方を学び、恋を自覚したのも恋に破れたのも、そして当主としての自覚を持ったのもこの場所だ。

　こうして思い返してみると、私の思い出はネレと生命の木のことばかりだ。

　それらは決して輝かしい思い出ばかりではないが、重なり合う葉の間からあふれる木漏れ日の美しさに癒され救われ、生命の木から感じる温かな感情にときに励まされて生きてきた。

　その大切な場所が今では見る影もなく、墓場のような雰囲気を醸し出していることに胸の奥がツキリと痛んだ。

　葉は落ちて草花は枯れ、土は剥き出しになり隠れ家を失った虫達は姿を消し、それを補食していた鳥達も住処（すみか）を変えてしまった。あの生命力に満ちていた森と同じ場所だとは思えない。

　夢であってくれたならと思う。これが悪夢で、時間が過ぎて朝になれば目覚める夢の世界であってくれたなら、どんなにいいだろうか。

　幼い頃のように目が覚めると『おはよう』と隣でネレが笑ってくれて、二人で生命の木を見上げて笑い合うことができるならほかにはなにもいらない。当主の地位も、大きな屋敷も、上等な服も。

　ああ、しかし、はじめから欲しくもなかった当主の座の代わりにネレの笑顔が欲しいという願いは欲張りすぎだろうか。

　ずっと一緒にいるのだと思っていた。ネレと生命の木と一緒に大人になっても笑い合いながら暮らしていけるのだと、幼い頃の私はそう信じていたのに、どこで歯車が狂ったのかネレは心を失い、生命の木は朽（く）ちてしまった。

闇に向かってなぜだと唱えても、答える声は返ってこない。唯一答えを知っていたはずの生命の木は、枯れて空っぽの器だけが寂しく佇んでいる。

「ここから始まったのだったな」

今私が立っているこの場所から生命の木は徐々に枯れていった。

生命の木は、私にとって友だった。なんとかして友を救うことができないかと研究のサンプルを取るために出た旅もなんの成果も得られなかった。同じ種の植物を見つけることができれば環境や土の栄養状態を調べることができるかと思ったのだが……。もしかしたら、長い年月に自然の中で淘汰されてしまったのかもしれない。

思いつく限りの手を尽くしたが、とうとう友はたった一つの種を残して去ってしまった。

ネレの支えにもなれず、友の救いにもなれず、私の人生は後悔と無力感ばかりだったが、今度は。今度こそは、なんとしてでもシノブを救わなければならない。そのヒントがこの場所にあるはずなのだ。

生命の実が落ちてしまったあの日、なにか変わったことはなかったか。どんな些細なことでもいいからと記憶の底を浚いながら、ゆっくりと歩を進める。

あの日はたしか、とても暑い日だった。当主代行に就任して、ムルカリ様の手を借りながらやっと仕事をこなせるようになった頃だ。

生憎と私は仕事で街を出ていて、仕事先で生命の実がすべて落ちてしまったと報告を受けて急ぎ戻ったのだった。

あまりに日射しが強かったので、生命の木の下で作業していた者達は熱中症を警戒して昼休みをいつもより長くとり、戻ると実がすべて落ちていたのだと報告を受けている。誰も実が落ちる瞬間を目撃していないのだと。

異例の猛暑が続いていたあの頃は作物の実りも悪く、各地で農作物の被害が出始めていた。生命の木も例外ではなく、一部の葉が萎れて落ちる現象が起きていたため、この暑さで生命の木もバテたのだろうと思われていた。しかし、それ以来一度も実どころか花すら咲かせていない。

そのときに、なにかが起こったのだ。生命の木の命を脅かすなにかが。

今さら言っても遅いが、当時もっと詳しく調査していたらと悔やまれる。せめて、一人でも目撃している者がいたらよかったのだが。

一歩踏み出すたびにカサカサと音を立てるのは、地面に降り積もった枯れ葉だ。足首辺りまで厚く降り積もった枯れ葉を踏みながら、友の骸（むくろ）の間を縫うようにすり抜けて慎重に歩を進める。時々枯れた幹に触れ、カンテラで照らしながら。

もうここにはいないのだとわかってはいるが、『もしかして』、『万が一』という思いから確かめずにはいられない。枯れた幹の中に新たな芽が芽吹いてはいないかと。

だが、一つの芽も見つけられないまま、石垣に二重に守られた生命の木の本体部分まで来てしまった。立ち枯れた巨木を見上げて、カラカラに乾いた幹を撫でる。

「久しぶり。なかなか会いに来れなくてすまない」

呟いてから苦く笑う。もうここに友はいないのに、話しかける習慣はなかなか消えてはくれない。ここにいるのは私一人で、ほかには誰も聞いていないのだからと開き直って口を開いた。

「君は、自分を脅かしているものの正体を知っていたのか？」

実が落ちてから頑（かたく）なに口を閉ざしてしまった君は、なにを思っていたのか。伝わってくるのは苦しみと悲しみと懺悔（ざんげ）、そして、微かな期待だった。

耐えながら、なにを悔いてなにを期待していたのだろう。なにを待っていたのだろう？

「口を閉ざしていたのは話さなかったのか、それとも話せなかったのか、どちらなんだ？」

ふと、なにかが引っかかり、頭の中で今言ったことを反芻（はんすう）する。

話すという行為自体ができなかったのか、なにかの原因で話すことを控えたのか。なにも知らないから話すことがなかったのか、知っているが故に話すことができなかったのか。それによって意味合いが違ってくる。

たとえば、知っているが故に話すことができなかったのなら、その理由はなんだ？　自分に置き換えてみたらどうだろうか。

私が病に倒れ、その原因がわかっていながら周囲に隠すとしたら、それはどんなときだろう。

人の力ではどうにもできないときか？　話しても仕方ないから話さないというのはあり得るかもしれない。ほかには……原因をもたらした人物を庇うときか？

「もしかして、そうなのか？」

いや、まさか。あり得ないだろう。誰かを庇っていたということは、危害を加えていた者がいたということだ。この世界のどこを探しても、そんな人間がいるはずがない。人間の繁殖のすべてを生命の木に頼っている状態で危害を加えるということは、そのまま人類の滅びを意味する。

生命の木を害する人間などいるはずがない。ありえなさすぎて、今まで考えたこともなかった。だが、考えたこともなかったそれが枯れた原因だとしたら。

ヒタリと冷たい手で撫でられたように背筋が冷たくなった。もしかして、我々がこの十年やってきたことは、なにもかもはじめから間違っていたのかもしれない。

心臓が嫌な音を立てて、ジワリと汗が滲む。

シノブが生命の木を訪れるようになって、わずかだが回復の兆しを見せていたのに日が経つとまた萎れてしまったのはなぜだ。それはつまり、シノブが生命の木の下に通っている間にも、枯らそうと手を下していた者が存在していたということにならないか。

成長を急ぐ理由も、その者から自身を守るためなら納得ができる。指先一つで折れてしまうような無防備な新芽では瞬く間に手折られてしまう。少しでも速く成長するためにシノブの能力を欲しているのではないか。

これは仮定の話だ。だが、考え始めるとこれが真実なのではないかと思い込んでしまいそうになる。原因の解明が進んでいないまま片寄った考えに突き進むのは危険だ。少し落ち着かなければ。

額に手を当て、ゆっくりと呼吸を繰り返す。カンテラを地に置き反対の手で心臓の辺りを強く押さえた。

そこには、いつも胸元に忍ばせている栞がある。シノブからもらった生命の木が最後に咲かせた花弁を押し花にしたものだ。これを持っていると、今でも友がそばにいるように思えて心が落ち着くのだ。

一度深く息を吐き、なんとか心を落ち着けた先に白い物が目に入って土に膝をついた。枯れ葉の間に隠れるように潜んでいたのは、風に舞い上がって飛んでいったはずの生命の木の花弁の一枚だった。

「戻ってきていたのか……」

指先で優しく摘まみ上げた花弁を傷つけないようにハンカチの上に落とし、そっと包み込んだ。

シノブにもらった綺麗な栞は、そのうちにネレに渡そうと思っていたから、この花弁で新たに私用の栞を作ろうか。

生命の木が枯れたことはムルカリ様からネレに伝えられたが、残念ながらなにも反応を得られなかったそうだ。だが、御守り代わりに栞を持っていたら、いつかなにかしらの感情を引き出せるかもしれない。それに、生命の木の欠片（かけら）がそばにある方がネレの心の安寧にも繋がるだろう。なにせ、心を壊したネレが初めて自分の足で向かった場所が生命の木だったのだから。

あのときは屋敷中が大騒ぎになったのだと後に聞いて、ネレは人を驚かせることが好きな悪戯小僧の一面を持っていたことを思い出してムルカリ様と二人で笑ったものだ。

寝たきりでは筋肉が衰えてしまうからと、時々日光浴を兼ねて庭に揺り椅子を運びネレを座らせていたのだが、あの日ネレの母上が少し目を離した隙に姿を消してしまった。

屋敷中が大騒ぎになり、使用人総出で探していたら、数時間後に何事もなかったかのようにヒョッコリと戻ってきて捜索にあたっていた者達はホッと胸を撫で下ろしたのだという。

土がこびりついた靴を見て、一体どこへ行っていたのかと思ったら後日生命の木の守衛の者から報告が上がって、ネレが生命の木に会いに行っていたのだということを知ったのだった。

真相を知った母君は『あの子は昔から生命の木が大好きで、どんなに泣いていても生命の木に会いに行くと笑顔になったのよ』と昔話を懐かしそうに語っていた。それ以来、ネレは時々ふらりと生命の木を訪れるようになった。

心を壊して以来、家族以外の者が近くにいると酷く警戒するようになってしまったため、ネレが訪れるときは人払いをするようにしていた。ムルカリ様も母君も、邪魔をしないようにと同行を控えていらしたから、ネレと生命の木がどんな様子だったのか知る者はいないが、きっとネレにとって安らぎの場所だったのだろう。

「待て、たしかあの日は……」

ネレが姿を消したのは、生命の実が落ちた頃ではなかったか。もしかしたら、ネレは実が落ちた瞬間を目撃しているかもしれない。

「ムルカリ様に確かめなければ」

夜分遅くに屋敷を訪ねるのは失礼に当たるが、今はそんなことを言ってはいられない。ムルカリ様なら理解してくださるだろう。

私はカンテラを拾い上げ、出口へと急いだ。

「そこにいらっしゃるのはフィルクス様ではないですか!? 大変なことになりました!!」

石垣の脇に繋いでいたブライアンの手綱を解いていたときだった。今夜は夜営の任を免れていたはずのテイボットが、慌てた様子で馬で駆けてきた。

「カシミール様が屋敷から姿を消しました!! もしやと思って駆けてきたのですが、フィルクス様お一人ということはこちらには来ていないようですね」

「なんだと!?」

「屋敷の方は大騒ぎですよ。今日は式典がありましたから、街には余所者がたくさんいますし、もしや拐かされたのではないかと母君が半狂乱で探し回っています」

ネレの行く先など、ここ以外に思いつかない。どこを探せばいい？ ほかにネレが行きそうな場所はどこだ。

私も探しに……、いや、駄目だ。シノブの方を優先するべきだ。ムルカリ様に当時の話を聞かなければ。

「ムルカリ様はどうされている？」

「屋敷の敷地内の捜索は奥方に任せて供の者を数人連れて街へ。情報を集めているところです」

それではムルカリ様から話を聞けるような状態ではないか。どうする、どうしたらいい。クリシュがいれば手分けすることもできたのだが。こんなときに助言をくれる者が近くにいたら……。

『リンッ』

『リンリンリンッ』

「なんだ？」

静かな闇の中から突如聞こえた植物の声に振り返った。

『リンリンッ　リンリンリンッ』

最初の声に共鳴するように声が増えていく。

「フィルクス様、どうされました？」

「シッ、静かに」

『リンリンリンリンリンッ』

急いで――。

早く、急いで――。

耳が痛くなるほどの大量の声が私を取り巻き、『急げ』と伝えてくる。

「わっ、なんだ!?」

ふわりと光った地面に驚いたティボットが後ろへ飛び退いた。そこからポウッと丸い粒が飛び出して、一つ二つと増えていき、道を指し示すように一筋の線を描く。

「なんで光苔が。繁殖期でもないのに」

ティボットが目を白黒させながら飛び出してきた光る粒を指先で突つく。それは、光苔の胞子だった。年に一度の繁殖期はすでに終わっている。この時期に胞子を飛ばすのを見たのは初めてだ。

早く、早く、急いで――。

光はシノブの家の方角へと続いていた。私にそこへ向かえと言っているのか?

「ティボット、君はムルカリ様と合流し、カシミールの捜索を手伝ってくれ」

「あっ、フィルクス様!?」

ティボットの声に振り向いている余裕はなかった。ブライアンの背中に飛び乗り、腹を蹴ると一気に加速して、道を舞い戻る。

これはきっと道標だ。草花の声が私の向かうべき場所へ導いてくれる。その先になにが待つのかはまだわからない。だが、向かった先に私が求める答えがあるのだと、確信していた。

急ぎ戻った先で私が見たものは、生命の木を庇うようにして立つクリシュと、ネレの後ろ姿。

土で汚れた裸足で立つネレの手には、雲の切れ間から射した月明かりに照らされた小瓶が冷たい光を放っていた。


ふわっと意識が浮上して、僕は自分が狭くて暗い場所にいることを知った。その中で丸くなって寝ていて、周りはなにやら柔らかくてしっとりしたもので囲まれている。掌で押してみるとフカッと沈んで、撫でるとツヤツヤしっとりしていて触り心地が抜群だ。撫でながら、ここはどこだっけなぁってボーッとする頭で考える。長い夢を見ていたせいか、頭が働かない。

僕は夢の中で生命の木になっていた。生命の木が生きた長い年月を体験しているうちに、本当に自分が生命の木になってしまったかのような感覚になっていろんなことを忘れかけていたけど、若い頃のクリシュさんの声を聞いて『僕はシノブだ』って思い出したんだ。

ああ、そうだ、クリシュさんが呼んでいるんだった。早く起きて会いに行かないと。

寝返りを打とうとして、足が自由にならないことに気がついた。膝から下がガッチリ固められていて、全然動かない。

「カシミール様、こんな夜更けにどうされたのですか」

不意にクリシュさんの声が聞こえて、僕はなんとか体を起こした。狭い入り口の向こうにクリシュさんの背中が見えて、さらにその向こうにヒラヒラした寝巻きみたいな服を着たネレ君がいることに気がついて、僕のボーッとしていた頭が一気に覚醒した。

「おかしいな。枯れたはずなのに」

ネレ君は、クリシュさんの問いかけには答えずに前方を見上げてポツリと呟いた。前にフィルクス様達と一緒に会ったときと同じ、焦点の合わない虚ろな目で。

「そうですよ、これが種から芽吹いた新しい生命の木です。もしかして、心配で見に来られたのですかな？」

門番さんはネレ君の独り言にちょっと驚いた顔をして、それから嬉しそうに顔を綻ばせて僕がいる方向を指さした。それってもしかして、僕が今いるのは生命の木の中の空間ってことか？

確かに、ツヤツヤしっとりした感触は植物の葉のようだし、膝から下を固めているゴツゴツした感触は木の表面のように思えるけど。

えー、こんなに育ったのか⁉　僕がスッポリ入っちゃうくらいに⁉　あれ、もしかして、僕は相当長い間眠っていたんだろうか？

「やっと楽になれたと思ったのに、またはじめからか」

「……？　とにかく、屋敷までお送りしましょう。アシュビク、頼まれてくれるか？」

「はい。ささ、カシミール様、参りましょう。おや、裸足ではないですか。そんな足でここまで来たのですか？　お疲れでしょうから、荷馬車を準備しましょうか。クリシュ様、ちょっと準備してまいります」

門番のおじさんが荷馬車を取りに家の裏に消えると、ネレ君はフラフラと僕の方に近づいてきた。

雲の切れ間から射し込んだ月明かりが反射して、ネネレ君の右手の辺りがピカリと光った。目を凝らすと、ネレ君の右手には見覚えのある小瓶が握られていた。僕が生命の木になった夢を見ていた間、何度も見た透明な小瓶。その中に、植物の細胞を殺す薬が入っているのを知ってるのは多分僕だけだ。

本当は止めなきゃいけない。そばにいるクリシュさんに、ネレ君が持ってる小瓶の中身を生命の木にかけちゃいけないんだって言わないといけない。でも、僕は心の隅で迷っていた。それをクリシュさんに伝えたら、生命の木が枯れた原因がネレ君だって知られてしまう。

生命の木は、自分が枯れてもいいからネレ君を守りたかった。ネレ君の心も名誉も守るために苦しいのを我慢していたのに、僕がここで話してしまったらすべてを台無しにしてしまうような気がして。

「カシミール様」

僕が考えているうちに、クリシュさんがネレ君の行く手を遮って前に出た。なんだかその背中が緊張しているように見える。

「申し訳ありませんが、その小瓶の中身を検めさせてもらってもよろしいでしょうか」

「これ？　これは、生命の木にかけるんだよ」

駄目だよ、ネレ君、言っちゃ駄目だ。もうやめて、諦めて。生命の木が最後に残した種の成長を認めてあげて。

「この大きさなら、きっとすぐだ」

「まさか……」

クリシュさんの肩がピクリと反応するのが見えた。きっと、小瓶の中身の正体に気がついてしまったに違いない。

僕はそれを、以前に見たことがあった。クゥジュと市場に出かけたときに葉がついた枝を振り回しながら水を撒いている人がいて、あれはなにをしているのかとクゥジュにたずねたんだ。

家を建てた後で床下から生えてきた植物が家を突き破らないように薬を撒いているんだと教えてもらった。植物の細胞を壊してしまう薬。それが、生命の木を枯らしてしまった物の正体だった。

「おやめください、そんなことをしたら生命の木がどうなるかご存知でしょう！」

「そこを通してくれないのならいいよ、ここに撒くから。地面は繋がっている。染み込んで、今度こそ生命の木を枯らしてくれるだろう」

蓋を外して地面に投げ捨てたネレ君が小瓶を傾ける。生僕には、それがスローモーションのように見えた。夢の中で見た生命の木の命の木が枯れてしまったら、夢の中で見た生命の木の願いを叶えてあげられなくなってしまう。


「駄目っ……!!」

僕の声に反応したクリシュさんが、驚いた顔で振り向くのが見えた。そして、振り向いたクリシュさんの向こう側に影が飛び出してきたのはその直後のことだ。

「ネレ!!」

僕の声に被せるようにネレ君を呼んだのはフィルクス様だった。なぜかブライアンに乗っていて、相当急いでいたのか、ブライアンはフーッフーッと荒く息を吐いていた。

ブライアンの背中からヒラリと飛び降りたフィルクス様はネレ君の手から小瓶を取り上げると、地面に落ちていた蓋を拾って閉め、安堵の息を吐きながら胸ポケットにしまった。

「ネレ、やめるんだ」

「ミエル?　邪魔するな」

「その名で呼ばれるのも久しぶりだな」

フィルクス様の顔に苦い笑みが浮かんだ。今この状況でなければ、フィルクス様はとても喜んだだろう。本当に、ネレ君がフィルクス様の名前を呼ぶのは久しぶりなんだ。今日のようにネレ君が呼びかけに応じるのは、あの日以来初めてだ。

待ち望んでいたネレ君との会話がこんな形で叶うなんて、フィルクス様は思ってもみなかっただろうけど。

「ネレ、なぜだ。君は誰よりも生命の木を大切にしていただろう?　なぜ、生命の木を傷つけるような真似をするんだ」

それまで感情を失ってしまったかのように無表情だったネレ君の顔がクシャリと歪んだ。ネレ君の苦しみも悲しみも、夢の中で見てきた僕は、思わず目を伏せてしまった。

ネレ君は、きっと生命の木に薬を撒きながら、ずっと苦しかったんだろう。苦しくて、苦しくて、行き場のない気持ちを生命の木にぶつけるしかなかったんだ。

「だって、苦しいんだ。憎くて憎くてたまらない。僕を裏切ったラミダもアレンも、勝手なことばかり言う奴等も、みんな僕みたいに苦しめばいい。僕はなにもかも失ったのに、アイツらだけが子供ができて家族が増えて、何事もなかったみたいに暮らすなんて許さない。生命の木も！　そこにいるのに声も届かない!!　あって当たり前だったものを失う苦しみがわかるか!?　少しずつ手足をもぎ取られるようにジワジワ感覚を失う恐怖がわかるか!?　それならいっそのこと、生命の木なんてなくなってしまえばいい」

血を吐くように体を折り曲げ、髪を振り乱したネレ君の顔の横を水色の髪がサラサラと流れて表情を隠した。

「なくなってしまえば、もう聞こえない声に苦しむこともない」

ネレ君の心からの叫びは、最後の方は掠れて酷く疲れた声になっていた。

植物の声を聞く能力を持っていない僕には、ネレ君の本当の苦しみを理解することはできないかもしれない。でも、もしも、少しずつ目が見えなくなったら、耳が聞こえなくなったらと想像すると、その恐怖はどれほどだろうかと思う。

「ネレ……。私は馬鹿だな。そばにいながら、ネレの苦しみの理由をわかってあげられなかった」

項垂れてしまったネレ君を見て、フィルクス様は呆然としながら呟いた。

今にも崩れ落ちてしまいそうなネレ君を壊れ物を扱うように慎重に腕の中に囲い、眉間に皺を寄せて目を伏せる。

「ネレ、すまない。ネレはきっと聞きたくもないだろうと勝手に解釈してずっと黙っていたが、私はラミダとアレンの行方を密かに探らせていた。あの二人はもう共に暮らしてはいない。ラミダは父母の下に戻り、ここから遠く離れた山間部で家族で細々と暮らしている。アレンは片足をなくし、ラミダとは別の小さな村で村人達の力を借りながら一人で暮らしているのだと聞いている」

ネレ君の肩がピクリと動き、項垂れていた顔がゆっくりと持ち上がった。噛み締めた唇がやけに赤く見えるのは、血が滲んでしまっているせいだろうか。

「嘘だ……。嘘だ、じゃあ、なんのために僕は……」

「嘘じゃない。もう苦しまなくていい、恨まなくていいんだ。あの二人がしたことは浅はかで愚かだった。今頃は身を以てそれを実感しているだろう。

アレンはきっと、自分はなんでもできると思っていたのだろうな。だが、それが親に守られ特殊な立場にいたからだとわかっていなかった。周囲の庇護から飛び出せば、今まで学んできたことが庶民の暮らしの中ではほとんど役に立たず、アレンにできる仕事は荷運びくらいしかなかったのだよ。

ラミダも自分が着ている服一枚が庶民にとってはどれほど高価なものかもわかってはいなかった。それまでの暮らしはネレの婚約者という立場だったからこそ与えられていたものだったと気づいても、生まれたときから裕福な暮らしに浸りきっていたラミダは庶民の生活に慣れることはできなかった。考えてみれば当たり前のことなのだ。ラミダは洗濯すら自分でしたことはなく、娯楽で菓子作りはしても生きるために料理をしたことはなかったのだから。アレンはラミダの生活を今までと同じに保つために慣れない荷運びの仕事の中でも報酬のいい危険な仕事を受けて事故に遭い、片足をなくして働くこともままならなくなってしまった。最後はなけなしの金で人を雇い、ラミダの両親を探しあて、頭を下げてラミダを両親の下へと帰すことにした。自分も両親を頼ろうとしたが、不義理をした息子を二人は受け入れず、今は流れ着いた小さな村でお情けで与えられる手紙の代筆などの仕事をもらいながら自給自足のような生活を送っている。これが、あの二人の結末だ。恩も縁も切り捨て裏切り、すべてを捨てて選んだ先の未来だ。彼等がやったことは許されることではない。どれだけの人を傷つけ、失望させたことか。だが、二人も十年以上苦しんできたし、きっと死ぬまで後悔し続けるだろう。その年月に免じて恨みを静めることはできないか？」

『十年以上』とフィルクス様は言った。では、ネレ君が心を壊してしまう前に二人の関係は破綻していたことになる。たった数年で破綻した二人の恋のためにネレ君が苦しんだのかと思うと、どうしようもなく虚しい気持ちが込み上げてくる。だって、誰も幸せになってないじゃないか。

その長い月日が無駄に過ぎてしまったみたいで、なんて表現したらいいかわからないけど、やるせない気持ちでいっぱいで苦しくなる。

「それでも気が治まらないのなら、私にそれをぶつけてくれ。ここまで拗れてしまった原因は私にもある。私がもっと早く伝えていたら、ネレはこんなにも苦しまなかっただろう。だから、生命の木を枯らすのはやめてくれないか？」

「それを聞いたところで、僕がなにもかも失くしたことは変わらないじゃないか。全部失くしたし、僕は一人きりだ」

顔を上げたネレ君は、もう無表情の人形じゃなかった。クシャリと顔を歪ませて、苦しい寂しいって顔に書いてある。でも、違う。違うんだ。

「一人じゃなかったよ」

僕は、生命の木をトントンッて叩いて合図した。

今だって思ったんだ。生命の木がネレ君に伝えたかったこと。夢の中で約束したことを果たすときだって。

僕の足を固めていた幹が緩んで、埋まった足を引っ張り出した。僕がスッポリ隠れていた穴の入り口に手をかけて腰を浮かせたら、目の前に大きな手が差し出された。

クリシュさんがいつの間にかそばにいて、僕に手を貸してくれたんだ。

「ネ……、カシミール様は、一人じゃなかったよ」

『ネレ君』って言おうとして、思い直して『カシミール様』って言い直した。その名前は、ネレ君とミエル君と生命の木の三人の秘密だ。

「ずっとそばにいたんだ。生命の木も、フィルクス様も、お父さんもお母さんも、周囲の人だって悪く言う人ばかりじゃなかったよ。カシミール様のことを心配して、早く元気になって欲しいって祈っている人もいたんだ」

ネレ君は、苦しすぎてわからなくなっていたかもしれないけど、僕は知っている。辛いことばかりじゃないって思い出させてあげるよ。

僕は、クリシュさんの手を右手でしっかりと握って、左手を生命の木に伸ばした。生命の木の枝がギシギシと音を立てながら伸びてきて、僕の指先に絡むと一気に肘の辺りまで駆け上がってくる。

枝が絡んだ腕が酷く熱くなって、僕の内側からなにかが生命の木に流れていくのを感じた。

リーンッリーンッて生命の木の声が聞こえる。それはだんだんと大きくなって、周囲の植物も巻き込んでの大合唱になった。

僕にはネレ君やフィルクス様のような能力はないはずなのに、生命の木と繋がっているせいか、とてもよく声が聞こえて、四方八方をスピーカーに囲まれているみたいに音があふれている。

僕の腕から流れていくなにかが生命の木に吸い込まれると、幹がギシギシと音を立てながら上へ上へと伸びていった。

でも、まだだ。まだ全然足りない。もっともっと大きくならないと、生命の木は花を咲かせることができないんだ。

生命の木は花を咲かせるのにとてもエネルギーを使うから、ある程度大きくならないと咲かせることができない。前の生命の木は、眼鏡の男の人がお爺ちゃんになっても花を咲かせることができなかった。それだけの年月を飛び越えて花を咲かせるにはまだまだ足りない。

僕は、クリシュさんの手を握り締めながら足を踏ん張った。生命の木と繋がっている腕が淡く光って、その光が生命の木に流れるように吸い込まれていくと、成長速度がグンッと上がった。地面から新しい幹が次々と競うように伸びてきて、複雑に絡まり合いながら生命の木に絡みついていく。

太く長く伸びた枝がザワザワと震えたかと思うと、今度は一斉に葉を繁らせ始めた。

「私は夢を見ているのではないか？　こんなことが本当に起こるとは……」

フィルクス様がネレ君を抱えたまま、信じられないと呟いた。ネレ君も魅入られたように大きく目を見開いて瞬く間に成長していく生命の木を見ている。

僕は、次々に流れ出ていくなにかに体を持っていかれそうになりながら、必死に踏ん張った。まだ足りない。もっともっと大きくならないと。

光が生命の木に流れ込んでいくほど、僕の体は力が入らなくなって、踏ん張っていた足がガクンと折れたとき、お腹の辺りに力強い腕が回されて僕の体を支えてくれた。

「シノブ、大丈夫か？」

「う、うん、まだ大丈夫」

背中越しに声が振動になって体に伝わって、クリシュさんの存在を僕に教えてくれた。クリシュさんがそばにいる。それなら僕はいくらでも頑張れる。

今日で全部終わらせるんだ。苦しいのも悲しいのも全部、全部。全部終わらせて、十年分の喜びや楽しさをこれから取り戻すんだ。

リーンッリーンッて大音響で聞こえていた植物達の

声の質が少しだけ変わって、心配げなものになった。

僕がよろけたから心配しているのか？

大丈夫。いいんだ。たとえばここで僕の『植物系チート』を使い果たしてしまっても、後悔なんかしない。本当の僕は特別なものなんてなにも持っていないごくごく普通の人なんだし、能力がなくなってしまっても普通に生活していけばいいんだし。

みんなと同じように畑を耕(たがや)して、他所(よそ)の家の畑と同じように野菜が成長して、ちょっとくらいは不便になるかもしれないけど、その生活が当たり前なんだから。

僕はもう、右も左もわからない移住者じゃない。頼りになる友達やクリシュさんって恋人もできて、この世界の一員になったんだからいいんだ。

そうやって心の中で生命の木に話しかけると、躊躇いがちに増えていた葉が一気に枝を覆って、僕達の頭上は緑の屋根ができたみたいに枝葉でいっぱいになった。

「カシミール様、見ていて。これが、僕が生命の木から預かった伝言だ。生命の木は最後のときまでカシミール様を愛していて、味方だったんだ」

僕の言葉を合図にしたみたいに、頭上を覆う枝葉の隙間に小さな蕾が増えた。それはもう凄い数で、十年分の蕾を一気につけたみたいに大量に。

次から次へと綻んで花開き、緑の屋根が一気にピンクの大群に埋め尽くされた。

「これは……、凄いな」

普段はあまり驚きを表さないクリシュさんも、こんなに大量の生命の花を見たのは初めてみたいで感嘆の声を上げている。

ああ、本当に、なんて綺麗なんだろう。夢の中で見た生命の花も綺麗だったけど、今咲いている花は花弁の一枚一枚がキラキラ光り輝いている。

見ているだけで心が温かくなるのは、この花達の中には宝物が隠れているのを知っているからだ。小さなミエル君から預かって、蕾の中で大切に守ってきたあの日の気持ちが解放されたのを喜ぶように花弁と一体になって咲き誇っているように見えて、花の美しさとキラキラ輝くミエルくんの気持ちに感動して、いつまでも見ていたいような気持ちになった。

「あっ……」

声を上げたのは誰だっただろう。もしかしたら、この場にいる全員が同じタイミングで声が出ていたかも

しれない。

キラキラ輝く花弁が一枚、仲間から離れて宙を舞った。後に続くようにヒラリヒラリと次々と枝から離れて、風の中を花弁が舞い踊る。

散った花の後からも次々とあふれるように蕾をつけては花開き、気がつけば僕達は舞い踊るピンクの花弁の大群に周囲を埋め尽くされ、ほかにはなにも見えなくなっていた。

花弁がヒラリと揺れると、わずかな月明かりを反射して複雑な陰影を作り出す。瞬きするたびに変化して、いつしか一つの形を作り出していた。

それは、生命の木の記憶。木が宝物のように大切に守ってきたネレ君への人々の思いだった。

影絵のように映し出された男のシルエットが上を見上げていた。祈るように胸に手を当てて口を動かしている。男の人の口の動きを真似たようにサワサワと音を立てた葉擦れの音が意味を持った声になって耳に届く。

『カシミール様はお元気になられただろうか？　もう随分とお姿を見ていないが、早く以前のように笑顔を見せて欲しいものだなぁ』

それは、ネレ君が子供の頃から守衛を務めていた男の姿だった。彼は引退して離れた場所に住む子供のところへ移り住んだけど、ずっとネレ君のことを気にかけていた。

花弁が動き、次の形を映し出す。今度のシルエットは、夫婦と思われる男女の姿だった。男の影は女を励ますように肩を抱いている。

『私がもっと気にかけてあげられたらよかったのに。カシミールがあんなになるまで苦しんでいるのをわかってあげられなかったなんて、母親失格だわ』

『大丈夫、大丈夫だよ。カシミールは私達の子供だ。きっと立ち直ってくれる。あの子を信じて、見守ってあげよう』

これはネレ君のお父さんとお母さん。脱け殻のようになってしまったネレ君が少しでも元気になるようにって、大好きだった生命の花を部屋に飾るために夫婦で訪れたときだ。

次に映ったシルエットは、杖をついた恰幅（かっぷく）のいいお爺さんだった。上を見上げて杖を振りかざしながらなにかを怒っている。

『小僧はまだサボっておるのか。まったくけしからん。

若いくせにいつまで休んでおるんだ！　……小僧がいないと、張り合いがなくてつまらんわい』

この人は、なにかというとネレ君とフィルクス様に突っかかっていた頑固者の偏屈お爺さんだ。なんだか楽しんでいたんだと文句を言いながら、本当はネレ君達との会話を楽しんでいたんだ。時々生命の木を訪れてはネレ君達の姿がないことに肩を落として帰っていった。

次々に映し出されるシルエットは人だけじゃなくて動物だったり、生命の木の根本に咲いた一輪の花だったり。みんなネレ君を心配しながら生命の木を見上げていた。

ねえ、見える？　伝わってるかな？

ネレ君は一人だって言っていたけど、こんなにたくさんの人達がネレ君のことを思っていたんだよ。生命の木は、いつかネレ君にこのことを伝えたいって、大切にしまっていたんだよ。

花弁が大きく動いて、最後に映し出したシルエットは三人の子供の影だった。二人の男の子と、一人の女の子。

寄り添っている男の子と女の子を、少し離れた場所からもう一人の男の子が見ている。男の子の口が動いてなにかを話しているけど、その言葉だけは聞き取れなかった。でも、僕は知っている。生命の木がネレ君に一番教えてあげたかったこと。小さいミエル君が生命の木に預けた大切な気持ちを。

『ネレが好きだ』

『もう、二度と言わない。この気持ちはここに置いていく。でも、君だけは覚えていて。僕の気持ちを』

そうだよな、この言葉はネレ君とフィルクス様だけに聞こえるべきだ。

伝わったかな？　伝わってるよな。

ネレ君は決して一人じゃなかったこと。これだけたくさんの存在がネレ君のことを思っていたこと。ずっとフィルクス様に愛されていたんだってこと。そして、声は聞こえなかったかもしれないけど、生命の木はずっとずっとネレ君の味方で、最後までネレ君のことを大切に思っていたんだってこと。

僕達の周りを取り囲んでいた花弁のスクリーンが強い風に乱れて一斉に散っていく。クリシュさんの腕が僕を引き寄せて、強風から守るみたいに腕の中に囲ってくれた。

花弁は竜巻みたいにグルグルと僕達の周囲を飛び回

って、やっと風が収まって周囲を見渡すと乱れ飛んでいた花弁はすべて地面に落ちて、一面にピンクの花弁でできた絨毯が広がっていた。

　僕はその光景にもとの世界の爺ちゃんと婆ちゃんの家の庭を思い出して、ほんの少しだけ寂しい気持ちになった。だけど背中のクリシュさんの温もりが寂しい気持ちを慰めてくれて、『そばにいてくれてありがとう』って心の中で感謝してそっと腕に顔を擦り寄せた。

　そして、ピンクの絨毯の向こうに、一つの抱き合う影があった。お互いに向き合って、背中に腕を回して、存在を確認し合うみたいにしっかりと。

　ネレ君はフィルクス様の肩に顔を埋めていて、フィルクス様はネレ君の髪に顔を埋めているから二人の表情はわからないけど、生命の木が小さなミエル君から預かって、最後に僕に託した思いはきっとネレ君に伝わっている。

　今すぐにすべてが元通りになるほど簡単な話じゃないけど、いつか新しい生命の木の下で笑い合う二人を見ることができるようになるよ。だって、『一人きり』だと言っていたネレ君のそばには、フィルクス様もお父さんもお母さんもいるんだから。そばにいるってことが伝わったはずだから。

　僕は枯れてしまった生命の木に心の中で『もう大丈夫。安心していいよ』ってそっと話しかけた。

「シノブ、大丈夫か？」

「うん、大丈夫」

　クタクタに疲れた僕を支えながらクリシュさんが真上から見下ろして心配そうな顔で問いかけてくれた。さっきも思ったけど、クリシュさんの顔を見るのは久しぶりな気がする。

　相変わらず凛々しくて格好いいなぁって思いながら精一杯の笑顔で笑いかけた。

　本当は物凄く疲れてるし、体の中が空っぽになってしまったみたいで足なんかガクガクしてて、すぐにでも座ってしまいたかったけど、お腹に力を入れて足を踏ん張った。

　多分、クリシュさんは僕が『疲れた』って言えば、すぐに抱き上げてくれると思う。でも、クリシュさんになにもかもを任せて頼りきりにはなりたくないんだ。

　頼りないかもしれないけど、疲れても苦しくても、自分の足で立ってクリシュさんと手を繋いで歩きたい。時々は肩を貸してもらって、クリシュさんが疲れたときは一緒に荷物を持ってあげて、そうやってずっと一緒に二人で暮らすんだ。

「とても心配した」

「うん、ごめんなさい」

「シノブが生命の木の中にいると気がついて、生命の木を切り倒してシノブを助け出そうかと思っていた」

「ええ!?」

そんな大事になっているとは思わなくて、僕は飛び上がるほど驚いた。そういえば、僕はどのくらいの間木の中にいたんだろうか。

「クリシュさん、今って式典から何日経ったの?」

「いや、そんなには経ってないぞ。日づけが変わって、今は翌日の日の出前だ」

「えっ、生命の木、凄く育ってるけど」

だって、眠る前は芽も出てなかったのに。それが一夜明ける前に僕がスッポリ収まってしまうくらいに育つなんて、今までで一番の成長速度だ。

「俺が晩餐会から戻ったときにはシノブの姿がなくて探し回ったんだ。シノブが身につけている鈴の音が生命の木の中から聞こえて、急ぎフィルクス様に知らせるために部下を走らせたのだが……。今でも信じられないな」

それは、クリシュさんも驚いただろうな……。なんだか、心配ばかりかけて凄く申し訳ない。

「僕、全然知らなくて。本当にごめんなさい」

「いや、いいんだ。無事でいてくれたのなら、それでいい」

僕は、体を反転させてギュー ッとクリシュさんに抱きついた。

クリシュさんって、僕と出会ってから大変な目に遭ってばかりな気がする。強盗に入られたときも助けてもらったし。

「いやー、遅くなってすみません。荷馬車の車輪に蔦が絡まっていまして、なかなか外れなかったん……、なんですかこれは!? 一体、なにがあったんです!?」

僕が『心配させてごめんなさい』の気持ちでクリシュさんに抱きついていたら、守衛のおじさんが荷馬車を引っ張りながら歩いてきて、一面のピンクの絨毯に驚いていた。

そして、僕とパチリと目が合うと、驚いて大きくなっていた目をさらに見開いて傍目にもわかるくらいに飛び上がった。

「シノブ殿ではないですか⁉　フィルクス様も戻られているし、なにがなにやらさっぱりわからないのですが」

「いろいろあったんだ」

クリシュさんはその一言ですべての説明を終わらせてしまった。守衛のおじさんはクリシュさんに聞くのを諦めたみたいで、今度は僕に視線で問いかけてくるんだけど、生憎と僕も起きたばっかりで、その前になにがあったのか知らないし。

首を傾げて『僕にもわからないよ』って誤魔化してみた。

第9章　これからのこと

あの日、抱き合ったまま気を失ったカシミール様を、フィルクス様は大切に抱えて帰っていった。

ズルズルと崩れ落ちたときは焦ったけど、呼吸や脈には異常がなく、多分いろんなことが起きすぎてカシミール様の中で処理ができずに気絶してしまったのではないかってフィルクス様は言っていた。

そしてフィルクス様達を見送った僕は、家に戻ってベッドに入ると、丸二日間眠ったままだったらしい。朝、クリシュさんは寝たままの僕を見て疲れているんだろうと起こさず仕事に行き、帰ってからも寝たままなのを見てお医者さんを呼びに走ったんだそうだ。診断結果は『過労』。水分をまめに取らせて起きるまではそっとしておくように言われたんだって。

僕は駄目だなぁ。反省したばかりなのに、またクリシュさんに心配かけてしまった。しかも、重労働をしたわけでもなく、生命の木の中でも寝ていたのに、なにに疲れたんだろうか。こっちの世界に来てから少しは体力がついたと思ってたけど、まだまだ軟弱だってことかな。

丸二日眠って起きた僕はすこぶる元気で、起きて早々にお腹が凄い音で鳴り響き、クリシュさんに笑われた。

朝ご飯を食べて、今日からまた畑仕事を頑張るぞって思っていたら、畑の異変に気がついた。

式典の前の日にインゲン豆の種を蒔いたんだ。次の日にはバサッと芽が伸びていて、いつもならそろそろ収穫できるはずなのに、全然成長していなかった。しばらく考えてハッとした。もしかして、僕は本当に

『植物系チート』を使い果たしたんじゃないかって。

そうだとしたらちょっと残念だけど、これは観察日記を書くチャンスだ。前に果物を育てたときは物凄く残念な観察日記になってしまったからリベンジだ!!

って毎朝インゲン豆の観察をすることにした。

今日で三日。傍目(はため)には成長していないみたいだけど、支えに立てた棒に毎日一巻きずつ茎が巻きつく長さが伸びている。ただ、僕はあまり絵が上手じゃないから、ウネウネした謎の物体を描いた絵が増殖しつつある。これって僕以外にインゲン豆の観察日記だとわかる人がいるんだろうか。

僕がウネウネ観察日記を書いている間、街ではとても長い話し合いが行われていた。

その内容は、カシミール様が生命の木にしていたことに対する処罰について。僕も関係者の一人だからって、ノルンが報告してくれたんだ。

フィルクス様とカシミール様のお父さんであるムルカリ様は話し合いの中で凄く責められたらしい。

ノルンはフィルクス様やムルカリ様がどんなに頑張っていたか知っているから、聞いていてとても悔しかったと言っていた。酷く悲しい顔をしていたから、きっと僕に話したことよりもずっと酷いことを言われていたんだと思う。それでも二人は一言も言い訳せず、処罰が下るならそれに従うという姿勢を貫いたんだそうだ。

僕はその話を聞いて、もどかしくて仕方がなかった。だって、違うんだ。本当は誰にも二人を責める権利なんてないんだ。権利があるのは枯れてしまった生命の木だけだ。でも、生命の木はカシミール様のことが大切で、すべてを許していたんだから、もうそっとしておいてあげて欲しい。

僕は生命の木の記憶を体験したから、ほかの人よりも少しだけ生命の木のことがわかっていると思う。生命の木は、この世界の万人のために実をつけていたわけじゃない。

はじめは眼鏡の男の人のためだった。彼がいなくなって、今度はその息子や孫のためになった。身近にいる生命の木を愛してくれた人達に喜んで欲しくて一生懸命に根を張り、枝を伸ばした。ほんの一握りの大切な人達のためだったんだ。その恩恵にあずかっていただけの人達がフィルクス様達を責めるのは違うんじゃないかなって思ってしまう僕は間違っているだろうか？

　生命の木が一番望んでいなかった結果を人間が選んでしまうのを残念に思う。過去を体験したせいで生命の木寄りの考え方をしてしまっているのかもしれないけど、でも、わかって欲しい。そう思ってしまう僕は、人間として失格なんじゃないか？

「クリシュさん、僕は人間失格なのかもしれません……」

「いきなりどうしたんだ？」

　クリシュさんが帰ってくるなり、僕は突撃してギュウッと抱きついた。昼間に考えていたことが胸をモヤモヤさせていて、ずっと居心地が悪くて。

　僕が一番安心できるのはクリシュさんと一緒にいるときだから、曇り空のようなこの気持ちをクリシュさんに吹き飛ばしてもらいたかったんだ。

「この世界の人達が生命の木のことでとても不安だったのを知っているけど、カシミール様やフィルクス様に罰を与える権利なんかないって思ってしまうんだ。だってそれは、生命の木が一番望んでいないことだ。カシミール様のことをフィルクス様にさえ話せなかったのは、そのせいなんだよ。ずっと心配してたんだ。このことが周りの人にバレてカシミール様が酷い目に遭うんじゃないかって。その心配が現実になりそうなのが嫌で、納得できないって思ってしまうんだ」

　クリシュさんはどうなんだろう。過酷な旅に出て同僚の騎士さん達が怪我をするところも見てきたし、クリシュさん自身も苦労したって前に話していたけど、クリシュさんも、カシミール様を恨んでいるだろうか？　もし恨んでいるなら、クリシュさんにとっては僕の考えのほうが納得できないって思うだろうな。

「ノルンから話を聞いたのか？」

「うん……」

　クリシュさんは、ポンポンッと僕の背中を叩いてから抱き寄せてくれた。

「俺は、一つの事案に対して考え方が一つだけということはあり得ないと思っている」

　クリシュさんの鎧にくっつけている頬が冷たくて気持ちいい。冷たいのが気持ちいいと思うのに、抱き返してくれる熱い腕がそれ以上に気持ちいいと思えるのは、クリシュさんの腕だからかな？

　ゆったりとしたクリシュさんの話し方は、僕を落ち着かせるのに充分な効力を持っていた。

「人それぞれ立っている位置が違えば見え方が違うのは当たり前だ。正面から見る者、横から見る者、上から見る者。同じ正面から見るのでも、朝に見るのと夜に見るのとでは同じ物体でも印象がまったく変わるだろう。考え方が他人と違うからといって、なにも不安に思うことはない。それが当たり前なのだから。ましてや、人間失格だなどと卑下することもない」

確かにそうかもしれない。ノルンにとって大好物なラヴィを僕は可哀想で食べることができないし、僕はお米がご馳走だけどノルンは見た目がアレに見えて苦手だっていう。意見が違っても、どちらか一方だけが正しいってわけでもないし、違う意見を無理矢理捻じ曲げて従わなければならないってわけでもないのか。

クリシュさんの言葉を僕なりに一生懸命に考えて、出てきた答えに納得して頷いていると、大きな手がスルリと頬を撫でてくれた。

「クリシュさん、僕が協力できることはない？　生命の木の気持ちをみんなに伝えたら、フィルクス様とカシミール様の助けになれない？」

「そうだな……。フィルクス様に伝えてみよう。だが、その前に。シノブはいつも人のことばかりを心配して、恋人である俺にもなかなか我儘を言ってくれないが、たまには甘えて欲しいんだが？」

「へ？」

思いがけないことを言われた僕は、間抜けな声が出てしまった。

甘えて……ないかな？　あれ？　僕はいつもクリシュさんには甘えっぱなしな気がするんだけど。

「なにか俺にして欲しいことはないか？」

「クリシュさんにして欲しいこと……」

脳裏に浮かんだのは、クリシュさんとの初デートで行った隣街のことだった。楽しかったよなぁ。また行きたいなぁ。隣街じゃなくてもいいから、またデートがしたいな。

「えーっと、じゃあ、お言葉に甘えて。今度でいいんだ。クリシュさんの仕事が暇になってからでいいから、またデートがしたいなって」

照れながら伝えたデートのお誘いは、クリシュさんの綺麗な笑顔で受け入れられて、間近で見てしまった僕は、あまりにも格好よすぎて鼻血が出てしまいそうだった。

後日、フィルクス様からその気持ちだけで充分だと返事が来た。きっと、みんなは僕の話を信じないから、わざわざ嫌な思いをすることはないって。幽霊を見たことがない人が幽霊を信じないように、生命の木の声が聞こえない人達に話しても、都合のいいように話を作っているんだろうって思われてしまうからって。

断られてしまったけど、いざとなったら突撃してでも生命の木の気持ちをみんなに伝えるぞって覚悟だけは決めて、ひたすらに結果が出るのを待った。

毎日、もんもんとした気持ちで観察日記を書いたり、ポチの顔をぐにぐにしたり、ピョン吉の毛に顔を埋めて癒されたりしながら、まだかまだかと結果を待ったけど、話し合いは物凄く長引いていて。こんなに長い時間がかかるなんて、もしかしたら酷く重い罰が下るんじゃないかって、日が過ぎるほどに不安が募った。

今回の話し合いの結果を知ったのもノルンからだった。僕がヤキモキしていたのを知っていたから、一番に知らせに来てくれたんだ。

「カシミール様は一族から除名され、今後いかなる場合でも生命の木に関わる職に就けなくなりました。現状は働けるような状態ではありませんが、もし回復されたとしても管理所に所属することはありません。お父上であるムルカリ様も同じく一族から除名され、生命の木並びに管理所に対する発言権を剝奪(はくだつ)されました。ですが、フィルクス様は当主としてはまだお若く未熟であることから、今後もフィルクス様の相談役として力を尽くされることになりそうです」

「そっか……」

よかったって言っていいんだろうか。もっと酷い処罰を想像していたから正直ホッとした。牢屋に入ったり、鉱山で重労働とか、体罰や最悪命に関わるような刑罰を想像していたんだ。

「あの、フィルクス様は？」

「フィルクス様は当主を続けられることになりました。今回の失態を償(つぐな)うためにも、よりいっそう努力するようにとの小言はありましたけどね。しばらくの間は風当たりが強いかもしれませんが、フィルクス様なら大丈夫です。私達はみんなフィルクス様が生命の木のためにどれほど心を砕いてくださっているか知っていますから。職員一同全力でサポートしますよ」

「よかった」

「ええ、本当によかったです。フィルクス様以外に当主が務まる方などいませんから。実は、思わぬところからフィルクス様へ援護がありまして。ヤゲン様といって大老を務めている方なのですが、いつも眉間に皺（しわ）を寄せていて、笑っているところなど一度も見たことがありません。どちらかというとフィルクス様とは敵対する姿勢を取っていた方なので驚きました」

　ノルンはヤゲン様って人の顔を真似て眉間に皺を寄せて指で目をつり上げてみせた。

「今回の件でフィルクス様が退陣にならなかったのはその方の影響が大きかったのですよ。厳しくて口煩（くちうるさ）い方なので煙たく思っている人が多かったのですが、私、あの方に対する印象が変わりました。厳しく接していたのも口煩かったのも、管理所の未来を思ってのことだったのかなと。そういう方がいるのはとてもありがたいことだったのだと痛感いたしました。そのことに今まで気がつかなかったのは私が未熟だったからでしょう。よりいっそうの努力をしなければいけないのは私も同じですね」

　大老さんは、前にクリシュさんが言っていた『狸（たぬき）』の親玉みたいな人なんだろうか？　そうだとしたら、僕もちょっと誤解していたかもしれない。

　ノルンが言うには、ヤゲン様は長く体を患（わずら）っていて、今回の話し合いも結構無理をして参加したからしばらく静養が必要らしいけど、いつか会って話してみたい。そのときはクリシュさんやフィルクス様やノルンも一緒に、これからのことについて話せたら楽しいんじゃないかな？

　みんなでたくさん話をしよう。これからの未来について。

　僕は生命の木が凄く寂しがり屋だって知っているから、石壁で囲って人が会いに来てくれなくて寂しがっていたことを教えてあげたい。みんなが自由に会いに来て、木の下で休んだり遊んだりできたらいいな。そしたら生命の木も寂しくないだろうし。

　いっぺんに全部を変えるのは難しいかもしれないけど、話し合いながらみんなが楽しく暮らしていけるように少しずつでも変わっていけたらいいな。

　ノルンは会議室の末席に座り、目を伏せた。

　今日もまた、会議とは名ばかりの罵（ののし）りが繰り広げられるのかと思うと胃がシクシクと痛む。管理所の職員はそろって私と同じ意見なのか硬く暗い表情で目を伏せて、中には胃の辺りを押さえている者もいた。

それとは逆に生き生きしているのは地方のお偉方と一族でフィルクス様と対立している方々だ。今も聞くに堪えない罵りがそこかしこから聞こえている。

始まる前からこれでは、今日の会議は昨日よりも酷いものになりそうだ。

本当に嫌な場所だ。そこそこな広さがあるはずの会議室が狭く思えるほど人がひしめき合っていて息苦しく感じるだけではなく、この部屋には悪意が渦巻いている。のし掛かるような重苦しい悪意は着実に職員一同の精神力を削っていた。

会議の中で上がるのは嫌味や非難や嘲りばかりだ。フィルクス様は旅の途中で立ち寄った町や村で正しい行政が行われているか視察もしていた。中には厳しく指導を受けた町もあったようだから、恨みに思っている者もいるだろう。

そういった者達にとっては絶好の機会だろうし、日頃の鬱憤を晴らそうとしているように思える。自業自得だというのに、逆恨みもいいところだ。

そんな中、フィルクス様とムルカリ様は真っすぐに背中を伸ばし、お手本のような美しい姿勢で座っていた。

お二人は今回のことで一度も言い訳をしなかった。嫌味も罵声も真摯に受け止め、数少ない正当な意見には丁寧に受け答えする。

フィルクス様を擁護しようとするのは少数派で、ギルバート様が先頭となり奮闘していたが、数の力に押されて状況はかなり悪いと言わざるを得ない。発言を許されていないこの身が口惜しい。

「では、みな様おそろいのようですし、そろそろ始めましょうか。昨日の続きから……」

ギィーッ。

今まさに会議が始まろうとしていたとき、会議室の扉が軋んだ音を立てて開いた。何事かと視線を送った先にいる人物を認めて、私は絶望から天を仰ぎたい気持ちにさせられた。

「ヤゲン様だ……」

大老を務めるヤゲン様は対立派の筆頭だ。若い頃はかなりのやり手だったと聞いているし、一線を退いた今でもその言葉は強い影響力を持っている。

長く体を患っていたため、今回の会議にも不参加だと聞いたが……。このままでは、フィルクス様はますます苦しい立場に追いやられてしまう。チラリと盗み見たギルバート様の顔も強張っていた。

ヤゲン様は二人の従者に両脇を支えられて、やっと立っているような状態だった。慌てて用意された席はフィルクス様とムルカリ様の真正面の席だった。

（かなりお痩せになったな……）

私の知っているヤゲン様は、恰幅のいい迫力のある老人だったが、長患いのせいかガリガリに痩せている。しかし、その眼力はありし日のヤゲン様と同じで、視線を向けられただけで背筋が伸びるような鋭い目をしていた。

席に着いたヤゲン様は、支えを必要としていたのが嘘のようにシャキリと背筋を伸ばして、向かいの席のフィルクス様を鷹のような鋭い目で睨んだ。もしその視線を受けるのが私であったなら、今すぐにでもこの場所から逃げてしまいたくなっただろうが、フィルクス様は動揺した素振りさえ見せずに静かに目礼した。

「で、話し合いはどうなっておるのだ」

腹に響くような低い声でヤゲン様が問うと、対立派の方達は我先にと口を開き、いかにフィルクス様が愚かで救いようがないかということを囀り始めた。それはこの数日、何度となく聞かされたものばかりで、覚えたくもないのに覚えてしまった私は心の中で一緒に暗唱できるほどだった。

このままではフィルクス様の立場が危うい。ギルバート様も必死に反論していたが、焦燥感からか焦りが滲み、苛立ちが言葉の端々に表れている。

もうこの流れは止められないかもしれない。もしフィルクス様が免職になるようなことがあったら、私も管理所を辞めてしまおうか。

そんな風に思っていたとき、会議室の中に、心底呆れたと言いたげな大きな溜息が響いた。

「お前達の話はすべて報告を受けているものばかりだ。この数日、一体なにを話し合っていたんだ」

「え、いや、はい。まずは事実関係を明らかにするために……」

「この会議のために通常業務が滞っておるのはわかっているだろう。さっさと終わらせるぞ。で、お前はどうなんだ。どう収めるのが正しいと思っておる？」

ヤゲン様から指名された対立派の者は、額に汗を浮かべながら落ち着きなく会場を見渡した。

誰かに助けを求めたかったのだろうが、巻き込まれるのを嫌った者達は目を逸(そ)らして沈黙した。

「カ、カシミールとその父親であるムルカリ様は一族から除名し、事態を防ぐことができなかったフィルクス様には当主を辞任していただくのがよいかと。その上で市民には真実を公表し……」

「公表する必要があるのか？」

ヒンヤリとした声が遮り、会議室は沈黙に包まれた。

「公表してどうするつもりなんだ？　市民が納得できる説明は誰がするのだ。フィルクスを辞めさせるのなら、ここにいる誰かが当主となって対応することになるが、上手く場を収められる者などいるのかね？　公表して不信感を持たれたら、何百年もかけて確立してきた管理所の制度が崩壊しかねない。下手すれば暴動が起きる可能性もある。そのリスクを踏まえて我こそは当主に相応(ふさわ)しいという気概のある者は申し出てみよ。ワシは遠慮したいがな。老い先短い身でそんな危険を犯してまで苦労したいとは思わんよ」

それまで余裕の笑みを浮かべていた者達は、やっと事の重大性に気がついたのか、互いに青ざめた顔を見合わせた。

誰も手を上げない会議室を見渡したヤゲン様は、本日二回目の深い溜息を吐いた。

「やれやれ、なんと情けない。そんな覚悟もないまま話し合いをしていたのかね。随分(ずいぶん)と会議に時間を割(さ)いているからどんなことを話しているかと様子を見に来たらこれか。お前らは一体なにをしておったんだ。茶を啜(すす)りながら、井戸端会議のようにお喋(しゃべ)りを楽しんでおったのか？　ワシはこんな無駄話を聞くためにここへ来たのではないのだぞ!!」

ヤゲン様は次第に興奮して、顔を真っ赤にしながら唾を飛ばして怒鳴った。

「ヤゲン様、あまり興奮されてはお体に障(さわ)ります」

従者の一人がヤゲン様の背中を擦り、もう一人が冷えた水を手渡した。

「これは、一つの意見だと思って聞いてくれ。ワシが生きてきた中での経験から言わせてもらうが、選ぶのはこれからを生きる若い世代の者達の役目だ。人には知らない方が幸せだということがある。知ったことにより争いや蟠(わだかま)りが生まれるときだ。お前らにも経験があるだろう？　うちの妻は今日も綺麗だと思っていたら、バカ高い化粧品のために金を湯水のように使っていたとか、夫の靴下は量産品だが、妻の手袋は絹でできた特注品だとかな。値段を聞かなければ笑っていられるが、真実を知るとやるせない気持ちになるだろう？」

ほんの少し、室内の空気が変わった。ヤゲン様の激昂に怯えた顔をしていた者達から、クスリと小さな笑いが起きる。

ヤゲン様はとても話がお上手だ。厳しさと笑いを使い分け、この場にいるすべての人の興味を引きつけてしまった。

「まあ、今回のこととは次元が違うがな。考えてみろ。この会議室にいる人間の意見を纏めるだけでもすでに数日を要しているというのに、世界中の人間に真実を公表したら事態の収拾を計るのにどれほどの日数と労力を必要とすることか。ましてや今は新たな生命の木のために力を注がなくてはならないというのに。そちらに労力を割くくらいならば、新しい世の中のために全力を尽くす方がいいとワシは思うがな」

風向きが変わる。フィルクス様を貶めるためだけの場所だったのが、真に世の中を見据えた話し合いの場へと、ヤゲン様の巧みな話術が導いていく。

この方が大老と呼ばれている意味を初めて理解した気がした。フィルクス様やギルバート様すら及ばない人心を摑む能力を持っている。おそらくそれは、ムルカリ様ですらかなわないだろう。

「起きてしまった過ちに然るべき処罰を与えるのは重要なことだ。そうでなければ秩序がなくなってしまう。だから、カシミールを除名するのは仕方がないことだ。それだけのことをしたのだからな。普通の状態ではなかったといっても、失ったものはあまりに大きい。だが、そうさせてしまったのは、周りの人間にも責任があるだろう。年若い当主を誰も支えることができなかったのだから。その筆頭であるムルカリも、父親であり前当主という立場でありながらカシミールを止めることができなかった罪は重い。よって、カシミールと同じく一族から除名し、今後一切の管理所への発言権を剝奪。だが、これからは新たな生命の木のことでラヴィの手も借りたいほど忙しくなるだろう。ムルカリには、後進への指導のために相談役として働いてもらうのはどうかね？」

もはや会議室はヤゲン様の独壇場となった。会議室をぐるりと見渡して異論を唱える者がいないことを確認したヤゲン様は、『話が終わりならワシは帰らせてもらおうか』と席を立とうとした。

「あの、当主は、フィルクス様はどうなりますか。このまま当主の任に就いたままでいいのですか?」

「なんでもかんでも人に頼ろうとせずに、少しは自分らで考えろ!! まったく……。もし、ワシが次の当主の座を狙っていたとして、今フィルクスに成り代わるのは遠慮するだろうな。さっきも言ったが、これから世の中は大きく変わっていくだろう。その中には今まででは起こらなかった問題が発生するだろうし、生命の木の環境も整えねばならん。資金面や新たな制度を作るために毎日忙殺されて睡眠もろくにとれない生活を送るくらいならば、フィルクスに続投させて横から口を出す方がどんなに楽か。しかも、今回のことでフィルクスは我々に大きな借りができた。ワシならフィルクスに面倒事をすべて押しつけ馬車馬のように働かせ、諸々の問題が解決したところで改めて当主の座をいただくがな。細かなことはお前らが話し合って決めるがいい。ワシは少々疲れたから、もう下がらせてもらう」

ヤゲン様は今度こそ席を立つと、従者に支えられながら会議室を後にした。フィルクス様と目配せをしたギルバート様がヤゲン様の後を追って席を離れたため、会議は一時中断となった。

重苦しかった会議室の空気が一掃され、風向きは確実にフィルクス様にいい方向へ変わった。

ふと、小さな疑問が頭に浮かんだ。これだけの影響力があるヤゲン様が当主にならなかったのはなぜだろうか?

ヤゲン様ならば、ムルカリ様を抑えて当主となることなど簡単だっただろう。

当時どんなやりとりがあったかなど知る術もないが、もしかしたら、当主にならなかったのはヤゲン様の意思だったのかもしれない。

あえて対立の姿勢を取ることで、面倒な者達の纏め役をしていたのではないかと考えてしまうのは、私が人の言葉に影響されやすくチョロい性格をしているせいかもしれないけれど。

第10章　とんでもないプレゼント

大工さんは大忙しだ。管理所とフィルクス様のお屋敷の建設が同時進行で行われている上に、生命の木が大きくなりすぎて手狭になってしまったため、柵の増設が必要になったからだ。

当初の予定では、建物の建設が終わってから柵を広げる予定だった。だけど、大きく育ってしまったせいで、予定が狂ってしまった。

地方から職人さんをかき集めて、毎日『トンカントンカン』『オーライオーライ』『そこ、なにやってんだー!!』って凄く賑やかだ。

柵を増設するにあたって、僕はフィルクス様に一つお願いをした。生命の木は寂しがりやだから、みんなが遊びに来れるようにして欲しいって。前みたいに高い石垣で囲って一部の人しか出入りできないんじゃなくて、日中は門を開いて誰でも入れるようにできないかって。

実を盗まれないように取り決めは必要だと思うけど、フィルクス様ならなんとか考えてくれるんじゃないかって思ったんだ。

フィルクス様はすぐに検討してくれた。以前は畑があった辺りを公園にしてベンチを置いたらどうだろうとか、いろいろ案を出してくれたんだ。

それで、いろんな人が出入りするなら、今の家では防犯面に心配があるからって、僕の家を柵の外に新築することになった。もちろん、ブライアン達も一緒に引っ越しだ。

新居ができあがったら今暮らしている家は守衛さんの休憩所として使用する予定だ。

新しい家かぁ、嬉しいなってウキウキしてたら、新居の予定地のそばでも工事が始まった。二階建ての民家が建つって話は聞いていたんだ。『へー、近所になるのか。どんな人だろう?』って思っていたら、まさかの、ノルンとクゥジュの新居だったんだ。凄くビックリした!

一階を店舗にして二階を住宅にするんだって。

クゥジュとノルンの新居は昔馴染みのお客さんやら仕事仲間やらが入れ替わり立ち替わり手伝いに来て、管理所よりもフィルクス様のお屋敷よりも早くできあがった。

これもビックリしたんだけど、こっちの世界では民家は自分で建てるのが主流なんだって。よほど大きな屋敷じゃなければ雇う大工さんは一人か二人で、あとは身内や知人が手伝うんだそうな。

僕は親戚がいないし、クリシュさんも忙しいから職人さんにすべてお任せになるけどね。

クリシュさんは新居にこだわりがあるみたいで熱心に職人さんと打ち合わせをしていた。僕も希望はないかって聞かれて、台所を使いやすくして欲しいってお願いしておいた。

「ノルン、クゥジュ、完成おめでとー!!　これはお祝いだよ」

僕は今日、料理やら野菜やら卵やらククリやらを持ってノルン達の新居にお祝いに来た。

「こんなにたくさん、ありがとうございます」

「俺とノルンの新居にようこそ。ゆっくりしていってくれよ」

新築の家は木の匂いに包まれていた。自分達で建てたから少し歪んでいる場所もあるけど、凄く上手にできている。床がピカピカなのはノルンが磨(みが)いたからで、室内の壁やら手摺りやらはクゥジュが念入りにヤスリをかけたそうだ。

「私は適当でいいですよって言ったんですけどね。住んでいるうちに馴染んでくるでしょうからって」

「ダメに決まってんだろ。ささくれた壁や手摺りのトゲがノルンに刺さったらどうすんだよ」

ノルン、幸せそうだなー。頬がピンク色だ。

「ノルン、愛されてるねー」

「もう、からかわないでください！」

ノルンの腕を肘で突きながらからかうと、真っ赤な顔で背中をバチンって叩かれて、前のめりになった。あの、ちょっと手加減してくれたら嬉しいな……。

「それにしてもさ、思いきったよね。店ごと移転するなんて」

「ノルンの職場がこっちになるからな。宿舎に住むと距離が離れてしまうし、いい機会だから住居兼新店舗を建てることにしたんだ。幸いなことに今の店は立地がいいから担保に金を借りることができたし。今はまだ管理所とフィルクス様のお屋敷もできあがっていないけど、完成したらこの辺りは栄えるぞ。生命の実が収穫できるようになったら人が集まるだろうし、宿屋や土産物屋も増えるだろう。絶対地価も上がるから、店を建てるなら今がチャンスだなって。今も土地の値段が上がってて、借りた金でギリギリ買えたんだ」

クゥジュはいろいろ考えてて凄いな。僕はそういう経営戦略っていうのかな？　全然わからないから尊敬する。

「こっちの店がオープンしたら、街の方のお店はどうするんだ？」

「ああ、あっちは新店舗がオープンしたら貸し出す予定なんだ。家賃収入があれば返済も少しは楽になるだろうし。クレープの屋台が大繁盛で、飲み物とセットにして店内で食べられるようにしたいって相談されたから、じゃあうちの店使えよってことになってな」

おおっ、もう店舗を持てるまで資金を貯めたんだ。みんな頑張ってるな。

「式典のときも凄い行列だったもんな」

「作り方を教えて欲しいって人が押しかけてきて大変だって言っていましたよ。そうだ、忘れるところでした。そのことでシノブに許可をもらいたいって頼まれていたんでした」

「許可なんて必要ないよ？」

クレープは向こうの世界にあった食べ物で、僕が考案したわけじゃないし。

「そうですか？　でも、教えるにしても人選は必要だと思いますよ。下手なものを作られてこちらの店の評判まで落ちては大変ですから」

「あー、そっか。じゃあさ、研修を受けて合格したら暖簾（のれん）分けするってのはどうだ？」

「ノレンワケってなんだ？」

おっと、暖簾自体がないんだった。

「作り方を教えて上手にできるようになったら出店していいですよって認定するんだ。証明書を発行して店頭に飾ってある店だけが本物のクレープですって」

「なるほど、それはいい考えですね」

「へー、本当にシノブはいろんなこと知ってるよな」

誉められて嬉しいけど、やっぱりこれも僕が考案したわけじゃないからなんだか申し訳なくなるな。

食事をしながら久しぶりにゆっくり話をしていたんだけど、ノルン達の熱々ぶりは凄い。クゥジュなんてずっと目尻が下がりっぱなしだ。

「あ、そうか。おめでとうは新居だけじゃなかったな。結婚おめでとー!!」

まだ報告されたわけじゃないけど、一緒に暮らすってことはそういうことだよな。新婚だもん、デレデレになるはずだよ。

「実は、まだノルンの両親には認めてもらってないんだ」

「そうなんです!!　今回ばかりは私、頭にきまして。既成事実を作って強行突破させていただくことにしました」

「ええ!?」

ノルンが珍しく熱くなってる。鼻息荒くガッツポーズを決めてるけど、一体なにがあったんだ。横にいるクゥジュはちょっと困った顔をしていた。

「上手くいっていたんです。何度も話し合って、クゥジュはそのたびに『幸せにします』って頭を下げてくれて。はじめに折れたのは父さんで、次に姉さんも味方についてくれて。母さんもだんだんと態度が軟化していて、これなら近いうちに承諾がもらえると思っていたのに。生命の木が急激に成長したのを知って欲が出たのか、やっぱり同性同士の結婚は許せないって母が言い始めたんです。孫を見たいって期待に応(こた)えられないのは申し訳なく思いますが、それじゃあ私達の気持ちはどうでもいいのかと腹が立ってきまして。言い合いになって今では冷戦状態です」

ああ、そうか。そういう問題も起きてくるのか。生命の木が復活したのは嬉しいことだけど、ノルンとクゥジュみたいに同性同士の結婚を反対されている人達にとっては逆風になってしまうのか。

「ノルンの親父さんがさ、わざわざ俺を訪ねてきて謝ってくれたんだ。そのときに、少し距離を置いたら冷静になれるんじゃないかって、二人で暮らすことを提案してくれた。お袋さんは意地になってるだけだから、俺達が幸せに暮らしているのを見ればいつかは納得するだろうって」

「そうなんだ……難しいな」

お母さんだって意地悪で反対しているわけじゃないだろうし。きっと、結婚してお姉さんとノルンが生まれて凄く幸せだったから、ノルンにも子供を持つ幸せを感じて欲しいって思ってるんだろうけど。

でも、男女の夫婦でも子供を持たない家もあって、その人達が不幸せとは限らないし、僕の家みたいに子供と一緒に暮らしていても他人みたいに顔を合わせない家もあると思う。なにが幸せかは人によって違うんじゃないかな。

「認めてもらえるといいな」

「勿論(もちろん)、認めさせてみせます。クゥジュのような素敵な人は世界中のどこを探したってほかにはいないんですから。きっとそのうちに、『ノルンをもらってくれてありがとう』って頭を下げるときが来ますよ」

結婚を反対されている悲壮感は、ノルンからは感じられなかった。なんだか凄く闘志が湧いているようで、これなら大丈夫だなって思った。

一番心配なのは、反対されているうちに二人の仲が気まずくなって、疲れてしまうことだから。のろける余裕があるならきっと大丈夫だ。

「クゥジュも愛されてるねー」

「実は知っていた」

クゥジュもウィンクなんかして余裕の表情だ。

うーん、二人を見ていたら僕もクリシュさんに会いたくなってきた。

今日は早く帰ってきてくれるかな。


管理所と宿舎が完成して、ようやく落ち着いてきた。クゥジュの店も順調で、家賃収入が入るようになって余裕ができたからウェイトレスを雇うことになった。それがさ、なんとビックリ、働くことになったのはエリーゼさんだった。昼から閉店まで、毎日街から通っている。花嫁修業を始めたみたいで、仕事の合間に料理を教わっているんだって。

実はエリーゼさんのお母さんはあまり料理が得意じゃないらしくて、それは子供のエリーゼさんにもしっかり遺伝していたらしい。

前にクリシュさんに『私、こう見えて家庭的なんです』って言っていたのは、恋愛戦略としてのいい女アピールだったそうな。肉食系女子って凄い。

『好きになってくれれば料理下手なところも愛してくれるはず』という持論の下に今まではあまり気にしていなかったけど、ティボットさんとの真剣交際が始まるとだんだんと将来への危機感を覚えて、クゥジュに教えて欲しいって頼んだんだって。クゥジュは人手不足を解消できるし、エリーゼさんは料理の腕を上げることができるし、一石二鳥だ。

僕は時々お茶の時間になると店にお邪魔してるんだけど、今日は遊びに来たことを後悔し始めていた。

「やることやった後に、腕枕しながら『金貸してくれないか？』よ!? ねぇ、酷いと思わない!?」

なんで、僕はここに座ってるんだろう。ズズッとお茶を啜りながら、同じ席に座ってる女の子達を交互に見る。怒り心頭って感じでバンバン机を叩いているのはアマンダさんで、それを鼻で笑いながら話を聞いているのはエリーゼさんだ。

今日もお茶の時間に呼ばれて遊びに来たんだけど、そこではアマンダさんとエリーゼさんが一緒にご飯を食べてて、アマンダさんはなんだか怒ってた。そっと扉を閉めて来なかったことにしようとしたんだけど、エリーゼさんに見つかって笑顔で手招きされてしまったんだ。顔は笑顔だったけど、目が『座れ』って命令しているみたいで、僕は野良犬みたいにビクビクしながら大人しく座った。エリーゼさんってなんだか逆らえない雰囲気を持ってるんだよなぁ。

二人は今、恋の話に花を咲かせている真っ最中だ。ノルンと揉めた後、アマンダさんはしばらく店に来なかったけど、店が新しくなってからまた来るようになったらしい。

『だって、一番美味しいのはこの店なんだもの。意地を張って食べに行かないなんて、損じゃない』っていうのがアマンダさんの主張だ。今は恋人ができたから、クゥジュには興味がないみたいで、店に来ても特に絡んだりはしないらしい。

アマンダさんって、自分の気持ちに嘘がつけない人なんだな。そういうのも自由人って感じで、アマンダさんらしいなって思った。

「あんたがつき合うのってダメ男ばっかりね。マゾなの?」

ダメ男……。僕は思わずクゥジュをチラッと見てしまった。クゥジュも昔アマンダさんとつき合ってたんだよな。エリーゼさんの声が聞こえていたらしくて、クゥジュは苦い顔をしていた。

「違うわよ、失礼ね」

「だって、過去の恋人って派手で口が上手くて馴れ馴れしい男ばっかりじゃない」

「お洒落で話上手でフレンドリーって言ってよ」

言い方によってこうも印象が違うのか……。アマンダさんの今度の彼氏は俗にいうチャラ男ってやつなのか。

「しょうがないじゃない。素敵に見えたのよ。格好よくて、楽しくて、お金遣いは荒いなって思ったけど」

「で、コロッと落とされて、エッチさせた途端に金貸してって? 大体、アマンダはすぐに体を許しすぎなのよ。だからチョロいと思われて、相手がつけ上がるんだわ」

「だって、お堅いとかつまらない女とか思われてフラれるのは嫌だもの」

僕、本当にここにいてもいいの？　これって、男が入っちゃいけない女の子同士の秘密の相談話じゃないのかな!?

「チッ、嫌なことを思い出したわ……」

エリーゼさんは、眉間にガッツリと皺を寄せて舌打ちしながら呟いた。

「あのね、ヤらせてくれないから別れるなんて、ハッキリいってクズよ、クズ!!　そんなの、こっちから願い下げだっちゅうの。あー、腹立つわ。腐り落ちればいいのに」

「エリーゼさん、それって、ティボットさ……」

「ティボットとあんなのを一緒にしないでよ」

「ヒッ、すみません」

よかった、ティボットさんじゃなかった。また喧嘩したのかと思った。

「前につき合ってた奴よ。女を性欲処理の道具かなにかだと思ってるのよ。ヤダって言ったら、ヤラせてくれないなら別れるってさっさと別の女とつき合いだしたの。私はね、母さんが欲しくて欲しくて、年取ってからやっと生まれてきた子なの。だから、できる限り自分の体を大事にしないといけないのよ。簡単だと思わないで欲しいわ!!」

「うっそ、エリーゼって、もしかして処女なの!?」

「そうよ、当たり前でしょ？」

ねえー!!　僕、聞いたらダメなやつじゃない!?

「シノブ、貴方も他人事じゃないのよ。クリシュ様のことだからキチンと考えてくれていると思うけど、全部相手に任せっきりはダメよ。嫌なものは嫌、ダメなものはダメ、おかしいものはおかしいって主張しないと。無茶なことをされたら傷つくのは受け入れる方なんだから」

落ち着かなくてソワソワしていたら、エリーゼさんに指導されてしまった。

「う、受け入れるって……、僕は女の子じゃないんだから、関係ないよ」

両手と顔を左右に振りながら『変なこと言うなぁ』って思ってたら、エリーゼさんとアマンダさんが顔を見合わせた。

「ねえ、ちょっと聞くけどクリシュ様と暮らし始めてから結構経つわよね？」

「二人は恋人なのよね？」

「う、うん。クリシュさんとはおつき合いさせていただいてます」

両側からいっぺんに質問されて、とりあえずエリーゼさんの質問に答えてみた。改めて恋人宣言するのはちょっと恥ずかしいのと、クリシュさんの恋人は僕だぞって誇らしい気持ちとで、顔が火照る。答えながら、盛大に照れてしまった。

「『どこまでいってるの？』」

「そ、そんなこと言えないよ!!」

女の子相手にそんな赤裸々なことを言えるはずないじゃないか!! と言いつつ、頭の中では昨夜のクリシュさんとのアレコレを思い出して、顔から火が出るかと思うほど熱くなってしまった。

「その様子だとキス止まりってわけじゃなさそうね」

「この子って私達と同じくらいの年齢なのよね？ 見えないけど。このくらいの年の男なら、腰が砕けてもヤりたいお年頃だもの、ガツガツに決まってるじゃない」

アマンダさんの『見えないけど』の一言にグサリと刺されつつ、どうしてこうなったんだろう？ って困ってしまった。いつの間にか、アマンダさんの酷い彼氏の話から僕の恋愛事情に完全に話が移行してるんだけど、どうやって軌道修正したらいいんだ。

男同士でのエッチな話なら笑って聞いていられるけど、年頃の娘さん二人が相手じゃあ、もうどういう反応をしていいのかもわからない。

僕があまりにも情けない顔をしていたせいか、エリーゼさんは急に真顔になって咳払いをした。

「からかってるんじゃなくて真面目な話、男同士のやり方とか知ってるのかなって思って。大事なことよ。知識があるのとないのじゃ、いざというときの心構えが変わってくるし」

「そうよー、性交渉なんて綺麗なことばかりじゃないんだから、知識はしっかり持たないと。下手したら流血ものだし、トラウマになるわよ」

「り、流血？」

流血？ 血が出るのか？ なにをしたら、そんなことになるのさ!!

僕が知っているクリシュさんとのアレコレは、優しい手の感触ばかりで流血を想像させることなんて一つもないんだけど。

あれ、こっちの世界ではもとの世界とやり方が違ったりするんだろうか？ 流血するようなデンジャラスなやり方をするのか!?

「やっぱり知らないみたいね」

真っ赤な顔から一瞬で青ざめた僕は、答えを求めてクゥジュを見た。バチンッと合った視線が不自然に逸らされて、エリーゼさん達が言っていることが本当らしいって察して、ますます青くなった。

「クゥジュ……」

「あー、もーお前ら、あまり余計なこと言うな。クリシュ様にどやされるぞ。シノブが知らないのは当然だ。向こうじゃ同性同士ってのは珍しいらしいからな。今まで関わりがなかったから男女のやり方しか知らないんだろ。その辺はクリシュ様だって考えてくれてるさ」

見かねたクゥジュがバリバリ頭を掻きながら助け船を出してくれた。

「シノブだって男の子だもの、興味はあるわよね？それとも、全部クリシュ様に任せっきりのほうが楽？私なら知りたいわ。二人のことだもの」

「楽じゃない……」

僕とクリシュさんが生まれた世界が違うせいで常識にズレが起こるのは仕方がないことだと思う。でも、それをそのまま放置して、気がつかないうちにクリシュさんに我慢をさせていたとしたら、僕はそれを悲しいと思うだろう。

ずっと一緒にいたいなら、どちらか一方が我慢し続けるなんて、きっと辛くなる日が来る。その日が訪れたとき、僕は自分の無知を後悔して泣いてしまう気がするんだ。

常識が違うなら、擦り合わせてお互いが納得できる形を作ったらいい。どうやっても受け入れられないことがあっても、それを相手に強要するような人じゃないって信頼は今だって持っているつもりだ。

僕は、意を決してエリーゼさんに頭を下げた。

「先生、教えてください！」

「そう言うと思ったわ」

ウィンクしたエリーゼさんは、懇切丁寧に時には絵に描きながら教えてくれた。その内容は僕にとっては衝撃的で、何度もクゥジュに『本当に!?』って聞いてしまい、そのたびにクゥジュは気まずげに頷いた。

過激な内容に聞いているだけで疲れてしまって、机に突っ伏しながらコップについた水滴を指で伸ばした。

「なんでエリーゼさんは男同士のアレコレに詳しいんだよ？」

「こっちの世界では常識よ。年頃になったら女の子は母親から、男の子は父親から性教育を受けるの。将来、子供が好きになるのが同性か異性かなんてわからないじゃない？　中途半端な知識で怪我をしないようにってのもあるし、自分と違う性指向の相手に偏見を持たないようにって意味もあって、それなりに時間をかけて教わるの。あとは……、そうね、ご近所の奥様達の立ち話を聞いて自然と知識がついたり。昼間っから結構過激なお話が聞けて面白いわよ」

異世界の性教育って凄いな。僕にもし子供ができたとしても、説明してあげられる自信がまったくない。

「クリシュさんも、したいのかなぁ」

「そんなの、あったり前じゃないの!!　隙間さえあれば入れたいのが男じゃない」

「待て、アマンダ。極端な表現をするな」

「気づいたと思うけど、親の教え方によって奔放になるか堅実になるか違いが出るのよ。シノブはあまりアマンダの話は鵜呑みにしないようにね」

アマンダさん、凄い言われ方をしてるけど、大丈夫か……。チラリと見たアマンダさんは、『失礼ね!!』って頬を膨らませていたけど、それほど怒っていないみたいだった。

「シノブはどう見ても受ける方よね。あ、でも、どうかしら？　案外クリシュ様のほうが入れて欲しいって言うかもしれないし、大人になったらシノブのほうが体が大きくなるかもしれないから、立場が逆転することもあり得るのかしら？　両方を楽しんでるカップルもいるし、男は楽しみ方のバリエーションが多くていいわよね」

「うーっ、もうやめてよー」

急激に詰め込まれた未知の知識とアマンダさんの発言から想像してしまった映像に頭がパンクしそうになって、両耳を押さえて激しく顔を振った。それと、アマンダさん、僕はもう大人だ。

「……なんか、シノブを見ていると自分が汚れた大人みたいな気がしてくるわ」

「安心していいわよ、アマンダは間違いなく汚れた大人だから」

こうして、僕は大人の正しい知識を備えたのだった。

エリーゼさんが言うには、僕とクリシュさんのアレコレにはまだ先があって、そこに進むには練習が必要らしい。それは何回かに分ける必要があって、それを怠ると怪我をすることもあるらしい。

『本当に練習するの？』って疑問はクゥジュから答えをもらっているけど、『なんでそこまでするのか？』って質問の答えは納得できていないままだ。

『そんなの、気持ちいいからでしょ』ってアマンダさんは言っていたけど、受け入れる方が気持ちいいとはどうしても思えない。

とりあえず、それは横に置いておくとして、クリシュさんがどう考えているかはわからないけど、もし先に進むなら僕のほうが受け入れる側になるのかなって思ってる。なんとなくだけど。

アマンダさんは『隙間があれば入れたいのが男だ』って言っていたけど、僕は無理したら流血してしまうようなことをクリシュさんにしたいとは思えないっていうのが理由だ。

僕だって男だし、クリシュさんと恋人になる前は当然のように女の子とのアレコレを想像していたけど、無理してまで入れなくてもいいやって思うのは、経験がないせいかもしれない。正直、自分の手でするのとなんの違いがあるんだ？　って感じだ。でも、クリシュさんは絶対に経験があると思うし、そのときの気持ちよさを知っているだろうから、いつかは入れたいって思ってるのかもしれない。

……う～、このことを考えると、いつもモヤッと嫌な気持ちになる。

しょうがないんだってわかってはいるんだ。僕が知っているクリシュさんは数ヶ月分だけで、知らない時間のほうがずっと長いし。

だけど、僕とやったことがないことをクリシュさんとやった人が過去にいるのかと思うと、悔しいって思うんだよ。

我儘だよなぁ。そんなことを言っていたら、僕よりも長いつき合いの街の人達全員に嫉妬することになるじゃないか。

……って、少しの間モンモンとした気持ちを抱えていたんだけど、僕はなにに対しても立ち直りが早い方だし、クリシュさんは毎日僕を大事にしてくれているしで、そのうちにモンモンとした気持ちは小さくなって、忘れてしまった。

それと一緒に、『その先』についてのことも忘れかけていたんだ。なんせ、クリシュさんは僕の尻に興味がある素振りを見せたことがなかったし。

唐突に思い出したのは、新居への引っ越しが終わった頃だった。アマンダさんが家に来て、思いがけない物を引っ越し祝いにプレゼントしてくれたんだ。『頑張ってね～』の言葉と共に、ピンクのリボンがかかった包みを置いて、笑顔で帰ったアマンダさん。

そんなに重くなくて、振るとカタカタ、チャプチャプって音がするプレゼントを開けた僕は、中身を見た瞬間に固まった。

引っ越し祝いだから洗剤かな？　とか、ジュースかお酒かなと想像していた。向こうの世界では定番の贈り物だし、父さん宛にお中元として届いたこともあったから。

だけど、中身は太さの違う棒が数種類と、謎の液体が入った瓶だった。薬味とか胡麻(ごま)を擂(す)るときの棒かと思ったけど、そのわりにはすり鉢が入ってないし、棒の表面に光沢があってツルッとしてる。

液体のほうはヌルッとしてるのに油っぽくなくて、少しだけ甘い匂いがする。

「アマンダさんがプレゼントしてくれそうな物ってなんだろう？」

『頑張ってね～』って言っていたってことは、僕はこれを使ってなにかを頑張らないといけないんだよな？　左手に棒を持って考えたけど、アマンダさんと最後に話をしたのはクゥジュの店だったよなって思い出した途端、持っていた棒を落っことした。

これって、アレじゃないか？　『その先に』進む前には慣らしが必要だって言ってたアレだよ、きっと。男同士の性交渉には尻の穴を使うけど、女の人みたいには勝手に濡れないし、いきなり入れたら怪我をするから、その前に専用の器具を使って慣らすんだって言っていた、その『専用器具』ではないだろうか？

「ヒィーッ、なんて物をくれるんだよ!!」

使い方は、エリーゼさんに教わったから知っている。わざわざ尻の絵を描いてまで、丁寧に教えてくれた。親切心ってよりは、僕の反応を楽しんでいた感じもあったけど、でも、凄くわかりやすく教えてくれた。

もし……、もし、クリシュさんがしたいって言ったら、僕はどうするだろう。断るのか受け入れるのか、それを選ぶにも判断材料が全然足りない。

「試したほうがいいのか？」

目の前にある棒の中の一番細くて短いのは、ボールペンくらいの太さをしていて、これくらいなら簡単に入ってしまいそうだ。

「……うん、何事も経験だ」

僕は気合いを入れて、一番細い棒と瓶を持って立ち上がった。

新居ができて、今までの家にはない物ができた。それは、水浴び場だった。クリシュさんが大工さんと熱心に相談しているから防犯面で気になることがあるのかと思ったら、水浴び場のことを話していたんだって。

前にもとの世界にはお風呂があって、温かいお湯に浸かって一日の疲れを取っていたんだって話したことがあったんだ。そのときに、こっちの世界にも温泉があるけど、怪我人や病人が療養のために入ることがほとんどで、お風呂って物はないんだって聞いた。

その代わりに街の一般家庭では専用の水浴び場があるんだけど、僕の家は周りに民家がないから外で水浴びしても人目が気にならないので作らなかったんじゃないかって話だった。

確かに今までは特に気にしてなかったんだけど、管理所や宿舎ができてからは人の出入りが多くなって、ちょっと恥ずかしいなって気持ちがあったんだよ。でもまあ、僕は男だし、パンツ一丁の姿を見られたところで騒ぐようなことじゃないしって思っていた。

そうしたら、なんと、クリシュさんは大工さんに相談して浴槽用の樽を備えた水浴び場を作ってくれたんだ。

個室だから人目を気にせずにゆっくり体を洗えるし、樽に朝水を溜めておけば池の水みたいに冷たいってこともなくて快適だ。樽は大きめだから、お湯を沸かして運べばお風呂みたいに浸かることもできる。ただ、準備が大変だから滅多にお湯は使わないけど。ちゃんと脱衣所と水浴び場で分かれているから着替えの服が濡れるってこともないし、僕はできあがった水浴び場を見て凄く喜んだ。

その水浴び場で僕は、細い棒と瓶を持って仁王立ちしている。体はもう洗い終わって、特に尻は念入りに洗った。

「えっと、まずは、液体を尻に塗るんだよな」

ヌルヌルの液体を手に取って尻に塗ったけど、なんとも言えない感触が気持ち悪い。

「うへ～」

なんだかスースーする。どれだけ塗ればいいのかわからないけど、初めてだし少し多めにしたら、太股を伝って液体が垂れて変な声が出た。

「次は、棒にも液体を塗って、少しずつ入れていくんだよな」

細くなってる方を尻に当てて力を入れると、結構簡単に先っぽが入ってビックリした。

持ち手の方に向かってだんだんと太くなっていく棒をちょっとずつ入れていくと、半分くらい入ったところで違和感が強くなった。痛くはないんだけど、熱い感じ？

「う～、これ、どこまで入れるんだ？」

取れなくなったら怖いから、半分を少し過ぎたところで手を止めた。違和感はあるけど、案外平気っぽい。

「えっと、この後はどうしたらいいんだ？」

慣れたら徐々に太いのに替えていくらしいけど、もう次の棒に移ってもいいのかな？　でも、持ってきてないや。こんなに簡単に入るとは思わなかったし。

「今日はこれくらいにしておこうかな」

はじめからあまり頑張らなくてもいいよなって、棒を引っ張り出した。

「うわ～、出す方が違和感が強いな」

違和感に耐えながら棒を引き抜いた僕は、これでもかというほど棒を熱心に洗って、ヌルヌルした尻も何度も洗った。

「思ったより大したことなかったかも」

なんか、まだ尻になにか挟まってる感じはするけど、痛くはないし。これなら平気かもしれない。エリーゼさんには散々脅されたけど、あれって無理して怪我をしないようにって大袈裟に言っていたんじゃないかな。試してみた結果、なにがなんでも嫌だって感じではなかった。ただ、自分から率先してやりたいかと言われると、やらなくていいんじゃない？　って感じだ。

「とりあえず、どんな感じかわかったからもういいや。どっかにしまっておこうっと」

僕は、たった一回のお試しでわかった気になって、アマンダさんからのプレゼントを戸棚の奥に隠した。だって、クリシュさんに見つかって『試したのか？』って聞かれたら恥ずかしいし。結果に満足して、その器具のことは僕の記憶からすっぽり抜け落ちてしまったんだ。

みなさんに、いいお知らせがあります！

このたび、僕の植物系チート能力が復活いたしました!!　復活したというか、チート能力はなくなっていなかったんだ。生命の木に多く吸収されて、畑まで行き渡らなかったようだ。

引っ越して生命の木と少し距離が離れたから、チート能力が畑にも行き渡るようになったんだ。

それで、今日も朝から収穫と植えつけに追われていたんだけど、最近家には謎なお客さんが来るようになった。

なにをしに来ているのか、いまいちはっきりしない。うちの野菜が食べたいわけでもないみたいだし、生命の木のことで話があるわけでもないようだ。挨拶をして、自慢話をして、これからもよろしくって帰っていく。仕事の関係で今後会うことが増えるからご挨拶ってことかと思いきや、大概一回きりでその後は特に会うこともない。

お客さんは必ず二～三人で来る。そのうちの一人はおじさんで、その人の娘さんとか姪っ子とか、遠い親戚だとかの女の子を連れているんだ。

みんなお金持ちっぽい格好をしているから、凄く気を遣う。もしかしたら、クリシュさんの親戚とか、上司に当たる人なのかな？　って思ったら、失礼な態度を取るわけにいかないし。『お前の恋人はまともな挨拶もできないのか!?』って後でクリシュさんが怒られたら大変だって緊張する。

ああ、今日も来た。うー、緊張するなぁ。

「こちらは異世界から来たシノブ殿のお宅でよろしいですかな？」

「はい、その通りです」

このやりとりも結構な回数をこなしているから、はじめの頃に比べたら随分と冷静に受け答えできるようになった。

「いやいや、見事な畑ですな。さすがは『植物系チート』を持つシノブ殿の畑だ」

「あ、ありがとうございます」

見事な畑って言われるほどの広さじゃないんだけどな。僕一人で管理してるから、前の家と同じくらいの広さだし。でも、誉められるのは嬉しい。

「ご挨拶が遅れました。私、マンドラグラと申します。こちらは娘のユーミンです。ほら、ご挨拶しなさい」

「……はじめまして、ユーミンと申します」

「ご、ご丁寧にありがとうございます」

お父さんのマンドラグラさんは笑顔なのに、娘さんの方は『不本意です』って感じで嫌々挨拶してる感じだ。

みんなこうなんだよ。うちには娘さんが喜ぶようなものはないし、綺麗な靴が泥で汚れるのが嫌みたいでつま先立ちでモゾモゾしてるから、可哀想になる。

早く帰りたそうにお父さんの袖を引っ張って、お父さんはさりげなくその手を払ってって攻防が繰り広げられているんだけど、僕の方から話を切り上げるべきか？ それだと失礼になるかな？

「うちの娘も年頃ですし、良縁に恵まれたらと思っておるのですよ。親の欲目かもしれませんが、なかなかの器量よしですから。どうですか、シノブ殿、うちの娘は？」

「大変お綺麗だと思います、はい」

「そうですか、それはよかった。なぁ、ユーミン？」

「…………」

そっぽを向いている娘さんにおかまいなしにマンドラグラさんの娘自慢は続く。僕は相づちを打ちながら、行儀よく見えるように直立不動だ。

ただ、僕が立っている場所には日陰がなくて、直射日光がジリジリと頭頂部を焦がしている。マンドラグラさんと娘さんが立っている場所はちょうど日陰で、三人の中で僕だけが汗をダラダラ掻いている状態だ。

だんだんと暑さのせいか頭がボーッとしてきて、足の裏に血が集まってジンジンしてきた頃、ようやくマンドラグラさんの話が締めに入った。

「またお会いすることがあるかと思いますが、娘をよろしくお願いいたします」

「…………」

「はい、ありがとうございました」

もうなにがありがとうなのかもわからないまま、とりあえず頭を深々と下げておいた。マンドラグラさんは『娘をよろしく』って言っていたけど、娘さんは最後まで嫌そうだった。

うん、まぁ、でも。昼になる前に話が終わってよかった。職場が近くなったから、クリシュさんは昼ご飯を食べに帰ってくるようになった。もうそろそろご飯の準備をしないとって思ってたんだ。

マンドラグラさん達が帰った後、汗を掻いた頭に冷たい水をかけて冷やしながら今日の昼ご飯はなににしようかな？　って考えた。冷たいジャガイモのスープはどうだろう。それに生姜焼きとキャベツの千切りとデザートにオレンジ。

ウキウキしながらバターで炒めたジャガイモと玉葱を裏ごしして、朝搾(しぼ)ったばかりのミルクを加えて、塩コショウで味つけしてっと。あとは池の水で冷やせば完成だ。

クリシュさん、もうそろそろ帰ってくるかな。肉は熱々を食べてもらいたいから帰ってきてから焼こう。家とクリシュさんの職場が近くなって得したことがたくさんあるけど、昼にも会えるようになったのが一番嬉しい。

「ただいま」

「クリシュさん、お帰りなさい!!　すぐにご飯できるから座って待ってて」

抱きついて、ほっぺにチュッの挨拶にも慣れたもんだ。昼に帰るようになってから一日二回もしてるんだから、もうプロ並みだ。

「顔が赤くないか？」

僕の前髪をかき上げたクリシュさんが真上から顔を覗(のぞ)き込んできた。

「そう？　日に焼けたのかな」

結構暑かったからな。

「あまり頑張りすぎるなよ」

「うん、大丈夫」

今日の日焼けは畑仕事のせいじゃなくて、日向で直立不動だったせいだから。それより、ご飯だ。早く食べないと昼休みがなくなってしまう。

午後からは生命の木に会いに行った。午前中は畑仕事をして、午後からは生命の木に会いに行くのが僕の日課になっている。

「シノブ殿、今日変な客が来てませんでした？」

「変な客？」

「そうです。変な親子連れ。立ち話してるのが見えたんすけど」

塀の周りを警備で巡回していたティボットさんにばったり会って軽く立ち話をしている中で、今日来た親子連れについて聞かれた。

変な客かぁ。僕に挨拶に来るってこと自体が変と言えば変だけど、マンドラグラさん自身は娘自慢をしに来た普通のおじさんって感じだったから、変って言っては失礼になるかな？

「最近、親子連れのお客さんが来て、娘自慢をして帰るんだ。『うちの娘も年頃になって』とか、『自慢の娘なんです』って感じの世間話をして。最後にみんな『よろしくお願いします』って帰るんだけど、なにを『よろしく』したらいいのかわからないんだよな。ティボットさん、どう思う？」

腕組みをして『うーん』って唸ったティボットさんは、閃いた!!　って感じにポンッと手を叩いた。

「それ、もしかして年頃の娘に結婚相手を紹介して欲しいとか、そんな感じじゃないっすか？　シノブ殿の恋人と言えば騎士隊長のクリシュさんですし。将来有望な独身騎士を狙ってるんすよ」

「あ、なるほど!!」

そうかー、そういうことか。僕はお見合いおばさん的な立場を要求されていたのか。

「あー、でも、それを装ってクリシュさんとお近づきになるのが目的とか。クリシュさんモテますからね」

「そ、それは困る!!」

まさかの敵情視察か!?　話をしながら『これが相手なら、うちの娘は楽勝だな』とか思ってたりして。どうしよう!?

娘自慢も『お前は娘には敵わないんだから身を引け』ってアピールだったのか？　僕、みんなに素敵なお嬢さんですねって返事をしたけど、これって敗北宣言みたいに聞こえる？

「まぁ、それは大丈夫っすよ。クリシュさん、シノブ殿一筋ですし。初対面のエリーゼさんからのアプローチを『間に合ってる』の一言で断るくらいっすからね。俺ならエリーゼさんみたいな美人の誘いだったら小躍りして喜びますけど、さすがクリシュさんは硬派っす。だから、その辺の娘っ子のことなんて歯牙にもかけないっすよ」

「そ、そうかな？」

さりげなくエリーゼさん自慢を織り交ぜながらのティボットさんの発言にちょっとホッとしつつ、『シノブ殿一筋』って言葉にドキドキした。

「あとは、シノブ殿とお近づきになって、娘が結婚したあかつきには生命の実を優先的にもらおうとしてるとか？」

「それはないんじゃない？　僕にはそんな権限ないし」

「いやいや、切羽詰まった人間はあらゆる手段を尽くそうとするものっすよ。どんな小さな可能性でもいいって実を渇望している人は多いっすから。子供が生まれなくなって十年っすよ。当時適齢期だった人達の中には子供を諦めないとならない年齢になっている人もいますから、誰よりも早く一個でも多く実を手に入れたいって思うのも仕方ないっす。生命の木は急成長しましたけど、まだ一度も実をつけてないっすからね。収穫できる量も未知数ですし、跡取りを必要としている金持ち連中は根回しに躍起になってるって話ですよ。実際、管理所に勤めてるってだけで血の繋がりがあるのかわからないような、一度も会ったことがない遠い親戚から実を融通してくれないかって頼まれた奴も出てるらしいっすから」

確かに、生命の木はまだ一度も実をつけていない。あの日花弁のスクリーンができるほどに咲いた生命の花は、結局実をつけなかったから。

多分、まだ早いんだと思う。僕の力を吸い上げて無理矢理花を咲かせたけど、実をつけるまでの力はまだなかったんだ。

現在は青々とした葉を茂らせているけれど、蕾をつける気配はまだない。それなのに、今から実がなったときの根回しを始めてるなんて、実際に収穫する時季がきたらどんな騒ぎになるだろうか？

「とりあえず、俺からギルバート様に報告しておきますよ。今は挨拶で済んでるかもしれないけど、実をつけ始めたらよからぬことを考えて強硬手段に出る奴も現れるかもしれないっすから」

「よからぬことって？」

「例えば、『植物系チート』のご利益があるとかって シノブ殿の髪の毛を欲しがったり、弱味を握って生命の実を手に入れようとしたり？」

ゾワッと鳥肌が立った。髪の毛とか、弱味とか、怖い!!

「シノブ殿もクリシュさんに相談したほうがいいっすよ。なにかあったときに状況を知っているのといないのとでは対応が変わってきますから」

「うん、そうする……」

今日ティボットさんと話ができてよかった。僕一人だったら、そんなこと考えもしなかったよ。

報告連絡相談は大事だよな。今日クリシュさんが帰ってきたら話してみよう。

クリシュさんが帰ってきて、一緒にご飯を食べて後片づけをして、食後のお酒を用意しながらソワソワとクリシュさんを窺った。

ティボットさんに娘さん達の狙いがクリシュさんかもしれないって言われて、今日一日気が気じゃなかった。弱味とかも怖いって思ったけど、クリシュさん狙いが一番嫌だ。もしクリシュさんに話して『その話なら以前から打診があった』とか言われたら、ショックでぶっ倒れるかもしれない。

「あの、クリシュさんにお話があります」

「どうした？」

向かいの椅子の上に正座すると、寛いでいたクリシュさんはスッと背を伸ばして聞く態勢を取ってくれた。

ゴクリと喉を鳴らした僕の第一声は、変に力が入りすぎて、ひっくり返ってしまった。

「マンドラグラさんって知ってる？」

「ああ、知っているが、彼がどうしたんだ」

や、やっぱり知ってるんだ。ううっ、聞くの緊張する。喉も渇くし。

「あの、クリシュさんとマンドラグラさんはどういう関係？」

「関係というほどの関わりはないぞ。すれ違うことがあれば黙礼する程度だ」

ってことは、クリシュさんの仕事関係の上司って可能性は消えたのか。ティボットさんが変な親子連れっていうくらいだから、違うかなとは思ってたけど。でも、まだ安心できないぞ。ここからが本題だ。

「じゃあ、娘さんのことは知ってる？　ユ……、ユ……」

あれ、なんて名前だっけ。ユリアさん。違うか、ユーリさんだったか？

「ユーミン殿か？」

「あ、そうそう、ユーミンさん。紹介されたこととか、話したことは？」

「顔を見たことはあるが。たしか今年で十七になるんだったか」

あ、僕より年下だったのか。こっちの世界の人ってイマイチ年齢がわからないんだよなぁ。年頃とか良縁とか言うから、もう少し上かと思った。

マンドラグラさんから娘さんを紹介されていないなら、クリシュさん狙いって可能性も消えたのか？　いや、まだわからないか。外堀からジワジワ埋める気かもしれないし。ユーミンさん、ツンツンしてたけど、可愛い人だったよな。僕と比べたら女の子はみんな可愛いんだけどさ。

「一体どうしたんだ」

ぐぬぬ～って考えてたら、クリシュさんに『おいで』って膝に招かれた。

きちんと今日あったことを報告しないといけないんだけど、クリシュさんの膝の誘惑には勝てなくて。僕はいそいそとクリシュさんの膝に座った。

クリシュさんの両手が髪を撫でて、その手が頬から首を通って肩、腕と下がっていって、両手に辿り着いた。僕が期待に目を輝かせると、大きな手が僕の両手を持ち上げて、親指で掌の中央辺りのマッサージを始めた。

それはもう絶妙な力加減で、うっとりするくらいに気持ちいい。僕はクリシュさんのマッサージが大好きだ。

時々こうやってマッサージしてくれるんだけど、どうして僕にとっての気持ちがいい力加減がわかるのかなって不思議になる。今日は疲れたなって思っているときと、リラックスしたいときの力加減が違うんだよ。疲れているときは、痛気持ちいいくらいの強い力で押してくれて、リラックスしたいときはフニャッて力が抜けてしまうくらいに心地いいあんばいで撫でてくれるんだ。今日は、『フニャッ』の日だ。

クリシュさんにちゃんと報告しないと。ついでに、クリシュさんが狙われてないか確認もしないとって力が入っていた肩がストンと落ちた。今日一日の心配事が綿菓子みたいにしゅわしゅわ溶けていくようで、リラックスした体をクリシュさんに預けた。

掌のマッサージが終わったら、次は背中に腕を回して背骨に沿って親指と人差し指でグッグッと押してくれた。僕はクリシュさんの肩に顎を乗せて目を細める。

本当はさ、クリシュさんのほうが疲れてるんだから、僕がマッサージしなきゃいけないんだけど、クリシュさんのツボは硬い筋肉に守られていて、僕の親指では効き目がなかったんだ。クリシュさんは全然気持ちよくなくて、僕の親指が赤くなっただけで終わってしまったんだ。『どう?』って聞いたら『なにが?』って顔をされてしまった。そもそも、クリシュさんは肩凝りとかあまり感じないらしい。それってやっぱり、偉大な筋肉のおかげなんだろうか？

「それで、マンドラグラ殿がどうかしたのか？」

「あ、そうそう。今日の午前中にね……」

僕は油断すると力が抜けてしまう体を叱咤しながら、今日のことをクリシュさんに相談した。

ティボットさんに弱味とか言われたときは怖くなったけど、こうしてクリシュさんに話してみると、大したことじゃないかもって思えてくる。これもクリシュさんの癒しの効果なのかな。

「ってわけで、お見合いおばさんの役目かクリシュさん狙いか生命の実を狙っているかのどれかだと思うんだけど、クリシュさんはどう思う？」

「……マンドラグラ殿以前にも似たような親子連れが訪ねてきたのだったな？　彼等の名前は覚えているか？」

「あー、実は、忘れちゃって……」

僕の記憶力ってさー、本当に役に立たなくて困る。名前を聞いたときにメモしておけばよかったな。一生懸命思い出そうとしたんだけど駄目だった。娘さん達はそれぞれ着飾っていて可愛かったってことはわかるんだけど、もう顔も朧気なんだ。綺麗な服を着ていたから、お金持ちなんだろうなとか、そのくらいは覚えてるんだけど。

「そうか。だが、その辺りは調べればすぐにわかるだろう。ノルンやティボットにも気をつけるように頼んでおくし、ほかの騎士にも不審な親子連れを見たら声をかけるように言っておく。だが、シノブも気をつけてくれ。なにか頼まれてもすぐには頷かず俺に相談して欲しい。対応に困るようなら俺を通して話をするように言ってくれ」

「えっ、やだ!!」

僕はペタリと肩にくっつけていた顔をガバッと上げて首を振った。

「だって、もしかしたらクリシュさんのお嫁さんの座を狙ってるかもしれないのに、それなのに、クリシュさんに話しに行かせたらチャンスになるじゃないか」

僕の頭には、クゥジュの店でエリーゼさんと会ったときの映像がモヤモヤと浮かんでいた。エリーゼさんはキラキラ目を輝かせてウットリしながらクリシュさんを見てた。あのときはすぐに断ってくれたけど、今回は保護者同伴だし、もしかしたらクリシュさんが断りづらい相手かもしれないし。『一度でいいからデートしてください』とか、『お友達から始めたい』とか言われて、押しきられてしまったりしたら悲しい。

「心配しなくていい」

「するよ！　だって、クリシュさんはこんなに格好いし優しいしモテるしマッサージも上手だし、料理だって得意だし、それに働き盛りの騎士隊長さんだし」

クリシュさんの素敵なところなんて、いくらでも上げられる。それくらい魅力的な人が僕の恋人になってくれたのに、わざわざ敵に塩を送るようなことしたくない。

「シノブ」

あれやこれやとクリシュさんの素敵なところを上げていたら、ギュウッと抱き締められて、顔の至るところに唇を押しつけられた。

「俺にはシノブだけだ」

「クリシュさん……………」

クリシュさんは時々こんな風に目を細めて僕を見るんだけど、その表情が甘くて、言葉じゃなく『好きだよ』って言われているみたいで、胸がキュウッとする。

言ってもいいかな？　今の雰囲気なら、重いとかウザイとか思われずに済むかもしれない。


僕の心の中に時々浮かぶあのセリフ。たった一言なんだけど、信用してないみたいに感じ取られるのが嫌で、まだ一度も言えていない。毎日クリシュさんに大切にされているのに、さらに気持ちの確認ってどうかと思うけど、僕はクリシュさんが大好きだから誰にも取られたくないんだって伝えたい。

アマンダさんはこれを言って彼氏と大喧嘩になったことがあるそうだけど。エリーゼさん曰く、『言い方の問題』らしい。可愛い嫉妬は許されるけど、マジギレの嫉妬はうっとうしがられて当然だそうだ。

「あの、クリシュさん」

エリーゼさんが言うところの『可愛い嫉妬』がどの程度かはわからないけど、今の雰囲気なら軽く受け取ってくれるんじゃないか。

「どうした？」

僕は、内緒話をするみたいに口に手を当てて、クリシュさんの耳に近づけた。

「あのね、僕だ………」

ガッチャン。

「「あっ」」

僕が膝立ちになったせいで踵がぶつかって、テーブルが勢いよく傾いてしまい、クリシュさんが飲んでいたお酒のコップが倒れて、テーブルから転がり落ちて割れてしまった。

「うわ、大変だ。布巾、布巾!!」

「待てシノブ、破片が飛び散っているかもしれない。ここで待っていてくれ」

クリシュさんは膝の上にいた僕を椅子に座らせて、布巾を取りに行ってしまった。

さっきまでの甘い雰囲気が消え失せて頭が冷えると、途端に恥ずかしくなった僕は椅子に座ったまま両手で顔を隠してプルプルと震えてしまった。

やっぱり、言わなくてよかったかも……!! だって、恥ずかしいよ、恥ずかしいよね!?

『僕だけ見てて、よそ見しないで』なんて、今考えたら凄く乙女っぽい気がする。

先日の女子会に紛れてしまったことで考え方が乙女になっていたのかもしれない。これは可愛い女の子が言うからいいのであって、僕が言ったところで気持ち悪いだけだ。

ピシリと凍った空気やクリシュさんの苦笑いを思い浮かべてしまって、恥ずかしさにゴロゴロ転げ回りたいくらいだ。

コップを割ることになったけど、今となってはテーブルを蹴飛ばしてしまった踵に感謝だ。

「シノブ、さっきはなにを言いかけたんだ?」

テキパキ片づけを終わらせたクリシュさんに不思議そうに見下ろされた僕は、意味もなく手をブンブン振り回した。

「あー、えっと、僕達の引っ越し祝いにいろいろといただき物をしたんだけど、お返しはなにがいいかと思って。寝室のクローゼットにまとめて置いてあるから、クリシュさんにも見てもらいたいって言おうとしたんだ」

「ああ、そうか。では、確認しようか」

クリシュさんは、僕を抱き上げると軽快な足取りで二階に連れて行ってくれた。

よかった、誤魔化せたと内心で身悶えつつ、クリシュさんの首に手を回したのだった。

引っ越し祝いは、本当にたくさんの人からいただいた。フィルクス様からは肌触りのいいシーツ。表面に光沢があって、ツルサラな手触りで、しかも少しヒンヤリしていて、夜も涼しく寝られそう。これはお客様が泊まるときに使おうかと思ってる。新居には客間を作ったから、クリシュさんのご両親が遊びに来たときに使ってもらいたいな。

　ノルンとクゥジュからは、食器のセットを。ポチに似た犬の絵が描かれていて可愛い。毎年引っ越し記念日とか、クリシュさんの誕生日とか、特別なときに使うんだ。

　ゲネットさんからは、エプロンをもらった。こっちの世界では布は高いから奮発してくれたんだろうけど、なぜかピンクでフリフリがついている。凄くいい笑顔で『頑張れよ』って親指を立てられたんだけど、僕が使うには可愛らしすぎると思うんだけどな。

　ノット達からは、僕が大好きなお茶をいただいた。お母さんはお茶のレシピを数種類持っているみたいで、ほうじ茶に似たお茶もあって嬉しい。

　パン屋のおじさんからは、調理器具をいただいたんだけど、その中にクッキーを作るときに使う型が入っていて、花やら動物やらたくさん種類があったんだ。いただいたときに少し話をしたんだけど、クゥジュがこっちに店を移転してから、おじさんも引っ越しを考えているんだって。なんと、娘さんが結婚するらしくて、相手は大早食い祭りのときに出会った執行部のお兄さん。今の店は二人に譲るんだって。娘さんはお菓子を作るのが得意だから、菓子屋さんを開く予定らしい。

　新店舗はクゥジュの店の隣を狙っているけど、ほかにも店を出したいって人がいるから、今度入札ってものをするらしい。パン屋さんが近くに来てくれたらクゥジュも仕入れが楽になるから期待しているんだって。

　エリーゼさんからは香りがいい石鹸をもらった。包装も凄く凝っていて、女の子らしい可愛い贈り物だった。

　そのほかにも守衛さんやクゥジュの店の常連さんや一緒にクレープを作ったシェフのみなさんからもいろいろといただいた。

　その一つ一つをクリシュさんに説明しながら寝室の床の上に大切に並べていく。僕はこっちの世界に来てから本当にたくさんの人のお世話になっていて、贈り物の数だけ出会いがあったんだなと思うと、とても不思議な気持ちになる。

「これで全部かな。お返しはどうしようか？」

「通常なら家に招待して酒や食事を振る舞ったり、遠方の方からのいただき物なら俺達に関わりの深い物を贈ったりするな」

「そうなんだ。じゃあさ、前にノルンやゲネットさん達とやったみたいに、招待して外で食事をするのはどうかな？　料理をいっぱい作って、焼肉したり、フルーツ狩りしたり」

話しているうちにだんだんと楽しくなって、気がついたら普段の就寝時間を過ぎていた。

明日もクリシュさんは仕事だから、大急ぎでクローゼットに贈り物をしまっているときだった。

「あれ、なんか引っかかってる」

棚の奥になにかが引っかかっていて、ノルン達からもらった食器が収まらなかったんだ。中途半端に置いて落ちてきたら危ないから、腕を伸ばしてゴソゴソ探っていたら、引っかかっていた物が落ちてきた。

「うわっ、痛いっ!!」

袋に入っていたそれは、バラけて僕の頭の上に落ちてきて、スコンッて軽い音を立てた。軽かったからそんなに痛くなかったけど、ぶつかったところを擦りながらなにが落ちてきたんだろう？　って振り向くと、細い棒のような物が床に散らばっていた。

僕は本気で忘れていた。散らばった棒がなんなのかわからなくて首を傾げたとき、遅れて棚の上から落ちた瓶がゴトンッと重い音を立てた。

「あぶなっ!!　ビックリしたー」

幸いにも割れることなく転がった瓶を見た瞬間、頭の中にポンッとアマンダさんの顔が浮かんだ。そこから走馬灯のように次々と棒に関する記憶が流れて、すべてが繋がった瞬間、僕は完全にフリーズしてしまった。

その棒は、尻に入れるやつだ!!　クリシュさんに見られた。クリシュさんは勿論、床に散らばっている棒がなんなのか知っていると思う。

「…………」

「…………」

沈黙が辛い。なぜうちにコレがあるのかとか、ほかの贈り物と同じように説明すればよかったのかもしれない。だけど、なんだか後ろめたく感じて、言葉が出てこない。

先に動いたのはクリシュさんだった。手を伸ばしたのは、散らばった中でも一番細い棒。

「まっ、きっ、クッ、ゲホッゲホッ!!」

それだけは触らせちゃいけない。だって、その一番細い棒は僕の尻の中に入ったやつだ。『待って、汚いよクリシュさん』って言いたかったんだけど、フリーズから解けたばかりの僕は上手く口が回らなくて、勢い余って噎せてしまった。

驚いたクリシュさんが手を引っ込めた隙に、棒を拾って後ろ手に隠す。

「シノブ」

「ハイ」

「説明してくれるか?」

「……ハイ」

授業でわからない問題を当てられたときみたいにぎこちなく返事をした僕は、尻の穴を広げる目的の棒をなぜ持っているか、はじめから最後まで説明することになってしまった。

試しに使ってみたことはできれば誤魔化したかったけど、クリシュさんにはなぜかバレバレで、もらったその日に試してみたことまで全部自白させられてしまった。

「自分で試したのか……」

「ハイ」

ベッドの上で向かい合わせになり、正座した僕の前には細い順に並んだ棒と、封が開いたヌルヌルの液体が入った瓶が一列に置かれている。死守した一番細い棒は僕の左手の中だ。これだけはクリシュさんに触らせるわけにはいかないから、ずっと後ろ手に隠している。

すべてを自白した僕は、クリシュさんと視線を合わせることができなかった。凄く恥ずかしい。もらったその日にって辺りが特に。自分で買ったわけじゃないけど、興味津々でノリノリで使ったみたいに聞こえそうで。でも、変に言い訳をしたら余計に怪しいんじゃないだろうかと思うと、僕の言葉は『ハイ』か『イイエ』に絞られてしまった。

なんだか、クリシュさんがガッカリしているように見えるのは気のせいだろうか? 自分で尻の穴をいじるような恋人は嫌だとか、ショックを受けていたりして。

「ごめんなさい」

クリシュさんが嫌がるなんて思ってなかったんだ。

そもそも、報告するつもりもなかったし。クローゼットに隠さないで捨ててしまえばよかった。

「誤解させてしまったかもしれないが、謝ることはない。ただ、これは知識のない者が使用すると危険なんだ」

クリシュさんは拾い集めた棒の中から一番太い棒を持ち上げた。

「こんな硬い物を闇雲に突っ込んで乱暴にかき混ぜたらどうなると思う？」

「痛いと思います」

「……まぁ、そうなんだが。痛いだけでは済まないときもある。尻が裂けたり内臓を傷つけたりな」

「内臓!?」

「だから、これは使わないで欲しい」

「う、うん。もう使わない」

その辺は大丈夫。もう使う予定はないから。

並べてあった棒を袋に入れたクリシュさんに促されて、僕の手にあった最後の一本を袋に入れると、クリシュさんはギュッときつく入り口を縛ってベッド横のサイドテーブルの上に置いた。

「で、シノブはどうだった。痛みを感じたり気持ち悪いと思ったか？」

「えっと、痛くはなかった。変な感じだなとは思ったけど」

特に不調もないし、内臓は傷ついていないと思う。

「では、シノブは俺とそういうことをしてもいいと思っていると解釈していいのだろうか？」

「……………ん？」

聞かれた意味がわからなくて、えーっと？　って考えた。『そういうこと』っていうのはつまり、その、尻を使ったエッチなことをクリシュさんとしてもいいかってことか？

「ク、クリシュさんは、したいのかな？」

「シノブが嫌でなければ」

し、したいの？　そうなんだ？

僕は思わず赤くなった頰を両手で押さえた。

変な感じだなとは思ったけど、二度とやりたくないってほど嫌だったわけじゃないし、痛かったわけでもない。積極的にしたいかと言われると、今のままでもいいかなとは思うけど、クリシュさんがしたいなら……。

「あの、クリシュさんが嫌じゃなければ……」

驚いたように目を瞠ったクリシュさんは、ふんわりと笑った。

「そうか……、ありがとう」

なぜかお礼を言われてしまった……。

戸惑っている間に距離を詰めたクリシュさんに抱き締められて、口を塞がれた。

(わっ、わっ、わっ)

チュウッと吸いついて、一度顔を離して鼻を擦りつけ、額をグリグリと押しつけてきたクリシュさんは、まるで機嫌のいい猫みたいに目を細めた。

なんだか甘えられているみたいで、可愛い。無性に触りたくなって、クリシュさんの髪に指を絡ませてクシャクシャと撫で回してみる。

クリシュさんはそれを嫌がらず、むしろもっと触って欲しいと言っているみたいに、ますます目を細めた。

お互いに撫で合って顔を擦りつけているうちにだんだんとクリシュさんが体重をかけてきて、深いキスをされたのと同時に押し倒された。『クリシュさんってば、可愛いなぁ』と思っていられたのはそこまでで、服の中に入ってきた手に僕はちょっと慌て始めた。

あれ、もしかして、今？　今から？

クリシュさんに聞かれて、了承して、押し倒されたってことは、今からするのか!?

「あの、クリシュさん、今から？」

唇が離れた隙に恐る恐るたずねると、さっきまで目を細めて可愛かったクリシュさんは、欲情を含んだ眼差しで僕を見下ろした。

「大丈夫だ。今日は慣らすだけだ。いきなり最後まではできないからな」

じゃあ、あの棒を使うんだろうか？

さっきクリシュさんがギュッと縛った袋を横目に見ると、ゆっくりと首を横に振られた。

「アレは使わない。別の方法で慣らそう」

別の方法があるんだ……。僕の知識はまだまだ足りないらしい。

クリシュさんの手は、いつもと同じでとても優しかった。尻を慣らすことに気を取られて固くなっていた僕の体は、クリシュさんに撫でられているうちにとろけていった。

クリシュさんと触れ合えるのは嬉しい。イチャイチヤしながら、クリシュさんのいろんな表情を見るのが好きだ。目が合ってふんわり笑った顔とか、僕を見下ろす強い目とか、満足げに溜息を吐いたときの顔とか、いつも見とれてしまう。

はじめの頃、クリシュさんはいつも鎧を着けていて顔を知らなかったけど、今ではたくさんの表情を知って、ますます好きになった。

イチャイチャするのも最近は慣れてきて、自分からクリシュさんに触れるようになってきた。手が届く限り伸ばして背中を撫でたり、自分からキスしたり。まぁ、僕の場合はクリシュさんを気持ちよくするってよりは、触りたいところを好き勝手に触る感じだけど。

お気に入りは割れた腹筋。指で綺麗な筋肉を辿るのが好きだ。あとは、背中の肩甲骨（けんこうこつ）。クリシュさんが腕を動かすと、骨が浮き出たり沈んだりする。

筋肉たっぷりの硬い胸板に頬を寄せるのも好き。しっとりと汗で湿った張りのある肌が触っていて気持ちいいし、胸に耳を押しつけたときの心臓の鼓動がいつもより速いと、クリシュさんも僕にドキドキしてくれているんだなって嬉しくなる。

クリシュさんの好きなところを並べると、本当にきりがないなって思う。逆に嫌いなところはどこですか？　って聞かれたら、僕は一週間は悩んで『思いつきません』って答えると思う。

力強い足で太股の内側を擦られるのも、敏感な場所ばかり狙ってくる指先も全部好きだ。

クリシュさんのいろんな表情や仕草（しぐさ）を発見するたびに、僕の心臓はドキドキしたり、ドッキーンってしたり、ドドドッとしたり、ドコンドコンとしたり。これ、全部心臓の音なんだけど、僕は心臓の音にこんなにも種類があるということをクリシュさんと出会って初めて知った。

とろけた頭でクリシュさんを見上げると、『どうした？』って感じで首を傾げた。そんな仕草も格好いいな。

「四つん這いにならなくてもいいの？」

仰向けのままだと触りづらいかと思ったんだけど、クリシュさんは首を横に振った。

「顔を見ていたいからそのままで。そのほうが、辛かったときにすぐに手を止めてやれるからな。だが、もし痛みを感じるようならシノブも教えて欲しい」

「ん……」

クリシュさんがサイドテーブルからヌメヌメする液体が入った瓶を手に取って蓋を開けた。

トロリと掌に落とした液体の粘度を指先を擦り合わせて確かめていたクリシュさんは、ヒョイッと僕の片足を持ち上げて肩にかけた。

足を広げる形になった僕は恥ずかしくてたまらなかったけど、なんとか叫び声を上げるのは耐えた。

「少し冷たいかもしれないが」

そう忠告して、クリシュさんは尻の谷間をスルッと撫でた。

僕も一回だけだけど自分で試したことがある経験者だから、どんな感じかはわかっているつもりだった。だけど、自分でするのと人にしてもらうのとでは全然感覚が違って、さっきは我慢できた声を今度は耐えられなかった。

「うぁっ!!」

「冷たいか?」

「冷たくはないけど、あっ!!」

人に尻の穴を撫でられるのは、こんなにも衝撃的だったのか!! スリスリと往復する指先に、体が勝手にビクビクと動いてしまう。

「力を抜けるか?」

「む、無理だと思う」

だって、勝手に力が入るんだ。撫でられるたびに、尻がキュウッとなる。

クリシュさんは首を傾げて僕の様子を窺っていたけど、肩にかけていた足をシーツの上に下ろすと覆い被さってきた。濡れていない方の手で髪を撫でて、おでこにキスをもらうと、少しだけ力が抜けて息をするのが楽になる。

「慣れるまでこうしていよう」

右手は相変わらず尻の谷間をスリスリしてるけど、頬を優しく撫でられたり、シーツをギュッと握っていた手を取られて爪の先にキスをされているうちに冷静さを取り戻して、『ふうっ』と息を大きく吐き出した。

「自分で触ったときと全然違う感じがするから、ビックリした」

「そうか、どんな感じなんだ?」

「うーん、変な感じなのは同じなんだけど。自分だとさ、『触るぞ』って覚悟することができるけど、クリシュさんにされると心構えをするタイミングがわからないからビックリするのかもしれない。ゾクゾクするっていうか、ビクビクするっていうか、そんな感じ」

前にも似たようなことを考えたなって記憶を探ってみると、たしか初めてクリシュさんと仲良くした日だって思い出した。

「生理的に受けつけない者もいると聞くが、シノブは大丈夫だろうか？」

「うん、平気」

ホッとした顔のクリシュさんを見て、もしかしてクリシュさんも緊張していたんだろうかって思った。

なんでもできるクリシュさんが、僕との初めての行為に緊張してくれたんだとしたら、とても嬉しい。だって、どうでもいいことに緊張したりしないだろ？　大事だと思ってくれているから緊張したり心配になると思うんだ。

僕の自惚（うぬぼ）れかもしれないけど、クリシュさんが大事だと思ってくれているなら、どこまでだって頑張れる気がする。たとえば、生理的に受けつけないって思っていたとしても『大丈夫』って言ってしまうと思う。

でもなぁ、きっと、僕が無理して『大丈夫』って言ったとしても、クリシュさんはすぐに察してしまうんだろうなぁ。クリシュさんは時々、僕以上に僕の気持ちに敏感だから。『シノブの大丈夫は当てにならない』って言われる気がする。

「進めてもいいか？」

「うん」

平気だよ。クリシュさんは僕に無理なことはしないって、わかっているから。だけど、撫でていた指がグッと入ってきたときはビックリして、また『うぁっ!!』って声を出してしまった。

「痛むか？」

「痛くない。痛くないけど、指が」

「様子を見ながら慣らすには、これが一番だと思うのだが」

そ、そうなんだ……。ビックリしたけど、そういうものならクリシュさんに任せたほうがいいのか？

「痛くて無理だと思ったら言ってくれ」

「はい……」

僕が頷いたのを確認したクリシュさんは、また少し指先を進めた。

僕が試した棒よりも、クリシュさんの指のほうが太いような気がする。その指がゆっくりゆっくり、僕の中を行き来する。

はじめは指先だけを少し入れては戻して、液体を追加してもう一度。それを何度か繰り返して、指一本が全部入ったんだなってわかったのは、尻にクリシュさんの掌が触れたからだった。

クチュッて音がするのはヌメヌメの液体のせいなんだけど、前を触られてエッチな汁が出たときの音に似ていて、また恥ずかしくなった。あまり考えると体に力が入りそうだから、なるべく考えないようにして、指の動きだけに集中する。

スムーズに出し入れできるようになった頃、クリシュさんの指が急に別の動きを見せた。真っすぐだった指を曲げて内側の壁を押すような動きをしたとき、僕は異変に体を跳ねさせた。

「ウッ、アッ」

ビリビリッと電気が走ったような感覚に、とっさにクリシュさんの腕を摑んでしまった。

「ここか」

今の場所を確かめるみたいにクイクイ押されて、その回数と同じだけ体がビクビクと跳ねる。とっさに閉じようとした足は、足の間にあるクリシュさんの腰に阻(はば)まれた。

「ハッ、待って、クリシュさん、待って」

「痛くはないだろう?」

「痛くは、ないけど、アッ、変……っ!!」

会話をしている間にも指を動かすから、僕の言葉は途切(とぎ)れ途切れになった。

一度止めてもらって、変な感じがすることをちゃんと説明しようと体を起こそうとしたんだけど、シーツから浮かした背中はクリシュさんの手によって戻されてしまった。

「怖がらずに、感じるままに受け入れてくれ」

「アッ、クリシュさん……っ」

それからのことはあまり覚えていない。内側を押されるたびに訳がわからなくなって、それがどのくらいの時間だったのかも曖昧(あいまい)だ。凄く長い時間だったような気もするし、あっという間だったような気もする。

ただ、クリシュさんはビクビクと跳ねる体を大きな手で撫でながら、ずっと励ましてくれた。たぶん、クリシュさんが相手じゃなければ、身を任せることはできなかったと思う。それくらいに衝撃的で、怖くなるくらいに気持ちがよかった。

なんか、凄かった……。

途中から訳がわからなくなって、気がついたらクリシュさんの腕に抱かれていた。

まさか、尻にこんなに気持ちよくなる場所があるとは思ってなかった。

途中からは記憶が飛んでよく覚えていないけど、『無理』だとか『助けて』とか言った気がする。でも、そのたびに『痛いか?』って聞かれて、『痛くない』って答えると、動きを再開された。

最初に聞かれたのって、痛くて無理なら止めるけど、それ以外なら止めないって意味だったんだなって終わってから気がついた。言葉って難しい。

体に力が入らなくて、クタッとしている僕を腕に抱えたクリシュさんは、ずっと髪を撫でてくれている。

行為の最中はドクドクと速い鼓動を鳴らしていたクリシュさんの心臓は、今はトクトクと静かな音を刻んでいた。

「無理をさせてしまったか?」

「ううん、大丈夫。でも、体に力が入らない」

自分で試したときと全然違った。あのときはただ挟まっている感じだけだった。

なのに、クリシュさんの指は特別な魔法を使ったかのように、動かすたびに僕の体を跳ねさせた。前を触られたときとは全然違って、最初は電気が走ったみたいにビリビリした感覚が広がった。

指が往復したり、内側を押されると気持ちよくなりすぎて怖くなるほどだった。

「少しずつ慣れていこうな」

チュッチュッと頭に唇を落とすクリシュさんは、とても機嫌がよくて、甘い雰囲気を醸し出している。

慣れていないうちからこんなに気持ちがいいなら、慣れたときにはどうなってしまうのか不安だ。

あの電気が走るような、自分ではどうにもできない快感を思い出してしまって、頬が熱くなった。く、癖になったらどうしよう……。

「あれ、ここ……」

クリシュさんの肩にみみずばれになった引っ掻き傷を見つけて指で撫でると、そこだけ皮膚が盛り上がっていた。朧気に必死でしがみついていたことを覚えているけど、もしかして僕がつけてしまった傷じゃないか。

「クリシュさん、痛い? これって僕がつけたんだよな、ごめん」

「ん？　ああ、これか」

クリシュさんは傷を撫でながら微笑んだ。

「シノブにつけられた傷なら歓迎する。それだけ感じてくれたということだろう？」

「あう……」

そんな。そんな、愛しげに傷痕を撫でられたら!!

間近で見てしまった僕は、転げ回りたいような気持ちになった。

クリシュさんは、僕をどうしたいんですか!!　これ以上クリシュさんを好きになってしまうと、身の危険を感じるのですが。

どうするんだ、ショックで心臓が止まったら。ショック死っていうか、キュン死するってこういうことを言うんじゃないだろうか。

「クリシュさん、僕、明日の朝まで生きていられるかな……？」

「体が辛いのか？」

「ううん、クリシュさんが格好よすぎるのがいけないと思う」

「……よくわからんが、誉められているのか？」

クリシュさんは、僕に身の危険を感じさせるくらいに格好いいのに、無自覚だから困る。

とりあえず、明日の朝に僕の心臓が無事に動いていることを祈ろう。

第11章　君は渡さない（クリシュ）

「クリシュも聞いたか？」

新築の木の香りが漂う執務室で机の上に積み上げられた書類を次々に処理していたフィルクス様は、おもむろに手を止めて茶を一口飲むと口を開いた。

「なにをでしょうか？」

集中力が途切れたのか、完全にペンを置いたフィルクス様は椅子に寄りかかり、真新しい机の表面を撫でた。

最近フィルクス様のこの動作を目撃する。机だけではなく、壁や柱や扉など、無意識に撫でているようだ。

だがそれはフィルクス様に限らず、管理所の職員や騎士にも言えることで、俺自身もふと気がつくと椅子の肘かけを撫でていることがある。

というのも、使用されている木材が我々にとって特別な物だからだ。

管理所の内装や机などの木製品のほとんどは、枯れた生命の木を材料としている。広大な敷地に枯れた木を放置すると害虫が発生する恐れがあるため切り倒す必要があったのだが、職員の強い希望もあり、新築する管理所の木材として使用することになった。

生まれたときからそこにあり、寄り添って生きてきた生命の木を愛している。枯れても共にありたいという気持ちと感謝の気持ちが『撫でる』という行動に表れているのだろう。

生命の木が生きた証でもあるこの建物は次の世代にも引き継がれ、大切にされるだろう。なにせ、よく言えば豪快、悪く言えば乱暴者の集まりである騎士達でさえ、そっと扉を閉めるのだ。前はどんなに注意しても叩きつけるように扉を閉めていた連中が。誰が言いだしたわけでもなく、ごく自然に始まり習慣になった。

我々よりも生命の木との繋がりが強いフィルクス様であれば、なおさらその気持ちが強いのだろうと思う。フィルクス様はなにかを語りかけているかのように、愛しげに撫でるのだ。

俺に手元を見られていたことに気づいたフィルクス様は誤魔化すように咳払いをした後、机の中から一枚の書類を取り出した。

「最近シノブの下に不審な客が来ると報告が上がっているが」

ああ、と納得する。入れ替わり立ち替わり訪れているという親子連れのことか。昨日シノブから相談を受けた件だ。

俺の関係者である可能性を考えて礼儀正しく対応していたところが、なんともシノブらしい。神妙に話を聞く姿が目に浮かぶようだ。

俺としてはもう少し警戒心を持って欲しいと思うのだが、シノブは基本人を疑うということをしない。それは、シノブ自身が善良であるが故に悪意を持った考えに辿り着かないからなのだと思う。

シノブに警戒心がない分、俺が気をつけてやらなければとは思うが、四六時中共にいることなど不可能だ。代わりに警護をつけることも考えてはいるが、シノブは恐縮してしまうだろうな。『面倒』というのは、シノブにとって一つのキーワードになっているからだ。

『僕は大丈夫』が口癖になっているシノブは、人に面倒をかけることを極端に恐れている節がある。詳しく聞いたわけではないが、生まれた世界の生活環境がシノブの心に植えつけてしまったトラウマなのだと理解している。人格を形成する多感な時期の経験は簡単に消えるものではなく、シノブは恋人である俺さえ、なかなか頼ろうとしない。もっと甘えていいのだと言ったとしても、『充分甘えてるよ』と笑って答えるだろう。そういうところをもどかしく感じるときもあるが、その健気で控えめな姿によりいっそう愛しさを感じる。

　現在の住まいは近所にシノブの友であるノルンとクゥジュの新居が建ち、生命の木のそばには守衛の詰所がある。守衛とシノブは顔馴染みで『あっちむいてホイ』とかいう手遊びに興じるほどの仲だから、なにかあれば気にかけてくれるだろうし、俺に報告も来るだろうが、これからのことを考えると防犯面の見直しをしなければならないだろう。

　これまでシノブは街から離れた一軒家で暮らしていた。番犬がいるとはいえ、それだけでは不十分だと前々から思ってはいたのだ。実際にシノブは一度盗賊に襲われている。

　そのときの環境からすれば、現在の暮らしは安全面において改善されているが、人が集まったぶん、問題も起こりやすくなっている。それが今回発覚した『招かざる客』に関することだ。

　以前のように周囲に民家もなく、顔見知り以外の人間の出入りがほとんどない状態で見知らぬ客が立て続けに来たのなら、シノブはすぐに不審に思い俺に相談してくれただろう。だが、管理所や宿舎が建ち、人が増えたことでシノブは周囲に人がいることに慣れてしまった。以前は不審だと思えたことが、当たり前な光景になりつつあるのだ。

「少々厄介ではありますね。シノブになにかを強要しようというならば取り締まることもできるのですが。ノルンや守衛には話を通してありますが、今後は護衛をつけることも検討しております」

「そのことについて調べてたんだがな、どうやら想像していたものとは方向性が違うようだぞ」

「方向性ですか」

「クリシュ達が新居に移ってから、この辺りで目撃された若い娘を連れた男の一覧がコレだ。このうちの六割ほどがティボットから報告があったような、シノブに会いに来た者達だった」

　フィルクス様は書類をヒラヒラと振った。

「彼等は決まって午前中に現れる。なぜだと思う？

午後はシノブは生命の木のところだろう？　あそこはいまだ部外者立入禁止で、そこにいる間はシノブに接触することができないからだ。しかも、昼にクリシュが帰ることも知っていて、会うのを避けるように昼前には姿を消している。まるで、話に邪魔が入るのを避けるように」

物凄く、嫌な予感がする。間違いなく呆れるほどどろくでもない話だろう。なぜなら、フィルクス様の顔が種明かしをする前から呆れ顔だからだ。

「実にくだらない理由だよ。よくもまあ、次から次へと思いつくものだと感心させられる。その情熱を仕事に注いでくれれば、私やクリシュの仕事は随分と楽になるだろうにな。奴等の狙いはシノブの『植物系チート』能力だ。娘と婚姻関係を結ばせて能力を持った子供を手に入れようと目論んでいるのだよ。『植物系チート』は、実に魅力的な能力だ。それがあれば、自身が管理する土地の農作物の収穫量は何倍にも跳ね上がるだろうし、管理所からあらゆる面で優遇されるだろう。上手く使えば権力も富も手に入れることができる。だが、あれは後天的な能力だ。子供ができたとしても遺伝する確率は低いと思うのだが、そこまでは考えていないのだろう。どうする、クリシュ？　シノブが勝手に見合いをさせられているぞ。まぁ、本人にはまったく伝わっていないようだが」

「勿論、渡しませんよ。当然でしょう」

たとえば、相手が心からシノブを愛しているというのなら。気持ちを伝えるくらいなら……本当はそれすら許したくないが、百歩譲って目を瞑ってやってもいい。だが、奴等はシノブを種馬にしようとしている。到底許せることではないし、考えただけで腸が煮え繰り返りそうだ。

なるほど、話が見えてきた。今は顔合わせでシノブの好みの女性を調べ上げるために反応を見ているのかもしれない。そのうちに茶会やら食事やらの誘いが来るのだろうが、そんなものにシノブをつき合わせるつもりはない。

手段を選ばない連中なら、強硬手段に出る者も現れるだろう。そういうことをしそうな連中に心当たりがあるぶん、早めに手を打った方がよさそうだ。さて、どうやって追い払うか。

ふと視線を感じて顔を上げると、フィルクス様がまじまじと俺を見ていた。

「なんでしょうか」

「いや、ちょっと意外というか、人は変わるものなんだと思ってな。クリシュは仕事に関しては慎重かつ馬鹿がつくほど真面目だが、恋愛面ではわりと冷静だっただろう？　相手が別れたいと言えばすんなりと別れていたのを知っている身としては、そこまでキッパリと『渡さない』宣言をされると驚きが大きくてな。今までのパターンから考えると『どうするか決めるのはシノブだ』と言うかと思ったんだが、やはり本気の相手にはクリシュも冷静ではいられないのだな」

あのときも、このときも、と指を折るフィルクス様に対して、貴方はなぜ俺の恋愛歴に詳しいのかと眉を寄せる。一度として話したことはないはずだが。

まるで俺が冷血漢のような言われようだが、訂正させてもらうと今名前が出ている面々とは恋人ではなく、割り切った大人の関係というやつだった。相手も俺も恋人を作る暇もなく、手っ取り早く欲求不満を解消しようと体の関係があったのだが、どちらにしてもシノブには聞かせたくない話だ。

「クリシュ、お前この際だからシノブと結婚してはどうだ？　そうすれば奴等も諦めざるをえないだろう」

「まだ準備ができておりません」

結婚については異論はないし、そのためのものも手配を進めているが、少々厄介な注文をつけたせいで先方から仕上がりの連絡が来ないのだ。

シノブに贈るなら、この宝石しかないと思った。とても希少な石で俺自身一度しかお目にかかったことがないが、どうしてもその石を使ったペンダントを携えてシノブにプロポーズをしたい。それを見たら、どんな顔をするだろう。

驚くだろうか、笑うだろうか？　夜色の目を見開いて、星を映したようにキラキラ輝かせながら喜んでくれるだろうか。

「クリシュ、顔が緩んでいるぞ」

綺麗だと喜ぶシノブの姿を想像したせいで緩んでいた顔を指摘され、先ほどのフィルクス様のように咳払いをして誤魔化した。

「ここにいるのが私だけでよかったな。部下達が見たら天変地異の前触れか世紀末かと騒ぎになっていたぞ。まあ、からかうのはほどほどにして、護衛の選出を急がなければならないな。怪我を理由に退役した騎士を候補に、手伝い兼護衛として雇うのもいいかもしれない。ああ、そういえば、お前から長期休暇の申請が出ていたな。生命の木の件で先延ばしになっていたが、お前の両親にシノブを紹介するためだったか。いい機会だ、護衛の選出が整うまでの間行ってくるといい。生命の木の成長も順調なことだし、実が生り始めたらまた忙しくなるだろうから、休みを取るなら今のうちだ。クリシュには今まで苦労をかけ通しだったからな。ゆっくり羽を伸ばしてくるといい」

両親が暮らす街までは、ここから馬で五日ほどだ。シノブが一緒ならば余裕を持って七日ほどだろうか。隣街までしか行ったことのないシノブの初めての旅行だ、いろいろなものを見せてやりたいし、珍しいものを食わせてやりたい。

両親にはシノブのことはすでに結婚したい相手ができたと報告済みだが、早く会いたいと催促の手紙が届いてから随分と時間が過ぎてしまっていた。首を長くして待っていることだろう。

「お心遣いありがとうございます」

まずは手紙を書くとしようか。

両親が暮らす街は海に面していて、シノブが望んでいた海の幸を堪能することができる。喜ぶ顔を思い浮かべながら、フィルクス様に頭を下げた。

第12章　海を目指して

「え、旅行？」

「ああ。俺の両親に会って欲しい」

ピシャーンッと、稲光が光ったような衝撃を受けた。

クリシュさんのご両親に紹介。それはつまり、『息子さんを僕にください』の挨拶をするわけで、もとの世界ならスーツで挑む人生の一大イベントで。『どこの馬の骨ともわからない異世界人に息子はやれん!!』って腕組みをしたお義父さんに追い返されたり、『仕事はなにをしているのかね？　なに、農家だと!?　うちのクリシュは騎士だぞ、釣り合わないだろう!!』って反対されたりするかもしれないってわけで。それを回避するには、気の利いた手土産をお義父さんとお義母さんに用意して、『なかなか気が利くじゃないか』っていい気分になってもらわないといけないわけで。

「て、手土産、どうしよう！」

僕は、フライパンを持ったまま、あたふたと部屋の中を歩き回った。

「野菜？　腐るか。ハッ!!　バターなら喜んでくれるかな。あ、溶けるかも。やっぱりククリがいいか？　好きだって言ってたよな。ダメだ、これも腐る。あとは、あとは……、クリシュさん、どうしよう！」

「まずは落ち着いて、フライパンを置こうか」

「はっ!!」

今日のメインディッシュの鶏肉の香草焼きがフライパンから滑り落ちる寸前で、クリシュさんの手が伸びてきて難を逃れることができた。

危なっ!!　晩ご飯がパンとスープだけになるところだった。

「クリシュさんのご両親って南で暮らしてるんだよな？　移動に何日くらいかかるんだろう？」

「馬で五日くらいだが、今回はゆっくり行こうと思っているから七日くらいだろうか。シノブの初めての旅行だからな。寄り道をしていろんな街を見て歩こう」

嬉しい!!　隣街までしか行ったことがないから凄く楽しみだ。

「あ、でも、その間畑やポチ達の世話はどうしよう」

「大丈夫だ、人を雇えばいい」

そっか。往復だけで二週間かかるなら心配だったけど、それなら大丈夫か。

「お土産はどうしようか」

「ここから食べ物を持っていくと腐ってしまうからな。向こうに着いたらシノブの料理を食べさせてやってくれないか。手紙にシノブの料理の腕前を書いたら興味があるみたいでな」

「そんなのでいいの？」

僕の料理なんて大したことないのに。

「それがいいんだ。シノブは料理上手だからな」

料理上手だって!!　嬉しくて、顔がニヤけるのが止められない。

「なにを着ていこう。ちゃんとした服のほうがいいかな、式典のときに着た服があるけど」

「いや、荷物になるから普段着でかまわない」

「移動に七日もかかるもんな。タオルは？」

「宿屋にあるだろうから、いらないな」

食事の片づけが終わって寝室に入ってからも、『あれを持っていこう』とか、『お腹を壊したときの薬を用意しなきゃ』とか用意する物を指折り数えていたら、クリシュさんにクシャクシャって頭を撫でられた。

「楽しいか？」

「うん、すごく楽しい!! 僕、家族旅行に行ったことがなかったから今から凄く楽しみなんだ。それに、旅行の間はクリシュさんとずっと一緒にいられるし。クリシュさんのご両親に会うのも緊張するけど、楽しみだな。お父さんってどんな人なんだろう。クリシュさんのお父さんだから、格好いいんだろうな。それとも、お母さんに似てる? 僕は気に入ってもらえるかな?」

クリシュさんがお父さん似なら、きっとダンディで格好いい。お母さん似なら、美人なんだろうなぁ。

「シノブのご両親にも挨拶ができればいいのだが。きっと連絡も取れなくて心配されているだろう」

「どうかなぁ。もしかしたら、僕がこっちの世界にいることもまだ知らないかもしれないな」

父さんも母さんも、自由人だからなぁ。僕がいるときは自由にできなかったから、今頃はイキイキと人生を謳歌(おうか)していると思う。

でも、そうだな。クリシュさんを二人に紹介できるなら、『僕の恋人、格好いいだろ』って自慢できたんだけど。父さんも母さんも『真実の愛を見つける』ために離婚したけど、僕も見つけたぞって。もしかしたら、僕が一番乗りかもしれないし。

「ふふっ、もしクリシュさんを紹介したら、母さんビックリするんだろうな。『そんなイケメンがいるなら私も移住するわ』とか言いそう」

「そのときは手土産をどうするか相談しなければならないな。向こうの世界はこちらよりも便利で品物も豊富なんだろうが、喜んでもらえる物があるといいんだが」

ゲートが復活しない限りクリシュさんと僕の両親が会うことはないけど、『もしも』の話でも一緒に考えてくれるのが凄く嬉しい。僕は本当に素敵な人を恋人にできたな。

「こっちの大きな野菜とか卵とか、見たらビックリするだろうな。ポチも僕の世界の犬よりずっと大きいし。紹介したら、虎と間違えて悲鳴を上げるかも」

最初のうちは驚きの連続で、当時は大きさに圧倒されて、おっかなびっくり接していたポチ達も今では大切な家族になった。こっちに来てからまだ一年経っていないのに、もとの世界と同じくらい、いや、それ以上に大切なものがたくさんできた。

とても幸せ、凄く幸せ。アグラムに来ることができてよかった。

商店街の福引を引いたとき、僕は一等の賞金三十万のことばかり考えていて、『選べるギフト』ってなんだよって凄くガッカリしたけど、あのとき僕はとても少ない確率でクリシュさんとの生活を手に入れたんだ。

レジのお姉さんが福引のことを教えてくれなかったら、もしかしたら財布に券を入れたまま忘れていたかもしれないし、別の日に引いていたら別の商品が当たっていたかもしれない。もし機会があるなら、あのときのレジのお姉さんに『ありがとう』って言いたいな。

「ああ、そうだ。両親が暮らす街は海が近いから、この辺りでは手に入らないものが食べられるぞ」

「海!?」

魚だ、魚が食べられるんだ!! 焼き魚や煮魚や干物があるかもしれない、刺身もあるかも!!

「クリシュさん、出発はいつ?」

さっきまでレジのお姉さんへの感謝の気持ちでいっぱいだった頭の中が、ピチピチ元気に跳ねる魚の姿に占拠されてしまった。

ガバッと起き上がって、クリシュさんのお腹の上に乗り上げて詰め寄る勢いで質問すると、驚いた顔のクリシュさんに背中を撫でられた。

「畑を任せる人間が見つかってからだな」

「あー、そっか。そうだよな」

そうだった。じゃあ、すぐには無理か。

「早く行きたいな。魚かぁ」

魚の誘惑に魅了された僕は興奮してなかなか寝つけなくなって、久しぶりにクリシュさんに背中をトントンされながら眠りについた。

その日の夜は新鮮な刺身にワサビをたっぷりつけて食べる夢を見たんだけど、寝言で鼻を摘(つま)みながら『ワサビが!!』って叫んでクリシュさんを驚かせたらしい。怖い夢を見たのかって心配させたんだ。反省。

畑の管理とポチ達の世話を引き受けてくれる人は、残念ながらすぐには見つからなかった。クリシュさんが紹介してくれた人達はいい人ばかりだったけど、ある問題が発生した。飼い主に忠実なポチは硬派だったらしく、馴れていない人からもらった餌を食べなかったんだ。

馴れている人というと、ゲネットさんとかノルンになるんだけど、二人だって仕事があるし、往復だけで二週間もかかるのに頼むのが申し訳なくて。困ったなぁって思っていたら、ゲネットさんの奥さんが協力を申し出てくれた。

ポチはやっぱり奥さんの手からご飯を食べてくれなかったけど、もともと牛を飼っているからハナコとハナヨの乳搾りとポチ以外の家族達のお世話ならできますよって言ってくれたんだ。

ゲネットさんの奥さんに初めて会ったけど、笑顔の優しいふくふくとした元気な奥さんだった。

残るはポチと畑の世話だ。困ったなぁって思いながらクゥジュの店でジュースを飲んでいたら、向かいに座っていたエリーゼさんの顔を見てピーンッて閃いた。

ポチが懐いていて、畑仕事の経験者がいたよ、あの子達ならポチもご飯を食べてくれるはずだ。次の日、僕はバターを手土産に押しかけていくことにした。

「あ、シノブだ」

「わー、遊びに来てくれたの?」

「…………」

目の前の現実がショックで言葉が出ない。まるで僕だけ時間に取り残されてしまったようだ。

「あ、僕、シノブにーちゃんより大きくなってる!!」

い、言わないで!!

もうさ、凄くショックだよ。ノットはもともと僕より大きかったけど、マルコは少し前まで同じくらいの身長だったのに、いつの間にか十センチくらい大きくなっていた。

「シノブにーちゃん、縮んだ?」

「ち、縮んでない!! 最近は測ってないけど、縮んでない、はず……」

伸びるのは諦めつつあるけど、縮むにはまだ早いと思いたい。

「ところでさ、今日はどうしたんだ?」

「あ、そうだった。二人に頼みがあるんだ。これはお土産です。お母さんに渡して」

そうだ、落ち込んではいられない。海が僕を待っている、じゃなかった、クリシュさんのご両親に挨拶に行くんだから!!

ノット達は快く引き受けてくれて、これでポチと畑も安心だ。お礼と言ってはなんだけど、僕が不在の間、クゥジュに渡す分を除いた野菜や果物はゲネットさんの奥さんとノット達で分けてもらうことにした。


いよいよ明日は出発という日。予定では帰ってくるまで三週間くらいかかってしまう。その間、生命の木と離れることになるから、今日は念入りに祈っておこうと、いつもより早い時間に生命の木に会いに来た。

祈るっていってもいまだに『植物系チート』の使い方がわからないから、僕がいない間も元気でいてくれよって話しかけるくらいだけど。

そうして向かった先に、フィルクス様が先に来ていた。生命の木を見上げるような角度で上を向き、目を瞑って耳を澄ましているように見える。

生命の木と語り合う大切な時間を邪魔してはいけない気がして、もう少し時間を置いて出直そうと踵を返したとき、落ちていた小枝を踏んでしまってフィルクス様に気づかれてしまった。

「シノブか。今日は早いな」

「はい、旅行に行く前に念入りに祈っておこうと思ったので」

手招きされて近づき、フィルクス様の真似をして生命の木を見上げてみる。今日も元気で葉もツヤツヤだけど、まだ蕾をつける気配はない。

フィルクス様が突然ぽつりと呟いた。

「なぜシノブだったのだろうとずっと考えていたんだ」

「え？」

「シノブの能力は転移時に発生した特殊な能力だが、それは偶然だったのだろうか。それとも、誰かが望んで与えた能力だったのだろうか。もし後者なのだとしたら、それは生命の木の願いだったのかもしれないと思ってな」

「そうでしょうか……」

生命の木の願いだとしたら、僕じゃなくてこの世界の人に与えられていたように思うけど。

「生命の木はカシミールを愛していた。その彼を、我々は追いつめて壊してしまった。きっと生命の木は私達に失望しただろう。もしシノブに能力を与えたのが生命の木だとしたら、信用をなくしたこの世界の人間が選ばれなかったのも頷ける。愛するカシミールを過去の呪縛から救うために、この世界にしがらみのないシノブが選ばれ、能力を与えられ、この世界に留めるためにゲートを消滅させたのだとしたら、辻褄が合う気がするのだ。これが正解ならば、シノブにとっては災難だっただろう。移住したばかりに、しなくてもいい苦労を強いられたのだから」

「……僕には、この能力の出所なんてわかりません。

でも、これだけはわかります。生命の木はカシミール様だけじゃなくて、フィルクス様や身近で生活していた人達のことを愛していましたよ。この世界の人間全員を愛していたなんてことはないと思いますけど。僕達だって、会ったこともない人を愛するなんてできないでしょう？　生命の木もそれは同じなんです。その中でもカシミール様とフィルクス様は特別で、もし僕に能力を与えたのが生命の木だとしたら、お二人に愛を伝えたかったんじゃないかな」

夢の中で見た生命の木の記憶。長い記憶の中で、最後に感じたのは愛だった。カシミール様を救いたい、フィルクス様から預かった愛を届けたい、二人が幸せな姿を見たい。

「生命の木は、今なんて言っていますか？」

「……歌っているな、とても楽しそうだ」

「じゃあ、生命の木の願いは叶ったんですよ」

「そうだといいのだが」

サワサワと、風に揺れる葉の音が心地いい。今の僕には生命の木の声は届かないけど、まるで『その通りだ』って言っているみたいだ。

「フィルクス様は苦労を強いられたって言ったけど、僕は今凄く幸せです。毎朝起きたときに、これが夢じゃなきゃいいなって思うくらいに。だから、災難だったなんて思いません。今の幸せに辿り着くための道筋だったんです」

たとえば、なんの苦労もしない代わりにクリシュさんと会えない人生と今の人生、どちらか選ばせてくれるとしたら、僕は苦労しても今の人生を選ぶ。その先の幸せがこんなにも尊いって知っているから。

「もしフィルクス様が、生命の木に愛を返したいと思うなら、たくさん会いに来て話しかけてあげてください。それが、僕が見た記憶の中の生命の木が望んでいたことだから」

僕達はしばらく無言でその場に佇んでいた。

僕は幹に触れて生命の木に話しかける。今幸せ？って。これからもっと幸せになろうって。フィルクス様も幹に触れて目を瞑っていたから、同じように話しかけているのかもな。

ピンク色の可愛い花が枝いっぱいに咲きますように。実がたくさん生りますように。実を食べた人に幸せが訪れますように。実を食べた人から生まれた赤ちゃんが元気に育ちますように。

種を蒔いたときと同じ祈りを、あの頃よりも強い気持ちで祈る。実を食べる人にも食べない人にも、同じくらいの幸せが訪れますように。

幸せになってほしいのは人間だけじゃない。生命の木がもう寂しくならないように、たくさんの人や動物や虫に囲まれて、楽しい日々を過ごせますように。石垣に囲まれて訪れる人を寂しく待つなんて可哀そうだ。たとえ聞こえる人がいなくなったとしても、生命の木が楽しく歌って過ごす日々がずっと続きますように。

静かで、穏やかで、少し神聖な気持ちにもなって、話しかけているうちにどんどん胸が熱くなっていくようだった。

満足して目を開けると、フィルクス様が優しい顔でこっちを見ていて、なぜか『ありがとう』ってお礼を言われた。なにに対するお礼なのかわからなかったけど、聞くのも変な気がして『こちらこそありがとうございます』って言ってみたら、声を出して笑われてしまった。

その表情が晴れやかで、フィルクス様の心の蟠り(わだかま)りが少しは晴れたならよかったなって思った。

「じゃあ、行ってくるよ」

「道中お気をつけて」

「珍しい料理を見つけたら教えてくれよな」

「畑のことは俺に任せてくれよ」

「家畜の世話はうちの奥さんがしっかり見てくれるから安心して行ってこい」

みんなに見送られて、いざ、クリシュさんのご両親に会いに出発だ!!

ブランシュの背中に揺られて、僕とクリシュさんは薄曇りの中を南に向かって出発した。太陽ギラギラだと暑くて仕方ないから、少し曇ってるくらいがちょうどいい。

「ブランシュ、背中に乗せてくれてありがとう」

「ブルルルッ」

首を撫でるとブランシュは機嫌よく返事をした。

初めての旅、初めての挨拶、初めての海。初めてばかりの旅はきっと楽しいものになる。

海を目指して、レッツゴーだ!!

隣街を通り抜けて、次の街へ。夕方前に到着する予定のその街で今夜は宿を取るらしい。僕は馬での旅には慣れていないから、初日は無理をせずに早めに休もうってことになった。

無理をするもなにも、僕は馬の上にクリシュさんに抱えられて座っているだけだから疲れたりしないと思っていたけど、これが案外大変だった。

聞いた話では長時間の乗馬は尻と内股が痛くなるってことだったけど、クリシュさんが用意してくれた特製の座布団？　のおかげで僕の尻と内股は摩擦から守られた。向こうの世界の冷えピタを分厚くしたような弾力のある座布団で、尻にピッタリフィットして揺れも軽減してくれる優れものだ。

だけど、ずっと足を広げているから股関節が痛くなるし、普段使わない筋肉を無意識に使っているみたいで、背中が痛い。休憩のときにブランシュから降りると平衡感覚がおかしくてフラフラするし、がに股が戻らなくて歩き方も格好悪い。

宿泊予定の街に着いたときはヘロヘロになっていて、観光どころの話ではなくなってしまった。

宿に着いたらクリシュさんは速攻で僕をベッドに横にならせてくれて、夕飯を部屋まで運ばせてしまった上にマッサージまでしてもらった。そうしているうちに眠ってしまって、旅行の初日はクリシュさんの手を煩わせるだけで終わった。

次の日、マッサージのおかげで回復した僕は、出発するまでのわずかな時間にクリシュさんと街を見て回った。

小さな街で一周するのに時間もそんなにかからなかったけど、見知らぬ街は見て歩くだけで新鮮で、『ああ、僕はクリシュさんと旅行をしているんだ』って実感が湧いて凄く嬉しかった。

二日目も同じように過ごして、ブランシュに乗っての移動に慣れてきた三日目、やっと観光する余裕ができて、僕とクリシュさんは夕闇が迫る街に繰り出した。

「どんな街でも夜は物騒になる。俺から離れないでくれ」

「うん」

クリシュさんが差し出してくれた手をしっかりと握って、ワクワクが収まらない僕は普段よりちょっと早足で街を歩き出した。

「らっしゃい、らっしゃい！　うちは三十種類の酒が飲み放題だよー!!」

「お客さん、この街は初めてかい？　だったらうちで飯を食べていきなよ。サービスするよ～」

　この街は飲み屋が多くて、夕闇が迫ると一つ二つとランタンに火が灯り、お祭りの夜店みたいな雰囲気になった。若い娘さんから揉み手をしたおじさんまで、あっちこっちで客引きが声を張り上げていて、凄く賑やかだ。夏祭りを思い出すなぁ。

　お祭りと違うところは、時々セクシーな服を着たお姉さんが『お兄さん、寄っていかない？』って声をかけているところだ。耳元で囁いて、商談が成立すると腕を組んで店の中へと消えていく。スケスケの服だったり、布の面積が極端に少なかったり、正面から見たら普通なのに後ろを向くと尻が丸出しだったりと、かなり刺激的だ。

　僕はなんだか露出度の高いお姉さんを見るのに罪悪感があって、見かけるたびにクリシュさんの腕に顔を伏せて見ないようにした。

　僕のこの行動は実は大正解で、クリシュさんに視線で合図したスケスケお姉さんが蝉みたいにひっついている僕を見て、『チッ』っと舌打ちをして引いていった。『なんだよ、子供連れかよ』って心の声が聞こえそうな勢いの舌打ちだった。

　クリシュさんに声をかけられるのは嫌だから、僕はお姉さんが近づいてこようとすると、わざとクリシュさんに引っついたり、腕を引っ張ったり、僕の存在をアピールした。

　それでも諦めずに腰をくねらせながら近づいてきた人には、クリシュさんが『悪いが先を急いでいる』って視線すら向けなかったから、僕は安心して横を歩いていられた。

　いろんな店を覗いて、興味を感じた物を一つ買って二人で分けて食べた。僕はあまり量を食べられないけどいろんな物を食べてみたかったから、四分の三をクリシュさんに食べてもらった。

　この町の食べ物は辛い物が多くて、真っ赤な色で見るからに辛いものから全然辛そうに見えない物までさまざまだ。そして、辛そうに見えない物のほうが激辛なことが多いんだと僕は自分の舌で学んだ。

「か、からひ～!!」

　今食べたのは野菜炒めを挟んだパンのような物で、モチモチしていて生地は肉まんに近い。油断して大きくかじったら、舌がヒリヒリするくらいに辛かった。慌てて水を飲んだけど、まだ口の中が辛い。ってゆーか、痛い。

「クリシュさん、僕、唇が腫(は)れてない？」

「腫れてはいないが、真っ赤になっているな」

ジンジンして熱を持った下唇を摘みながら聞くと、やっぱり赤くなっているらしい。

知らない街の食べ物は危険だということを学んだ僕は、それ以降初めて食べる物は少しだけかじって、大丈夫だったら食べることにした。

「口直しに甘い物でも食べるか？」

「うん、果物がいいな」

辺りを見回すと、一つの屋台の周りがやたらと混んでいて、長い行列ができていた。女性連れの人がほとんどで、キャッキャと楽しそうに相談しているみたいだ。

「おおっ、美味しそう、綺麗！」

みんなが選んでいたのはフルーツを扱っている屋台で、八種類の中から三種類選べるみたい。選んだフルーツをその場でカットして、生春巻の皮に似た半透明の生地に並べて蜂蜜をかけてクルリと巻くとできあがり。フルーツ生春巻だ!!

クレープはお年を召した方達には胃に重たくて一個を食べきれなかったりするみたいだから、これならアッサリでいいかもな。これはぜひクゥジュに教えてあげないと。

「クリシュさん、三種類だって。どれにしようか。見たことがないフルーツがあるけど」

「右端のは果肉が柔らかくとろけるような食感で、酸味のある爽(さわ)やかな甘さだ。その隣の赤い果物は中身の種を食べる。味よりもプチプチとした食感を楽しむための果物だ」

「美味しくないってこと？」

「そこまではいかないが、味が薄いから、飲み物に入れて食感を楽しむことが多いな」

それはそれでちょっと興味があるかも。八種類もあるし、みんなそりゃあ迷うよな。組み合わせによって合う合わないもあるし。選ぶのも楽しいから人気が出るのもわかる。

「僕、プチプチ食べてみたい」

「じゃあこの屋台にするか。並ぶことになるが、大丈夫か？」

「うん!!」

最後尾に並んで、プチプチのほかの二種類はどのフルーツにしようかってクリシュさんの説明を聞きながら吟味する。

クリシュさんは甘い果物よりも瑞々しくて香りがいいのが好きだから、一つは鬼灯みたいに袋の中に果肉が隠れたピンク色の果物にした。

これは高価なフルーツらしくて、一つの注文に対して四分の一個を使っていた。外側の色はピンク色なのに、袋を破った中の果肉は緑色をしていて、まず色合いにビックリした。

もう一つは、瓢箪みたいな形をしたオレンジ色のフルーツで、上品な甘さで果肉が柔らかいらしい。三種類選んだら早く順番が来ないかなってウズウズした。

「はいよっ、おまちどおさま。なににしましょうか？」

「コレとコレとコレでお願いします!!」

名前が長くて覚えられなかったから、指でフルーツを指して注文すると、店員さんは鮮やかな手捌きでスルスルとフルーツの皮を剝いて、サクサクッと切ってトロリと蜂蜜をかけると、クルクルクルッと巻いてくれた。その所要時間は十五秒。僕は、速い凄い!! って手を叩いてしまった。

「はい、どうぞー！」

「ありがとう!!」

ニカッと白い歯を見せて笑ったイケメンお兄さんに、近くにいたお嬢さん達が小さく歓声を上げた。生春巻の綺麗な見た目も人気なんだろうけど、このお兄さん目当てのお嬢さん達も多そうだ。でも、クリシュさんのほうが格好いいけどね!!

両手で受け取って匂いを嗅いでいる間にクリシュさんがお代を払ってくれていたときだった。突然後方からお嬢さん達の悲鳴が上がって、ドドッと人が押しかけてきたんだ。

「キャーッ」

「イヤーッ」

「わっぷ!!」

逃げ惑うお嬢さん達に押された僕は、人波に押されて少しずつクリシュさんから離されていく。少し離れたところから、『なんだコラ!!』とか、『ヤんのか、ああ!?』とか野太い声が聞こえて、酔っ払いの喧嘩らしいってことがわかった。

「クリシュさん!!」

「シノブ!!」

クリシュさんも逃げてきたお嬢さん達で押しくらまんじゅうみたいになっていて、女性を押し退けるわけにもいかなくて苦戦しているみたいだった。

僕の周りの人達は僕よりも背が高くて、クリシュさんの姿が人の頭の陰に紛れて見え隠れする。きっとクリシュさんから見た状態も僕と同じようなものだろう。

このままではまずい、クリシュさんとはぐれるって焦った僕は、クリシュさんがいるであろう方角にめいっぱい手を伸ばした。

「シノブ、手を!!」

声はするのに、クリシュさんの姿は見えない。喧嘩はエスカレートしているみたいで、なにかが割れる音や殴る音が増えていく。

声もはじめは二人だったのに、巻き込まれて怒った人が参加してだんだんと規模が大きくなっている。

「クリシュさん!!」

「キャーッ」

僕が伸ばした腕はクリシュさんには届かなかった。お嬢さん達が一気に逃げようとしたせいで、隙間にいた僕はなす術もなく流されて、屋台の前から押し流されていく。

最後に隙間から一瞬だけ見えたクリシュさんは、腕をいっぱいに伸ばして酷く焦った顔をしていた。


「ここは、どこだろう……」

前にもこんなことがあったなって思いながら、やっと流れから抜け出した僕は、ランタンの灯り(あか)を見上げた。背が高い人に囲まれていたから風景なんて見えなかったし、自分がどっちの方向に流されたのかもわからない。

忙しそうに行き交う人の邪魔にならないように、屋台が途切れている場所の壁際に移動した。前にノルンに言われたけど、今回は本当に動いたら危険な気がして、その場に膝を抱えて座った。

生春巻の屋台があった場所は女性のお客さんもたくさんいて明るい賑やかさだった。ここも賑やかだけど、質がちょっと違うみたいで、テレビ特番の『警察出動密着取材』で見た繁華街みたいに、危険な雰囲気が漂っている。少なくとも、僕みたいな見た目十歳の人間が来ていい場所ではないってことだけはわかる。

目つきが鋭い男達の興味を引かないように、膝を抱えて小さくなる。物陰に隠れたいけど、そんなことをしたらクリシュさんに見つけてもらえないかもしれないから我慢だ。

手がネチョネチョするなって思ったら、せっかく受け取った生春巻を握り潰してしまったみたいで、蜂蜜と果汁と破けた生地が掌にこびりついていた。

「クリシュさんと食べたかったのに……」

ポケットに入れていたハンカチで手を拭って膝を抱え直して、なるべく体が小さくなるようにギュッと腕を締めた。ここから動かないって決めたけど、ジッとしていると不安が大きくなってしまうから、ひたすらにクリシュさんのことを考える。

ここで待っていれば、クリシュさんが見つけてくれる。僕がフラフラ歩いて行き違いになるよりも、待っている方が確実に会えるはずだ。だってクリシュさんはこの街に来たことがあるみたいだったし、僕からはクリシュさんの姿は一瞬しか見えなかったけど、周りにいたお嬢さん達よりもずっと身長が高いクリシュさんからは、僕が巻き込まれた人の流れが見えたと思うんだ。だから、きっと探し出してくれるはずだ。僕がここでクリシュさんが通るのを待って目を凝らしていれば、もしクリシュさんが見逃してもすぐに立ち上がって追いかけられるはず。

「喧嘩、どうなったかな。クリシュさんは騎士さんだから、場を鎮(しず)めてから探してくれるのかも」

時計を持っていないから、はぐれてからどのくらい時間が経ったのかわからないけど、もう結構経ったような気がする。でも、もしかしたらそう感じるだけで十分くらいしか経ってないのかもしれない。

「……………っ」

クリシュさんが通るかもってひたすらに目の前を通る人を眺めていたら、ちょっと身なりのいい人と目が合ってしまった。目が合っただけで『怖い』って思うのは失礼かもしれないけど、僕を見て笑ったような気がしてとっさに視線を逸らした。

ザリッザリッザリッ。

妙にゆっくりと聞こえる足音は僕の怯えを大きくして、自分の靴の爪先を見たまま身を小さくした。少しでも動くと敵に見つかってしまうような緊迫感に心臓が痛くなる。

ホラー映画の主役がお化けとかエイリアンとか、正体のわからない化け物から身を隠しているときはこんな気持ちなんだろうかって余計なことを考えて気を紛らわせながら、このまま立ち去って欲しいって心の底から願っていた。だけど願いは届かなくて、爪先のすぐ目の前に綺麗に磨かれた革の靴がザリッと小石を踏みながら動きを止めた。

頭の天辺にピリピリするくらいの視線を感じて、内心で悲鳴を上げながら息を詰める。

「こんな時間に子供一人でどうしたのかな。保護者は一緒じゃないのかい?」

「いえ、あの」

「迷子かい? 騎士の詰所に連れて行ってあげようか。きっとお母さんを探してくれるよ」

優しそうな口調なのに、怖いと思うのはなぜだろう。本当に僕が一人でいることを心配してくれているのかもしれないのに、一度怖いと思ったら顔を上げることができなかった。

「それとも、怪我でもして立てないのかな?」

男はその場にしゃがんで僕の顔を覗き込んできた。無理矢理視界に入ってきた顔を見て、ギクリと体が強張る。目だ、目が怖いんだ。僕は、この目を知っている。自分より弱い者をいたぶるときの目だ。

クリシュさんと過ごすことで忘れかけていた嫌な記憶が甦って、手足が凍ったみたいに動かなくなる。男は、僕の家族達を奪おうとした泥棒達と同じ目をしていた。

「歩けないなら背負ってあげようか」

「だ、大丈夫です。人を待っているから」

今にも伸びてきそうな手を押し止めるためになんとか絞り出した声は、酷く小さく掠れていて、自分の声じゃないみたいだった。

「遠慮しなくていいんだよ」

「遠慮じゃありません、それに、僕は子供じゃない」

「おやおや、それは失礼したね。それで、子供じゃない君はいくつなのかな。十二、三歳位かな?」

男は僕を十二歳くらいだと思っているらしい。また子供に見られたことを嘆くべきか、今までより少しだけ年上に見られたことを喜ぶべきなのか。

遠慮なんかしてないって言っているのに、全然引いてくれない男に僕は少し焦っていた。

「僕は十九歳です。もう成人してます」

変に声を荒らげたら男を刺激してしまうかもしれな

いから、努めて冷静にゆっくり話すことを心がけた。そうすれば、実年齢を信じてくれるかもしれないって期待もあったし、信じてくれなくても話に飽きて立ち去ってくれるかもしれないと思って。

「十九？　はは、ありえないだろう」

「本当です。農業で生計を立てていて、今は恋人と旅行中なんです」

その後は何回も年齢を確認された。『嘘だろ』『本当に？』『証拠は？』って。証拠なんてない。身分証なんてないし、今はクリシュさんもいないから証言してくれる人もいないし。

「本当に十九歳だったら、凄いことだぞ」

散々聞かれて飽き飽きしていたところで、やっと信じてくれたのか、男は立ち上がった。やっと解放されるかと思って気を抜いたのが悪かったんだと思う。膝を抱えていた手首を摑まれてしまった。

「痛っ!!」

「にわかには信じられんが、まあいい。そのうちに今の言葉が本当かどうかわかるだろう」

無理矢理立たされた僕は、摑まれた手を壁に押しつけられた。逃げ道を塞ぐように反対の手を僕の顔の横について嫌な笑いを浮かべる男に体が縮み上がる。

「私はね、少年が大好きなんだ。だけど彼等はすぐに成長してしまう。どんなに愛でても、数年で見るに堪えない姿に変わってしまうんだ。君の言葉が本当ならば、もうこれ以上成長しないってことだろう？　正に理想の存在だ。君は私の生涯のパートナーに相応しい」

ぎゃあぁぁぁぁ！　この人、ロリコンだ。いや、ロリコンじゃないか。なんていうんだっけ、幼い男の子が好きな趣味をしている人のこと。スタ、違うな。あ、ショタコンだ、変態だ！

「ここで出会ったのは運命なのだろう。理想の永遠の少年を手に入れることができるなんて、なんて幸運だろうか」

僕はただ身長が伸びなかっただけで、そのうち皺ができてお腹も出て小さなおっさんになるし、その後は小さな爺さんになるんだよ!!

大体、手に入れることができるって、なんで勝手に僕を自分のものにしたことになってるんだ。

「さぁ、私と一緒に来るんだ」

「やめろ、離せ、行かないってば!!」

摑まれた手を引っ張られて引きずられる僕は、まるで散歩を嫌がる犬みたいだ。両足を踏ん張ったまま、ズリズリと壁から引き離されていく。

「僕は恋人を待ってるんだから、行かない!!」

「そうか、恋人がいたのか。だが、大丈夫だ。私は処女厨（ちゅう）ではないからな。初物じゃないのは残念だが気にしないよ」

　勝手にクリシュさんを過去形にするなよ。この人がどんな性癖を持っていても僕には関係がないことなのに、まるで僕が気にしているような言い方だ。気持ち悪い、怖い。泥棒に襲われたときとは怖さの質が違う。痛みを連想させる怖さじゃなくて、ゾワゾワと背中が寒くなる怖さだ。

「あまり抵抗されては騎士を呼ばれてしまうかもしれないな」

「うわっ、ちょっと、下ろせ!!」

　グェッと喉から変な声が出た。米俵（こめだわら）のように肩に担がれて、全体重がかかった腹が痛いし苦しい。でも、負けるもんかって手足をバタバタ動かした。

　握った拳（こぶし）で背中を殴って、えび反りした勢いを使って腹を蹴った。

「離せ離せ離せ！　クリシュさん、助けて!!」

「クッ、この、優しくしているうちに言うことを聞きなさい」

　ベチンッて叩いた後に尻を掴まれた僕は、もう本当に無理、気持ち悪い、やだ、怖いってほとんどパニック状態で叫んだ。

「クリシュさん、クリシュさん!!」

　明らかに嫌がっているのに、周りの人達は遠巻きに見るだけで誰一人、助けようとしない。せめて、この街の騎士さんを呼んでくれたらいいのに、知らん顔したり面白そうにニヤニヤ笑ったり。

　クリシュさんが守ってる僕達の街は優しい人ばかりだった。子供を大切にして、見かけるとオヤツをくれたり挨拶してくれたり、困っていたら『どうした？』って声をかけてくれた。異世界に来て初めて暮らした街がそんな感じだったから、それが当たり前なんだと思っていたけど、そうじゃなかった。

　僕達の街は治安がよかったんだ。騎士さん達がいつも見廻りで目を光らせているから、悪いことができる人が少なかったんだ。明るくて楽しい街は当たり前じゃなくて、騎士さん達の努力で保たれていたんだって、僕はこんな状況になって初めて気がついた。

僕はそれをきちんと理解していなくて、せっかくクリシュさんが夜の街は物騒だって教えてくれたのに、フルーツ生春巻に夢中になって繋いでいた手を離してしまうなんて、本当に馬鹿。最後に見たクリシュさんは凄く焦った顔をしていたから、きっと今頃は必死になって探してくれているはず。

クリシュさんが僕を見つけてくれるまで頑張らないと。連れて行かれたら、本当にもう二度と会えなくなるかもしれないから、せめてクリシュさんが僕を見つけやすいように頑張ろう。

僕は、思いっきり息を吸い込んだ。

「助けてー、人拐い(ひとさら)ー!!」

「クリシュさん、助けてー!!」

「クリシュさん、クリシュさん!!」

必死で手足をバタつかせて、思いっきり叫んで、体を反らす。無理矢理抱っこされた野良猫みたいに、爪を立てて引っ掻いてやった。

「おいっ、大人しくしないと落とすぞ!!」

そんな脅しは僕には通用しないぞ。むしろ、望むところだ。落とされたら痛いかもしれないけど、連れて行かれるより百万倍マシだ。

「離せ、下ろせ、助けてクリシュさん!!」

ジタバタジタバタ、夢中で暴れていたから、いつの間にか男が歩みを止めていたことにも気がつかなかった。

「その人を解放してもらおうか」

僕が知っている声よりもずっと低い、怒りを含んだクリシュさんの声が聞こえた。周りを見渡すと、たくさんの騎士さん達が僕と男をグルリと包囲していて、その中心に汗だくのクリシュさんがいることに気がついた。

クリシュさんが来てくれたなら、もう大丈夫だ。僕は安心して、男の背中を引っ掻いていた手から力を抜いた。

「なにか誤解をしているようですが、この子は私の知り合いの子でね。親と喧嘩して家を飛び出したところを探していたんですよ。今から連れ帰るところなんです。強情な子で、暴れて叫んでいますが、そういう事情なのでおかまいなく。どうぞ皆さんは仕事に戻ってください」

よくもまあ、口から出まかせをスラスラと話せるものだ。僕が第三者だったら、うっかり信じてしまいそうなほど自然な口調だった。この人、もしかしてこういう状況に慣れているのかもしれない。

僕達を包囲している騎士さんの何人かが、男の話を聞いて顔を見合わせているけど、まさか信じたんじゃないよなって不安になった。

「クリシュさん」

僕は、クリシュさんに思いっきり手を伸ばした。クリシュさんは険しい顔で素早く僕達に近づいて、男を突き飛ばすのと同時に僕をしっかりと抱き締めてくれた。

「なにをする!!」

「それはこちらのセリフだ。この人は俺の恋人だ」

ああ、クリシュさんの腕だ。クリシュさんの汗の匂いがする。クリシュさんが来てくれるまで僕は本当に怖くて、もう離れたくなくて、ギュウギュウとしがみついた。

「確保しろ!!」

クリシュさんの一番近くにいた騎士さんが指示を出すと、取り囲んでいた騎士さん達が一斉に男に飛びかかって、あっという間に縛り上げた。

「くそっ、離せ。俺を誰だと思っている!!」

「勿論知っていますよ、トランスさん。今までは証拠がなくて捕まえられなかったが、今日は現行犯だ。詰所でじっくり話を聞かせていただきましょう。今日のことも、今までの余罪についてもね。連行しろ」

男はギャーギャーと喚（わめ）きながら、暴れていた。

余罪って言ってたけど、やっぱり今までにも僕と同じ被害に遭った子供がいたんだろうか。

大人の僕でも怖かったのに、その子達の恐怖はどれほどのものだっただろう。思い出すと恐怖がぶり返してきた。

「遅くなってすまない。もう大丈夫だからな」

「うん」

首筋は汗で湿っていて、心臓の鼓動もいつもよりずっと速かった。たくさん心配かけてしまったんだろうな。

「協力感謝する」

「いえ、大事がなくてよかったです。こちらこそ申し訳ありませんでした。俺達が不甲斐（ふがい）ないばかりに、クリシュ殿の大切な方を危険な目に遭わせるところでした」

顔見知りらしいクリシュさんと騎士さんの会話を聞

きながら、僕はしっかりとクリシュさんに抱きついていた。

僕を連れて行こうとした男は誘拐未遂でお縄になって、ほかの騎士さん達に引きずられていった。『同意の上だ』とか、『向こうから誘ってきたんだ』とか言い訳していたけど、僕が大暴れしていた姿と叫びを騎士さん達も聞いていて、『妄想も大概にしろ!!』って怒られていた。

あの男はこの辺りでは指折りの金持ちで、金貸しを生業にしているらしいんだけど、今までにも子供の拉致監禁の疑いがあって。でも、その被害者は男にお金を借りている人達ばかりだから泣き寝入りすることしかできず、騎士さん達も訴えがなければ捕まえることができなくて手をこまねいていたんだって。すごく怖かったけど、今回のことで男が有罪になって、今後の被害がなくなるなら、怖かったことも無駄じゃなかったなって思った。

この男は特殊なケースだけど、子供が産まれなくなったこの世界では、養子目的で小さな子を攫う犯罪が増加してしまったそうだ。

僕の暮らしている街は歩いている子供を見かけたら声をかけたりお菓子をくれたりするけど、あれって子供がそういう被害に遭うのを防ぐ見守り運動の意味もあるんだって。はじめは騎士さん達がやっていたのを住民達が真似するようになって、自然と広まったことらしい。改めて、クリシュさんをはじめとする騎士さん達の素晴らしさを知ったよ。ほかの街でも広まるといいのに。

「シノブ、怖い思いをさせてすまなかった」

「僕こそ心配かけてごめんなさい」

騎士さん達と別れた後、もうはぐれないようにクリシュさんに抱き上げられて移動していた。あんなことがあったばかりだし、手を繋いで歩くだけでは不安だったから。

「だが、よく頑張ったな。シノブが叫んでくれたおかげで早く発見できた」

「絶対にクリシュさんが探してくれると思ってたんだ。だから、連れて行かれないように必死だった」

「シノブが俺を呼んでくれて嬉しかった」

クリシュさんが教えてくれたんだ。頼ってもいいんだって。『助けて』って言っていいんだって。今までの僕なら一人でなんとか乗りきろうって思ったかもしれない。でも、今はクリシュさんがいてくれるから。クリシュさんが絶対に助けてくれるって信じていたから。

「クリシュさんも、もしものときは僕に『助けて』って言って。そのときは頑張るから」

「頼もしいな」

宿に戻ってもクリシュさんと離れるのが不安で、水浴びも一緒に入ってもらった。

今日のことは自分で思っていたよりもショックが大きかったようだ。言葉では説明ができない嫌な不安感があって、ずっとクリシュさんにくっついていたい。

クリシュさんはそんな僕を慰めるみたいにずっと抱き締めてくれていて、一晩中髪や背中を撫で、時折髪や頬や唇にキスをしてくれた。

一晩中クリシュさんに抱き締めてもらった僕は、翌朝宿を出る頃には不安が消えて、次の街に向けて出発したのだった。

第13章　一生一緒にいてください

旅は平坦な道ばかりではなくて危険な道も存在するけど、クリシュさんはなるべく安全な道を選んでくれた。その結果、かなり遠回りになった。治安の悪い街も避けていたけど、どうしても、この街を外すと野宿になるって場所があって。クリシュさんはギリギリまで迷って、野宿するよりはマシだってこの街で一泊することを決めた。

仕方ないって言いながらも凄く嫌そうで、クリシュさんがそんなに嫌がる街ってどんなところなんだろう？　って、少し怖くなった。

「赤い……」

この街はどこを見ても赤かった。建物もそうだけど、橋や門や道行くお姉さんの唇も真っ赤だ。

「薄着の人ばっかりだ」

男の人も女の人も派手に着飾っていて、露出も激しい。一体なんのために……と困惑していたんだけど、薄着の男の人も夜の商売をしている人だと気がついたのは、三日目に宿泊した街のお姉さんみたいに耳元で囁いた後、肩を抱いたり抱かれたりしながら店の中に消えていったからだ。

男同士で店に入っていく姿にビックリして、男の人二人と女の人一人で店に入っていく姿にビックリして、女の人二人で手を繋ぎながら店に入っていく姿を見てビックリして、さらに、男三人でお互いの尻を揉みながら店に入っていく姿にビックリして、僕の口はビックリしすぎてずっと開きっぱなしだった。

事前にクリシュさんからこの街の特殊なところを聞いていたのに、実際に見ると驚いてしまう。

「すまない」

なぜか謝るクリシュさんの隣で、僕はポカーンと口を開けていた。

うん、いや、この街が特殊なのはクリシュさんのせいじゃないんだから謝らなくてもいいと思うよ。

ブランシュを街の入り口で預けたクリシュさんは、荷物を下ろすよりも先にこの街で過ごす注意事項を教えてくれた。

「シノブ。この街は少し特殊だから、滞在している間は俺が抱いて歩くのを了承して欲しい」

「うん、いいけど、特殊って？」

「もしかしたら気づいたかもしれないが、この街全体が歓楽街のようになっている」

「うん？」

歓楽街って、お酒を飲むお店がひしめき合っている区画のことだよな。

「つまり、旅行客を相手とした性風俗を主体としている街なんだ。宿も連れ込み宿ばかりだ」

「連れ込み宿？」

「性欲を解消するための相手を斡旋（あっせん）していたり、外で見繕った相手を連れ込んで性交渉をするための宿のことだ」

それはつまり、ラブホテルみたいなものか？　普通の宿とどう違うんだろう。

斜め上を見上げて考えている僕があまり理解していないことに気がついたクリシュさんは、とにかく街の中ではクリシュさんが抱いて歩くことと、話しかけられても簡単に返事をしないことを僕に約束させた。

このときは、『ふ～ん？』って感じだったんだけど、街の中心部に向かううちに次第にクリシュさんが言っていることを理解し始めた。

なにしろ、この街はどのお店でも道の真ん中でも『一回どう？』って感じで誘ってくるんだ。

レストランの店員さんも気に入ったら交渉して個室でいたすことができるし、旅行客同士で意気投合したら部屋を安価で借りることもできる。

この街に立ち寄る旅行客はみんな、性的なサービスを求めてやってくる人ばかりなのだそうな。

みんな開けっ広げに道の真ん中でキスをしていたり、抱き合っていたり、相手の肩に回した手を襟の隙間からつっ込んで胸の辺りでモゾモゾさせながら歩いていたりする。あれって、絶対に胸を揉んでいる。ここまで大胆にされると感心してしまう。

クリシュさんは多分、この前僕が嫌な思いをしたから連れて来るのを躊躇ったんだろうなぁ。

客引きや意味深な流し目を受け流し、クリシュさんは一軒の宿屋の前で立ち止まった。

「このランクの店なら大丈夫だろうか……」

呟いたクリシュさんは手際よく受付けを済ませると、案内を断って僕を抱いたまま部屋に向かった。

「ここも赤いんだ」

「落ち着かないかもしれないが、一晩だけ辛抱してくれ。この街の宿はどこも同じような内装をしているんだ」

街中が赤いのは、やっぱり興奮を高めるためなんだろうか？　そういえば、闘牛士の人が赤い布をヒラヒラさせるのは牛を暴れさせるためじゃなくて、それを見ている観客を興奮させるためなんだって聞いたことがあったなぁ。牛は赤い色を認識できなくて、全部白黒に見えているらしい。

布団まで赤い部屋を見回して、ツルッとした布団の表面に触れると、指先がフカッと沈んだ。まるで、もとの世界の羽毛布団みたいだ。

「この布団凄いな。フカフカだ」

「跳ねすぎて落ちないでくれよ？」

ちょっと行儀が悪いけど、フカフカの布団の感触に向こうの世界を思い出した僕は、ベッドの上に飛び乗った。バインバインッて弾む感覚を楽しんでいる僕を笑いながら、クリシュさんは荷ほどきを始めた。

僕も手伝おうとベッドから下りたとき、壁の両側から変な声が聞こえてきた。

『あっ、あっ、あっ、そこっ、イイッ』

『ううっ、ダメだ、そんなにされたら出ちまうっ!!』

壁の両側から甲高い喘ぎ声と野太い喘ぎ声とが聞こえてきて、ピキリと固まった。この宿の壁は薄いみたいだ。ギシギシアンアンッて振動まで伝わってきそうな壁を難しい顔で見ていたクリシュさんは、深い溜息を吐いた。

「別の宿にしよう」

「う、うん」

はっきり言って、この喘ぎ声の中で一晩過ごすのはちょっと厳しいというか、恥ずかしいというか、とにかく落ち着かない。

カッと火照った頬を押さえていると、クリシュさんは荷ほどきの途中だった荷物を手際よく詰め直し、僕を抱えて宿を出た。

クリシュさんが次に選んだ宿は、見るからに高そうな宿だった。立派な柱はピカピカに磨かれていて、店員さんの衣装も質がよくて露出が高いのに上品で、今まで見てきた店とは格が違う気がする。

「よろしければ花をご用意いたしますが、いかがなさいますか？」

「不要だ。部屋の鍵だけ渡してくれ」

「かしこまりました」

『花』っていうのは夜の相手のことなんだろう。格の高い店は言い回しも上品なのかって感心しながら手続きが終わるのを待っていると、玄関の正面に備えつけられた、豪華で派手な大階段の上から僕達を見ている女の人に気がついた。

僕達というには少し語弊があるかもしれない。女の人は僕を通り越してクリシュさんを見ているようだ。

「シノブ、こっちだ」

「あっ、はーい」

僕とクリシュさんが案内された階段は、正面の大階段とは別の階段で、その女の人とはすれ違わなかったけど、彼女の視線が僕達を追っているような気がして、とても気になった。


今度の部屋は壁がしっかりしているのか、とても静かだ。布団はさっきよりももっとフカフカで、クリーム色にツヤツヤ輝いている。

さりげなく生けられた花が可愛いし、部屋の中全体がいい香りがする。まるで高級旅館だ。

「さっきはすまなかった。驚いただろう？　いい宿を選んだつもりだったんだが、考えが甘かったようだ」

「うん、ちょっとビックリした」

クリシュさんが一生懸命気を遣ってくれているのが嬉しいのに、胸がモヤモヤする。その理由に僕は気がついていた。

とても格好悪い理由だから、できれば気づかなかったふりをしたい。僕はなにも知らないって、知らないふりをしたい。

　上手く笑えているだろうかって、そればかりが気になって、クリシュさんが話しかけてくれているのに上の空になってしまう。

　この街に宿泊するのをとても嫌がっていたクリシュさん。注意事項を教えてくれたクリシュさん。宿を選ぶクリシュさん。手際よく手続きするクリシュさん。

　クリシュさんはこの街に来たことがあって、いろんなことを想定して宿を選ぶことができるくらいに慣れていて。慣れているってことは、クリシュさんもこの街が主体とするものを利用したことがあるってことで。

　それは、この街のどこかに、クリシュさんの相手をした人がいるってことだ。僕は顔も見たことがないその人に嫉妬していた。

　さっきの女の人のことも凄く気になる。僕の中の野性のカンが、あの人はクリシュさんと関係がありそうだってチクチク僕を突っついてくるんだ。だから、僕は気がついていたのに、クリシュさんに教えなかった。

　僕って嫌な奴だ。もしかしたら、僕の想像とはまったく別の関係で、久しぶりに会う友達なのかもしれないのに、教えてあげないなんて。

「シノブ、疲れたか？」

「あ、うん、いや、ううん、大丈夫。疲れてないよ。街中が派手だから圧倒されて」

「そうか。この街は観光には向かないから、食事を取って早めに休もうと思うのだが」

「うん、それでいいよ」

『それでいい』んじゃない。『それがいい』だ。

　この街にいる間は出歩かず部屋に籠って、さっさとご飯を食べて、ちゃっちゃと寝て、明日の朝早くに出発したい。

「不自由させてすまない。だが、あまりシノブを出歩かせたくないんだ」

　クリシュさんは、ベッドに座った僕の前に膝を突いて手を握ってきた。

「この街では男も女も稼ぐために必死に客引きをする。そうしなければ生活していけないからだ。シノブのような純情そうな者はいいカモにされて、気づけば身ぐるみ剝がされて裏路地に倒れていたなんて話になりかねない。ここでは観光できないぶん、明日は早くに出発して次の街では時間を取ってゆっくりと見て歩こう」

「うん、楽しみにしてる」

クリシュさんは、僕の様子がおかしいのは観光ができなくてガッカリしているからだと思っているようだった。それは僕にとってても好都合で、僕は思いっきり首を縦に振った。


この宿の夕食はバイキング形式だった。

「おおっ！　凄い!!」

ずらっと並んだ料理はどれも美味しそうで、目移りする。なによりも、自分で好きな分だけ取り分けることができるのがいい。これなら残さずに済むし、いろんな料理をちょっとずつ食べられる。

僕達はさっそく皿を持って料理を選び始めた。

クリシュさんがドパッと豪快に料理を取る横で、僕は一口分の料理をチビチビ取り分ける。気に入ったのがあればお代わりすればいいやって、とりあえず全部の料理を試すのだ。

大きな肉の塊の料理なんかはクリシュさんから分けてもらうことにして選んだけど、料理の種類が多くて、あっという間に皿がいっぱいになった。

大広間は大盛況で、どのテーブルもお客さんでいっぱいだ。

クリシュさんが予約してくれたから僕達はすんなり座ることができたけど、席を探してウロウロしている人もいた。それというのも、この宿の料理は大変な人気で、宿泊する人以外にもご飯だけ食べに来る人もたくさんいるんだって。品数も多いし盛りつけも美しいから人気が出るのも納得だ。

クリシュさんもこの店の食事は楽しみだったみたいで、旅に出てから初めてお酒を飲んでいた。僕はジュースだ。オレンジ色のシュワシュワしたジュースはさっぱりした甘味で、何杯でも飲めてしまいそうだ。

ちょっと嬉しかったのは、海が近づいてきたせいか、少しだけど魚介を扱った料理が並んでいたことだ。塩漬けしたり干した魚を水で戻して煮た料理や干した貝で出汁を取ったスープとか。肉ばかりの生活をしていた僕にとってはご馳走だ。

「凄い、美味しい」

「シノブ、これも食べてみるか？」

「食べる!!」

クリシュさんが一口大に切り分けてくれた肉を頰張ると、爽やかな酸味とハーブの香りが広がった。僕が気に入ったのに気がついたクリシュさんはもう一口分けてくれた。

お腹がいっぱいになるまで食べて、それでも後から追加で出てきた料理が気になって、ちょっとだけお代わりして。

旅に出てから今日のご飯が一番気に入ったかもしれないなって思いながら、デザートのフルーツを食べていたときだった。

「クリシュ、久しぶりね」

ふんわりと香る白粉(おしろい)の匂い。艶のある褐色の肌をした手がテーブルの上を滑って、赤く塗られた長い爪が存在を主張するみたいにコツコツとテーブルを叩いた後にカリッと引っ掻いた。

「また来てくれるのを待っていたのよ？　この街に来たなら一番に会いに来てくれると思っていたのに、つれない人ね」

「……インリーン？」

「ゴフッ、ゴホッ、ブハッ!!」

葡萄(ぶどう)を一回り大きくしたような黄色い粒のフルーツを口に含んでいた僕は、動揺して大きな一粒を丸飲みしてしまった。

喉をゆっくり通っていく粒に気道を塞がれて盛大に噎(む)せて、肺から吹き出した空気に押された粒は僕の口から飛び出して、空っぽの皿にポロンと落ちた。

「やだ、あなた、大丈夫？」

「シノブ、大丈夫か？」

「し、死ぬかと思った」

必死に息を整える僕の背中を優しくさすってくれる手に頷くと、柔らかい布が口に押し当てられて、フルーツの汁を拭(ぬぐ)ってくれた。

その手が、目の前に立つ女性の手だと気がついた僕はまたビックリして、されるがままに綺麗にされてしまった。

そして、なぜか今、僕達三人は一つのテーブルを囲んで同席していた。

僕の向かいの席はクリシュさん。僕の右隣でクリシュさんの左隣は先ほどの女の人だ。

僕が噎せている間にちゃっかりと席に座ったインリーンさんは、クリシュさんと自分用にお酒を、僕にはジュースを追加で頼んだ。

あまりにも自然に席に着いたから、クリシュさんでさえそれを指摘できないくらいで、インリーンさんは強引なところを許せてしまうような不思議な雰囲気を持った人だった。

「改めて。再会できて嬉しいわ」

軽くグラスを持ち上げた彼女は、形のいい唇にグラスを押し当てて傾けた。なにをしても絵になる人っているけど、彼女もそのタイプの人だ。ただお酒を飲んでいるだけなのに、美しく見える。

「私ね、今はこの店で働いているのよ。クリシュを見かけたときは私を探してくれたのかと思ったのに声がかからないから、自分から来てしまったわ」

「あの店を辞めたのか」

「私ももう若くないもの。衰えた人間は後から来た若くて輝いている人に押し出されてしまうものよ。それでも、まだこのランクの店で働けるくらいには美しさを保てているみたいだけど、ここもいつまでいられるのかしらね？」

インリーンさんの年齢がいくつなのかは知らないけど、『若くない』っていうような年には見えなかった。容姿も立ち振る舞いも綺麗で、胸の谷間がよく見えて背中がパックリと開いていて、腰の際どいところまでスリットが入った体に張りつくような服を着ているのに、変にいやらしく見えないところが不思議だ。純粋に綺麗だなって思ってしまう。意思の強そうな瞳と凛（りん）とした姿がそう見せているのかもしれない。

クリシュさんの態度もどこか気安くて、柔らかいようにみえる。やっぱり、あのときの感じは間違いじゃなかったんだ。大階段でクリシュさんを見ていた女の人は、インリーンさんだった。そして、クリシュさんとは顔見知りだっていうカンも当たっていたんだ。

僕は酷く落ち着かない気持ちで二人のやりとりを見ていた。


お酒一杯を飲みきるまで、インリーンさんは街で起きた出来事を穏やかに話した。

この街の警備隊長さんが引退して次の隊長さんを決めるのに揉めたとか、最近は質（たち）の悪い店が増えたとか、旅行客が減って客の取り合いが始まったとか。

細かいところでは、前に勤めていた店でインリーンさんの下働きをしていた子がデビューしたけど、いい客がついたみたいでホッとしているとか。

　クリシュさんはその一つ一つに頷きながら聞いていて、今までもこうしてインリーンさんから情報をもらっていたんだろうなって想像できるくらいに自然なやりとりだった。

　そのときの二人の姿を想像しかけて、慌てて首を振って打ち消した。これ以上の想像は、きっと僕の精神衛生上よくないと思う。

　浮かびかけた情景では、この宿の部屋に敷かれていた上等なシーツが乱れて波打っていたから、僕の判断はきっと正しい。

「もう一杯飲むでしょ?」

　この街の最近の状況を聞き終えたところで、二人のコップが空になり、インリーンさんが注文しようとすると、クリシュさんが断った。

「いや、明日は早いんだ。そろそろ部屋に戻る」

「ええ、もう?　まだ宵の口よ。そういえば、今日は可愛いお連れ様がいらっしゃるようだけど、もしかしてクリシュの子供かしら?」

　ズンッと頭上に言葉の圧力がかかって、僕はちょっと項垂れた。最近はそういう間違いをされなくなっていたから衝撃が大きい。

「いや、シノブは……」

「冗談よ。クリシュにこんなに大きな子供がいるはずないもの。弟か親戚の子供かしら?」

『子供』『弟』『親戚の子供』って僕にとってのNGワードが飛び交って、ズンズンズンッと頭上の圧力が大きくなった。

　最近はクリシュさんの恋人だってわかってもらえることが増えていたのにな。今日すれ違った人達も、クリシュさんに抱き上げられている僕を見て、親子か兄弟に見えていたのかな。

「いつまでも盛り場に子供がいるのはよくないし、もう寝る時間でしょう。この宿は安全だし、彼を部屋に帰したら私達は飲み直さない?　まだ話したいことがたくさんあるの。最近できたいい店があるから、そこに行きましょうよ」

　ここでクリシュさんが『そうだな』って言って二人で出かけてしまったとしたら、それはお酒を飲んで話をするだけでは終わらないんだろう。

　だって、この街はそういう街なんだから。レストランにさえエッチ用の小部屋があるくらいだし、お酒を出す店にも当然あるだろう。

インリーンさんの目は誘惑するみたいに潤んでいて、その目でクリシュさんを見つめているのが凄く嫌だ。クリシュさんが僕を置いて出かけてしまうなんて思ってない。思ってないけど、恋人が目の前で誘惑されているのを見るのは辛いし苦しい。

クリシュさんならどうするだろう。あり得ないけど、もし僕がクリシュさんの目の前で誘惑されたら、クリシュさんなら。

『その人を離してもらおうか』

ふと耳に甦った低い声が、僕に勇気をくれた気がした。あのときクリシュさんは、僕を一生懸命探して抱き締めてくれた。

怒った声で、僕を返せと言ってくれた。だったら僕も、クリシュさんに行かないでって、インリーンさんに誘惑しないでって、言ってもいいのかもしれない。

「僕は、クリシュさんの子供でも弟でもないです」

「え?」

インリーンさんは、僕を見て首を傾げた。『なあに?』って子供の話を聞く優しい大人の顔で。

いい人だなって思う。クリシュさんと話している間も僕に『ジュースのお代わりいる?』『お菓子は?』って声をかけてくれた。

下働きをしていた子の心配をして、いいお客さんに巡り会えたことを喜ぶ優しい人だ。だけど、ごめんなさい。クリシュさんのことは譲れないんだ。

「クリシュさんは僕の恋人だから、一緒に飲みに行くのはやめてください」

『お願いします』って頭を下げた僕に、インリーンさんは不思議そうな顔をした。

「恋人?」

「シノブは俺の恋人だ。俺の両親に挨拶に向かう途中なんだ」

「え? だって、クリシュ。あなた……年上が好きなんじゃなかったの? あなたのお相手はいつだって年上で、若い子は好まないって言っていたじゃない」

クリシュさんの過去の相手を匂わせる発言に、僕はまた落ち込みそうになる。だけど、それでもクリシュさんは僕を選んでくれた。好みの年上じゃなくても、僕を好きだって言ってくれたんだ。

だから僕は、顔を真っすぐに上げてインリーンさんを見た。

「本当に？」

クリシュさんは口の端をふわりと上げて、少し照れくさそうに、でも満足そうに笑った。

幸せが滲み出るような優しい笑顔で、思わずインリーンさんと一緒に見とれてしまった。

「……ハーッ、なんだ、そうなの」

大きな溜息を吐いたインリーンさんは、長い髪を左手でかき上げて、その手で頬杖をついた。

「ちょっとは脈ありだと思っていたのは私だけってわけね」

ぷうって下唇を尖らせたインリーンさんは、さっきまでと比べて少し子供っぽく見えて可愛かった。もしかしたら、色っぽいインリーンさんじゃなくて、可愛いインリーンさんが地なのかな？

「勘違いもするわよ。クリシュは店に来たら綺麗でいい体をした子がデビューしていても私を指名するし、若くて騒がしい娘は疲れるって言うし。騎士同士のつき合いと情報収集の一環として来てるんだってわかってても、期待しちゃうじゃない。この街のどの人間よりも私が好かれているんじゃないかって。しかも、相手は泣く子も黙る、かの有名なフィルクス様の護衛の騎士様だもの。浮かれて夢を見ちゃっても仕方がないじゃないの」

「それは……、すまなかった」

クリシュさんの困った顔は珍しい。

「そんな気はなかったって顔ね。いいわよ、どうせ私が勝手に勘違いしたのよ。抱くだけなら年上で煩くなくて慣れてる人、恋人にするなら年下ピチピチの純情無垢がいいなんて、男なんてみんなそうだとわかっていても腹立つわね」

インリーンさんはおもむろに隣のテーブルの酒瓶を掴むと、ドバドバと自分のコップにお酒を注ぎ足した。あふれる寸前のギリギリのラインまで注いだお酒はコップの縁から盛り上がっていて、近くを通る店員さんの振動が伝わってプルプル揺れている。

そして、中身が減った瓶をドンッと勢いよく隣のテーブルに戻した。

「えっ、ちょっと、それ……」

「一杯いただくわね？」

「はい、どうぞ!!」

突然お酒を奪われた隣のテーブルの男の人が慌てて抗議しようとすると、インリーンさんは綺麗にニッコリ微笑んだ。ウィンクと投げキッスつきだ。

途端に表情を崩してデレッと鼻の下を伸ばした男性に怒った連れの女性が、顔をひっぱたいた後にヒールの靴で足を踏んでいて、『フグッ』って痛そうな呻き(うめ)に思わず肩を竦めてしまった。

ギャーギャーと言い争いを始めた隣のテーブルをチラリと見て、僕は思った。インリーンさんの微笑みは罪作りだ。

一気にお酒を飲み干したインリーンさんは、『プハッ』っと息を吐いて豪快に口を拭った。男前だ。

「でも、これで吹っ切れたわ。私ね、結構前から結婚して欲しいって流しの商人に求婚されていたの。一緒に旅をして回らないかって。どうしてもクリシュのことが頭を掠めて答えを先延ばしにしていたのだけど、今決めたわ。私、彼と結婚する」

さっぱりしたって顔で言ってのけたインリーンさんの頬は、お酒のせいか赤く染まっていた。

「いい人なのよ。近くに来たら必ず私のところに来てくれて、店を変えても探してくれた。見た目は小太りでお世辞にも格好いいとは言えないし、クリシュのほうが断然男前だけどね。多分クリシュが次にこの町に来たときは私はもういないわ。だから、腐れ縁も今日までよ」

「……君には世話になった。幸せになってくれ」

「勿論なるわ。絶対になってやるわよ」

立ち上がったインリーンさんは、自分の財布からお金を出して酒代を支払おうとしたけど、クリシュさんがそれを押し止めてササッと支払った。

「なんだ、奢(おご)りならもっと飲んだのに」

「やめてくれ、君が本気で飲んだら破産する」

「失礼ね、そこまで飲まないわよ。ムックじゃあるまいし」

やっぱり、クリシュさんとインリーンさんは仲がいいなって、思わずジト目になってしまった僕の頭を普段とは違う手の感触が撫でた。

見上げると、インリーンさんが悪戯っ子みたいな目で僕を見ていて、なぜか『可愛いわね』って頭頂部を撫でられてしまった。

「クリシュってば、いい子を見つけたわね。『クリシュのことが大好きです』って顔に書いてあるわよ。私も小太り中年じゃなくて、こんな可愛い子にプロポーズされたかったわ」

女の人に頭を撫でられたのなんて婆ちゃん以来で、僕はちょっと動揺した。自慢じゃないけど、僕は身内以外の女の人との接触に慣れていないんだ。

「あまり触らないでくれないか」

眉間に皺を寄せたクリシュさんの顔を見て、インリーンさんはニンマリと笑った。どうやら僕とクリシュさんはからかわれてしまったらしい。


「送っていこうか」

「いいわよ、生まれたときからこの街に住んでるんだから。慣れてるわ」

クリシュさんを見かけて今日の仕事を休みにしたインリーンさんは、これから自宅で飲み直すらしい。

僕とクリシュさんは、宿の外まで見送りに出た。

「普段と逆だから、なんだか変な感じね」

いつもお客様をお見送りしているインリーンさんは、自分が店から出るところをお見送りされるのは初めてらしくて、なんだか照れていた。

「シノブくん、ちょっと」

手招きをするインリーンさんに近づくと、ニッコリ笑顔で内緒話をするみたいに口に手を添えて顔を寄せてきた。インリーンさんのほうが背が高いから屈まないといけなくて、中腰は辛いよなって思った僕は背伸びをして顔を近づけた。

「かーわいいわね、警戒心が薄いとイタズラされちゃうわよ？」

「うひっ!?」

素早く顔を傾けたインリーンさんが迫ってきて、僕の顔とくっつきそうになった。まったくの無防備だった僕は逃げることができなくて、驚愕の表情で固まってしまった。

まさかの頭突き!?　ってギュッと目を瞑ったとき、後ろから伸びてきたクリシュさんの手が僕の脇の下を支えてグイーッと持ち上げた。

「た、高い！　クリシュさん、怖いよ!!」

「今、なにをしようとした？」

「なによ、キスの一つや二つに目くじら立てて。これくらい挨拶でしょ。心の狭い男はすぐに愛想尽かされるわよ」

「シノブは挨拶でキスするような人間じゃないんだ」

「ふんっ、ケチくさいわね。私だってたまには若い子のプルプルの唇で癒されたいのに」

クリシュさんはインリーンさんを見送るまで僕を抱き上げたまま下ろしてくれなくて、ヒラヒラ手を振りながら夜の街に消えていったインリーンさんを見送った後も、僕は抱えられたまま部屋に戻った。

部屋に戻ってからもずっと膝の上に向い合わせで抱かれている状態なんだけど、なんとなくクリシュさんの機嫌が悪そうなんだ。

僕、なにかクリシュさんの機嫌を損ねることをしてしまっただろうか。不自然な沈黙に支配された部屋の空気も重苦しく感じる。

さっきからクリシュさんが僕になにかを言いたがっているのは気がついていたんだ。

ただ、クリシュさんが話そうとしていることは、もしかしたら今僕が一番聞きたくない話かもしれないって予感がしていたから、僕はクリシュさんに頭を撫でられても髪の毛を耳にかけられても顔を見返すことができなかった。

スゥーッて息を大きく吸う音が聞こえて、一瞬止まってゆっくりと息が吐き出されていく。

「インリーンとは……」

「ま、待って、言わないで!!」

クリシュさんが過去のインリーンさんとの関係を説明しようとしているのを察した僕は、慌ててクリシュさんの口を両手で塞いだ。

「ク、クリシュさんは素敵な人だから、過去に恋人の一人や二人や三人や二十人くらいいるのは当たり前だって覚悟してたけど、僕はやっぱりクリシュさんの恋人のことは知りたくないんだ。なにをしたとか、何回したとか、そういうのも知らないでいたい。ごめん、僕、自分で思っていたよりもずっと嫉妬深かったみたいだ。だから、言わないで」

女々しいなって落ち込むけど、やっぱり絶対に知らない方がいいと思う。知らない方が幸せだってことは絶対にあるんだ。

「知ってしまったら、そのことばかりに気を取られて、なにかにつけて僕と比べてしまう気がするんだ。僕はクリシュさんが大好きだ。だから、一緒にいるときは余計なことに惑わされずにクリシュさんと僕とのことだけを考えていたい。だって、せっかくクリシュさんと一緒にいるのに、ほかのことが頭を掠めているなんて嫌だ」

「じゃあ、一つだけ聞いてくれ」

口を押さえていた手を引き離されて、指の一本一本を絡めるようにしてクリシュさんに握られた。

「一生一緒にいたいと思ったのはシノブが初めてだ」

クゥッと心臓を摑まれたみたいに苦しくなって、胸を押さえたかったけど、手をクリシュさんに摑まれていたからできなかった。

「そして、俺が愛を捧げるのはシノブで最後だ」

鼻の奥がツーンと痛くなって、目が潤んで視界が歪む。真剣な話をしているクリシュさんの顔をしっかり見ていたいのに。

「俺と結婚して欲しい」

目の下の涙袋に限界まで水分が溜まって、瞬きをしたらあふれてしまいそうだ。

必死で我慢していたのに、クリシュさんが額にキスをするからポロリと落ちてしまった。

「返事は『はい』しか聞かないぞ」

珍しく強引なことを言うクリシュさんを見て、また新しいクリシュさんを知ることができたって嬉しくなる僕の答えは、どこを探しても『はい』しか見つからなくて。

「ふわぁい」

涙で歪む口から出た答えは間抜けなことに震えて変な発音になってしまった。どこまでいっても格好悪いけど、こんな僕でよかったらずっと一緒にいてください。

泣くのを我慢していたから息が苦しくて、きっと鼻の頭は真っ赤で不細工な顔をしているのに、クリシュさんはそんな僕を見て嬉しそうに笑った。

今まで見た中でも最高の笑顔で僕に口づけたクリシュさんは、そのままの勢いで僕の背中を布団に優しく押しつけた。

長い長いキスをされているうちに、僕の服は少しずつ脱がされていった。クリシュさんはシャツのボタンを一つ外すと現れる肌に余すところなく口づけて、満足したらまた一つボタンを外してを繰り返す。

三つめのボタンが外れると僕の乳首の端っこがチラリと見えて、そこを舌でなぶられた。与えられる刺激を期待してぷくりと膨らんでいるところよりも外側の淡い色をした部分をチロチロ舐められて、もどかしさに体を捩ると意図せずクリシュさんの舌に乳首を擦りつける形になってしまった。

そ、そんなつもりでは……!!　って慌てていると、クリシュさんの笑った息がフッと乳首にかかってジンッと痺れが走った。

何度もクリシュさんとこういうことをするうちに、自分の体がどういう反応をするのかもわかり始めた僕は、恥ずかしさに頭が煮えそうになった。

真っ赤になった顔を隠すために、手の甲を目の上に押しつけた。行為には慣れてきたけど、恥ずかしさは一向になくなってくれない。

それ以上乳首には触れずに四つめと五つめのボタンを連続で外したクリシュさんは、現れたお臍を尖らせた舌先でクリクリと刺激した。

「ここ、好きだったな?」

「ひやぁ」

僕は、お臍をいじられるのが苦手だ。どうにもジッとしていられなくなって尻を浮かせると、ズボンとパンツを一緒にずらされた。

前の方はギリギリ隠れているけど、尻は剝き出しになって、ツルツルのシーツの感触がする。

シャツは一番下のボタンだけ、ズボンは腰の下辺りまでずらされて尻だけ出ているという中途半端な格好を真上から見下ろしたクリシュさんは、目を細めるとペロリと唇を舐めた。

獲物を目の前にしたライオンみたいな仕草に、ドキドキと胸が煩く騒ぐ。野性的なクリシュさんも、格好よすぎて心臓が苦しい。

今日のクリシュさんの視線はとても力強くて、肌がビリビリするから、どこを見られているのかすぐにわかった。

真っ赤になっているだろう耳から首筋、鎖骨を辿って、さっき擦りつけてしまった乳首で視線が止まる。じっくりと観察するような視線に耐えかねて体を震わせると、やっと移動した。お腹の中央を通って、さっき刺激されたお臍を通り過ぎて、下生えの辺りで視線が止まり、辛うじて隠れている状態の、興奮を示し始めている足のつけ根をじっくり観察して、右の腰に辿り着いた。

次に攻められるのはそこだと察した僕が身動きする前に、腰骨の出っ張ったところに歯を立てられた。

「あっ!」

勿論そんなわけはないんだけど、今日の野生動物みたいなクリシュさんに骨までバリバリ食べられてしまいそうで、ゾクゾクッと震えが走った。

イメージはライオンだ。狩りをした獲物を大きな舌で味わいながら骨にかぶりつくライオン。

あんな感じで歯を立てられた後、腰骨から足のつけ根までねっとりと舐め回された。

「ふっ、ふっ、あうっ」

腰骨から足の間の際どい場所までを何度も往復する舌に体がビクビクと跳ねる。そうするとズボンとパンツが少しずつ布団に擦れて、太股の真ん中辺りまで下がってしまった。

辛うじて隠れていた僕の恥ずかしい場所も下着の圧迫から逃れてお腹につきそうなくらいに反り返っている。

直接的なところはまだどこにも触られていないのに、ビンビンになっているのが恥ずかしくて、足をモジモジと擦り合わせた。

シャツの最後のボタンを外されて大きくはだけさせた後、クリシュさんの舌は腰骨から横腹を通り、肋骨（ろっこつ）のポコポコした感触を確かめながら上に上がっていく。

シャツを背中まで引きずり下ろされて、今度は肩に歯を立てられた。

「クリシュさん、噛んじゃ嫌だ」

「痛くはしてないだろう？」

痛くはないけど、ゾクゾクして耐えられそうにない。少し歯が当たるだけで下腹の辺りがキュンッと絞られて、尻の穴がヒクヒクしてしまうし、僕の立ち上がったアソコも、先っぽから透明な汁をあふれさせ始めている。

クリシュさんの様子もいつもと違うけど、僕の体も変に興奮しているみたいで些細な刺激にも過剰に反応してしまうんだ。

ガブリガブリと至るところに歯を立てるクリシュさんも興奮しているみたいで息が荒い。

「食べてしまいたいな……」

「ひあ、あっ、あっ」

首に歯を立てながら呟いた言葉を聞いてしまった僕は、一気にゾクゾク感が増して、ピュルッと白濁した汁を少しだけ漏らしてしまった。

僕の体はどこもかしこもクリシュさんに食べられてしまった。

半分服を着たままで、縦横無尽に動き回るクリシュさんの舌に翻弄され、自分でもどうしたいのかわからないまま体を動かすと、両腕は上腕の辺りで絡まるシャツに遮られて可動域が酷く狭いし、足は太股で留まっているズボンのせいで自由に動かすことができない。

人魚になったみたいに、両足をそろえて曲げ伸ばしするくらいしか動けなかった。

手足の自由が利かないと感覚が鋭くなるのか、僕の耳はクリシュさんの息遣いや衣擦れの音をいつもよりよく拾い、肌はクリシュさんの髪の毛一本が掠めるのにさえ敏感に反応して粟立ち、喉からは唸り声が漏れてしまう。

ピチャピチャと舌が肌を這う音にすら感じてしまう始末で、拘束されて興奮するなんて、変態への扉を一つ開けてしまったみたいだ。……癖になったらどうしよう。

「美味しそうな色になったな」

舐められ噛まれ吸われ摘まれ押し潰された乳首は敏感を通り越して痛いくらいで、ふうっと息をかけられただけでも体がビクビクと震えてしまう。

これ以上は本当に変になるって危機感を覚えた僕は、クリシュさんに今までで一番恥ずかしいお願いをする羽目になってしまった。

「クリシュさん、も、もう、脱がせて」

「もう少しこのままでもいいだろう？」

「やだ、やだ。脱がせてよ」

『お願い』と『まだ駄目』のやりとりを何度も繰り返して、ようやく全部の服を体から剝がしてもらったときには、僕は直接的な刺激を与えられないまま二回もイかされてしまっていた。

百メートルダッシュを連続三十回した後みたいに息が切れて、自分の意思とは別にビクビクと足が震えて、足のつけ根から尻にかけては自分が出した白濁でベチャベチャに濡れている。

布団にクッタリと体を預けた僕を満足そうに見下ろしたクリシュさんは、ここでやっと服を脱いだ。僕は、自分のことで精一杯で、クリシュさんがまだ服を脱いでいないことにも気がついていなかったんだ。

僕が出した白濁がクリシュさんのズボンにベッタリと付着しているのを見て、ぼんやりと『染みになるな』って思った。

ベッドヘッドの引き出しから備えつけらしい小瓶を取り出したクリシュさんは、トロリと液体を掌に落としていつものように指先で粘度を確かめた。

「こっちのほうがいいな」

なにが『いい』のかなって小首を傾げている僕の両足を大きく割り開いたクリシュさんは、液体を纏わせた指で尻の割れ目を撫でた。

これだけベチャベチャになっていたら必要ないんじゃないかなって思ったけど、スルリと潜り込んできた指に、『いい』の意味を知った。

「はっ、あぁっ」

いつも使っている液体よりも数倍滑りがよくて、簡単に指一本が入ってしまったんだ。

「やはり、いいな」

クニクニ指を動かされて、敏感な場所に触れられた僕は体をのけ反らせながらシーツを蹴った。

ツルツルしている布団は見るからに滑りがよさそうだとは思っていたけど、実際に体を横たえてみると本当に滑りがよかった。

立てた足を踏ん張ろうとしても、ツルッと滑って力が入らない。

「クリシュさん、あまり、動かさないで」

すでに二回もイッている僕には刺激が強すぎて、ハフハフと息をしながら懇願した。もう、本当にどうにかなってしまいそうだ。

クリシュさんは、一度指を抜いてヒクヒクする尻の穴を撫でながらふわりと優しく笑った。

「今日は、もう少し先に進もうか」

「クリシュさん、ムリ、裂ける」

「大丈夫だ。ゆっくりする」

全然、大丈夫じゃないと思う。さっきまで一本の指を縦横無尽に抜き差しされていた尻の穴には二本目の指が添えられていて、ジリジリと中に突き進んでいた。

今まで一本しか入れたことがなかったところを二本目だ。しかも、中指は人差し指よりも太い。苦しいし、裂けそうで怖くて勝手に体が強張った。

力を抜かなきゃもっと苦しいってわかっているけど、体が言うことを聞かないんだ。

「これはこの街の名産品だが、さすがはランクが高い宿なだけあって高級品を用意してくれたみたいだ。すぐに楽になるから少しだけ我慢してくれ」

「楽に、なるの?」

一体どうやってって思っている間にも指はジリジリと奥に進んでいて、僕は息も絶え絶えだ。

今の段階でどれだけ進んでいるのかわからないけど、クリシュさんは少しだけ指を広げて隙間に液体を流し入れた。

体温よりも低い液体が流れ込んでくる感覚にブルリと体が震えて、でもすぐに馴染んだのか気にならなくなった。

「う、動かさないで」

「ああ、少しこのままでいよう」

頬を撫でてくれる手に懐いているうちに不思議と違和感が薄れていって、僕の表情からそれを読み取ったクリシュさんがクチュリと音を立てながら指の動きを再開させた。

「あっ、なんで。変だ」

「落ち着いて、ゆっくり息をして」

息を吸うと指を抜き、息を吐くと奥に進んでくる。あれだけ苦しかったのが嘘みたいに簡単に。

「ねぇ、どうして？」

「この街全体が歓楽街だという話をしたな？　この液体は、一日に何人も客を取り、それを毎日繰り返す労働者の負担を軽減するために長い年月をかけて作られた特別製だ。体の痛みを軽減し、筋肉を解して受け入れやすくする。体に害はないから安心して身を任せてくれ。楽になっただろう？」

容赦なく中をかき混ぜる指に翻弄されて、またイかされてしまった。僕だけ何回も気持ちよくなっているのが申し訳なくて、クリシュさんのに手を伸ばすと、クリシュさんは僕の手に自分の手を上から重ねて激しく擦り上げた。

ビシャリと僕の太股にかけた自分の精液をマッサージするみたいに塗り広げてうっそりと笑うクリシュさんを見て、まるで縄張りを主張するためのマーキングみたいだなって思った。

本当に今日のクリシュさんは、強引で野性的で、ゾクゾクするほど格好よくて、僕の心臓はドキドキしすぎて休む暇もない。

「はっ、あっ、あっ、クリシュさんっ！」

グチュッ、クチュッ、と酷い水音と僕の喘ぎ声が部屋に充満している。僕の尻の穴を行き来する指は三本に増えていた。

三本も入っているなんて、信じられない。だって、昨日まで一本が精一杯だったのに。

「シノブ、足を閉じて。そう、そのままだ」

うつ伏せになって尻を高く上げている僕の足の間をクリシュさんのが行き来していた。指を奥に進めるのと同時に突き入れて、抜くのと同時に腰を引いて。

本物のクリシュさんを受け入れているような感覚にクラクラする。

「クリシュさんっ、僕っ、また……っ」

「ああ、俺もだっ」

腰の動きが激しくなって、ビシャリッと僕のお腹に熱い液体がかかった。足の間のクリシュさんがビクビクしていて、ああ、クリシュさんもイッたんだって思いながら、全身グニャグニャのタコになってしまったみたいに力が抜けてしまった。

腰を支えているクリシュさんの腕がなければ、ベショッと潰れていたと思う。

「シノブ……」

熱に浮かされたようなクリシュさんは、僕の名前を呼びながら項(うなじ)に歯を立てる。余韻を楽しみながらゆっくり腰を動かして、左手で僕のお腹の辺りを触ってクリシュさんの白濁で濡れているのを確かめると、お腹から胸の辺りまで撫で上げて精液を肌に塗り込んだ。

腰を支えていた手が離れると僕の体は布団に沈んで、もう指一本も動かせないほど体力をゴッソリと奪われてしまっていた。

エッチなことをするのって、凄く体力を使う。腹上死って死因があるって聞いたとき『嘘だぁ』って思ったけど、あれは実際にあり得るんだって納得できてしまった。

うつ伏せのままずっと曲げていた足を伸ばすと、股関節がパキッと音を立てた。僕は放っておいたらこのまま寝てしまいそうだったんだけど、体力があるクリシュさんは僕の尻を撫でながら背中に舌を這わせていた。

「んっ」

背骨を辿って下から上に舐め上げられるとゾクゾクして、肩甲骨を噛まれたり吸われたりすると指一本も動かせないと思っていた体がビクビクと跳ねた。

足を伸ばしてうつ伏せになっている僕の体の上に覆い被さっているクリシュさんは肩甲骨を舐めながら僕の尻の谷間に元気を取り戻して臨戦状態になっているモノを擦りつけ始めた。

まだするの!?　って内心で驚いたけど、よく考えたらはじめにチョロッと漏らしてしまったのも含めると四回もイッてしまった僕と比べて、クリシュさんは二回しかイッていないんだった。

「疲れているのにすまない。もう少しつき合ってくれ」

クリシュさんがこんな風に欲望を剝き出しにするのって初めてだ。止められないほど僕に興奮してくれているのが嬉しくて愛しくて、僕は自分からクリシュさんに尻を擦りつけた。

ギシッギシッギシッギシッ。

「ハッ、クッ、シノブッ」

寝そべる僕の上にピッタリと体をくっつけて、尻の谷間に挟んだモノを腰を振って擦りつけるクリシュさんの息遣いは扇情的だ。

それを聞いているだけで体が熱くなる。潜めた声で名前を呼ばれたり耳に吐息が当たると、四回もイかされてもう出すものがないと思っていた僕のアソコも力を取り戻してきた。

クリシュさんが腰を振ると体が揺れてツルツルの布団に僕のを擦りつける感じになるんだけど、摩擦が少ないぶん刺激も足りなくてもどかしい。次第に僕もクリシュさんみたいにシーツに腰を振るようになり、二人の動きでベッドが大きな音を立てて軋んでいた。

「フッ、フッ」

「んんっ、あうっ、クリシュさ、それ、引っかかる!」

クリシュさんが大きく腰を動かすと、カリが尻の穴の上を通過して、大きく張った笠の部分が穴を引っかけるように刺激してくる。指が三本も入っていたから、ちょっと角度を変えて押し込んだらズブズブと入ってしまうんじゃないだろうか。

だけど、尻の間を行き来するモノは指三本よりもきっと太いから、間違って入ってしまったら相当な衝撃があるだろうなって想像すると、少し怖くなる。

僕の怯えを感じ取ったのか、クリシュさんは耳に唇を近づけて息を吹き込むようにして囁き、ついでとばかりに耳たぶを口に含んで嚙んだ後、耳の穴に舌を突っ込んで舐め回した。

「今は、入れない」

「あっ、あうっ」

入れないけど、わざと引っかけるように動いてるんだよって知らしめるみたいに、尻の穴の辺りを重点的に擦りつけて、布団と体の間に滑り込ませた手で僕の乳首を押し潰した。

「だが、この旅が終わって俺達の街に戻ったら……」

「クリシュさん、クリシュさん!!」

尻の穴がヒクヒクして、中に刺激が欲しいって主張し始めた。尻で気持ちよくなることを覚えてしまってから、僕はエッチなことを考えると一番に尻が反応してヒクつくようになってしまったんだ。

「抱くから、覚悟しておいてくれ」

「――!!」

尻の中が疼く。入れて、触って、押して、動かして欲しいって中がぐにゅっと動いた。欲しい、欲しい、クリシュさんが欲しい。繋がりたい。クリシュさんを全部僕のものにしてしまいたい。

「クリシュさん、欲し……っ!」

「――ッ」

無意識に尻をクイッと持ち上げて触れる角度を変えようとしてしまっていた。先端が当たる感覚にブルッて背中が震える。

だけどクリシュさんは入ってしまうのを防ぐみたいに尻をグイッと持ち上げて、代わりに指を挿し入れた。

両手で尻を摑んで、親指をグチュグチュ出し入れしたり気持ちのいいところをグリグリ押すから、僕は自然と尻に力が入ってしまって、谷間を行き来するクリシュさんのモノを締めつけてしまう。

もどかしい刺激が一変して頭の奥が痺れるほどの刺激を急に与えられて、耐える暇もなく薄くなった精液をピュッと吐き出した。

「アッ」

「クッ、シノブッ」

親指を引き抜いたクリシュさんは、僕の尻の穴に先端を押しつけながらビュルッと精液をかけて、残りを背中にかけた。お腹にかけたときと同じように掌で背中に塗り込む。

もう無理、今度こそ無理。もう動けない。

半分朦朧としながら、くっついていたいって気持ちを込めて腕を引っ張って僕の体に巻きつけると、腕の中に抱き込んでくれた。

お互いに寝心地のいい場所を探して、少しの隙間もないようにピッタリくっついて、寝ている間も離れてしまわないようにお互いの体に腕を回して。言葉もなく、スーッと意識が落ちていく。

言葉はなかったけど、お互いのことをすべてわかり

合えたような満ち足りた気持ちで、泥のような眠りに落ちた。

翌日は僕もクリシュさんも昼過ぎまで寝過ごしてしまった。昨夜盛り上がりすぎたせいで僕はまったく起き上がれない状態で、今日は諦めてもう一泊することになった。

僕が早くこの街を出たかったのは、クリシュさんの昔の人がいるんじゃないかって不安になっていたからであって、それが解決した今はフカフカの布団の宿に連泊できるのは嬉しい。ご飯も美味しいし。

カピカピする体をクリシュさんに拭いてもらい、部屋に運んでもらったご飯を食べさせてもらった。

クリシュさんが部屋にご飯を運んでもらうように宿に頼みに行ったとき、インリーンさんとバッタリ出会って、『朝早くに出発するんじゃなかったの？』って冷たい目で見られたらしい。

『あまり無理させるんじゃないわよ』というお叱りの言葉と一緒に手渡された栄養ドリンクの効果は絶大で、夕方には僕の体は元気になった。

凄い効き目だから『最近疲れが取れにくい』って言っていたゲネットさん用にお土産に買って帰りたかったけど、このドリンクは日保ちがしないって聞いて諦めた。

その代わりに、クリシュさんは部屋に備えつけのヌルヌル液体をえらく気に入ったらしくて、大きなボトルを一本購入し、月に二本家に送ってもらうように定期購入の契約を交わしていた。

（二本、使うんだ……）

クリシュさんの意気込みというか、やる気を示されたみたいで、僕はほんのり熱い頬を押さえてモジモジと照れてしまうのだった。

第14章　ご挨拶

「海の匂いだ!!」

青い空に白い雲!!　雲の白さはいつもと同じはずなのに、海とセットで見るといつもよりも白く見えるから不思議だ。

入道雲が三角形で、ソフトクリームを思い出させる。太陽の光を反射して眩(まぶ)しく光る海面に浮かぶ黒い点は漁師さん達が働く船だ。

　こっちの世界の魚は、どんな形でどんな色でどれほどの大きさなんだろう。カボチャや大根や卵みたいに大きいんだろうか。

「あまり前のめりになると落ちるぞ」

　ブランシュの背に揺られながら、食い入るように海を見ていた僕はクリシュさんにお腹を引き寄せられた。あの先に魚がいるのかと思うと、体が早く行きたいって前のめりになるんだ。

「クリシュさんは、魚好き?」

「ああ。この辺りの魚は煮ても焼いても美味いと聞いたことがあるから楽しみだ。シノブもだろう?　宿で魚介の料理が出ると、目の輝き方が違うからな」

　ええっ、僕、そんなにあからさまだったかな。

　確かに魚は好きだけど、こっちに来る前は大騒ぎするほど食べたいと思ったことはなかったんだけど。やっぱり、食べられないと思うと食べたくなるもので、口が魚の旨味を味わいたいってソワソワする。そんな意地汚いところをクリシュさんに観察されていたなんて、恥ずかしいな。

　さてさて、僕達はとうとう辿り着きました!!

　海の匂いに誘われて魚のことばかりになったけど、今回の旅の目的である、クリシュさんのご両親に挨拶をするという人生の一大イベントを目前に控えた僕は、ちょっと緊張ぎみだ。

　クリシュさんのご両親が暮らしているのは坂の多い大きな港街だった。途中の市場には魚がずらっと並んでいて凄く活気がある。

　屋台でも魚や貝を焼いている匂いがぷうんと漂っていて、匂いを嗅いでいるだけでヨダレがあふれそうだ。

「クリシュさん、魚だよ、貝も!!」

　すぐそばの屋台で真っ赤な大きな魚を炭火で炙(あぶ)っていて、ヒレがピーンと立っている。新鮮な証拠だ。油が滴(したた)り落ちるたびにジュッて音がして、物凄い量の煙がモクモク上がっていた。

「わかった、わかったから。あまり急ぐと転ぶ」

　ブランシュから降りてから大興奮でキョロキョロソワソワして今にも走り出しそうな僕に危機感を覚えたのか、クリシュさんにヒョイッと抱えられてしまった。

　そうだった。旅をする中で見知らぬ街は危険だからクリシュさんのそばから離れてはいけないと学んだばかりだった。ちょっと反省。

それでも魚の誘惑には勝てなくて、僕は自分でも気がつかないうちに『ジーッ』と穴が空くほど屋台を見ていたらしい。苦笑したクリシュさんに、挨拶に行く前に腹ごしらえすることを提案された。

「ううっ、美味しい」

露店脇の飲食スペースの机の上にドカーンッと置かれているのは巨大な魚の塩焼きだ。炭火でじっくり焼き上げて外はパリパリ中はふっくら。

広い海を縦横無尽に泳いだ魚の身は引き締まっていて、凄い弾力で噛みごたえがある。

この世界の食べ物はなんでも大きいけど、魚も大きい。僕の認識する焼き魚は秋刀魚(さんま)とかアジの開きとか、鮭(さけ)の切り身なんだけど、目の前にある塩焼きは鰤(ぶり)くらいの大きさの魚を丸々一匹焼いたものだった。うーん、デカイ。こんなに大きかったら、焼くのに凄く時間がかかるだろうな。

残念だったのは、こっちの世界には魚を生で食べる習慣がなかったことだ。腹を壊すからよく火を通さないといけないいんだって。

「焼貝をお待ちのお客様ー」

「あっ、こっちです、こっち!!」

ブンブン両手を振ると、店員さんが僕達の席まで貝を運んでくれた。徐々に近づいてくるサザエに似た貝をワクワクして見ていたんだけど、途中からあれ？って思った。

凄い大きい。サッカーボールくらいあるぞ!?

「お待たせいたしましたー」

「ひゃ〜、凄い、大きい！　いい香り!!」

殻(から)ごと焼かれて中でグツグツ音を立てて煮えている貝を前に、僕は感動でプルプルと震えた。とうとうこのときがやってきた！　焼貝を注文したときから意気込んでいたんだ。

この貝から身を取り出すところをイメージしながらフォークを握り、鼻息荒くクリシュさんに宣言をした。

「貝の身を取り出すのは僕に任せて!!」

「火傷(やけど)するなよ」

待ってて、クリシュさん。今身を取り出してあげるから一緒に食べよう!!

……できませんでした。

健闘虚(むな)しく、僕の筋力は貝に負けてしまった。この巨大な貝の身はとても柔らかくてぷすりと簡単にフォークが刺さった。

僕は食べたときのことを想像して、コリコリ食感もいいけど柔らかいのも美味しいよねって、緩む顔を止められなかった。

そこまではよかったんだけど、いざ身をほじくり出そうとすると、全然動かないし、ちっとも動かないし、さっぱり動かないし、とにかく動かなかった。

え、これ、本当に煮えてる？　まだ生きてて貝の中で踏ん張ってるんじゃないの!?　って思うくらいで、ウギギギギーって歯を食い縛って僕の全筋力を総動員してもびくともしなかった。

僕が全力を傾けている間黙って貝を押さえてくれていたクリシュさんは、力尽きると優しくフォークを奪って、ちっとも力が入っていない素振りで身を取り出してみせた。

「うわぁー!!」

簡単に取り出したけど、コツがあるんだろうか。手首のスナップかな？

クリシュさんが手首をクルリと回すと白い身がツルンと出てきてパチパチ拍手を送って見ていたんだけど、奥の方から焦げ茶色のクルクル巻いている部分がドゥルルルルッて出てきたのには驚いた。

「うわぁ」

なんかちょっと……。気持ち悪いなぁ。

フォークを持ったクリシュさんの手からブランブランとぶら下がっているグルグルでブヨブヨしているものはビジュアル的にちょっとアカン感じだった。

これを食べるのかってちょっと引いていたんだけど、どうやら食べられるのは白い部分だけみたいで、クリシュさんは白と焦げ茶の境目を綺麗に切り分けて、焦げ茶の部分をすぐに店員さんに下げてもらっていた。

残った白い身をサイコロ状に切り分けたクリシュさんは、一番大きな欠片をフォークに刺して僕の口に入れてくれた。

「ふかふかだぁ」

なんだろう、この柔らかさ。ふかっと歯が沈んで簡単に噛み切れてしまう。噛むとじゅわっと貝のエキスが染み出して、口の中が貝のスープでいっぱいになった。

飲み込むのが勿体ない！　ずっと口に含んでいたいくらいに美味しい!!

「クリシュさんも、クリシュさんも食べて！　凄いよ!!」

「これは美味いな」

「ねっ、美味しい!!」

話している間にも食事の手が止まらなかった。

いいなぁ、これ。野菜をたっぷり入れて鍋をしたら美味しいんだろうなぁ。ポン酢でさっぱりもいいし、ピリ辛の味噌鍋もいいなぁ。味噌があればな。

大きな魚と大きな貝を二人でペロッと完食した僕達は、街から少し離れたところで暮らしているというクリシュさんのご両親の家を目指して意気揚々と出発した。

美味しい魚介をお腹いっぱい食べて元気いっぱいだ。

途中でやっぱり手土産をなにか用意しようってことになって、井戸端会議を繰り広げているご婦人に美味しいお菓子を売っている店を教えてもらって、一口サイズの焼菓子を一箱買い求めた。魚と貝の形をした可愛い焼菓子。気に入ってくれるといいな。

ブランシュの背中に揺られていると、だんだんと家が少なくなって、畑や果樹園らしきものが多くなってきた。あの見覚えのある葉はククリじゃないか。この地方はククリの産地というだけあって、たくさん生えているけど、収穫した後なのか実をつけている木はないみたいだ。

「お父さんとお母さんの家はどの辺り?」

「俺も初めて来たからハッキリとは言えないが、もう少し先のはずだ。青い屋根の家らしい」

クリシュさんは顎を擦りながら答えた。

「ええっ、初めて来たの?」

「ああ、会うのも成人以来だから五年ぶりになるか」

そんなに会っていなかったんだ。でも、そうだよな。こっちの世界の移動手段は徒歩か馬だし、飛行機でひとっ飛びってわけにもいかないから、なかなか会えないよな。しかも、クリシュさんはフィルクス様の護衛で旅をしていたわけだし。

「じゃあ、お父さんとお母さんも会うのを楽しみにしてるんだろうね」

「どうだろうな？　息子なんて独り立ちしたらそうそう親に会いに行かないものだからな。俺よりもシノブに会うのを楽しみにしてると思うが」

「そんなことないよ。だって、僕だってクリシュさんと一日離れているだけで会いたいなぁって思うし。きっと今頃はクリシュさんが好きな料理をたくさん用意しているよ」

クリシュさんは僕と違って自慢の息子だもん、きっとそうだよ。なんてったって、将来有望な騎士隊長さんだし。

「そういえば、お父さんってどんな方なの？」

「寡黙な人だな。もともとは大工をしていた」

「へー、大工さんかぁ。格好いいね」

爺ちゃんの競馬仲間にも大工さんがいたんだよ。凄いんだ、なんでも手作りするんだ。

「じゃあ、お母さんは？」

「母は……、どこか呑気で子供っぽいところがある人だ。話し好きの賑やかな人だからな、シノブに会ったら質問攻めにするかもしれないが驚かないでやってくれ」

寡黙なお父さんと、賑やかなお母さんと、子供のクリシュさんかぁ。理想の家族って感じだね。

……いいなぁ、うちとは大違いだ。

「ああ、見えてきた。おそらくあの家だ」

少し先に見える青い屋根の家は、夫婦二人で住むには大きくて立派な造りをしていた。

ああ、まずい、緊張してきた。

「クリシュさん、ちょっと休憩しよう。僕、緊張してきた」

「それなら、そこの小川で一休みするか」

ブランシュも休憩したかったみたいで、クリシュさんが小川に連れて行くと、嬉しそうに水を飲み始めた。

「あ、小魚がいる」

メダカみたいな小さな魚が、僕の影に驚いて水草の中から飛び出した。こういうのを見ると、捕まえたくなるよな。

掌を器みたいにしてすくってみたけど、見事に逃げられてしまった。

「あー、駄目だ、逃げられた」

小魚は僕の手が届きそうで届かないところに移動してひとかたまりになって泳ぎ始めた。

「葉でコップを作ったら捕まえられるかな？」

昔爺ちゃんに、笹の葉を使ったコップの作り方を教わったんだ。試してみようかな。

「シノブ、川に落ちるなよ」

「はーい」

小魚に夢中な僕は、ブランシュに水を飲ませているクリシュさんに返事をして、近くに生えている葉を物色した。

ガサガサガサッ。

「ん?」

すぐそばの茂みが不自然に揺れて、ぬぼって大きな影が突然現れたのは、虫食いのない大きな葉を引き千切ろうとしたときだった。

「ぎゃあっ、熊!?」

この世界に熊がいるのかいないのか、見たことも誰かに聞いたこともないからわからないけど、僕の身長を遥かに越す二本足で立つ巨体の影を僕はとっさに熊だと判断した。

一目散にクリシュさんのところに駆け戻って、『本当に熊だったらクリシュさんが危ない』ってハッとした。

僕はなんてことをしてしまったんだ。これじゃあクリシュさんが逃げられないじゃないか。

クリシュさんの前で急停止した僕は、バッと振り返って『これ以上は進ませないぞ!!』と両手を広げた。

僕なんて片手の一撃で倒せてしまうかもしれないけど、その間にクリシュさんは助かるかもしれないし。クリシュさんは、僕が守る!!

「……クリシュか」

「父さん、なんでこんなところに」

あれ、父さん? 『いただきます』をされる覚悟をしてギュッと瞑っていた目を恐る恐る開けると、熊と間違えてしまったのは人間で、背中に籠を背負ったダンディーな男性だった。

「山菜を採っていた。久しぶりだな」

「久しぶり」

五年ぶりに会う親子にしては素っ気ない会話を聞きながら、僕はタラリと汗を掻いた。

僕、熊だって叫んじゃった。これって不味くないか? これから挨拶するはずだったクリシュさんのお父さんに向かって『熊だ!!』って言ってしまった。

「予想より早かったな」

「そうか?」

僕の頭の上を通してやりとりされる会話を聞きながら、広げた両手をソロリソロリと下ろした。

「それで、お前の相手はどこだ?」

「目の前にいるだろう。シノブ、俺の父のクラリスだ」

「は、はじめまして。シノブです!!」

急に僕の名前が出たものだから、飛び上がらんばかりに驚きながら、失礼な発言をしてしまった謝罪も込めて深々と頭を下げた。

「……彼が？　……そうか……。よろしく」

……の部分が凄く気になる。もしかして、『はぁ？　この小さいのが⁉』って思っているんだろうか。それとも、『そいつ今、俺のこと熊って言ったんだぞ。仲良くできなさそう』とか思ってるかもしれない。

どどどど、どうしよう。初対面で悪印象だなんて。もう、なにをどうともできないような気がする。

「母さんは？」

「家にいるはずだ」

「なら荷物もあるし、先に行ってる。ちゃんとした挨拶は後でするから」

「わかった」

やっぱり素っ気ないような気がするんだけど、これって普通？　怒ってるんじゃない？

そもそも僕の家は普通じゃなかったから、二人の会話が普通なのかわからない。

オロオロしている間にも親子の会話は進んで、僕達はお父さんと別れて先に家に向かうことになった。僕は、それはもう落ち込んで、ブランシュの背中で項垂れた。

「シノブ、聞いてもいいか？」

「……なんでしょうか」

「クマとはなんだろうか」

……こっちの世界には熊はいないのか、よかった。だったら、お父さんにも猛獣と間違えたことを気づかれてないよな。

気持ちが浮上して、だとしたら悪印象の理由ってなんだろうかってまた落ち込んだ。

まさか、『根本的に受け入れられない』とかだったら、僕は結婚を反対されてしまうんだろうか。

どちらにしても、熊の正体をクリシュさんに正確に教えることはできなくて、『向こうの世界の野生動物だよ』ってふんわりした表現で誤魔化した。自分の父親を獣と間違えられたなんて、きっといい気はしないと思うんだ。

コンコンコンッ。

青い屋根の大きな家の扉の前でノックをするクリシュさんの横に立って菓子折を手にした僕は、今度こそちゃんと挨拶するぞと意気込んでいた。

「……いないみたいだな。裏に回ってみるか」

二回ノックを繰り返したけど誰も出てこなくて、もしかしたら洗濯物を干しているのかもしれないなって家の裏に移動してみることにした。

クリシュさんの予想通り、お母さんは洗濯物を干していた。今日はいい天気だから、早く乾きそうだ。木に渡した紐に干されたシーツや服が風にはためいてパタパタ揺れていた。

「どうしよう、届かないわ」

この世界の人にしては小柄な女性が木に向かって跳び跳ねていた。風に飛ばされて引っかかってしまった洗濯物に手を伸ばしている。後ろ姿しか見えないけど、雰囲気が凄く若い。

「あの人はまた……」

クリシュさんが呆れたように呟いて、手助けしようと足を速めたとき、お母さんは一番近くの太い枝にジャンプして摑まると、スカートを穿いているにもかかわらず大きく足を広げて幹の窪みに引っかけ、木登りを始めた。

『おおおお!?　危ない!!』って思ったけど、お母さんは僕なんかよりもずっと身軽で、スルッと枝の上に登り、次の足場を物色し始めた。随分と手際がいいけど、いつも木登りしているんだろうか。

「よいしょっと」

「母さん」

かけ声をかけながら登るお母さんにクリシュさんが駆けていって、木にしがみついているお母さんをヒョイッと引き剝がした。

「あら？」

「少しは年を考えてくれ。危ないだろ」

「まぁ、クリシュ」

なんでここに？　って首を傾げたお母さんは、最初の印象通りに凄く若々しくて、二十二歳の息子がいるようには見えなかった。

「貴方が帰ってくるのって今日だったのね。そういえば、クラリスさんが山菜を採りに行くって言っていたわ。急にどうしたのかと思ったけど、クリシュのためだったのねぇ」

ニコニコ笑うお母さんと、ちょっと疲れた顔をするクリシュさん。お母さんはパッチリ目をした可愛らしい女性で、クリシュさんとは似ていないけど、並んで立っていると雰囲気で親子だってわかる。

空気が二人の周りだけ柔らかい。お互いに気持ちを許し合っていて、無意識の信頼とか温かい感情が滲み出ている。

（いいなぁ）

僕は家族の温かさに憧れていて、学生の頃は友達のことを羨ましいと思っていた。みんなは逆で親とほとんど顔を合わせない生活を気楽だとか自由で羨ましがっていたけど。夜更かししても怒られないし、ゲームも漫画も読み放題って。

みんなはさ、知らないんだ。誰もいない家は時計の針の音が大きく聞こえることとか、一人でご飯を食べる味気なさとか、風邪をひいたときに『このまま死んだら、いつ気づいてもらえるんだろう』って不安になることを。

家族と一緒に住んでいるはずなのに、僕はいつも一人で寂しかった。むしろ一人暮らしをしてからのほうが寂しくなかったくらいだ。誰も帰ってこないって最初からわかっていると、『今日は早く帰ってくるかも』って期待せずに済んだから。

クリシュさんは、子供のときにそんな気持ちになったことがないんだろうな。それが羨ましくて、羨ましいなって思う自分が悲しかった。

「あら、お客様かしら？」

ポツンと立っている僕に気がついたお母さんがニッコリ笑った。

僕の母さんはバリバリのキャリアウーマンで、化粧や香水の香りが染みついていたし、たまに家にいるときも難しい顔をしていることが多かったけど、クリシュさんのお母さんは優しそうで石鹸の香りがしそうだ。

僕は、お父さんとの挨拶は散々だったから、今度こそってシミュレーションしていた通りに行儀よくお辞儀をした。今は感傷に浸っている場合じゃない。

「はじめまして、シノブといいます。クリシュさんとは、おつ、おつき合いをさせていただいてます。これ、お土産です、よかったら食べてください」

お母さんは、目を丸くして驚いていた。僕とクリシュさんを交互に見て、口に手を当てる。

「クリシュ、あなた……」

『こんな子とおつき合いしてるの!?』って言葉を予測して、体を強張らせた。

アマンダさんが前に言っていたことを覚悟していたつもりだった。『同性婚をするカップルは家族間で揉め事が起こる』ってやつ。でも、実際に反対されそうになると、結構キツイ。

「シノブくんって、クリシュが結婚するって言っていた方じゃないの。クリシュッ、こんな小さな子をたぶらかして!!　彼のご両親は納得しているんでしょうね？　まさか、無理矢理とか洗脳とか、物騒なことをしてないでしょうね!?」

「誰がそんなことをするか」

「シノブくん、本当にクリシュでいいの？　貴方から見たら、クリシュなんておじさんでしょうに。いいように丸め込まれているんじゃないの？　もし断りたくても怖くてできないなら、おばさんに聞かせてちょうだい」

「母さん」

「大丈夫よ、おばさんが、ちゃんとクリシュを叱っておきますからね。まったく、クリシュってば、昔から可愛いものが好きだってことは薄々気がついていたけど、まさかいたいけな子供を毒牙（どくが）にかけるなんて」

「母さん」

「さぁ、お家に入りましょう。甘いものでも食べながら話を聞かせてちょうだい。クリシュに遠慮しないで思っていることを口に出していいのよ？　顔が怖いとか、無口で怖いとか、無愛想で怖いとか」

「えぇーっと、あの」

手を引かれながら、頭の中は『？』マークでいっぱいだった。あれ、結婚を反対されているわけではないのかな。なんだか僕が想像していたのとは全然違う方向に話が進んでいるような気がする。

とりあえず、お母さんは僕のことを年端もいかない子供だと思っているってことだけはわかった。

「母さん、シノブは成人しているし、結婚についてもお互いに納得している」

お母さんは立ち止まり、大きな目でゆっくりと瞬きをして、そっと手を離した。そして、片手で頬を押さえて一言。

「……あら、まぁ。そうなの？」

と、呟いた。なんだか、クリシュさんのお母さんって可愛いなぁ。

「勘違いしてしまってごめんなさいね。そういえば、まだ自己紹介もしていなかったわね。クリシュの母のリシューって言います。気軽にママさんって呼んでね。遠いところからようこそ我が家へ。歓迎するわ」

ビックリしたけど、お母さんへの挨拶は成功だと思っていいのかな？

やれやれって顔をしているクリシュさんと目を合わせて一緒に笑って、僕はもう一度頭を下げた。

「ママさん、よろしくお願いします」


角が丸く削られた箪笥、なだらかな曲線を描く椅子、テーブルの上の一輪挿しに飾られた黄色い野花。箪笥や窓辺にも花が飾られていて、その隣には木を削って作った可愛らしい動物達。キルトカバーのソファーと、おそろいのクッション。そして、レースのカーテン。

クリシュさんのご両親の家は僕達の殺風景な家とは違って、温かみのある空間だった。柔らかい色合いで、くつろぐための家って感じだ。

今までは家具なんて使えればいいって思っていたし、カーテンは布ならなんでもいいって思っていた。だけど、この家を見て、それが間違いだってことに気がついた。

この家、凄く落ち着く。ゆったりと時間が流れている感じで、窓から入る光を庭木がいい感じに遮っていて、風に任せて姿を変える木漏れ日は何時間見ても飽きない気がする。早く帰りたくなる家って、こういう家なのか。

街に戻ったら、僕も居心地のいい空間作りを頑張ってみようか。クリシュさんが早く帰りたいって思えるような、ホッとするような家って凄くいいよな。

「クラリスさんが帰ってくるまでお茶をどうぞ」

花柄のティーポットから注がれたお茶は、綺麗なグリーンをしていた。青い皿の上には僕達が選んだ魚と貝の形をした焼菓子が乗っていて、まるで海の中を切り取ったみたいだ。

「ここのお菓子、とっても美味しいのよ。でも、自分で食べるためにはなかなか買わないから凄く嬉しいわ」

おっとりと微笑んだママさんは、さっそくピンク色をした魚の形のお菓子を一つ摘み上げた。指先でヒラヒラ動かして泳がした後でパクリと一口で頬張ると、幸せそうにニコーッと笑う。このお菓子にしてよかった。

チラリとクリシュさんを見ると、クリシュさんもタイミングよくこっちを見ていて、視線で『大成功だ』って会話を交わした後で僕も青い魚に手を伸ばした。

「シノブ君って呼んでもいいかしら？」

「はい」

「シノブ君は、クリシュのどこを気に入ったの？」

直球の質問にカァッと頬が熱くなった。隣にクリシュさんがいるのに、そんなの言えない。

ママさんがニコニコ笑って待ちの態勢に入っている中で、僕は体を左右に揺らしてソワソワ。お腹の辺りの服を摑んでモジモジ。これ、本当に言わなきゃダメかな？

「クリシュも聞きたいわよねぇ？」

「……」

クリシュさんは聞きたいとも聞きたくないとも言わなかったけど、話すまでママさんは許してくれなさそうだ。本人を目の前にしてノロケるなんて、どんな羞恥プレイなんだ!!

「あちちっ！」

急に喉が渇いてお茶を口に含むと、案外熱くて火傷しそうになった。

「あらあら、照れ屋さんね。じゃあ、クリシュからどうぞ。シノブ君のどこが好きですか？」

お茶を噴き出すところだった。クリシュさんが、僕のどこを好きかなんて……。聞きたい、すっごく聞きたい。いまだにクリシュさんが僕のなにを気に入ってくれたのかわからない。いつから好きだったのか、きっかけはなんだったのか、逆に嫌なところはどこかとか、すっごく聞きたい。

「ほら、クリシュ。早く早く！」

「……全部だ」

簡潔に、ボソッと呟いたクリシュさんもお茶を一口飲んだ。僕はニヤケそうになる顔を押さえたけど、多分隠しきれていない。

「はい、じゃあシノブ君の番よ」

「えっと、」

クリシュさんのどこが好きかなんて、挙げようと思ったらいくらでも挙げられる。寝起きの掠れた声とか、抱き締めてくれる逞（たくま）しい腕とか、フィルクス様の後ろに控えるときの凛々しい表情とか。剣ダコのできた固くて大きな手とか、美味しいものを食べたときにクイッと上がる口元とか、お酒を呷（あお）ったときの喉ぼとけとか。『ただいま』って言いながら両手を広げる仕草とか、洗濯物を畳むときの少し丸い背中とか、『シノブ』って呼ぶときの柔らかい声とか。

これを繋げると、『全部』ってことになるんだけど、それだとクリシュさんの真似になるし。あれもこれもって、指を折って数えながら、結局のところクリシュさんの好きなところは……。

「格好いいところです……」

僕の少ない語彙では、こんな表現しかできないけど、一番簡潔ですべてを満たしている言葉を思い浮かべると、コレになってしまった。

本人の目の前で言うのは恥ずかしすぎて、顔どころか耳まで熱い。

「いや～ん、甘酸っぱいわぁ。クラリスさんと出会った頃を思い出しちゃう」

薔薇色の頬を押さえながらクネクネしたママさんは、目を輝かせて体を前のめりにした。

「クラリスさんもね、若い頃はそれは格好よかったのよ。逞しい腕とか、大きな手とか、広い背中とか。重いものを持ち上げたときに浮き出る血管とか、普段笑わないのにふとした瞬間に上がる口元とか、私のことを軽々持ち上げてしまうところとか」

どっかで聞いたことがあるような気がするなって思ったら、僕がさっき思い浮かべたことと凄く似ていた。ママさんとは好みが一緒なのかもしれない。わかる、わかるよって頷いて、僕も身を乗り出した。

「ところがよ」

ママさんは、ピシッと人差し指を立てて『注目!!』って仕草をした。

「クラリスさんたら若い頃も素敵だったけど、年を重ねるごとにもっと素敵になっていくの!! 目尻や口元の皺とか、白髪混じりの髪とか、厚みが出てきた体とか、もうね、凄いの。もともとセクシーだったのに渋みが加わって、なんとも言えない色気を発しているのよ!!」

じゃあ、お父さんにそっくりなクリシュさんも、年を取ったらドンドン色気が増すのか!!

ダンディーなクリシュさんを想像して、僕は盛大に照れてしまった。いい！ ダンディーなクリシュさん、凄くいい!!

「ママさんとクラリスさんの出会いは？」

「うふふ～。聞きたい？ じゃあ、話しちゃおうかしら。クラリスさんは私の実家のお隣さんの家の改築に来ていたの。毎日黙々と働く姿が素敵で、私から猛アタックしたのよ」

「うひゃー、ママさん、大胆!!」

「クラリスさんはモテたから競争が激しくてね。毎日声が聞きたくて突撃したのだけど、誰かに先を越されていたときは『明日こそは!!』って決意して、話せたときは『もっと気の利いた会話ができたら』って落ち込んで。今思い出しても胸がドキドキしちゃう。目が合っただけで嬉しくて、クラリスさんのことならなんでも知りたくて、クラリスさんが触った物に触れたくて。一度クラリスさんの斧をコッソリ持ち上げようとしてひっくり返ってしまって、凄く怒られたこともあったわね。怒ったクラリスさんも素敵だった……。

私、見た目が子供っぽいしクラリスさんとは六つも年が離れているから、はじめは全然相手にされなかったのよ。私だけじゃなくて、ほかの子も相手にされていなかったけど、『相手にされない』の意味が違うのよ。ほかの子は気持ちは嬉しいけどって感じだったけど、私には『あー、はいはい、十年後に君がこのことを覚えていたらね』って感じで。悔しくって、少しでも視界に入ろうとして仕事場をチョロチョロして怒られたり。ほかの子にバカにされたり、諦めたら？　って鼻で笑われたりしたけれど、どうしてもクラリスさんじゃなきゃ嫌だったから頑張ったのよ。あんなに頑張ったのは人生の中で最初で最後だわ」

少しだけママさんの気持ちがわかる。僕も見た目にコンプレックスを持っているから。僕なんて相手にされないって半分諦めてしまっていたけど、ママさんは諦めないで頑張ったんだ。凄いな。

「それで、ママさん、それで？」

「子供っぽいのは短所だとずっと思っていたけれど、逆にそこがよかったのかしら？　優しいから放っておけなかったのかもしれないわね。風に飛ばされて木に引っかかった帽子を木登りで取ろうとしたらクラリスさんが取ってくれたり、昼休みにお喋りしたくて朝から待機していたら、日陰の涼しい場所に椅子を用意してくれたり、なにかと気にかけてくれるようになったの。そしてある日、『君は危なっかしくて目が離せないから俺のところに嫁に来なさい』って言ってくれたの!!　もう、夢を見ているのかと思ったわ。頭がふわふわして、壁にぶつかったり段差で足を踏み外したりしていたら、見かねたクラリスさんが抱き上げて家まで運んでくれてね、そのまま親に挨拶してとんとん拍子に婚約したの」

「わぁ！　おめでとうございます!!」

「ありがとー!!」

イエーイ!! ってハイタッチをした後も、ママさんのノロケは止まらない。

婚約したのが十五歳で、成人してすぐに結婚して、二十歳のときにクリシュさんが生まれてから現在までのラブラブな生活を聞きながら、夫婦円満の秘訣を探った。

今でもママさんとクラリスさんが仲良しなのは、お互いが大好きだからなんだろうな。

「このお家も家具もクラリスさんが作ったのよ。私がいろんなところにぶつかって歩くから、家具の角を丸くしてくれたり、私の身長に合わせた台所を作ってくれたり」

「さすが大工さんだ。僕達の家もね、クリシュさんが大工さんと相談していろいろ考えてくれたんだ。成人してるのに僕はこんな容姿だし、前に住んでいた家は僕には使いづらいものも多くて。階段も段差が高くて上がるのに一苦労だったし、いろんな物が大きくて手が届かなかったり、重すぎたり。それを、クリシュさんが僕に合わせて作るように相談してくれたんだ」

「まぁ、クリシュ。貴方もそんな気遣いができる大人になったのねぇ。シノブ君のことが大切で、よく見ているから気がつくのでしょうね」

ママさんは母親の顔をして目を細めた。若くて元気なママさんだけど、こういう顔を見ると、人を一人育てた親なんだなって思う。

一方のクリシュさんは僕達の会話を聞くのに飽きたのか、ナイフを取り出して手入れをしていた。こういう気安い感じも親子だからできることなんだろうな。

チリンッ。

「クラリスさん!!」

軽やかなベルの音と共に開いた玄関から顔を出したのは、背中に籠を背負ったクラリスさんだった。ママさんはパアッと笑顔になると、クラリスさんに駆け寄って、ジャンプして首にぶら下がった。

「ただいま」

「おかえりなさい!!」

うちゅーって頬にキスをしたママさんは、ぶら下がったまま足をパタパタ動かして全身で喜びを表現していた。すっごく嬉しそう。クリシュさんがこのやりとりを子供の頃から見ていたのなら、『おかえりなさい』の挨拶が当然だって思うのもわかる。むしろ、僕がモジモジしながら挨拶するのを『え、嬉しくないの？』

とか思っていたのかも。

よし、街に戻ったら『おかえりなさい』の挨拶の見直しをしよう。

ママさんをぶら下げたクラリスさんはのしのしっと歩いてきて、僕の方にチラッと視線を向けて、スィッと逸らした。僕はショックを受けながらも、なんとか挨拶をした。

「お、おかえりなさい」

「……ただいま」

ううっ、やっぱり、この間が気になる。

もしかして、ずうずうしかったか？　『おかえりなさい』だなんて、『お前の家じゃないだろう』とか思ってるんだろうか。

「ふふっ、クラリスさんたら、照れてるわ」

ママさんはそう言ったけど、違うような気がする……。ママさんからの『おかえり』の挨拶のときとは明らかに顔つきが違う。うっすら笑っていたのが、スッと真顔になった。

クラリスさんは体を屈めてママさんを床に下ろすと、背中の籠をテーブルの上に置いた。籠の中は山菜でいっぱいで、その中の一つがとても見覚えがあるものだったから、僕は思わずジーッと見てしまった。

「まぁ、こんなにたくさん!!」

あれ、長芋に見えるんだけど、気のせいか？　おじさんの足みたいな髭根がスーパーで売っていた長芋にそっくりだ。あれよりも太くて、グネグネ曲がってるけど。

「晩ご飯はなににしようかしらね。クリシュとシノブ君もいることだし、たくさん作らないと」

「あっ、ママさん、僕手伝います!!」

僕は長芋に似た山菜の正体を確かめたくて、手を上げて手伝いに立候補した。

「いいのよ、お客様なんだから。長旅で疲れているでしょうし、休んでいてちょうだい」

「大丈夫です、元気です！」

「そう？　じゃあ、お願いしちゃおうかしら」

もし長芋だったら、持って帰りたいなぁ。トロロかけご飯が食べたい。

これって、市場で売ってるのを見たことがないけど、僕達の街の近くでも採れるんだろうか。後でクリシュさんに聞いてみよう。

「シノブ君は料理が得意なんですって？　クリシュがね、珍しく手紙をよこしたから何事かと思ったら、『結婚したい相手がいる。料理上手で優しい子だ』って」

「得意ってほどじゃないけど、丁寧に作るようにはしてます。僕の料理は全部婆ちゃんから教わったもので、『心を込めて料理を作るってことは丁寧に作ることだ』って教わったから」

「素敵なお婆様ね」

「はい！　自慢の婆ちゃんです」

婆ちゃんを誉められるのは嬉しい。僕の生活の源の半分は婆ちゃんから教わったことでできていて、もう半分は爺ちゃんから教わったものだから。

ママさん専用の台所で二人並んでクラリスさんが採ってきた山菜を丁寧に洗う。

山菜って美味しいよな。ほろ苦かったり少し癖があるものも多いけど、それがまたいい。たらの芽の天ぷらとか、蕗の煮つけとか、筍ご飯とか。

「ママさん、これって、芋の仲間？」

泥を落とした長芋もどきをしげしげと観察しながら聞いてみた。

「お芋なのかしらね？　私もこっちに来てから初めて知ったのだけど、クネリネって名前でネバネバしているのよ。炒め物に使ったり、酢漬けにしてピクルスにするんだけど、皮を剥いたらツルツル滑るから処理が苦手なのよ」

やっぱり、長芋みたいだ。これがあったら料理の幅が広がるぞ。お好み焼きとか。ふっくら焼いたお好み焼きに鰹節をたっぷりかけて、青のりとソースとマヨネーズ!!

「今日の晩ご飯はどうしようかしらねぇ。クラリスさんはご飯のときは必ず肉を食べるから、肉を使った料理を一品と、山菜はクリーム煮にしましょうか。クネリネはどうしようかしら」

「クネリネを使った料理を知ってます。水で溶いた小麦粉に卵と刻んだキャベツとクネリネのすりおろしたのを混ぜて焼くんだ。僕の生まれたところでは、机の上で食材を焼ける調理器具があって、みんなで焼きながらアツアツを食べるんです」

「まぁっ、楽しそうね。じゃあ、今日はそれにしましょうか。実はね、食卓は天板を外して鉄板を乗せると肉や魚を焼けるようになってるの」

「えっ!!　凄い、いいなぁ」

「クラリスさんが作ってくれたのよ」

そんな食卓、うちにも欲しいな。焼肉とかジンギスカンとか、やり放題だ。

鉄板つきテーブルは、クラリスさんの大好物の肉のお代わりを食事を中断して焼きに台所に行くママさんが楽をできるように作ったんだそうな。ママさん、愛されてるなぁ。

「今日はシノブ君とクリシュもいるし、賑やかな食事になりそうで嬉しいわ。たくさんご馳走を作ってふたりを驚かせてあげましょうね」

「はい!!」

ママさんの台所には驚いたことに鰹節があったし、野菜や挽肉を煮詰めて作ったソースもあった。ニンニクが効いていて、焼肉のタレに近いみたいだ。海が近いから塩が安く手に入りやすいから、ドレッシングとかタレが充実してるらしい。

大きなボウルいっぱいにキャベツを刻んで、出汁で溶いた小麦粉と卵と一緒に混ぜてあとは焼くだけだ。クネリネはママさんに代わって僕がすりおろした。おじさんの脛毛（すねげ）みたいな髭根を焼いて皮を剝くと真っ白な地肌に独特の滑り。やっぱり長芋にそっくりだ。ヌルヌル滑るクネリネに苦戦しながら、たくさん準備した。

天かすがあったらもっと美味しかったんだろうけど、今回は我慢だ。ここでも大活躍なマヨネーズは、一口舐めたママさんから大絶賛されて、作り方を教えた。サラダにかけても美味しいとか、炒め物に使うとコクが出るとか言いながら、二人で立つ台所はとても楽しかった。婆ちゃんと一緒に料理したことを思い出すなぁ。

山菜のクリーム煮と彩り野菜のサラダと素揚げした魚をトマトスープで煮込んだ具だくさんスープ。ママさん特製ピクルスに厚切りステーキと、キノコと鶏肉のソテー。そして、今日の主食は、フワフワお好み焼き!!

湯気が立つ鉄板の上に生地を落とすとジュワァーッと耳に美味しい音がした。記念すべき一枚目は巨大なお好み焼きを作ろうとして鉄板の真ん中に生地を広げたんだけど、果たして上手にひっくり返すことができるのか。

脳裏にチラリと分裂した無惨（むざん）なお好み焼きの姿がよぎって、ちょっと失敗したかもって早くも後悔し始めている。

「それでは改めて、シノブくん、我が家へようこそ!!」

寡黙なクラリスさんに代わってママさんの音頭でグラスを持ち上げて乾杯をした。カチンッて軽い音の後に、僕を除いた三人はお酒を飲み干した。その間、わずか十秒。凄い、ママさんもイケるくちなのか。

お好み焼きが焼き上がるまでの間、大皿にドカリと盛られた料理の数々を好きなだけ皿に取り分けて食べ始めたんだけど、人気のステーキはみるみるうちに完売した。

足の裏ほどの大きさのステーキは、僕には多すぎるからクリシュさんに切り分けてもらって僕も一口。ニンニクが効いていて、とても美味しい。

ママさんはステーキがあっという間になくなることを見越していて、テーブル横の台車つきのカートにお代わり用の肉をたくさん用意していた。

食卓の鉄板で肉を焼くのはクラリスさんの役目らしくて、お好み焼きの余ったスペースに綺麗に肉を並べていく。

その間にも三人はグイグイお酒を飲み干して、お酌（しゃく）する暇もなく一人一瓶自分の近くに置いて手酌で飲んでる状態だ。

クリシュさんがこんなにハイペースでお酒を飲んでるのを初めて見た。普段はセーブして飲んでいたのか、それとも、ママさん達につられてペースが上がっているんだろうか。

「いい匂いがしてきたわね」

初めて見るお好み焼きにママさんは興奮ぎみで、『まだかしら。そろそろかしら？』ってソワソワしてる。クラリスさんも、心なしか前傾姿勢でお好み焼きの匂いを楽しんでいるみたいだ。

「もうそろそろ、ひっくり返してもよさそうだ」

ヘラで端っこを持ち上げてみると、綺麗な焼き目ができていた。ただ、問題はこの大きさだ。やっぱり調子に乗って大きくしすぎたな。いっそのこと、四等分してからひっくり返した方が形が崩れないかもしれない。

「俺がやろう」

ヘラを持ったまま攻めあぐねていたら、クラリスさんが申し出てくれた。ヘラを渡すと、椅子から立ち上がって膝を軽く曲げ、『ハッ!!』とかけ声をかけて一気にひっくり返した。

バフンッて美味しい匂いを含んだ空気が僕の前髪を揺らし、お好み焼きは見事丸い形のまま、ほどよい焼き目を浮かび上がらせていた。

「「クラリスさん、凄い!!」」

僕とママさんは同時に叫んでパチパチと手を叩いた。僕がやらなくてよかった。せっかくのお好み焼きだもの、綺麗な形のものを食べたいよな。

クラリスさんは少し得意気な顔でお酒を飲んだ。口の端っこが軽く上がっていて、クリシュさんと同じ笑い方だ。今日出会ってから、初めてのクラリスさんの笑顔だった。

「ソースをかけまーす!!」

焼肉のたれにそっくりなソースをジグザグにかけると、鉄板に流れ落ちてジュワッと香ばしい香りが立ち上った。

「マヨネーズをかけまーす!!」

「待ってました!!」

すっかりマヨネーズのファンになったママさんの合いの手を聞きながら、ソースに重ねるようにジグザグにかけると茶色と白のコントラストが美しい。

「鰹節をかけまーす!!」

「まぁ！　生きてるみたい!!」

ふっくら焼き上がったお好み焼きの上に削った鰹節をかけると、湯気を受けてウネウネ踊り出す。特製お好み焼きのできあがりだ。

「完成しましたー!!」

「クリシュ、切り分けてちょうだい」

一番取り皿に近いクリシュさんがみんなの分を取り分けて、みんなでハフハフしながら一口。

「まぁ！」

「これは美味い」

ママさんとクラリスさんの口にも合ったみたいで、二人は勢いよく食べ始めた。気に入ってもらえたみたいだ。

一枚目をペロリと平らげて、ママさんが『次は私がひっくり返すわ!!』と、一回り小さいお好み焼きに挑戦した。

クラリスさん指導の下にタイミングを計るママさんを『頑張って!!』と応援して、二枚目はちょっと失敗して端っこが折れたけど、初めてにしてはなかなかのでき映えだってみんなで拍手を送った。

三枚目はクリシュさんが見事にひっくり返し、その頃にはお腹がいっぱいになった僕は、ママさんお手製のピクルスをかじりながらお茶を啜っていた。

みんなで作るお好み焼きはかなり盛り上がって、満腹になる頃にはすっかり打ち解けて、随分と楽しい夕食会になった。

「いい人を見つけたな」

残り少なくなったお酒を口に含みながらクラリスさんがポツリと漏らした言葉に、僕は胸がいっぱいになって、不覚にも目が潤んでしまった。

「クラリスさん、ママさん。僕は異世界から移住してきてから今まで、クリシュさんにたくさん助けてもらいました。一言では表せないほど感謝しています。ご縁があっておつき合いしてもらえることになってから、僕は毎日が幸せで、クリシュさんにも幸せだって思ってもらえるようにこれからも努力します。大切にしますから、クリシュさんと結婚するのを許してください」

感情のままに勢いでしてしまった結婚の挨拶は、僕がイメージトレーニングしていたようにキリリと格好よくとはいかなくて、鼻を啜りながらの情けない挨拶になってしまった。

「シノブのように優しく強く、愛情深い者に俺は出会ったことがない。誰よりも早くシノブと気持ちを通わせることができたことを、幸運に思っている。これから家族として生きていく俺達を見守って欲しい」

隣に座っているクリシュさんが、テーブルの下で手を握ってくれた。温かい手と気持ちの籠った言葉に僕は言葉を詰まらせてしまって、しっかりしなきゃと思いつつも、喉から嗚咽が漏れた。

「……パパさんでいい」

「え？」

「リシューをママさんと呼ぶなら、俺はパパさんだろう」

ゴホンッと咳払いをしながら返ってきた言葉は遠回しな結婚の許可だと思ってもいいんだろうか。

ママさんはクラリスさんの隣で満面の笑みを浮かべていて、クリシュさんを見ると力強く頷いてくれた。

「これから、よろしくお願いします。パパさん、ママさん」

こんな素敵な家族の一員になれて、僕は本当に幸せだ。向かいの席から伸びてきたパパさんの手が、ワシワシッと僕の頭を撫でて、その力強さと安心できる温もりに、また涙が滲んでしまった。

次の日、僕達はみんなで海水浴に行くことになった。散々遊んで夕方になり、パパさんとママさんは一足先に帰った後、僕達は少し浜辺を散歩して、今は浜辺に座って海を眺めている。

昼間の真っ青な海も綺麗だったけど、夕日に照らされて黄金色に輝く海も綺麗でロマンチックだ。波の音が心地いい。水の音って、どうしてこんなに気持ちが落ち着くんだろう?

「クリシュさんとここに来られてよかった」

繋いだ手を握り締めながら、改めてクリシュさんと出会えたこと、恋人になれて、これから家族になることを感謝した。

楽しくて可愛いママさんと、寡黙だけど優しいパパさんも僕を受け入れてくれて、一気に大家族の仲間入りだ。

ポチ達を入れて、えーっと、何人家族だろう。コッコさん達って、今何羽いたっけ。だんだんと増えているんだよなぁ。

「街に戻ったら、結婚の披露目の準備をしなければならないな。それが終わったら……」

指を絡めるように握り合っていた手を持ち上げて、僕の手の甲に唇を落とした。意味ありげな上目遣いで、しかも、色っぽく僕を見つめながら。

「あ……っ」

そうだ、街に戻ったら、僕達は。

『抱くから、覚悟しておいてくれ』そう言ったクリシュさんの低い声を思い出して、体が震えた。恥ずかしくて、でも、求めてくれるのが嬉しくて。目を合わせているのが照れくさくて、そっと目を伏せた。

隣にいるクリシュさんが動いたのを気配で感じるのと同時に、伸びてきた手が頬を撫で、親指が唇をなぞる。僕は、その先を予感して自分から求めるように顔を上げた。

重なった唇は優しくて温かくて、甘い気持ちで胸がいっぱいになる。思わず口から漏れた囁きは潮騒に紛れてしまったけど、きっとクリシュさんに伝わった。だって、眩しいほどの笑顔で笑ってくれたから。

『クリシュさん、大好き』

夏休みに爺ちゃんと婆ちゃんの家に遊びに来たみたいな感じだった。パパさんとママさんを僕の爺ちゃんと婆ちゃんに重ねるのは失礼かもしれないけど、それくらい楽しかった。

滞在したのはたったの三日だけど、たくさんの思い出ができた。たくさん笑って、クリシュさんの子供の頃の話を聞いて、『余計なことを言うな』ってクリシュさんがちょっとだけムッとして。

パパさんとママさんのノロケもたくさん聞いたし、二人は僕達の普段の生活の様子を知りたがって、これまたクリシュさんが『シノブを質問攻めにするな』って怒ってた。

パパさんとママさんの前では、クリシュさんはちょっとだけ怒りっぽい。やっぱり、子供の頃の話をされるのは、気恥ずかしいのかな。僕はクリシュさんのことをたくさん知ることができて嬉しかったけど。いつもとはちょっと違うクリシュさんの姿も新鮮で、生意気かもしれないけど可愛いなって思った。

ママさんと一緒に料理を作って洗濯をして。『クラリスさん達には内緒よ』って、近所からいただいたお菓子を二人で分けっこして食べたり、大切に育てているのになぜか成功しないククリの様子を観察したり。

ククリは、多分だけど、水をあげすぎているんだと思う。朝たっぷり水をあげて、昼に『喉が渇いたでしょ』って水をあげて、三時のオヤツの時間に『暑いから水浴びよ』って水をあげて、『夜の水分補給は大丈夫よ』って水をあげていたらしいから、多分、そのせいだ。『一日一回でいいと思う』ってアドバイスしたら『わかったわ』って言っていたけど、いつも水をあげている時間になると無意識にバケツを持って外に行こうとするから、止めるのが大変だった。

これで上手く育ってくれるといいんだけど。

パパさんは釣りに連れて行ってくれたり、一緒に山菜を採りに出かけたり、工作をしたりした。

ピョン吉の話をしたら、余った木の端で小さなラヴィを彫ってくれた。次はポチを彫ってもらう約束をしたんだ。木のピョン吉は円らな瞳が可愛くて、僕のお気に入りになった。ママさんが凄く羨ましがったから、もう一つ作ってもらっておそろいで持っている。

今度は二人が僕達の家に会いに来るから、そうしたらポチやピョン吉達と一緒に遊ぼうって約束もした。

クリシュさんは、手伝いに駆り出されて忙しそうだった。時々僕のところに来て、『まったく、人使いが荒い。これなら仕事をしていた方がマシだ』と愚痴(ぐち)をこぼしたり。

『お疲れさま』って、いつもの癖で膝に乗ってイチャイチャしてたらママさんに見られて、『私もクラリスさんとイチャイチャしたいわ!!』ってパパさんに突撃し、パパさんも満更でもない顔をしていた。本当に、パパさんとママさんは仲良しだ。僕もクリシュさんとこんな家庭を築きたい。

とても、楽しかった。でも、楽しい時間はいつもあっという間に過ぎていく。

クリシュさんにも僕にも仕事があり、帰りを待っている家族がいる。帰らないという選択肢がない以上、二人と別れなければならないのは仕方ないことだけど、やっぱり寂しい。

片道だけで一週間もかかる。次はいつ会えるかわからないと思うと、余計に寂しくなる。もっと近ければいいのに。それか、飛行機で、山も川も飛び越えて移動できたらいいのに。


「賑やかで楽しかったのに、寂しくなるわ」

「ママさん、僕も寂しいっ」

「シノブ君っ!!」

手を取り合って別れを惜しんでいた。もうすぐ出発しないといけないのに、なかなか手を離せない。そんな僕達の肩を抱いて、パパさんも『気をつけて帰れよ』とか、『クリシュと仲良くな』とか、声をかけてくれた。

「早くこっちの世界の字を覚えて手紙を書くから」

「私も書くわ。字を覚えるまではクリシュに読んでもらってね」

「そのうちに会いに行くからな」

「ううっ、パパさん、ママさん。寂しい」

「私もよ!!」

何度も同じやりとりを繰り返しながら、なかなか挨拶が終わらない僕達を尻目に、クリシュさんはサクサクと荷造りを進めていた。

荷造りが済んでもまだ終わらない別れの挨拶をやれやれって顔で腕組みしながら見てたけど、いい加減に痺れを切らしたのか、ママさんと繋いでいた手を奪われて、代わりにクリシュさんに手を繋がれてしまった。

「そんなに別れるのが辛いなら、こっちに戻ってきたらどうだ。うちの庭にはシノブが育てているククリが山ほど実を生らせているぞ」

ピクリッとママさんの肩が揺れた。

「建設ラッシュで大工の数が足りないらしい」

今度はパパさんの肩がピクリと揺れた。

「父さんと母さんが近くに住んでくれたら、俺も安心して仕事ができるんだが。父さんもそう思わないか?」

もしかして、引っ越すって言ってくれるだろうか?

僕は、期待を込めてパパさんとママさんを見た。

「……そうねぇ、ここにいても、ククリは育たないし」

「大工が足りないのか……」

パパさんとママさんは、二人で相談を始めて、僕はクリシュさんと手を繋ぎ期待に胸を膨らませながら待った。

話し合いを終えたママさんは、クリシュさんと繋いでいないほうの僕の手を摑んで笑った。

「シノブ君、クラリスさんが新しいお家を建ててくれるんですって」

「ママさん、それって!!」

「この家を売って整理したら、街に戻ることにした。家も家具も俺が新しく作るから、それまではお前達の家に居候することになるかもしれないが」

「わぁ、嬉しい!!」

「では、土地を探しておこう。今ならまだ、いい土地が余っているはずだ」

「一緒に暮らせばいいのに」

改築して二世帯住宅にしてもいいし。パパさんなら、金槌片手に簡単に改築できそう。

「貴方達は新婚だし、二人の時間も欲しいでしょ?それに、クラリスさんは大工の仕事が大好きなの。家を建てたくてウズウズしてるのよ」

パパさんはこっちに来てから、お土産品の木の置物なんかを作っていたけど、大工の仕事が少なくてウズウズしていたらしい。この家を暇さえあれば改築していたのも、ウズウズを解消するためでもあったみたいだ。

「じゃあ、少ししたら一緒の街で暮らせるんだ。ククリの世話をしながら待ってるよ」

ママさんに、たくさんククリを食べてもらおう。毎日実をつけてくれるから、食べ放題だよ!!

寂しいはずのお別れだったけど、寂しくなくなった。

少し我慢したら、毎日パパさんとママさんに会えるようになるんだ。

「じゃあね、パパさんママさん。待ってるから!!」

「ええ、シノブ君」

「クリシュ、道中シノブを頼んだぞ。物騒な街もあるからな。彼から目を離すなよ」

「言われなくてもそうする」

見送ってくれている二人に大きく手を振って、僕達はポチ達が待ってる家に向けて出発した。

来たときよりも重くなった荷物の中身はママさんと一緒に選んだみんなへのお土産と、パパさんが作ってくれたピョン吉の置物と、思い出がたくさん。

心なしかブランシュの足取りが軽いのは、ブライアンに早く会いたいからかな？

僕も早く会いたい。家族と、友達に。きっとポチは飛びついてくる。コッコさん達は、鳥だからなぁ。僕のことを忘れてしまって、『お前誰だ!!』って突つかれるかもなぁ。そうしたら、お近づきの印にお米を食べさせてあげよう。

「クリシュさん、久しぶりにご両親に会えて嬉しかった？」

「そうだな……。会えないことなど、どうとも思っていなかったが元気な姿を見られてホッとした。元気すぎて、少々面倒くさかったが」

クリシュさん、たくさん手伝いさせられてたもんな。

「シノブはどうだ。二人に振り回されて疲れてないか？」

「全然ッ！　それに、振り回されてないよ。パパさんとママさんが僕に合わせてくれてたんだ。今頃、やれやれ疲れたなぁって話しているんじゃないかな」

爺ちゃんの友達の山田（やまだ）のお爺ちゃんは、『孫が会いに来てくれるのは嬉しいけど、帰るとドッと疲れが出る』って言っていたから、多分そうだよ。

「いや、あの二人に限ってそれはないな。おそらく、あの家を整理するためにすぐにでも行動を開始すると思うぞ。家具ごと売るなら、欲を出さなければ買い手もすぐに見つかるだろうが、早く動くに越したことはないからな」

「待ち遠しいな。早く買い手が決まればいいな」

僕達は、また一週間かけて来た道を戻った。帰りはこれといった事件もなく、旅に慣れたせいもあって、ゆったりのんびり。

帰ったらクリシュさんはまた毎日仕事だから、二人で一日中過ごせることも少なくなるし、今のうちに満喫しておこうってできるだけ寄り添って過ごした。

僕達がのんびりブランシュの背中に揺られている間、街ではちょっとした事件があって、お祝い騒ぎになっていた。生命の木が、空に向かって伸ばした枝に小さな蕾を数個つけていたんだ。

僕達の帰りを首を長くして待っていたノルンが飛びつくようにして知らせてくれた吉報に、僕とクリシュさんは荷ほどきを後にして生命の木まで走ったのだった。

第15章　とこしえに共に

この世界の人達にとって生命の木に蕾がついたことはとんでもない祝いごとで、僕とクリシュさんが街に戻ったときにはすでに大騒ぎになっていた。

クリシュさんの帰りを待ちわびていたティボットさんがホーッと大きな溜息を吐いて、ちょっと情けない顔で『待ってましたよ～』って涙目になるほどに大変だったらしい。生命の木の蕾を一目見ようと押しかける人達の対応に追われて騎士さん達はまともに休みを取れない状態になっていた。

勿論、騎士隊長のクリシュさんも旅から戻ってからすぐに朝早くから夜遅くまで、時には一日中働きっぱなしで、いつか体を壊すんじゃないかって心配してる。

ご両親への挨拶が終わった僕達はお披露目の準備をするはずだったけど、あまりのクリシュさんの忙しさに先延ばしすることになった。当然、街に戻ったらって約束していた僕とクリシュさんのむにゃむにゃもお預けだ。

旅の間、街が近づくにつれて気持ちを整えていた僕は、お預けになったことをちょっぴり残念に思っていたりする。

気持ちの変化って凄いよな。僕は少し前まで『別に入れなくてもいいんじゃない？』って思ってたのに、今ではお預けになったことを残念に思っているなんてさ。

足りないって感じるんだ。手を握るだけじゃ、抱き合うだけじゃ足りないって。

もっと、クリシュさんのことを全部感じたい。あの高級宿での夜にクリシュさんが僕の喉を噛みながら呟いた『食べてしまいたい』って言葉がなんとなく理解できた。

体の表面だけじゃなくて、クリシュさんの全部を僕の全身で感じたいんだ。

時々無意識に溜息を吐いているみたいで、この前ノルンから『シノブもそんな悩ましげな溜息を吐くようになったんですねぇ』って指摘されてしまった。

『悩ましげな溜息』っていうのは、綺麗なお姉さんが吐くものであって、僕には縁遠いものだと思うんだけどな。ノルンってば、言葉の使い方を間違ってるよ。

たった数個の生命の木の蕾は、小さくて可愛いピンク色の花を咲かせて、掌に収まるサイズの実をつけた。まるで、小さな水蜜桃みたいだ。騎士さん達と管理所の職員に大切に守られて、もうすぐ収穫の時を迎えようとしていた。

以前の生命の木とは違う色形をした実を見た人達は、不安にザワついたけど、フィルクス様に言わせると違って当然なんだそうな。この木は以前の生命の木とは違う存在なんだから、つける実も違って当たり前だとみんなを諌めていた。

前の生命の木は実際の樹齢が不明なほど生きていたけど、この木はほんの子供で、性格も前の木とは全然違うんだって。

前の木は、人間を見守っているような穏やかさや親愛を感じたけど、今の木は喜怒哀楽がハッキリしていて、不機嫌になったりはしゃいだりと忙しい子だって言っていた。

そして、機嫌がいいと歌を歌う。明確な声ではないけど、生命の木から聞こえる音がまるで歌っているみたいに楽しげに聞こえるって言っていた。

時々フィルクス様が生命の木を見上げてジッと動かなくなるのは、歌を聞いているんだ。僕には生命の木の声は聞こえないけど、もし機会があったら一曲お願いしたいなぁ。

蕾をつけた中で咲いた花は全部で八輪。そのうち実をつけたのはたった三個。その三個は、成分を調べるためにギルバート様が預かることになった。

人体に悪い影響がないことがわかったら最初の一人に与えられて、その後の経過を観察するらしい。

その最初の一人に選ばれたのは、僕にとっては意外な人物だったけど、新しい生命の木が芽吹いた辺りからすでに決まっていたらしい。

最初の一人っていうのは、要するに実験台ということだ。もしかしたら危険を伴うかもしれない実験台を一般人から選ぶわけにはいかないってことで、フィルクス様の一族の中で若く健康な女性が選ばれた。

　その人が、今日、結婚する。生命の木の前で夫婦の誓いを立てて、見守り役の参列者の目の前で実を食べるんだ。

　ギルバート様から受け取ることになっている実をどんな気持ちで食べるのかと思うと、ちょっとだけ可哀想になる。自分がクリシュさんと結ばれて幸せな分、余計に。

　ドレスに身を包んだ若い女性が長い裾を気にしながら馬車を降りた。それをエスコートするのは、眼鏡をかけた優しそうな男性だ。

　彼女は僕と目が合うと、ゆったりと微笑んだ。その笑顔は晴れ晴れとしていて、幸せそうに見えた。

「アンネッテ様、綺麗だな」

「そうだな。少し、大人になられたように見える」

　神聖な雰囲気の中、クリシュさんの横に並んだ僕はその言葉に深く頷いた。年頃の女の子のキャピキャピとした雰囲気が今日は鳴りを潜めて、軽く目を伏せた仕草が大人の女性の柔らかさを感じさせる。

　大切な儀式の最中っていうこともあるのかもしれないけど、それだけじゃないような気がする。一つの恋の終わりを乗り越えて、アンネッテ様は大人の階段を上ったんだと思う。

　少しだけアンネッテ様と夫になるマートさんの馴れ初めを聞いた。謹慎処分になったアンネッテ様は、毎日部屋で泣き暮らしていたらしい。その姿を不憫に思って屋敷を抜け出す手引きをしたのが当時監視役の一人だったマートさんだ。アンネッテ様はマートさんの手を借りて深夜に屋敷を抜け出して、大胆にもギルバート様の屋敷へ会いに行ったらしい。

　二人の間でどんなやりとりがあったのか詳細はわからないけど、結果としてギルバート様にフラレて、それを慰めたのもマートさんだった。

　その後、過去になってしまった恋の話をマートさんに話すうちに打ち解けて、生命の木が芽吹いた頃、本格的にアンネッテ様の結婚相手を探し始めたときに『結婚するならマートがいい』ってアンネッテ様からお父さんに話して、二人の仲が認められることになった。

最初は、脱走の手引きをしたマートさんのことをお父さん達はよく思っていなくて反対されたみたいだけど、『どうしても結婚しなければならないなら相手は自分で決める』ってアンネッテ様は引かなかったんだって。

家の事情で結婚せざるを得ないアンネッテ様を気の毒に思っていたけど、今のアンネッテ様を見ていると、マートさんと目を合わせて微笑み合っていたりして、二人の心は通い合っているように感じる。失恋を乗り越えて、素敵な男性と結ばれることができたということなんだと思う。

厳かな雰囲気の中で二人は誓いを立てて、ギルバート様が豪華な器に乗せた生命の実を持って前に出た。新郎がお辞儀をして器を受け取り、ギルバート様と一言二言、言葉を交わす。

アンネッテ様に向き直ったギルバート様は、優しい笑顔を浮かべて口を開いた。小さな声で交わされる会話の内容は聞こえなかったけど、『おめでとう』って言っているように見えた。

アンネッテ様はこちらに背中を向けている状態だから表情は見えなかったけど、ギルバート様の続く言葉に何度も頷いて、最後に深く頭を下げた。

マートさんが穏やかな表情で二人のやりとりを見守り、深く頭を下げたアンネッテ様を労るようにそっと肩を撫でる。顔を上げたアンネッテ様は、肩に置かれたマートさんの手の上に自分の手を重ねた。その姿には、確かに芽生え始めた夫婦の絆が見えた。

繊細な手つきで生命の実を摘み上げたマートさんがアンネッテ様の口元に近づける。控えめに開けたアンネッテ様の口の中に小さな水蜜桃のような実が入り、なにに驚いたのかアンネッテ様は一瞬目を見開いた後で数度咀嚼してコクリと飲み込んだ。

この日のために備えつけられた鐘が鳴り響く中、参列者の拍手と歓声が広がり、アンネッテ様のお母さんが花束を持って笑顔で歩み寄る。隣を歩くアンネッテ様のお父さんは、最初っから泣き通しでお母さんに肘で突っつかれながら歩いていた。

フィルクス様はそんなお父さんに呆れた顔を見せながら、それでも笑顔で拍手をしていた。

以降、復活した生命の木を祝う祝日として毎年この日に鐘を鳴らすようになり、命の大切さに感謝して『子供を抱き締める日』として広まっていくんだけど、それはまだ先の話だ。誰が始めたのかもわからない習慣は、遠い遠い未来まで受け継がれていくのだった。

新しい生命の木の実が人体に悪影響を及ぼすことはないとギルバート様が検証していた通り、アンネッテ様はその後も体調を崩すことなく過ごしている。

結婚した当初は早くも妊娠を期待する声が出ていて、これはアンネッテ様もプレッシャーだろうなって心配していた。生命の実が一般の人にも支給されるのはアンネッテ様が妊娠して、子供が無事に生まれて、一年無事に育ってからと決まっているから、子供を待ち望んでいる夫婦が一日でも早く妊娠して欲しいって思うのはわかるけど。あまり騒ぎすぎても精神的に辛いんじゃないかな。

『まだ妊娠しないのか』って問い合わせが結婚後多くて、管理所が手を焼いているって話は聞いていたんだけど、その件に関してはフィルクス様が動いてくれた。『母体の精神的な負担を減らすためにも静かに見守って欲しい』って根気よく説得することによってその騒ぎも収束して、だんだんと日常を取り戻した頃、やっと僕達もお披露目の準備を始めようかって話が出てきた。

普通は家族や親戚を招いて食事会をするだけみたいだけど、僕は新しい家族はできたけど親戚はこっちの世界にはいないし、クリシュさんのご両親もお互い一人っ子な上に祖父母はそろって他界されていることもあって、代わりに友達やお世話になっている人を招こうかって話になった。

あの人もこの人もって選んでいたら結構な大所帯になって、とてもじゃないけど家には入りきらなくなった。だから、家の裏に広がっている花畑に机を並べて屋外パーティーにしようってことになったんだ。

招待客に手紙を書くことから始まって、机と椅子はパパさんが作ってくれることになり、料理は僕が作るのを、ママさんとクゥジュとノルンが手伝ってくれることになった。

僕はまだ字の練習を始めたばかりで、下手くそな字しか書けないから招待状のほとんどはクリシュさんが書いてくれた。それでもパパさん達とノルンやクゥジュなんかの僕の知り合い相手には頑張って自分で書いた。

パパさん達からの返事には家の買い手が見つかりそうだってことと、手伝いのために早目に来てくれるっってことが綺麗な字で書かれていた。

凄く綺麗で柔らかい感じの字だったから、ママさんが書いたのかと思ったらパパさんの字だった。ママさんはもっと勢いのある豪快な字を書くらしい。

僕とクリシュさんは、お披露目の日に向けて、また慌ただしくなった。食材の確保やテーブルクロスの準備や招待状の返信の確認や。目が回るほど忙しかったけど、招待状を出したみんなから『おめでとう』と『ぜひ出席します』の返事をもらってとても幸せだ。

僕もいよいよ所帯持ちか。こっちの世界に来たときは、一生独身を覚悟してたのに。当時は男の人を好きになるなんて思ってもみなくて、男同士で結婚できるってことにもビックリしたんだった。

そう考えると、今のクリシュさんとの関係がとても不思議でとても幸せで、爺ちゃんと婆ちゃんにも報告したいなって思った。

届くといいなって思いながら、青空を見上げて手を合わせてみる。ついでに父さんと母さんにも。

もともと結婚したのも酔った勢いで僕ができてしまったからで、バリバリに働いていた母さんは一生に一回くらいは結婚してみてもいいかなって感じの気持ちだったし、父さんは子供がいなかったら一生独身がよかったって言っていた。この辺は二人が喧嘩をしているときにうっかり聞いてしまったから間違いない。

二人の生き甲斐は仕事と趣味で、家は寝に帰るだけの場所だった。働きたい母さんにとっては僕の存在は想像よりも負担が大きかったし、独身希望だった父さんは共働きなんだからと子育ての手伝いを要求する母さんに不満を持っていた。そのせいで何度も喧嘩して、家族団らんでゆっくり過ごすような空気になんてなったこともなかった。

僕が高校を出たら就職するって二人に話したときには、きっとホッとしたんだろうな。これで解放されるって。そして、残りの人生を自由に過ごしたいって思ったときに、そのパートナーはこの人じゃないってお互いに気がついてしまったんだ。

仕事が生き甲斐だった母さんは年を取って疲れが翌朝まで残るようになってから、癒しになるものが欲しかったって言っていた。それは足のむくみ取りマッサージ器だったり、アロマキャンドルだったりヘッドスパだったりしたけど、母さんの会社の人が再婚してから潑剌(はつらつ)と輝き出して『早く家に帰りたい』と精力的に仕事をする姿を見て、気づかされたらしい。自分は、早く家に帰りたいって思ったことが一度もないって。早く帰りたいって思う家、早く会いたいと思うパートナーがいること。自分が欲しいのはそれだと気がついた。

家に帰って使用するのはトイレとお風呂だけで、ろくにリビングに寄りつかない父さんは自室に籠りきりだった。食事は外で食べてくるし、リビングにいたらまた母さんに育児の不満や仕事の愚痴を聞かされるから、自室にいるのが一番快適だったんだ。そんな父さんの癒しはオーディオセットだった。高級ヘッドフォンで雑音を遮断して音楽を聴きながらマッサージチェアに体を預けるのが好きだった。

父さんの会社に新しく入社したパートさんは、ふくふくとした家庭的な女性だった。彼女が料理上手だって噂が広まって、ちょっとしたことがきっかけでお弁当のおかずのご相伴（しょうばん）にあずかったときに食べた自家製ぬか漬けと里芋の煮物が肩の力が抜けるような、ホッとする味だった。朗（ほが）らかに笑う彼女のような人が一緒なら、リビングで寛げる家庭を築けるんじゃないか。そう思ったんだって。若い頃は独身主義だった父さんも、年を取って家庭の温もりを欲しがるようになったってことかな。

二人が離婚するときにそう説明された。僕はその話を聞きながら申し訳ない気持ちになったものだ。だって、僕ができなかったら二人はきっと結婚しなかった。一夜の出来事として忘れてしまうような、そんな関係だったに違いない。

僕のせいで十八年我慢させてしまっていたことを知って、『離婚しないで』なんて言えなかったよ。

僕はポチ達と出会って家族と過ごす楽しさを知り、クリシュさんと出会って安らぎと安心を知ったけど、父さんと母さんもそんな出会いがあっただろうか。二人も十八年を取り戻せるような相手と出会えていたらいいな。

「シノブ」

クリシュさんが僕を呼ぶ。もう出かけるよって両手を広げて僕を待っている。僕はなんの迷いもなくクリシュさんの腕の中に飛び込んだ。

「いってらっしゃい」

「いってくる」

『いってらっしゃい』のハグとキスをもらいながら、

僕は今の幸せを噛み締めた。クリシュさんのことがとても大事。いつまでも一緒にいられるようにって、毎日願う。

この出会いの貴重さを知っているからこそ、毎日大切に過ごしていきたい。

もうすぐ僕は、結婚する。クリシュさんと本当の家族になる。

「さすがクラリスさんね。素敵……」

お披露目当日の朝、ほうっ、と溜息を吐いたママさんが頬を押さえてうっとりした表情を見せた。ママさんが眺めているのは僕達の結婚お披露目会場の花畑で、パパさんが丁寧に作ってくれた長テーブルと椅子がセットで並んでいた。

柔らかな曲線を描く椅子の背もたれは、まるでお姫様が座る椅子のように繊細な彫刻が施されている。しかも、それぞれ彫刻のデザインが違うんだ。よく見てみると小さな動物が隠れていたり、鎧姿の騎士が敬礼していたり、宝探しをしているような気持ちになって見てると時間を忘れてしまう。

僕達が帰った翌日から机と椅子作りに取りかかってくれたみたいで、大きな荷馬車に事前に製作した机と椅子のパーツを山ほど積んできてくれたんだ。

パパさんとクリシュさんで組み立ててくれたんだけど、まるで早送りで見ているみたいにサササッと組み立て終えてしまった。パパさんがこっちを持ったら、クリシュさんはこっちって感じで息ピッタリ。やっぱり親子だなぁ。

「ママさんのテーブルクロスもランチョンマットも素敵だよ。どうもありがとう」

ママさんが手ずから染めてくれたランチョンマットは、白いテーブルクロスによく映えた。今日の青空と同じ色。まるで空を切り取ったみたいで凄く綺麗だ。

「ふふっ、どういたしまして」

ウィンクしたママさんの親指と人差し指はランチョンマットと同じ空色に染まっていた。一度ついたらなかなか落ちない強力な染料だったみたいで、一回目の染色でうっかり指を染料に浸けてしまったのがまだ落ちないんだって。

はじめに気がついたとき、僕は旅の途中でママさんが指をぶつけたか、どこかに挟んでしまって怪我をしたんだと思って凄く驚いた。

「晴れてよかったわね。一時はどうなるかと思ったけど」

「うん、ちょっとヒヤヒヤした」

今の時期は雨が少ないから屋外パーティーにしたのに、一週間前から天気が崩れ始めて雨が降ったり止んだりの繰り返しだったんだ。

二日前なんてバケツをひっくり返したような大雨で、『晴れろ～!!』って念を込めながらテルテル坊主を作って窓からぶら下げた。ご利益があったのか、昨日の昼に雨が止んで、今日は快晴だ。

「シノブ、花瓶を借りてきましたよ」

「あっ、ノルン、ありがと……、それ、どこから借りてきたの!?」

ノルンが抱えている花瓶は、僕が見ても『それ、ヤバイよ、高いよ』ってわかるくらいに豪華な花瓶だった。

「ふふっ、フィルクス様のお屋敷から借りてきちゃいました」

「嘘だろ!?　割ったら大変だぞ!!」

「大丈夫、割らなければいいんです」


ノルンは鼻歌混じりでそう言うと、テーブルの上に次々と花瓶を飾っていった。花瓶一つで印象がガラッと変わって、急に高級感が出る。

その花瓶に飾る予定なのは僕達が育てた花畑の花と野花なんだけど、豪華な花瓶に飾るには畏(おそ)れ多いような気がするな。

「ポチ、お前は絶対にテーブルに近づいちゃダメだぞ？　どんなに料理が美味しそうでも、テーブルに飛びついたらダメだからな。じゃないと、僕とクリシュさんは一生花瓶の弁償のために働かないといけなくなるから。ポチのご飯も質が落ちるぞ」

「わふ？」

ポチの頬をグリグリしながらお願いしたけど、わかってるのか、いないのか、妙に可愛い表情で首を傾げた。可愛いふりしてもダメなんだからな!?

「今日はお招きいただきありがとう」

気取った仕草で帽子を脱いだのはゲネットさんだ。着飾ってくれたみたいで、蝶ネクタイが格好いい。隣の奥さんは花柄のワンピース。仲良く腕を組んでの登場だ。

「こちらこそ、来てくれてありがとうございます。今日は楽しんでいってくださいね」

昼を過ぎると招待客が続々と訪れ始めた。もう半分くらいは席が埋まって、ウェルカムドリンク片手に話に花を咲かせている。

僕は一時料理を中断してクリシュさんと一緒にお客様の対応に追われていた。僕達の横には、アマンダさんが作ってくれたウェルカムボードが置いてあって招待客を一緒に出迎えてくれている。

ウェルカムボードには、僕の家族達の絵が描かれていて、真ん中に手を繋いだ僕とクリシュさん、それを取り囲むようにポチ達がキュートに描かれていた。アマンダさん、絵の才能があったのか。凄く可愛く描いてくれて、招待客の間でも好評だ。

出迎えの間、代わりに料理を頑張ってくれているのはノルンとクゥジュだ。今頃は僕の苦手なラヴィの串焼きを焼いている辺りかな。

ママさんはドリンクを持って各テーブルの給仕をしてくれていて、パパさんは特製のバーベキューテーブルでジュウジュウ肉を焼いてくれている。

日本の披露宴では主役の新郎新婦は着飾って座っているけど、こちらのお披露目では僕達が動き回って料理の配膳や飲み物の追加の用意をしなきゃならないんだ。

二人で協力してパーティーを仕切りながら各テーブルを回って『これからもよろしくね』って挨拶する。無事にパーティーを仕切ってみせて初めて一人前の夫婦だって認められるんだ。絶対に成功させるぞって僕は気合いが入りまくりだ。

「おめでとう。今日は二人の門出を祝うような青空だね」

「フィルクス様。ありがとうございます」

最後に豪華な馬車で登場したフィルクス様と、クリシュさんが笑顔で握手をした。本当はアンネッテ様も来たがっていたんだけど、人がたくさんいる場所に来ると騒ぎになりかねないから辞退するって手紙をもらっていた。

クリシュさんは以前のアンネッテ様なら騒ぎが起ころうが絶対に来ただろうに、そういう大人な判断もできるようになったんだなって感心していた。やっぱり、結婚して落ち着いたんだろうか。

「フィルクス様、花瓶を貸していただいてありがとうございます。丁寧に扱っているつもりなんですけど、もし、万が一割ってしまったら一生懸命働いて弁償します」

「気にすることはない。普段は蔵に眠っていて使うこともないのだから存分に使ってやってくれ」

蔵があるのか……。さすがフィルクス様のお屋敷だ。高価な花瓶をものともしない発言に、やっぱりお金持ちは言うことが違うなぁって感心した。

招待客のお出迎えが終わった僕は、エプロンを着けて戦闘態勢に入った。本当はねじり鉢巻をしてさらに気合いを入れたかったんだけど、髪型が崩れるからってクリシュさんに止められた。今日の僕はクリシュさんの手によって、癖毛風にクシュクシュな髪型にアレンジしてもらい、生命の木の種を蒔くときに用意した一張羅を着ている。クローゼットの奥で出番を待っていた一張羅もきっと喜んでるな。『やっと出番が来たぞ！』ってね。

「シノブ、こっちは準備が整ったぞ」

「うん、じゃあ、料理を配膳しよう!!」

僕は自家製野菜のサラダを、クゥジュとノルンはラヴィの串焼きを、パパさんとクリシュさんは巨大お好み焼きを、ママさんはフルーツ盛り合わせをそれぞれ持って招待客が待っている会場に乗り込んだ。僕達が会場に現れると、料理の登場を待っていた招待客に歓声と拍手で出迎えられた。

それぞれのテーブルに配膳すると、『美味しそう!!』とか、『この食べ物はなんだ？』とか、会話が飛び交って、パパさんは自慢げにお好み焼きについて説明していた。

『すげー、美味そうな匂い!!』って叫んだのはノットで、マルコはしきりに鼻をヒクヒクさせている。

みんなに料理が行き渡ったところでクリシュさんの挨拶が始まった。

「今日は私達のために足を運んでくださってありがとうございます。このたび縁があり、シノブと将来の約束を交わすことができました。まだまだ未熟な二人ではありますが、温かい家庭を築いていけるように努力を惜しまないつもりです。シノブ共々、これからも見守っていただけたらと思います。ささやかですが、シノブが心を込めて作った料理を楽しんでいってください」

『乾杯!!』『おめでとう!!』とグラスを合わせる音が響いて、お披露目パーティーが始まった。さあ、次の料理の準備だ!!

この世界の人達は本当によく食べる。運んだ料理は次々にみんなの胃袋に吸い込まれていったけど、それは予想の範囲内だ。僕は次の料理に取りかかった。クゥジュの厚意でお店の厨房を借りられてよかった。広いし、普段はお客さんが座っている机にいくらでも食材を広げられるから、凄く助かる。

「シノブ、そろそろ料理がなくなりそうですよ」

「ミートローフできたぁ!! クゥジュ、そっちはどう?」

「こっちも用意できたぞ」

招待客の食事の進み具合を確認してくれているノルンの合図で、できあがったばかりのミートローフを皿に盛りつけた。楽しんで食事をして欲しくて、ミートローフの中には飾り切りしてバターで味つけした野菜が入ってる。花やラヴィやポチやヒヨコの形に切った野菜が、ミートローフを切り分けたときにゴロッとこぼれてくる仕様だ。

クゥジュが準備していたのは、手巻き寿司を真似たレタス巻きだ。いろいろな味つけの肉やキノコや野菜を好きなだけ取って巻いて食べる。パーティーといったら、やっぱり手巻き寿司だよな。

こっちの世界の人達は肉が大好きだけど、野菜もいっぱい食べて欲しいなって思って考えたんだ。

「飲み物のほうはどう?」

「そちらは大丈夫です。クリシュ様のお母様が気を配ってくれています」

本当は、パパさんママさんにもノルンとクゥジュにも席に座って楽しんで欲しかったんだけど、招待客を増やしすぎたせいで立ちっぱなしの働き通しで申し訳ない。みんなの協力がなかったらどうなっていたことか。

「ノルンもクゥジュもお腹空いただろ? ごめんな」

「いいえ、私は手が空いたときにいただいていますから」

「俺も、味見がてら食ってる。ここにいた方が食いっぱぐれがなくていいよ。シノブが作る料理をもれなく味見できるしな」

「それに私達のときの予行演習だと思えば逆に講習料を払いたいくらいですよ。勉強になります」

「そうそう、俺達のときはシノブに手伝いを頼む予定だしな」

　昨日の料理の仕込みの段階から手伝ってくれている二人も疲れているだろうに、そんな風に言ってくれて、その気持ちが凄く嬉しい。

「二人とも、ありがとう」

　協力してくれているみんなのためにも、美味しい料理を作って楽しい披露宴にしないとな。

「おう、頑張ってるか」

　ババーンッとドアから豪快に入ってきたのは、大食い祭りのときにお世話になったシェフのみなさんだった。

「わっ、みんなどうしたんだ？」

「シノブの料理を食ってたらウズウズしてきてな。俺達にも料理を作らせてくれ!!」

　みんなは、いつも着ているシェフコートを持ってきていた。『ニシシッ』って笑って、格好よくシェフコートを羽織ると僕の返事を聞く前にサッと散り散りに持ち場について、大きなバッグから取り出した商売道具の包丁や食材をそれぞれ並べて作業を開始した。

　作業の分担もバッチリで、まるで打ち合わせをしていたみたいだ。多分、はじめから計画してくれていたんだ。僕とクリシュさんへのサプライズのために。

「どうだぁ、凄いだろう！　俺ん家で祝いごとに使う皿を持ってきたぞ!!」

「なにぃー？　うちのが豪華だろう。見てみろ、この金箔を」

「お前ら、趣味が悪いなー。皿は食材が映える白って決まってんだよ。一見ただの白い皿に見えるのに、本当は価値があるってのが粋なんじゃないか。見た目の派手さに誤魔化されてるようじゃまだまだだな」

「偉そうに、どこの目利きになったつもりなんだ」

　ああ、なんていい人達なんだろう。大切な皿まで持ってきてくれて。『おめでとう』の言葉をもらったときよりももっと、祝ってくれる気持ちが伝わってくる。

　僕は感動して、ジワッと涙が滲んできたのを必死に耐えた。涙袋に溜まった水分が落ちてしまわないように上を向いた僕の肩をポンポンッてみんなが叩くから、ちっとも涙が引いてくれない。

「さぁさぁ、俺達の料理を宣伝するチャンスだぞ」

「「おー!!」」

「シノブ、お前はちょっと休んで旦那のところに行ってきな。新婚の仲睦まじさを見せつけてこい」

背中を押されてクゥジュの店から追い出された僕は、外で招待客の相手をしてくれているクリシュさんのところに向かった。その場所で、正座をさせられているティボットさん達を見つけて涙が引っ込んだ。一体なにがあったんだ。

「ほっとけばいいのよ。本当、馬鹿ばっかりなんだから。余計なことを言ってギルバート様から窘められて反省中なんですって。酔っ払いはこれだから嫌よね」

お酒の入ったグラスを片手にエリーゼさんが嫌そうに舌打ちをした。羽目を外しすぎたティボットさんに少々ご立腹らしい。

でも、そうか、正座させられてるんじゃなくて、自ら進んで正座をしているのか。いや、変だとは思ったんだ。笑いながら一列に並んで正座してるし。酔っ払っているなら納得だ。

『料理に手が届かない～!!』って悶えているティボットさんを横目で見たエリーゼさんは、『ハァーッ』って溜息を吐いて首を横に振った。

「余計なことって?」

「シノブは気にしなくていいんだ」

クリシュさんは渋い顔をして教えてくれなかったけど、エリーゼさんの隣に座っていたアマンダさんが代わりに教えてくれた。

「下ネタよ。『クリシュさーん、夜の方はどうなんですかー?』って。ギルバート様がね、『お祝いの席ですよ』って窘められたのよ。ギルバート様って素敵よねー。大人の男って感じで」

なるほどなぁ。下ネタかぁ。僕の友達にも男同士で集まると必ずそういう話に持っていこうとする奴がいた。んで、『シノブの前でやめろよ』って言い出す奴もいたりして、僕は別にどうってことなかったのに妙に気を遣わせてしまっていたのは、やっぱり僕の見た目のせいだったんだろうか。

みんな元気にしてるかな。もしかして、友達の中で結婚一番乗りは僕だったりして。

「あんた……、やめてよ? こんなところで男漁りするの」

「そんなんじゃないわよ! 素敵ねって言っただけじゃない」

そう言いながらも、アマンダさんの目線は招待客の独身男性に注がれていた。結局『お金貸して』の彼氏とは別れたらしくて、現在彼氏募集中らしい。アマンダさんにもいい出会いがあるといいな。

　エリーゼさんとアマンダさんは相変わらず仲が良い。ポンポン言い合いをしながらも会話を楽しんでいてお互いに楽しそうだ。仲良く言い合いをするエリーゼさんとアマンダさんにお酌をすると、『おめでとう』って二人にも言ってもらえた。

　人数が多いからあまりたくさん話ができなかったけど、クリシュさんと一緒に招待客の一人一人に挨拶をした。『おめでとう』って言われて、『結婚生活は忍耐の連続だぞ』って脅かされて、握手を求められて肩を叩かれた。

　ノットとマルコのお父さんはお披露目会に合わせて仕事の予定を調整してくれたらしくて、今日は家族で出席してくれた。足はすっかり治ったみたいで、お母さんも安心したのか少しふっくらしたみたいだ。

「あれ、ノット、ちょっと顔が赤くないか？」

「兄ちゃんお酒飲んじゃったんだよ。母さんにダメだって言われたのに」

「少しだけだよ」

　どうやらご両親の目を盗んでお酒を飲んでしまったらしい。そっか、大人ぶりたい年頃だもんなぁ。でも、お酒は成人してからがいいと思うぞ。

「シノブ、本当に結婚するんだな」

「え、うん。するよ」

　あれ、冗談だと思ってたのか？

　ノットには直接招待状を手渡ししたんだけど、そのときにも『はぁ？』って言われたんだよな。

「つき合ってからそんなに経ってないじゃん、早ぇよ」

　プクッと頬を膨らませて文句を言われてしまった。

　少しだけって言ってたけど、もしかして結構飲んだのか？　目が据わってるぞ。

　ためしに赤くなった頬を突っついてみたら指を摑まれた。

「誰ももらってくれないなら、俺が結婚してやろうと思ってたのに」

「うぇ!?」

　思いがけないことを言われて変な声が出た。ノットとマルコの兄弟を弟のように思っている僕としては、『お兄ちゃんと結婚する』って言われたみたいで面映ゆいような気持ちになってしまった。

　そうか、そうか。ノットはそんなに僕を慕ってくれていたのか。可愛いなぁ。

「残念だったな」

クリシュさんがノットの頭をグリグリ撫でると、ノットは『子供扱いするなよ』って怒ってた。

ノットにもいずれ本当に好きな人ができて『結婚するんだ』って僕に報告してくれるときが来るんだろうなぁ。そしたら僕はきっと今日のことを思い出して『こんなことを言ってくれたこともあったのにな』って懐かしく思うんだろうな。そのときは、畑でとれた野菜や果物をいっぱい持ってお祝いに行かないとな。

誰かが持ち込んだ楽器で音楽を奏で始めると、音に合わせて踊りだす人が出てきた。この世界では馴染みのある曲なのか、それぞれ相手を誘って腕を組み、クルクル回転しながら手を叩く。僕もクリシュさんと、みんなに囃し立てられながら見よう見まねでクルクル回って手を叩いた。なんだかみんなから一拍遅れているような気がするけどしょうがないよな、初めてだし。

下手くそでも踊っていると楽しくなって、クリシュさんの腕にぶら下がるみたいにして踊りながら大声で笑った。

「わぁ、凄い、パパさんとママさん、上手!!」

「あの人達はしょっちゅう踊ってるからな。母さんが踊るのが好きなんだ」

パパさんとママさんは凄く上手で息ピッタリにクルクル回っていて、参加した人達の中でも群を抜いて輝いていた。パパさんがママさんの背中を腕で支えてグイーッと背中を反らしたときなんか周りから拍手が起こったりして、プロの社交ダンスを見ているみたいで興奮して僕も手が痛くなるほど拍手をした。僕のへっぴり腰ダンスとは大違いだ。

『俺達も!!』って正座をしていたティボットさん達も参加しようとして、正座で痺れた足をもつれさせて折り重なって地面に転がった。その光景を見た人達が一斉に笑いだす。

痺れた足を引きずりながらエリーゼさんを誘ったティボットさんはすげなく断られて、仕方なく騎士仲間と腕を組んで面白い踊りを披露していた。

だ、大丈夫か？　後でエリーゼさんに『調子に乗りすぎだ』って叱られそうだけど。

「さぁさぁ、お待ちかねのシェフ自慢の料理だよ！　誰の料理が一番美味いか食べ比べてくれ!!」

シェフ達が自慢の料理をお祝いの皿に盛りつけてリズムを取りながら登場し、歌いながら配膳したついでにお酒を瓶のままラッパ飲みしてそのまま呑み比べになだれ込んだ。

「クリシュさん、僕、アレの準備をしてくる」

僕はクリシュさんの耳に口を近づけてコソッと耳打ちをした。アレっていうのは、アレだ。結婚式には欠かせないアレ。

「俺も手伝おう」

「でも、二人とも席を外したらまずくない？」

「周りを見てみろ。みんな飲み食いに忙しくて気にしてる奴なんていないから大丈夫だ」

確かに、みんな踊りと料理に夢中でこっちを見ている人は誰もいないみたいだ。それなら手伝ってもらおうかって、僕とクリシュさんは二人で手を繋いで会場を抜け出した。

アレというのは、結婚式には欠かせないウェディングケーキのことだ。僕は新郎新婦がケーキ入刀をするのに強いこだわりを持っていたりする。昔、婆ちゃんと約束したんだ。僕が結婚するときは、婆ちゃんがケーキを焼いてくれるって。

親戚の結婚式に出席したときに新郎新婦がケーキ入刀をしているのを見て、『結婚したらあんなに大きなケーキを食べられるのか!?』って、凄く感動して婆ちゃんにねだったんだよ。ほら、そのときの僕のケーキに対するイメージは誕生日に婆ちゃんが焼いてくれるケーキだったからさ。婆ちゃんは『お嫁さんがいいって言ったら焼いてあげるわね』って約束してくれた。

それをずっと覚えていて、結婚お披露目会の料理を決めるときに、絶対にウェディングケーキを用意しようって思ったんだ。

前日に焼いた二つの丸いスポンジを取り出して、三枚に切った。このスポンジが苦労したんだよ。向こうの世界には薄力粉があったけど、どうやらこっちにはその区別がないらしくて、上手に膨らんでくれなかったんだ。

何度も練習したけど、結局向こうのケーキのようなフワフワ感は出せなくて、パウンドケーキみたいなどっしり、しっとりしたケーキになってしまった。でもまぁ、膨らんだからいいか。

「シノブ、このくらいでいいか？」

「うん、ありがとう」

クリシュさんが泡立ててくれた生クリームをたっぷり乗せて、包丁で伸ばした。クリームの固さはバッチりだ。

スライスしたフルーツを乗せてクリームを乗せてその上にまたスポンジを乗せて、積み上げていく。やっぱりお祝いのケーキは二段だよなって、下の段より一回り小さいスポンジにも同じようにクリームとフルーツを乗せていく。

クリームを平らに均すのってなかなか難しいんだなぁ。店のケーキみたいにまっ平らにならなくて、何度も手直ししていたら、ピピッとクリームが飛んでしまった。

「うわー、やっちゃった。エプロンしててよかった」

テーブルと床に落ちたクリームも後で掃除しないとなって思っていたら、クリシュさんに顎をクイッとされて上を向かされた。口の左側、クリームが飛んだ辺りをクリシュさんの舌が這い、ほぼ真上を向いているせいで自然とうっすら開いてしまっていた口の中に舌が忍び込んできた。

「甘い……」

僕の舌にクリームを擦りつけていったクリシュさんの舌を思わず目で追ってしまった。クリシュさんに『もう一回して欲しいな』って思ってるのがバレてたら恥ずかしいな。

「腹が減ってるのか？」

意地汚いと思われてる!! はしたないって思われるのとどっちが恥ずかしいんだろう!?

「冗談だ」

ショックを受けた僕の顔がよっぽど面白かったのか、クリシュさんは拳を口に持っていって肩を震わせて笑っていた。くそうっ、こんなクリシュさんも格好いいなぁ。

人がいないのをいいことに、イチャイチャしながら仕上げたウェディングケーキは真っ白く、甘くできあがった。

本当はケーキカット用の長いナイフがあればよかったんだけど、それは包丁で代用だ。

ウェディングケーキを抱えて再登場した僕達を見て、招待客がどよめいた。多分見たことがない物体が原因だ。辛うじて知ってるのは、大早食い祭りの打ち上げに参加した人だけだもんな。『あれはなに？』って言葉が飛び交っている。

「えーっと、僕が生まれた世界では結婚のお披露目のときにみんなの前でケーキを切り分ける習慣があります。将来、どんな困難に出会っても、ゆるぎない愛で手を取り合い、幸せを切り拓いていくって意味があるようです。みなさんにも僕が生まれた世界の習慣を体験して欲しいと思います。カットしたケーキは後でみなさんにも配るので、ぜひ食べてください」

お辞儀をすると、ワーッと拍手が沸き起こった。珍しい習慣を近くで見ようとみんな近づいてきて、たくさんの視線の中でクリシュさんと視線を交わしながら二人で手を添えた包丁を真っ白なケーキに沈めた。

カットした瞬間、なんだか知らないけどめでたいぞって感じでもう一度拍手が起こり、待ちきれずに皿を持ってきたマルコに一番にケーキを渡してあげた。

ケーキを配り終えてふと周りを見渡すと、みんな笑顔で歌い騒ぎ踊っていた。パパさんが作ってくれたテーブルと椅子、ママさんが作ってくれたテーブルクロスとランチョンマット。アマンダさんのウェルカムボードとフィルクス様が貸してくれた豪華な花瓶とシェフ達の綺麗に盛りつけられた料理の数々。

今日のお披露目会は招待客をもてなすためのものだったはずなのに、気がつけば僕達のほうがお祝いの気持ちに囲まれてもてなされていた。

僕は、間違いなく人生で一番幸せな日を迎えている。でも明日になれば、クリシュさんと迎える一日の始まりを一番幸せだなって思いながら目を覚ますんだろう。そうやって幸せな日が積み重なって、毎日一番幸せな日を更新していけたらいいな。

「シノブ、後で渡したいものがある」

「なに？」

「後で、二人になったときにな」

「なんだろう、気になるなぁ」

嬉しいなぁ、また楽しみができた。

『内緒だ』って言うクリシュさんの口元は僕の大好きな笑みを浮かべていて、その顔を見ているだけで幸せな気持ちになる。

クリシュさん、ずっと笑っていて。辛いことがあっても、二人で『どうってことないよ』って笑って暮らそう。クリシュさんの笑顔があれば、僕はほかになにもいらないんだ。

お披露目会が終わって招待客を見送り、片づけを終えた僕はクリシュさんが準備してくれたお風呂に入っていた。クリシュさんが準備したんだから、一番風呂はクリシュさんに入ってもらいたかったけど、クリシュさんにはお湯の温度が高すぎるからって僕が先に入浴することになった。

ちなみにパパさん達は今夜は街に宿を取ることになった。知り合いがいるから街の飲み屋で宴会をするんだって聞いたけど、本当は僕達に気を遣ってくれたんだろうなぁ。

散々準備を手伝わせたのに、移動に一時間もかかる街の宿に泊まらせるなんて申し訳ないから家に泊まってって言ったんだけど、『今日くらいは二人きりで過ごしなさいな』ってママさんにウィンクされてしまった。ありがたいけど、ちょっと照れる。結婚のお披露目の夜に二人きりでなにをするかなんて、みんな察しているんだろうし。

クリシュさんはパパさんに『頑張れよ』って言われて、パンチで返事をしていた。肩にポスッて感じに。クリシュさんて、パパさんが相手だとちょっとだけ子供っぽくなって可愛いんだよなぁ。

エリーゼさんからお祝いにもらった素敵な香りがする石鹸でザッと体を洗ってからお湯に体を沈めると、気持ちがよくて『うぃ〜』って変な声が出た。普段は水浴びばかりだから、お湯に浸かるのは久しぶりだ。

湯気が立ち込める天井をぼんやり見ながら、いよいよ今日クリシュさんと結ばれるのかって考えていた。

旅から帰ってきてからはクリシュさんの仕事やお披露目の準備で忙しくてエッチなことをする雰囲気にもならなかったから、触れ合うこと自体が本当に久しぶりで、なんだか緊張してきた。

しょ、初夜だし、クリシュさんにどこを触られても汚くないようにしないとって思うと、ゆっくりお湯に浸かっている時間が惜しくなって、僕は浴槽から出るとキツく絞ったタオルで念入りに体を磨いた。

洗いすぎてヒリヒリする腕を撫でながら浴室を出ると、クリシュさんは居間でお酒を飲んでいた。

「随分と長かったたな」

「う、うん。久しぶりのお湯だったから」

本当は、この後のことを考えて体中を磨いていたんだけど、そんなことは言えないから誤魔化し笑いをした。

クリシュさんは残ったお酒を一気に飲み干すと立ち上がり、すれ違いざまにまだ湿っている僕の髪をクシヤリとかき回して『寝室で待っていてくれ』って言って浴室に消えていった。

お風呂でいろいろと想像しすぎて髪を撫でられるという些細な接触にも顔を赤くしてしまった僕は、火照りを収めるために水分補給のジュースをがぶ飲みしてフラフラした足取りで寝室へ向かった。

今日のために新調した寝巻きはクリシュさんとおそろいで、クリーム色のサラサラした生地が体を包み込んでくれて、着心地がいい。

どうせ脱ぐことになるんだけど、裸で待っている勇気は僕にはなくて、キッチリ上下の寝巻きを着込んでウロウロと寝室を歩き回った。

こういうときって、どんな風に待っていたらいいんだろう。ベッドに横になっていたらいいのか、それとも正座して待っていたらいいのか。

歩き回って、ベッドの端に座って、やっぱり正座して、そのまま仰向けに倒れて枕を抱えてゴロゴロ転がった。意識しすぎだって自分でもわかっているけど、僕の挙動不審は止まらない。あの液体をしまってある引き出しを開けて瓶を取り出そうとして、やっぱり閉めた。

だって、あまりヤル気満々だったらクリシュさんに引かれるんじゃないかと思って。

よし、やっぱり正座で待ってよう。そう思って座り直したとき、木彫りのピョン吉とポチが視界に入った。ピョン吉はキュートなポーズで、ポチは今にも走りだしそうな躍動感(やくどうかん)たっぷりな様子でベッド脇のテーブルの上でこっちを見ていた。

パパさんが、約束通りに木彫りのポチを作ってくれたんだ。今度はハナコやハナヨやブライアン達も作ってくれるって。この場所には木彫りの家族達が勢ぞろいする予定だ。

でもさ、今日は特別な日だから、木彫りとはいえ家族にクリシュさんとの営(いとな)みを見られるのは恥ずかしくて、『今日はあっちを向いてて』って壁の方を向くように置き直してしまった。二匹の後ろ姿に満足して一人で頷いていると、トントントンッと階段を上がってくるクリシュさんの足音がした。

クリシュさんは上半身裸で下だけ寝巻きを着た状態で、ガシガシと頭を拭きながら部屋に入ってきた。お湯で温まったせいで、上半身の古傷が赤く色づいている。

髪からポタリと落ちた水滴が、鎖骨を通って綺麗に割れた腹筋に落ちていくのを思わずジッと見てしまった。濡れた肌って、なぜか酷くエッチに見えて、目が離せない。

ベッドの上で正座をしている僕を見て目を細めて笑った顔が色っぽくて、僕はノックアウトされてしまった。お風呂上がりのクリシュさんは今日も最高に男っぽくて、色っぽい。

壁の方を向いている木彫りのピョン吉達を見てちょっと不思議そうな顔をしたクリシュさんは、あの液体をしまってある引き出しを開けた。

いよいよか!? って身構えた僕は、取り出したものが液体が入った瓶じゃなくて小さな箱だったことに首を傾げた。さっき開けたときには気がつかなかったけど、なんだか高級そうな箱だ。

「シノブに渡したいものがあると言っていただろう?」

そう言って小さな箱の中から取り出したのは、おそろいのペンダントだった。

「綺麗……」

こんなの見たことがない。あまりにも綺麗で、ほかに言葉が出てこなかった。シャラリと涼やかな音を奏でたのは葉の形をしたチェーンだった。小さな葉をいくつも連ねた先に涙の形をした宝石がロウソクの灯り(あか)を反射してキラキラと光っている。尖った先端のほうが薄い緑色で、そこから徐々に色を変えて薄ピンクへと色を変え、グラデーションを描いていた。

その色に、とても懐かしくて愛おしい記憶が僕の脳裏に蘇った。爺ちゃんと婆ちゃん家の庭に生えていた立派な桜の木。春になると薄いピンクの花弁を枝いっぱいに咲かせていた。ふわりふわりと宙を舞う花弁の映像と共に甘い香りまで漂ってくるようで、胸が締め付けられるような感動が押し寄せる。

「今朝やっとできあがったんだ。前から探していたんだが、納得がいく宝石が見つからなくて遅くなってしまった。シノブの世界のサクラという花をイメージした色の宝石を探したんだが、どうだろう。似ているだろうか」

「この色だよ。僕が一番好きな桜の色にそっくりだ……」

受け取るのも忘れて見とれている僕の首にペンダントを着けてくれた。カチリッと金具の音がして、鎖骨の辺りを細いチェーンがシャラリと流れる。

普段着けることのないペンダントの存在は慣れなくて、首がくすぐったい。

「俺にも着けてくれるか?」

「は、はい」

乱暴に扱ったら壊してしまいそうで、大切に大切にチェーンの留め具を外し、屈んでくれたクリシュさんの首に腕を伸ばした。

ぶきっちょな僕は留め具の扱いが下手くそで、何度か失敗してようやく着けることができてホッとしていると、クリシュさんは僕の額にスリスリとおでこを擦りつけた。

「これで、シノブは俺のものだな」

その言葉で、僕はやっとこのペンダントの意味に気がついた。これ、もとの世界での結婚指輪と同じ意味のあるアクセサリーだ。

クリシュさん、準備してくれていたんだ。僕はお披露目の準備で精一杯で思いつきもしなかった。

『前から探していた』って、いつからだろう。いつから僕との結婚を考えていてくれたんだろう。もしかしたら、僕が考えているよりずっと前から準備してくれていたんだろうか。

だって、この宝石凄く貴重なものだぞ、きっと。前に隣街でデートしたときは、二色のグラデーションになっている宝石は売っていなかったし。探すのに苦労しただろうし、時間もかかったんじゃないかと思う。

「わかるか？ シノブは今日から俺のもので、俺はシノブのものだ」

「クリシュさんが、僕の……」

「そうだ。喜びも悲しみも二人のものだ。なにがあっても離れることなく、たとえば距離が離れても俺達は繋がっているということだ」

僕は、人の気持ちが永遠ではないことを知っている。実際、僕の父さんと母さんは離婚して別々の道を歩みだしたし、高校のときの友達は、凄く仲が良かった彼女と卒業後すぐに別れてしまった。

些細な一言や物理的な距離や生活環境の変化で、案外簡単に気持ちは変わってしまうんだ。

だけど、クリシュさんとなら大丈夫だって、なんの根拠もなく信じることができる。そう思うことができるほど愛されていると、クリシュさんは僕に教えてくれた。頼っていいんだと、言葉で、態度で伝えてくれて、優しく触れる手やドキリとするような熱の籠った眼差しで愛情を伝え続けてくれた。そして、このペンダントで約束もくれた。ずっと一緒にいるって。

「クリシュさん」

「ん？」

『ん？』って聞き返すクリシュさんの声が甘い。言葉にも甘さがあることを、僕はクリシュさんから教わった。

「クリシュさ、ん」

「どうした？」

言葉が出てこなくて、クリシュさんの名前を呼ぶだけなのに声が詰まってしまう。そんな情けない僕の言葉をクリシュさんは辛抱強く待ってくれた。

「嬉しい、ありがとう」

「泣くな。笑ってくれ。シノブの笑顔が好きなんだ」

僕は感動して、クリシュさんが愛しくて、力いっぱい抱きついた。

「クリシュさん、これからもよろしくお願いします」

「ああ、こちらこそ。とこしえに共に」

精一杯の抱擁(ほうよう)をクリシュさんは簡単に受け止めて、頭や顔や首にキスをして、ゆっくりと僕を押し倒した。

僕は抵抗せずに、体の力を抜いて覆い被さるクリシュさんの体を受け止める。

クリシュさんの腕の中はとても安心できるのにドキドキして、胸が苦しいくらいにキュッとなって、体が抱擁の先を求めて肌がザワザワと騒ぎだした。

体が勝手にその先の準備を始めて胸の先が固くなるのが恥ずかしくて嬉しい。条件反射で体が愛される準備を始めるほど、僕の体はクリシュさんに馴染み始めていた。

クリシュさんがキスをしながら僕の服をたくし上げたら、僕は腕を上げて脱ぐのに協力した。首からスポッと脱いだ寝巻きはクリシュさんの手によってベッドの下に落とされた。

クリシュさんが僕のズボンの紐をほどくと、僕は尻を上げて自分からズボンを脱いだ。真似をしてクリシュさんのズボンの紐をほどくと、クリシュさんはバサッとズボンを脱いで僕のと一緒にこれまたベッドの下に落としてしまった。

チラリと見えてしまったクリシュさんのはすでに立ち上がっていて、僕は盛大に照れて顔を赤くした。何度も見たことがあるのに、やっぱり慣れない。あんなに大きなものが本当に僕の中に入るんだろうか。

全部脱ぎ終えて再び覆い被さってきたクリシュさんの背中に腕を回すと指先に古傷が触れて、無意識にその場所をなぞってしまう。クリシュさんはくすぐったそうな顔をして、お返しに僕の肌を硬い掌で撫で上げた。

下唇を食(は)みながら腰の辺りからじわじわと肌を撫で上げ、親指で両方の乳首を押し潰す。そうされると、僕の呼吸は一気に速くなった。

呼吸のために開いた唇の隙間から舌が入ってきて、絡めようとした僕の舌をからかうようにかわして頬の内側を舐めた。クリシュさんの舌が恋しくて必死で追いかけて、焦(じ)らされたお返しに軽く歯を立てると、クリクリと乳首を摘まれて喉の奥から高い声が漏れてしまう。乳首は痛いくらいに固くなり、もっと触って欲しいと主張するようにプックリと立ち上がっていた。

「ふっ、んんっ」

クリシュさんの全部に触りたくて、めいっぱい腕を伸ばしたけど、僕の腕は短くて背中の肩甲骨辺りまでしか届かないのが酷くもどかしい。もっと僕の体が大きければ、もっと僕の腕が長ければ、クリシュさんの体を包んであげられるのに。

腕の中にスッポリと包まれる安心感をクリシュさんにも伝えてあげられたのに。

「シノブを抱き締めるのは気持ちいいな。安心する」

僕の気持ちを読み取ったように、クリシュさんはギユウッと抱き締めてくれた。クリシュさんも僕とくっつくと安心するのか。

僕がクリシュさんの腕の中にいると、世界中のどこにいるよりも安心できるように、僕を抱き締めていると同じ気持ちになってくれるなら、僕はいつでもクリシュさんが望むときに腕の中に飛び込む。

「もっと抱き締めて」

温かくて優しいクリシュさんの腕の中。ここが僕の生涯の居場所なんだ。

僕達は今までで一番時間をかけてじっくりと、頭の先から爪先まで丹念にお互いの肌を探り合った。どこをどう触ったら相手がどんな反応をするのか、そっと触ったり、強めに擦ったり、軽く爪を立てたりしながら。

敏感なところを触られて体を捩(よじ)り、脇腹をコショコショされて『くすぐったい』と笑いながらお互いのことを知っていく。クリシュさんのことに随分と詳しくなったと思っていたけど、クリシュさんにはまだまだたくさん秘密があった。

肘の内側を触られるとくすぐったいとか、鎖骨の窪みを舐めるとピクッと反応するとか。

クリシュさんは乳首はあまり反応しなかったけど、六つに割れている腹筋をみぞおちから臍に向かう一本線を指でなぞると、キスが激しくなる。感じて興奮しているのか、くすぐったい仕返しなのかの判断はまだつかないけど、やめろって言われないってことは嫌ではないんだろうなって勝手に解釈した。

肘の内側は、触るか触らないかくらいの距離でサワッと指を動かすのが一番くすぐったいみたいだ。調子に乗ってサワサワしすぎた仕返しに、脇腹を思いっきりコショコショされてお腹が痛くなるくらいに笑わされてしまった。

クリシュさんはいとも簡単に僕を笑わせもするし、感じさせもする魔法の指を持っている。同じ指のはずなのに、触れる場所や強さによってこんなに違うのかって、笑いながら感心してしまった。

「シノブの肌はどこも柔らかいな」

僕の手首を掴んだクリシュさんは、人差し指と中指の間に舌を這わせながら呟いた。

さっきから僕の全身を食べるかのような勢いで舌を這わせ、時々嚙み、吸いついては花弁を散らしたような跡を残すことに集中しているみたいで、僕の体はあちこちに赤い跡が散らばっている。

次の標的に定めたのは耳たぶで、葡萄を食べるときみたいに口の中にチュルンと吸い込まれて舌で押し潰されて、チュクチュク吸われて、腫れているんじゃないかってくらいに熱を持ってしまった。

そんなクリシュさんが愛しくて、髪を両手でクシャクシャかき回した。頭皮をマッサージするように指先に力を入れると、クリシュさんの頭はとてもいい形をしていて、綺麗な丸みを描いていることに気がついた。僕の後頭部は絶壁なんだ。綺麗な後頭部が羨ましいなって思いながら首筋から項のラインを下から上に撫で上げると、クリシュさんの体がピクリと跳ねた。

もしかして気持ちいいのかって繰り返すと耳の縁をガジリと嚙まれてしまった。

「っ！」

強い刺激にビクッとすると、クリシュさんが喉の奥で低く笑った。獲物を前にしたライオンが上機嫌なときにグルグルと喉を鳴らしている音のようにも聞こえる。

口元は笑っているのに目の奥は激しい欲情を孕んでいて、強い刺激に動揺する僕を見下ろしながら赤い舌でぺろりと唇を舐めた。

ライオンなクリシュさんの再来に、後ろの穴が反応してヒクヒクと収縮を繰り返す。宿での一夜が記憶に甦って、お腹の奥があのときもらえなかったクリシュさんを欲しがってカァッと熱くなった。

「ふあっ、あっ」

肌がチリチリする。これは、お風呂で肌を擦りすぎたせいだけじゃない。クリシュさんに全身撫でられて高められた肌が痛いほど敏感になっていた。

クリシュさんの吐息が触れるだけで僕のモノからトロリと汁が漏れて足の間を濡らしていく。太腿にはクリシュさんのがずっと触れていて、足を動かすとヌルリと滑って内股を濡らした。

クリシュさんも興奮してる。僕で気持ちよくなってくれている。それを証明するヌメリが嬉しくて、触ってみたくなって手を伸ばしたけど、そこに辿り着く前に手首を摑まれてしまった。

「……触っちゃダメ？」

「今は、な。シノブに触れられたらもちそうもない」

「僕も、もうもたない」

さっきからトロトロあふれてるし、あちこち触られるたびにお腹に力を入れて我慢してるんだけど、もう無理そうな感じに張りつめている。クリシュさんが動くと硬い腹筋で擦られてしまうから、なおさらに。

「一度出しておくか」

「わっ！」

急に両足首を摑まれて広げられたから驚いた。

クリシュさんが体を前後に動かすと、ニチャニチャと濡れた音を立てながらお互いのが擦れて、頭の奥が痺れだす。限界はすぐに訪れて、硬いクリシュさんに擦られながら一度目の熱を吐き出した。

「うぁっ、クリシュさん、待って」

「それは聞けない相談だな」

僕よりも長くもったクリシュさんにイッてからも擦り続けられて、足の先が痺れたみたいに痙攣して指先がキュッと丸くなる。

クリシュさんが僕の足の間にビシャリと吐き出す頃には、僕の体はズブズブにとろけていた。

「ふうっ、あ、あっ」

腰から下が溶けてしまったみたいに感覚が曖昧なせに、クリシュさんの指を含んでいる場所だけがやけに敏感になっていて、ほんの少し指を曲げただけでも甲高い声が漏れてしまう。

僕の後ろには、あの液体をたっぷりと含ませたクリシュさんの指が三本、根本まで入っていた。もう随分と後ろを広げられているけど、クリシュさんはまだ先に進む気配を見せない。出したくてしょうがないのに、あと少しというところになるとなぜか察知されて刺激を弱めてしまうから、僕はもう半泣きだ。

「クリシュさん、なんでわかるのぉ?」

僕がイキそうになるタイミングがわかるセンサーでも装備しているんじゃないかと疑ってしまう。

「知りたいか?」

(あ、ちょっと意地悪そうな顔……)

これは恥ずかしいことを言われるぞって警戒して、パッと両耳を手で押さえて聞こえないようにしたけど、右手がクリシュさんの左手に捕まって耳から引き離されてしまった。

「シノブのここはとても素直だ。どうされたら気持ちがいいのか、こうやって教えてくれるんだ」

隠していた右耳に息を吹き込むように囁いて、キュッと僕の手を握る力を強めた。

「こうして俺の指に吸いついて」

キュッ、キュッと強弱をつけながらリズミカルに僕の手を握り、僕の後ろをいじくり回す手でクチュクチュと中をかき回す。

「どこが気持ちいいのか、どのくらい気持ちいいのか、吸いついて教えてくれる」

「ひあっ!」

「ほら、わかるか? ここだ」

クイッと曲げた指で敏感なところを刺激されて、背中をのけ反らせた。『ここが感じる場所だ』って教え込むように執拗(しつよう)に中をいじられて、その言葉を肯定するみたいに後ろが反応してキュウッと指を締めつけてしまった。僕は恥ずかしくて、いたたまれなくて嫌々と首を振った。

「嫌じゃないだろ？　『もっと』と言ってごらん」

「やっ、クリシュさん」

結局ぼくはクリシュさんにはかなわなくて、『もっと』って言うまで喘がされてしまった。

「あっ、あっ、あっ」

「シノブ、気持ちいいか？」

「気持ち、い」

「もっと？」

「クリシュさん、気持ち、いいから、もっとぉ」

促されるままに言葉を繰り返しているけど、もう自分がなにを言っているのかわからなくなってきた。ただ、その言葉を繰り返すとクリシュさんが嬉しそうに笑うから、何度も繰り返す。

「いい子だ」

「クリシュさん、もっとぉ」

「可愛いな……」

おでこに優しくキスをもらって、誉めてもらえたのが嬉しくて首にキュッと抱きついた。

スリスリと首筋に顔を擦りつけていると、今度は頬にチュウッとキスをくれて、僕の後ろをかき回していた指が静かに抜かれた。


ぽやんとした思考のままでクリシュさんを見上げた。なんでやめたんだろう？　って首を傾げて、もしかして、足りなかったのかなって、あの言葉を言ってみた。

「クリシュさん、もっと？」

「っ、」

喉の奥で唸ったクリシュさんは、眉間に皺を寄せた。深い谷間が三本、クリシュさんの眉間に刻まれている。あれ、失敗した？　さっきは喜んでくれたのになって反対側に首を傾げると、今度は『フウーッ』と溜息を吐かれてしまった。

「シノブ、少しキツイかもしれないが」

後ろに熱くて硬いものが押しつけられて、僕はまた気持ちよくしてもらえるんだって嬉しくなって笑った。

「ゆっくり、息をしてごらん」

アドバイス通りに息を吸って吐いて、深呼吸をしてみる。何度か繰り返して息を吐いたタイミングで、熱いのが中に進んできた。

「うっ、痛っ」

大きい。太い。これ、もしかして指じゃない？　今までとは違う感覚に歯を食い縛ると、クリシュさんの左手の指が唇を抉じ開けて歯の間に挟まってきた。とっさに噛まないように口を開くと尻の力が抜けて、グッと塊が進んでくる。

「ゆっくり、ゆっくりだ」

知らぬ間にフッフッと間隔が短くなっていた呼吸を必死に切り替える。意識して深呼吸すると、クチュンッて音と共に太い部分が中に収まった。

「苦しいか？」

「ん、少し。今のなに？」

「俺だ」

「え？」

さっきまでクリシュさんの左手は僕の口の中にあった。右手はというと、体を支えるためにベッドに手を突いている。

じゃあ、今のはなんだ？　って頭だけ起こしてみると、僕の足の間にはクリシュさんの体が挟まっていた。つまり、今のって……。

「まだ先端が入っただけだが、カリの部分が入ったから少しは楽になるはずだ」

僕は今、クリシュさんと繋がっているのか。

あんなに太いのが、本当に入ったんだ……。痛いはずだ。むしろ、このくらいの痛みで済んだのって奇跡じゃないだろうか。

本当に？　マジで？　って思っていたら、体が勝手に中のものを確かめようとして、尻の穴がキュッと締まった。

「うっ」

「ほら、力を抜いて」

ちょっと力を入れただけなのに、結構な衝撃だった。

「慣れるまで、こうしていようか」

緩く抱き締めて、顔や唇にチュッチュッと唇を落とすクリシュさんの肩に手を置くと、張りのある筋肉で覆われた肌は汗でしっとりと湿っていた。


落ち着いた辺りで、熱の塊がジリジリと奥に進み始めた。僕の中を広げながら、止まっては戻り、戻っては進んでを繰り返す。

先っぽの太い部分が入ったから少しは楽になるって言っていたけど、全然そんなことはなかった。内臓を押し上げられるみたいで苦しいし、ミッチリ隙間なく入っているのも苦しい。

「すまない、苦しいな？」

そっと頬を撫でられてきつく閉じていた目を開けると、顔を歪めたクリシュさんが僕を見下ろしていた。

「クリシュさん、も、苦しい？」

「俺のことはどうでもいい」

僕がこれだけ苦しいってことは、大事なところを締めつけられているクリシュさんも、きっと苦しいんだろう。それなのに、僕の心配をしてくれている。

噛み締めていた奥歯から意識して力を抜くと、少しだけ楽になった。

「大丈夫だよ」

何事も初めては上手くできないものだ。

「すぐに慣れるよ」

今は苦しいけど、慣れたらきっと平気になる。クリシュさんと恋人になってすぐの頃、僕は『いってらっしゃい』のハグとキスに盛大に照れていたけど、今では当たり前みたいにできるようになったし、尻を指で慣らすことだって気持ちいいと思えるようになった。だから、大丈夫。

二人で求め合っているんだから、クリシュさんが『すまない』なんて謝ることはないんだよ。

精一杯笑ってみせると、クリシュさんの苦しそうな顔も和らいでくれた。喜んで欲しいから『もっと』って言いたいところだけど、それはまだ無理だ。慣れるまで待って。

「ありがとう。苦しいだろうが、頑張ってくれるか」

頷くと、奥に進んでくるスピードが上がった。

「うあっ、わぁっ」

僕は、ズルリと中を擦り上げながら進んでくる質量に、ハクハクと息をしながら必死に耐えた。指に力が入って爪がクリシュさんの肌に沈む。

「もう、少しだ」

うんうん頷きながら耐え続けて、やっと動きが止まったときにはビッショリと汗を掻いていた。

「終わった？　全部、入った？」

「ああ、頑張ってくれてありがとう。まだ、終わってないけどな」

あ、そうか。入れて終わりじゃないのか。全部受け入れたことでやり遂げた感が半端なかったけど、これからが本番なんだ。

進んでいたときよりも、すべて受け入れた後のほうがずっと楽だ。内臓を押し上げられている感じは変わらないけど、狭い場所を無理矢理押し広げられる痛みがなくなったからかな？

「クリシュさんは、もう苦しくない？」

「俺は……、すまない、とても気持ちがいい」

心なしか眉が下がって困り顔のクリシュさんというレアなものを見ることができた僕は、それだけで大満足だ。

「嬉しいな。クリシュさんが気持ちよくて、嬉しい」

困り顔のクリシュさんの眉間には、また谷間が刻まれていた。さっきよりも一本減って二本になっている。減ったたってことは、楽になったたってことだよな。でも、まだ二本もある。

『皺よ消えろ』って念じながら指先で眉間をコシコシすると、キョトンとクリシュさんが僕を見下ろした。キョトンの拍子に皺が消えて、僕は『よっしゃ!!』って内心でガッツポーズをした。やっぱり、クリシュさんは眉間に皺がないほうが格好いい。

「なんだ？」

「ふふっ、格好いいなって。僕の最高の旦那様だ」

そう言ってクリシュさんの顔を両手で包むと、なぜか僕の中を埋めているクリシュさんの質量がグッと増えた。

「すまない、動いてもいいか？　我慢の限界だ」

切羽詰まった顔をしたクリシュさんは、僕の返事を聞く前に体を揺すり始めた。

「んんんっ」

奥まで沈めたまま、小刻みに体を揺する。そうすると、繋がった場所がクチックチッと音を立てた。苦しいけど、このくらいならまだ大丈夫だ。

でもやっぱり苦しくて、また奥歯を噛み締めそうになった。そんなときに目に入ったのが、鎖骨だった。クリシュさんの肌なら、僕はきっと噛み締めずにいられるなって、目の前で揺れる鎖骨をはむっと唇で食んでみる。

「クッ！」

鎖骨をチロリと舐めると、中のクリシュさんがまたグッと大きくなった。もういっぱいいっぱいなのに、また大きくなったクリシュさんに、『嘘でしょ、まだ大きくなるの!?』って苦しさも忘れてビックリしてしまった。

「あまり、可愛いことをしないでくれ。乱暴にしないように我慢してるんだ」

どの辺りが可愛いのかわからなかったけど、とりあえず鎖骨を舐めるのは禁止なんだなって思って、唇で食むだけにした。

　体を揺するだけだったクリシュさんは、少しずつ体を前後に動かし始めた。少し引いて、同じだけ戻って、今度はもう少し引いて。動きが大きくなってくるとベッドの軋みも大きくなって、キシッキシッと音を出し始めた。

　はじめは苦しいだけだったのが、ミッチリ詰まったクリシュさんに敏感な場所を小刻みに揺らされて、苦しさに縮こまっていた僕のも元気を取り戻した。特に、一番太いところでコリコリ刺激されると、太股がピクピクと痙攣してしまう。

「ンクッ」

「悦くなってきたみたいだな」

　今度はなんでわかるのなんて聞かないぞ。そんなことを言ったら、さっきみたいに訳がわからなくなるまでいじくられてしまう。

　そう思って唇を鎖骨にピッタリつけて黙っていたんだけど、それが逆にクリシュさんに火を点けたのか、これでもかってくらいにグリグリ擦りつけられてしまった。

　目の前に火花が散るような激しい快感に、僕は口を大きく開けて悲鳴を上げていた。

「ひぁっ、あっ！」

　コリコリとしつこく気持ちのいいところを捏ねられて、新鮮な魚のように体が跳ねた。手加減のない刺激に体が怖じ気づいて逃げようとするのを全身で覆い被さって阻止したクリシュさんは、僕の体を引き寄せるようにして一気に奥まで入ってきた。

　油断していた内壁が、今までよりも奥まで侵入を許して硬い先端を柔らかく受け止めると、形を確かめようとしているかのように奥のほうから徐々にクリシュさんに絡んでピッタリと吸いついた。

「ああ、シノブ……」

　額にふわりと湿った吐息が掛かり、うっすら目を開けると、目を瞑り悩ましげな顔をしたクリシュさんがいた。閉じた瞼が微かに震えていて、薄く開いた唇の隙間から赤い舌がチロリと覗いている。心臓が痛くなるくらいに色っぽい表情だった。

　その表情に心臓を鷲摑みにされてしまった僕の気持ちに反応して、後ろの穴がヒクヒクと動き、奥の壁がグニグニとうねり、キャンディを舐めるみたいに絡み

ついてクリシュさんを味わい始めた。

もっと見せて。僕が知らないクリシュさんの表情を、仕草を、声音を、もっともっと。ああ、僕はクリシュさんが『もっと』と言わせたがる気持ちがわかってしまった。

クリシュさんは僕に『もっと』と言わせながら、同時に『もっと』と僕を求めてくれていたんだ。

行為の続きをねだる言葉の向こうに、僕がクリシュさんを欲しがる気持ちを求めていたんだね。

変な声が出てしまうとか、いやらしいと思われたくないとか、恥ずかしいと思う気持ちが僕の中から消えていた。ここには二人だけ。クリシュさんと僕の二人っきりなんだから、素直になって思いっきり欲しがってもいいんだ。クリシュさんをもっとちょうだいって、声に出して体中で求めていいんだ。僕もクリシュさんに『もっともっと』って欲しがってもらえたら、凄く嬉しい。

僕にはもうクリシュさんしか見えなくて、足の爪先はキュッと丸くなり背中は反り、体も自分のものじゃないみたいに勝手に震えて、勝手に声が出た。それを我慢しようなんて気持ちは浮かばなくて、思うままに声を出し、しがみつき、クリシュさんを求めた。

熱くて溶けてしまいそうな体でクリシュさんの気持ちを全身で受け止めて、急激に高められていく。

口から出てくる言葉は『クリシュさん』と『好き』と『もっと』ばかりになって、クリシュさんからは『シノブ』と『愛してる』と『可愛い』と、ほかにもたくさん言ってもらったけど残りはうろ覚えで。ちょっと勿体なかったなって後から思った。

「あっ、クリシュさん、僕、もうっ」

ダラダラと水っぽい汁をこぼす僕の立ち上がったモノがクリシュさんの手に包まれて、先端を親指でグリグリ擦られた後に根本から絞り出すみたいに擦り上げられた。そんな風に刺激されたら僕には耐えられるはずもなく、促されるままにドロリと精液をあふれさせた。

「シノブ、シノブ……、愛してる」

クリシュさんの体がふるりと震えて、絞り出した声が僕の上に落ちてくる。僕は大きく開いた足の内側でクリシュさんの腰を締めつけながら、大きな快感に飲み込まれ、火傷しそうなほどに熱い飛沫を体の奥で受け止めた。

僕もクリシュさんも、お互いに疲れて荒い息を吐きながらギュウッと抱き合った。体の境目もわからなくなるくらいにピッタリくっついて、余韻に震える体が感覚を取り戻すまで。

声に出さなくても気持ちが伝わって、心臓の鼓動が『愛しい、愛しい』と歌っているみたいだ。

呼吸が整ってきて、目を合わせて微笑んで鼻の頭を擦りつけ合った。視線で『クリシュさん、幸せ？』って聞くと、目を細めて『幸せだ』って返事をしてくれる。頬にキスをしながら心で『大好き』って伝えると、おでこにキスをして『愛してる』って返してくれる。今の僕達は以心伝心だ。

とても幸せで、少し苦しくて、甘くて苦いビターチョコレートみたいな今夜のことを僕はきっと一生忘れない。

年を取ってお爺ちゃんになっても、時々思い出しては転げ回って照れるんだろうな。その頃にはクリシュさんもお爺ちゃんになっていて、騎士の仕事も定年退職して、二人でお茶を飲みながら『あの頃は～』なんて話をして、手を繋ぎながら『若かったよねぇ』とかのんびり話ができたらいいな。ずっと一緒に抱き合って手を繋いで笑っていよう。こんな約束なんかしなくても、きっとずっと手を繋いでいるんだろうけど、約束だ。

トクントクントクン。

結婚式の翌日の僕の目覚まし時計は、クリシュさんの心臓の音だ。

初夜の翌朝、僕の目覚めはとても穏やかだった。昨夜、あんなに情熱的に求め合ったとは思えないくらいに。

僕の頭はクリシュさんの胸の上。僕の肩はクリシュさんの腕に包まれていて、胸から下はクリシュさんの素肌にぴったりと寄り添っていて、どこもかしこもクリシュさんにくっついている。

窓から差し込む陽射しが背中に当たっていてポカポカと気持ちいいけど、もう少し経つとギラギラで暑いに変わるだろう。

昨夜は初めてクリシュさんと結ばれて、夢のような一夜を過ごした。その余韻に包まれていたくて、少し前から目が覚めていたけど、目を瞑ったまま寝たふりをしている。

クリシュさんは僕の狸寝入りに気づいてるかな？　目が覚めた辺りから僕の頭をゆったりと撫でているから、気づいてるんだろうな。

気づいてるのに『おはよう』の挨拶がないのは、クリシュさんも昨夜の余韻に浸っていたいのかも。

そろそろ起きないといけないけど、もう少しこうしていたい。だって、ものすごく幸せなんだ。

夢みたいだなって思うけど、夢じゃないってことは、僕の体が教えてくれる。クリシュさんを受け入れた場所が、今でも熱を持っていてジンジンと疼いている。

「シノブ」

クリシュさんの指が僕の耳をくすぐり始めた。耳の縁を指で辿って、耳たぶをクニクニ揉んでキュッて引っ張って。くすぐったくて狸寝入りを諦めた僕は、クスクス笑いながらクリシュさんの首に抱きついた。

「おはよう、クリシュさん」

「おはよう」

僕の体を引っ張り上げて自分の体の上に乗せたクリシュさんは、前髪の上からオデコにキスをしてくれた。

「よく眠れたか？」

「うん、夢も見ないくらいにぐっすり」

クリシュさんとアレコレしたってのもあるけど、昨日は朝から大忙しだったから、疲れていたんだろうな。

「クリシュさんも、ぐっすり？」

「ああ。こんなに深く眠ったのは久しぶりかもしれないな」

そっか。音や気配に敏感で、些細なことでも起きてしまうって言っていたもんな。日々鍛えていると、寝ながらでも警戒できるのかって感心していたけど、でもそれって裏を返せば熟睡できていないってことだ。そう考えると、ちょっと気の毒だ。

「体は大丈夫か？」

「体？」

「気をつけていたつもりだが、痛んだりしていないか？」

そう言って尻を撫でられて、カァッと頬が熱くなった。クリシュさんは、昨夜酷使した尻の心配をしてくれていたのだった。

「えーっと、うん、多分、大丈夫だと思う。まだジンジンするけど」

「そうか。今日は一日無理をしないほうがいいな」

「大丈夫。そこまでじゃないから」

優しくしてもらったから、大丈夫。まぁ、僕の体が鍛えられてきたってのもあるかな。

「だが、今夜のこともあるし、夜に備えて体を休めておいた方がいいと思うが」

……今夜。今夜って、あれ、今日も、なのか？

ぽわんと昨夜のあれこれが脳裏に甦って、頭から湯気が出そうなほど真っ赤になってしまった。

「あの、クリシュさん。その、今日も……？」

「嫌か？」

耳をくすぐりながら顔中にチュッチュと唇を落とすクリシュさんは、すごく甘い表情をしていて、朝だというのに空気がピンク色だ。

「シノブ？　嫌か？」

くそうっ、クリシュさんってば、僕の答えなんかわかっているくせに言わせようとするんだから、参るよ。

「嫌じゃないよ。僕もしたい」

求められるのって、凄く嬉しいってわかったから素直に伝えたけど、でも、やっぱり恥ずかしくて、クリシュさんの胸に顔を伏せて隠した。

いつか格好よく夜のお誘いができるようになりたいけど、今はこれで我慢してもらおう。

クスッと笑ったクリシュさんは、クルリと体を反転して僕に覆いかぶさった。僕は条件反射のように自分から足を大きく開いて受け止めた。

いいよな。僕達結婚したんだし、嬉し恥ずかしの新婚だし、たまには朝から仲良くしても。

自分から舌を伸ばしてキスをねだって、いつもクリシュさんがするように太腿でクリシュさんの足を擦り上げると、僕を抱き締める腕の力が強くなった。

気持ちが盛り上がっているし、朝だし、なによりも好きな人と裸で抱き合っているわけだから、健康な男子としては悶々(もんもん)としてくるわけで。ピッタリくっついた体がお互いの変化を感じ取って、さらに熱が高まった。

「最後までしないから、少しだけ」

「ん」

こんな感じで結婚して初めての朝を迎えた僕達は、朝っぱらから仲良くしたわけだけど。お互いに体を擦りつけ合って熱を吐き出した直後、外からポチの鳴き声が聞こえた。

「ワオーンッ、ワンワンッ」

気がつけばみんなに水をあげる時間が過ぎていて、ポチから抗議の遠吠えを受けてしまったんだ。

「そろそろ起きるか」

「うん」

お互いの体を拭き合って、幸せな気持ちのままピッタリと寄り添いながら飼育小屋の扉を開けた僕は、飛び出してきたポチに執拗に匂いを嗅がれて、凄く恥ずかしい思いをした。なんで尻の匂いばっかり嗅ぐんだよ。

『なんでクリシュさんの匂いがするんだ？』って感じに、尻の匂いを嗅いでは首を傾げるのを一日中繰り返されてしまって、いたたまれない気持ちで夜まで過ごした。これって朝の水の時間が遅れたことに対するポチの抗議行動なんじゃないか？　明日からは水をあげる時間は厳守しようって心に誓ったのだった。

嬉しい知らせが届いたのは、僕とクリシュさんが結婚してから六ヶ月ほど経った頃だった。前から兆しはあったけど、騒がれて母体にストレスがかかることを憂慮して伏せられていて、お医者さんからやっと許可が出て発表されることになった。

アンネッテ様のお腹に新しい命が宿り、健やかに成長しているということを。もうすぐ五ヶ月に入るらしい。

待ちに待った吉報に、街中お祭り騒ぎになった。記念の絵皿やマグカップ、お菓子やコインが数量限定で売り出されてどれも即日完売した。

アンネッテ様が暮らすお屋敷にも祝いの品が山ほど届いて、置き場所に困るほどだったとか。

気の早い人は『うちの娘に子が生まれたら婚約者に』なんて打診をしてきた人もいたってフィルクス様が苦笑いしていた。

そして、すみれ色した夜明け前の空に太陽が顔を出して美しい朝焼けを見ることができた日、この世界に十年ぶりに産声が響いた。

アンネッテ様と同じ髪と目の色をした女の子で、名前はレーメイちゃん。アンネッテ様のお父さんと旦那さんであるマートさんがバチバチと火花を散らしながら名前の候補を考えて、アンネッテ様が一番気に入ったのを選んだんだって。軍配が上がったのは旦那さんの方。たしか、僕の世界では『黎明』って新しい時代の幕開けって意味だったと思う。偶然だけど、とてもふさわしいし、可愛い名前だ。

その知らせは朝一番に街中に貼り出されて、歓喜に沸いた一般市民はまたもやお祭り騒ぎになり、昼間から飲んだくれて喧嘩騒ぎが起きたりして、クリシュさん率いる騎士のみなさんは駆けずり回ることになった。

ご懐妊のときも大変な騒ぎだったけど、今回は一ヶ月近く騒動が続いて、さすがのクリシュさんも疲れたみたいで帰ってくると『癒してくれ』っておんぶお化けみたいに僕の背中にくっついていた。

帰ってから汗を流すと、ご飯の準備をしている僕の後ろに立ってギュウッと抱きついてくる。抱き締められるのは凄く嬉しいし、甘えられているみたいで可愛くて、ニヘラッとした笑いが止まらなくて困った。クリシュさんは罪作りだ。

おっと、話が脱線しちゃった。アンネッテ様のことだった。

出産は周囲の心配を嬉しい形で裏切って安産で、陣痛が始まってお医者様が到着した直後にポンッと生まれたのだそうな。ただ、安産とはいっても初めてお産に挑むアンネッテ様にとっては想像を絶する痛みだったらしく、部屋の外に響き渡るほどの大声で『痛いー!!』って叫んでいたんだって。

フィルクス様は控えの部屋でご両親と待機していたんだけど、そこまで叫び声が聞こえて、お父さんは心配してウロウロしっぱなしだったんだって。

生まれたって聞いた瞬間にダーッと涙を流して、初孫と対面して抱き上げているときもずっと泣いていて、お母さんに『しっかりしてちょうだい』って肘で突つかれていたって話だ。初孫だもの、それだけ嬉しかったんだな。無事に生まれてくれて本当によかった。

そして、今。

「ベロベロばー」

「うきゃきゃきゃきゃっ!!」

「楽ちいんでちゅかー。そうでちゅか。よかったでちゅねー」

僕は膝の上の赤ちゃんに向かって変顔を披露していた。レーメイちゃんは本当に人懐っこくて、はじめましての僕にもニパーッと笑って『抱っこして!!』って手を伸ばしてくれた。

「ぶじゅじゅじゅじゅじゅ」

「ああっ、ヨダレが!」

ヨダレでテリテリ光っている口の隙間から泡みたいな気泡を出して笑っていたら、顎から下がヨダレだらけになってしまった。

するとすると、横からスッと伸びてきた手がガーゼのハンカチでレーメイちゃんの口を優しく拭った。

「この子、ヨダレが凄いのよ。服を汚さなかったかしら？」

「大丈夫。洗えば落ちるし」

今日はアンネッテ様がレーメイちゃんを連れて会いに来てくれた。っていっても、僕にじゃなくて生命の木にだけど。

レーメイちゃんは大人気で、外に出ると人がたくさん寄ってきて危ないから、高い塀で囲まれている僕の果樹園でのお披露目だ。ここからなら、塀を乗り越えて枝を繁らせる生命の木が見えるから。

「シノブ様は赤ん坊をあやすのが上手ね。マートなんて、抱っこしては泣かれて大変なのよ」

「そうなの？　こんなに人懐っこいのに」

レーメイちゃんは今十ヶ月。摑まり立ちを始めたばかりで、すぐに転んで頭を打ってしまうから目が離せないんだって。ほら、今も僕の肩に摑まってグイッと尻を上げた。

「おっ、おっ！　レーメイちゃん、凄い!!」

「だーっ!!」

誇らしげに片手を上げるレーメイちゃんの体は右に左にゆらゆら揺れて、支えている手を離すとすぐにでも尻餅をついてしまいそうだ。でも、赤ちゃんて凄い。もう立っちができるんだ。生まれてまだ十ヶ月なのに。

「シノブ様が相手をしてくれるから助かるわ」

アンネッテ様はそう言って自分のお腹を撫でた。僕も今日知らされてビックリしたんだけど、アンネッテ様は二人目を妊娠しているんだって。

それは、今まででではあり得ないことだった。だって、アンネッテ様は結婚したとき以来生命の実を食べていないのに。初めての子育てだし、レーメイちゃんが三歳くらいになって余裕が出てきたら次を考えようかって予定していたのに、ある日悪阻（つわり）が始まったことで妊娠が発覚した。

今までは生命の木の実には妊娠しやすい体にする成分が含まれているけれど、それは一時的なもので、出産を終えるともとの体に戻ると言われていた。だから、二人目三人目が欲しい人はまた生命の実を食べないといけなかったんだ。

効き目には個人差があって、一つ食べただけで子宝に恵まれる人もいれば何個食べても妊娠しない人もいる。一人目はすぐにできたけど二人目には恵まれなかった人もいる。食べたからといって妊娠するとは限らないけど、食べなかったら絶対に妊娠できないという状態だった。

だから、出産してもとの体に戻ったと思われていたアンネッテ様が二人目を妊娠したのは信じられない奇跡で、お医者様の診察で妊娠していると診断されてもにわかには信じられなかったし、診断を下したお医者様でさえなにかの間違いではないかと思ったそうだ。

何度も検査を繰り返し、すべての検査で妊娠を示す結果が出て、やっと本当なんだと信じるようになったんだ。

アンネッテ様だけが特別なのか、新しい生命の実を食べた人みんなに起こる現象なのか、それはまだわからない。だけど、間違いなくいい方向に向かっているんじゃないかな。

いつか、街中の家から赤ん坊の泣き声が聞こえるようになり、いつか、走り回って遊ぶ子供の姿を見られるようになり、いつか、その子達が次の命を宿すようになり。僕達が生きている時代を『大変な時代があったんだな』って学校で学ぶようになるんだろう。

そんな日がきっと来る。レーメイちゃんが、そんな時代が来ると証明してくれているような気がして、僕は温かくて柔らかい温もりを大切に抱き締めた。

「カシミール様も随分と落ち着かれたみたいね」

アンネッテ様の視線の先には、リンゴの木の根本に座って居眠りするカシミール様とフィルクス様がいた。二人が座っている辺りはちょうど日陰になっていて、サワサワと心地よい風が二人の前髪を揺らしている。

カシミール様はフィルクス様の膝を枕にして体を丸めて横になっていて、フィルクス様はそんなカシミール様の髪を撫でているうちにうたた寝してしまったみたいだ。

カシミール様は以前の騒動のせいで生命の木の近くには行けないことになっている。でも、高い塀で囲まれたここなら生命の木には届かないし、見るだけならいいんじゃない？　って、フィルクス様に相談したら、月に一、二度日光浴に来ることになったんだ。

カシミール様は特になにをするでもなく、ぼーっと空を見ていたり、生命の木を見ていたりする。フィルクス様はその隣で本や書類を読んでいるのがいつものパターンだ。

「アンネッテ様、あれは内緒にしてね？」

「ええ、勿論よ。約束するわ」

二人の定位置の上、手を伸ばせば届く位置に、可憐な生命の花が咲いている。カシミール様がこの場所を訪れるようになってから、生命の木が塀を乗り越えて枝を伸ばし始めたんだ。

カシミール様のためなのかどうかは、声が聞こえない僕にはわからないけど、地面に向かって枝を伸ばした生命の木は、その先端にいつも花を咲かせている。僕にはそれが、生命の木がカシミール様に会いに来ているように見えた。

こんな状態を知られてしまったら、カシミール様の訪問を禁止されてしまうかもしれない。だから、このことは果樹園に出入りする限られた人だけの秘密だ。

「あんなお兄様を見たら、邪魔なんてできないわ」

本当だね。凄く幸せな光景だ。

最近この辺りは人が増えて、騒々しくなった。風の音しか聞こえなかったのが、朝から夜まで人の声が途絶えることがない。

でも、塀に囲まれたこの場所は外界から切り取られた世界って感じで凄く落ち着く。

フィルクス様とカシミール様にも、ここでだけは誰の目も気にせずに過ごして欲しい。二人が外で過ごすにはまだ時間が足りないんだ。それだけ大きな問題だったし、影響が大きかったから。

フィルクス様が結婚して子孫を残すことを望む声も随分多いんだって話も聞いている。

外の世界で表立って会うことができない分、今この一時くらいはなんの気がねもなく子供の頃みたいに過ごしてもいいよな？

「まぁっ、シノブ様、見て」

「あははっ、なんだか可愛いな」

いつの間にか二人の周りには、小鳥やリスっぽい小動物達が集まっていた。カシミール様のお腹の辺りで一緒に丸くなって寝てる子や、フィルクス様の肩に止まって『寝てるの？』って感じで首を傾げる小鳥達。

童話のようで、とても暖かい光景だ。生命の木の記憶の中で見たネレ君とミエル君の寄り添う姿を思い出してちょっぴり切ない気持ちになりながら、『まんま！』と手を出すレーメイちゃんにリンゴを差し出した。

今日の天気は曇り空。気温もそんなに高くないし、過ごしやすい一日になりそうだ。『ウーン』って伸びをして、家族全員に朝の挨拶をした。

「ねえ、クリシュさん。アンネッテ様の次の赤ちゃん、男の子かな、女の子かな？」

「さて、どうだろうな。お父上は男の子を望んでいらっしゃるようだが、どちらが生まれても大切な命には変わらないと思うが」

「そうだね、でも、僕は男の子がいいなぁ。そうしたら、一緒にサッカーや野球をして遊ぶんだ。キャッチボールも」

僕は相変わらず畑を耕している。毎朝早起きをして……って言いたいところだけど、クリシュさんと仲良くしすぎた次の日の朝はちょっとだけ遅く起きて、ポチ達に朝ご飯をあげて、クリシュさんにギュウッとしてもらってから見送って。

「シノブ君、おはよう！」

「あれ、ママさん、今日は早いね」

「昨日の夜にね、ど――――っしてもシノブ君のククリが食べたくなって、来ちゃった」

時々ママさんが朝から遊びに来て一緒に果物狩りをしたりする。

「ママさん、家の方はどう？」

「すっごく快適よ。クラリスさんは天才よ!!」

パパさんが新しく建てた家は、ピンクの屋根のお菓子の家みたいに可愛い家だ。ママさんのイメージにピッタリ。

ママさんは昔馴染みの友達を呼んでお茶会を開いたり、趣味のレース編みをしたりと忙しそう。

「クラリスさんはもうお仕事に出かけちゃったわ。最近凄くイキイキしてるのよ。やっぱりお仕事が好きなのねぇ。こっちに戻ってきてよかったわぁ」

「僕もママさん達が近くに来てくれて嬉しいよ」

ママさんとお喋りしながら、ふと、もとの世界のことを考えた。高校を卒業して今日まで、笑いあり涙ありの怒濤の日々だったなぁ。

お金がなくて、これからどうやって生きていこうかと思っていたことを考えると、今の生活が本当は夢なんじゃないかって頬をつねって確認したくなる。それもこれも、あの福引からすべてが始まったんだよな。

あの福引で、文字通り僕は福を引くことができたんだ。それまでイマイチついていない人生だったけど、あの日福引をするために運の貯金をしていたのだと思うと、ついていなかったのも悪いことじゃなかったなって思える。じゃないと、クリシュさんに出会えなかったし。

高校のときの友達はみんな元気にやってるだろうか。大学生になって、忙しくて賑やかな生活を送ってるんだろうな。もし伝えられるなら、みんなに報告したい。

『僕、福引で当たって異世界に移住したんだ。元気でやってるし、結婚したよ』って。

凄く幸せだ。みんなはどうだろう。父さんと母さんはいい人が見つかったかな？

遠くて、もう二度と会えないかもしれないけど、伝わったらいいな。

『僕は元気でやってます。みんなはどう？』

エピローグ　遙か未来の空の下

「今日は『生命の木記念館』へようこそ。わたくし、ガイドのクーベルトと申します」

今日は街の学校の地域研修の日だ。十歳から十三歳を対象として歴史の勉強のために生命の木記念館での見学会が開かれることになっている。

俺はここのガイドになって五年目。ちょっとしたコネで就職できたけど、結構上手くやれてると思う。普段は個人の客の案内がほとんどだけど、今日みたいに団体客が重なったときは駆り出されたりもする。今回は運悪くお子様達のお守りだ。大変なんだよなぁ、騒いで話を聞いてくれなかったり、勝手に動き回ったりして。さっそく、ほら。

「はいっ、そこの子！　勝手にウロウロしちゃ駄目ですよ。立入禁止の場所もありますから、しっかりあとについてきてくださいね。では、まずは生命の木復活の鍵となった人物と言われているシノブ様が暮らしていた家を見学に行きましょう」

『はーい』と返事だけはいい子供達を連れて、いつもの観光ルートの案内を始めた。

「シノブ様は異世界から移住してきた最初で最後の異世界人で『植物系チート』と呼ばれる植物を自在に操る能力を持っていたと言われています。その能力を使い、生命の木を復活させたのだとされておりますが、真偽は定かではありません。というのも、文献では異世界と行き来ができる『ゲート』というものが存在したと記されているのですが現在は失われ、それを示す歴史的な証拠なども残っていないからです。

現在保管されている資料にはシノブ様が移住した直後にゲートに不具合が起き、消失してしまったと書かれております。それについて、研究が行われておりますが、いまだにゲートとはどういうものだったのか、どうやって作ったのかも解明されておらず、世界最大のミステリーとも言われております。

こちらの世界に来た当初十八歳だったシノブ様は、当時の騎士隊長に就任されていたクリシュ様と結ばれ、この家へ引っ越しをされて結婚生活を送りました。そして、独身時代に住んでいた家は後に生命の木を守る守衛の詰所として使われることになりました。そちらは現在修復中のため公開しておりませんが、完成しましたらぜひ見に来てくださいね。

シノブ様の功績はほかにもあります。今では当たり前のように食べているバターやケーキなどの菓子類、お好み焼きなどさまざまな料理を考案し、周囲に広めました。今の食文化があるのはシノブ様のおかげだったのです。さて、みなさんにクイズです。当時、人間が食べていなかった食物でシノブ様が食用とすることを提案した穀物はなんでしょうか？」

「はーい、お米です！」

眼鏡をかけて三つ編みをしたガリ勉タイプの女の子が真っ先に手を上げて、指名する前に答えてしまった。ここはもう少し引っ張って周囲のお友達と相談して欲しかったんだが、仕方ない。

「はい、よくできました。正解です!!　お米は家畜の飼料として利用されていて、それを食べるなんてと嫌悪を感じる人も多く、食用として周知されるのに随分と時間を要しました。一般的に食べられるようになったきっかけは、食糧難にあります。十年子供が生まれない間に人口は減少し、人手不足のため放棄された畑がたくさんあったからです。

シノブ様が現れ生命の実が再び実るようになり人口が一気に増えたのは喜ばしいことでしたが、食糧の需要も増えてしまいました。しかし、収穫量を増やそうにも一度放棄し荒れ果てた土地をもとの畑に戻すにはとても時間がかかります。雑草を抜き固くなった土を耕し肥料を撒いて作物に適した土を作るには数年を要するのです。

特に小麦不足は深刻で、パンの価格が高騰したために芋やカボチャを主食として食べておりました。そこで注目されたのがお米です。シノブ様の提案により、安価だったお米が徐々に食べられるようになり、調理方法も増えていきました。潰して団子にしたり、粉にして麺にしたり、ライスペーパーもそうですね。

シノブ様がお米が苦手だというご友人に作っていた料理が茶巾寿司です。これは、隣の『気まぐれシェフの店』で数量限定で食べることができます。そのほかにも当時の料理を再現したメニューがありますが、今日は予定には入っておりませんので、今度保護者の方といらしてくださいね。

では、十分ほど自由時間にしましょうか。その前に、みなさんに約束して欲しいことがあります。展示物には手を触れないでください。時々『足ならいいだろ』って足で触る人がいますが、勿論足も駄目ですよ。歴史的に貴重な資料だというのもありますが、ここにある物はシノブ様とクリシュ様が暮らしていた頃の大切な思い出の品なのです。不用意に触れて汚したり壊したりするのを防ぐためにもご協力ください。それから、寝室だけはシノブ様のご遺志で立入禁止となっています。二階の一つだけ扉が閉まっている部屋が寝室です。鍵が掛かっていますから、無理に扉を開けようとしないでくださいね。では、どうぞ」

一斉に動きだした子供達がやんちゃなことをしないか目を光らせつつ、俺も建物内をぶらぶらと歩き回った。時々質問に答えたり、はしゃいで走っている子供を止めたりしながら。

「クーベルトさん、ちょっとよろしいですか。この後の予定について相談をしたいのですが」

「ああ、はいはい、よろしいですよ」

引率の先生に呼ばれて、そちらに足を向けた。この後は生命の木記念公園で昼食を取ることになっているけど、弁当がまだ届かないって言っていたから、そのことだろう。こういうイベントってのはトラブルがつきものだからな、弁当が届くまでの時間稼ぎならまぁ、なんとかなるだろ。

少し多めに取った自由時間の後、子供達を引き連れてやってきたのは、今日のメインの生命の木記念公園だ。この広い公園の木は、すべて生命の木だというから凄い。一般に公開されているのはほんの一部分だけで張り巡らされているロープより向こうは立入禁止だ。

「これが生命の木です。ここは、かの有名なフィルクス様の妹のアンネッテ様が結婚式を挙げたことでも有名ですね。偶然にも今日がアンネッテ様の結婚式が行われた日ですが、別の記念日でもあります。知ってる人はいますかー？　じゃあ、青いズボンの男の子、答えをどうぞ！」

「えっ、僕!?　え、えーっと、『抱き締める日』です」

「はいっ、その通りです。これは昔は『子供を抱き締める日』だったのですが、時が経つうちに意味合いが変わって、家族や恋人などの近しい人を抱き締める日へと変化しました。

記念日の由来は『生命の木の復活を祝い命の大切さに感謝するために子供を抱き締める』という説と『結婚式で生命の実を食べて十年ぶりに子供が生まれたから』という説があります。

誰かがこうしようと決めたわけではなく、自然と広まった習慣だという話ですから、諸説あるのは当然ということですね。みなさんも家に帰ったら、身近な人を抱き締めて日頃の感謝を伝えてみるといいかもしれません。

えーっ、そろそろ昼食の時間ですが、まだ準備ができていないようなので、それまで散策の時間としましょうか。公園内は自由に移動してかまいませんが、ここでも約束して欲しいことがあります。大事なことなのでよく聞いてください。

ロープが張ってある場所から奥には行かないこと。これは生命の木を守るために絶対に守ってください。土を踏み荒らして根を傷つけないようにするためです。枝を折ったり葉をむしったり、花や実を採るのも禁止です。生命の木は樹齢八百年の老木です。労ってあげましょう。あと、噴水がありますが、水遊びくらいならいいですけど、暑いからといって飛び込むのは禁止です。守れますかー？」

「「はーい」」

「はいっ、大変いいお返事ですね。では、どうぞ楽しんで散策してください!!」

キャッキャと話しながら散っていく子供達を見て、やれやれどうにかなりそうだなと息を吐いた。今日の子供達はなかなかお利口で、大きな騒ぎは起こさずに終了することができそうだ。

「クーベルトさん、今日はありがとうございました」

「ああ、先生。こちらこそ、お疲れ様です。みんないい子達ですね」

軽く挨拶すると、俺と同じ歳くらいの男性の先生は生命の木を見上げてしみじみと呟いた。

「大きな木ですよね。何度見ても圧倒されます。あのピンク色の実が生命の実ですね。昔はあの実を食べなければ子供が生まれなかったとか」

「ええ、そうらしいですね。今では考えられませんが」

遙か昔、初代の生命の木の実は徐々に妊娠が難しくなっていた人類の希望の実だった。その実を食べると妊娠しやすい体になるが、その効果は一時的なものだったと記録に残っている。

初代の生命の木が枯れたあと、二代目の生命の木はシノブ様の能力の影響を受けて効果が強くなり、一度実を食べると生涯において効果が持続するようになった上に、その効果は生まれた子供にも受け継がれた。こうしてこの世界の女性は実を食べなくても妊娠が可能になったと伝えられている。今では八百年前に比べて人口が三倍に増えた。生命の木もかなりの老木となり、最盛期の十分の一ほどしか実をつけなくなったと聞く。

今では子宝祈願の意味合いで御守りとして干した生命の実を持ち歩いたり、結婚のお祝いとして新婚夫婦に贈ったりするくらいだけど、あの時代を生きた人達にとっては正に生命線だったのだと思う。

「シノブ様ってどんな方だったんでしょうか。特殊な能力を持っていたり、食文化に多大な影響を与えたり、アンネッテ基金を作ったのもシノブ様でしたよね。私財を投げ打って事故や病気で夫を亡くした母子家庭や孤児のための補助金制度を作るなんて、なかなかできることではありません。きっと聡明で優しく立派な方だったんでしょうね」

憧れの眼差しで語る先生の話を聞いて、ちょっと吹き出しそうになった。

「アンネッテ基金は確かにシノブ様が考案したものですが、実は寄付したお金は忘れていたお金だったって知ってます?」

「え?」

「彼は管理所の特別職員として毎月給金を受け取ることになっていたのですが、そのお金はかなり大きな金額で、手元に大金があるのは不安だということで管理所で帳簿を作って預かっていたんです。シノブ様が八十歳になった頃、一度も引き出されていない給金のことを管理所から問い合わせをすると、あっけらかんと『忘れてた』とおっしゃったらしいですよ。『今からじゃ死ぬまでに使いきれないから寄付します。母子家庭で生活に困っている人に補助金として渡してください』と寄付されたのがアンネッテ基金の始まりです」

「わ、忘れてた、ですか。なんとまぁ、欲がないですね」

本当にな。俺ならそれだけの金があったら豪遊するけどな。

「絵姿が残っていないせいで黒髪黒目で色の白い麗人(れいじん)だとか、献身的で思慮深いとか、いろいろと想像された人物像が伝わっていますが、本当は子供のように背が小さくて可愛い人だったらしいです。本人が現代に伝わっている自分の評価を聞いたら飛び上がるほど驚くんじゃないですかね」

「へー、詳しいですね。そんなこと教材には書いてありませんでしたが」

そりゃそうだ。教材はあくまで研究者が残存している資料を元に作ったものだし、ある程度美化して書かれているのも仕方ない。

「実はですね、私の家系図をずーっと辿ると、シノブ様の結婚相手であるクリシュ様の血縁に辿り着くんです。私の祖先はクリシュ様が二十八歳のときに生まれた弟なんですよ」

俺がガイドとして就職できたちょっとしたコネっていうのはこれだ。今は現物は残っていないけど一部写しが残っていて、祖先の日記にシノブ様のことがよく出ていた。

お菓子を作ってもらったり一緒にボール遊びをしたりと随分と可愛がられたらしい。十一歳の頃の日記に『シーちゃんの身長を追い越した』と記載があったらしいから、それを考えると随分と身長が小さかったんだろう。

クリシュ様とは生涯仲睦まじく、周囲でも有名な仲良し家族だったとか。『将来はシーちゃんと結婚する』と宣言して、クリシュ様にダメ出しを食らったこともあったらしい。


「それは凄い！　こんなところで歴史上の偉人の子孫に出会えるなんて。ぜひもっと詳しく聞かせてください、シノブ様は俺の憧れの人なんです」

「まぁ、いいですけど。イメージとだいぶ違うと思いますよ」

夢を壊さなきゃいいけどなって思いながら、今度の休みに食事に行くことを約束した。

ザッパーンッ。

「あーっ、コラコラ！　噴水に飛び込んじゃ駄目ですって言ったでしょー!!」

激しい水飛沫を上げる噴水を見て、俺と先生はそちらに走り出した。やっぱり子供相手のガイドは一筋縄じゃいかないな。

少し未来の空の下

sukoshi mirai no
sora no shita

「ママさん、今日はククリじゃないんだ」

珍しいなって思ったんだ。いつもは一番にククリを食べるのに、今日真っ先に手を伸ばしたのはオレンジだった。しかも、食べるには少し早い、完熟前のオレンジを。

「なんだか、酸っぱいのが食べたくなっちゃって」

「そうなの？」

女の人って酸っぱい食べ物が好きだよな。フルーツ酢とか、レモン飴とか。だから、別に変なことじゃないって全然気にしてなかったんだ。このときママさんに体調を聞いたり、顔色を見ていたらって後悔するのはこの日の昼だった。

昼はなにを食べようかって話していたんだ。いつもなら、『今日はステーキの気分！』とか、食べたいものを言ってくれるのに、今日は『なにがいいかしらねぇ』って決めかねていた。

「じゃあ、今日は僕が作るから、匂いでなにを作ってるか当てて」

「あらっ、楽しそうね。わかったわ、きっとすぐ当てちゃうわよ!!」

お湯を沸かして、フライパンを取り出して、ガーリックや玉葱や薫製肉を小さく切ってバターで炒めた。酸っぱいものが食べたいって言っていたから、酸味の効いたトマトパスタを鼻唄を歌いながら作っていたんだけど、居間にいたママさんが突然走ってトイレに行くからビックリして、火の始末をしてから追いかけた。

「ママさん？」

「ウッ、ゲホッ、ゲェッ、」

苦しそうに咳をするママさんを見て、背筋が寒くなった。便座にしがみつくみたいにして、ママさんは胃の中のものを吐き戻していた。

「ママさん、ママさん、苦しい？　具合が悪い!?」

「大丈……、ゲホッ」

僕の呼びかけに答えようとしながら、ゲェゲェと吐くママさんの背中を一生懸命に擦った。吐くときに背中を擦る行為が本当に効果があるのかわからないけど、それしか思いつかなくて、ママさんが落ち着くまでそうしていた。

一通り吐いてしまったのか、ママさんは壁にぐったりと寄りかかり、肩で息をしていた。

「シノブ君、お水を持ってきてくれるかしら？」

「わかった、待ってて、すぐだから!!」

僕はフローリングの床に滑りそうになりながら走って台所に行き、コップになみなみと水を入れて走って戻った。急いだせいで水をこぼしてしまって、床には点々と水の跡がついていた。

「水持ってきた」

「ありがとう」

ママさんは水で口を濯ぎ、ゆっくりと息をした。細い肩が大きく上下に揺れていて凄く痛々しい。

「どうしよう、僕、どうしたらいい？」

「大丈夫、大丈夫よ、シノブ君。ちょっと吐いただけ、どうってことないわ」

ママさんはそう言うけど、顔が真っ青で、病人みたいな唇の色をしてる。

「客間で休もう。立てる？」

「大袈裟ね、寝込むようなことじゃないのに」

「ママさん、頼むよ」

ママさんになにかあったらって思ったら、凄く怖い。せっかく家族が増えたのに、病気になるなんて嫌だ。もし病気なら早く休んでもらって、お医者さんを呼ばないと。

「じゃあ、そうさせてもらうわね。ごめんなさいね、心配かけて」

「そんなことないよ、ママさんの体のほうが大事なんだから、気にしないでゆっくり休んで」

肩を貸してトイレから出ると、途中で放り出した料理の匂いが漂っていた。ママさんが顔をしかめて息を止めたのを感じて、食べ物の匂いが気持ち悪いのかって焦った。そうだよな、気持ち悪いときに香りの強い食べ物は『ウッ』ってなるよな。客間にママさんを寝かせた後、家中の窓をバタンバタンと開けて空気の入れ替えをした。

「どうしよう、どうしよう」

お医者さんを呼んだ方がいいんだろうけど、僕はどこにお医者さんがいるのか知らない。僕が知っているお医者さんは、いつもクリシュさんが呼んでくれていたし、僕は診察される側だったから。

クリシュさんは今日は街で巡回するって言っていたからいないし。

「どうしよう、どうしよう、あっ！」

両手で服を握ってオロオロしていたら、椅子に膝をぶつけてしまった。

「イテテッ、あっ、そうだ」

今日たまたま穿いていたズボンがノルンからもらったお下がりで、隣の家のクゥジュに助けを求めることを思いついた僕は、家の鍵を掛けるのも忘れて飛び出した。

「クゥジュ、クゥジュ、助けて!!」

「シノブ、どうした!?」

ちょうど仕込みの最中だったクゥジュがエプロンで手を拭きながら厨房から出てきてくれた。

「ママさんが大変なんだ。凄く苦しそうで、吐いて、顔も真っ青で」

「吐いたのか。なにか変な物を食べたか?」

「うちに来てオレンジを食べたけど、朝食でなにを食べたかまではわからない」

「下痢は?」

下痢、下痢はどうだろう。吐いているところしか見てない。

「わ、わかんない」

「食中毒かな……」

食中毒なんて、大変だ。もとの世界でも夏の暑い時季になると食中毒のニュースをやっていたけど、死に至る怖い菌もある。医療が進んでいる世界でも死亡者が出るのに、こっちの世界で食中毒なんて、どれほど大変なんだろう。

吐いて、下痢をして、衰弱して。ママさんがそんな風になったらどうしよう。

「僕はどうしたらいい、お医者さんはどこに行ったら診察してもらえる?」

「大丈夫だから、落ち着け。リシューさんは今どうしてるんだ?」

「客間で休んでもらってるけど……」

「わかった、いいか、シノブ。吐いてるときに一番危ないのは、意識がなくて喉に吐瀉物(としゃぶつ)を詰まらせることだ。シノブは家に帰ってリシューさんに付き添ってろ。意識がない状態でも吐くようだったら、体を横向きにさせるんだ。今は管理所に医者が常駐してるはずだから、俺が医者を呼んでくる」

「う、うん、わかった」

クゥジュはエプロンを着けたまま店を飛び出した。僕も家に戻って、お医者さんが来るまで眠っているママさんに付き添っていた。時々顔の前に手をかざして息をしているか確認して、どれくらい待っただろう。

「シノブ、医者を呼んできたぞ」

クゥジュがお医者さんの手を引っ張りながら走って戻ってきてくれたときにはホッとして、涙が出そうだった。

診察をするから部屋から出て待つように言われて居間で待っている間、クゥジュが付き添ってくれていた。ウロウロ歩き回る僕に『大丈夫だから』とか、『落ち着いて、少し座った方がいい』とか声をかけてくれたのに、『うんうん』って頷きながらもあまり耳に入っていなくて、どうしようってそればかり考えていた。

「シノブ」

「っ、クリシュさん!! 巡回中じゃなかったの?」

「急な会議が入って、まだ管理所にいたんだ。母さんが倒れたって?」

「吐いてて、凄く苦しそうなんだ。今お医者さんが診察してくれてるけど。大変な病気だったらどうしよう!?」

クリシュさんが帰ってきてくれたことに安心したのと同時に、それまで不安だった気持ちがあふれて、抱きついて服をギュウッと握ると涙が止まらなくなった。

「シノブのおかげですぐに医者に診察してもらえたんだ。きっと大丈夫だ。不安だっただろう? 頑張ってくれてありがとう」

クリシュさんの広い胸に顔を押し当てて、ウーッって唸りながら涙が止まらなかった。ポンポンッて背中を叩いてくれても全然落ち着かなくて、息が苦しい。

「大丈夫、大丈夫だ。父さんにも知らせをやったから、もう少ししたら来るはずだ。父さんの顔を見たら母さんも安心して、きっと体調もよくなる」

「うん、うん」

クリシュさんのほうが不安なはずなのに、僕ばかりが泣いているわけにはいかないよな。ママさんはきっと大丈夫だ。お医者さんを信じて待っていよう。

「クゥジュ、世話をかけたな。連絡をくれてありがとう」

「いえ、困ったときはお互い様ですから。俺は店に戻るけど、なにかあったら声をかけてください」

そうだ、お医者さんを呼びに走ってくれたクゥジュにお礼も言ってなかった。

「クゥジュ、ありがとう」

「大したことじゃないよ。リシューさん、早く回復するといいな」

僕は本当にいい友達に恵まれた。困ったときに頼れる人がいることが、こんなに心強いなんて。もしクゥジュが困っていたら、絶対に力になろう。

お医者さんが診察を終えたのは、クゥジュが店に戻ってすぐのことだった。

「先生、母の具合はどうですか？」

いつもよりも硬いクリシュさんの声が緊張を伝えてきて、僕は少しでもクリシュさんの力になれるようにギュッと手を握った。

「それがですね……」

困惑したような表情のお医者さんに、ゴクリと喉が鳴った。僕の手を握ったクリシュさんの手にも力が入って痛いくらいだ。

「ちょっと信じられない話なんですが」

お医者さんに告げられたのは、僕が想像していたような最悪の事態ではなくて、それどころか、とても喜ばしいことで。でも、ちょっと信じられないような話だった。

「リシューが、妊娠!?」

駆けつけたパパさんにクリシュさんからママさんのことを伝えると、飛び出そうなほど目を見開いて驚いていた。

僕も本当にビックリした。だって、実を食べていないはずのママさんが妊娠なんてって。その話を聞いたとき、クリシュさんと顔を見合わせてしまった。

「だってね、どーしても気になって仕方がなかったのよ」

ほんのり頬を染めたママさんは、お腹を撫でながら照れ笑いを浮かべた。

子供がいるお母さん達の間で井戸端会議に出てくるのは勿論生命の実の話だ。どこそこの娘さんが妊娠したとか、従兄弟の子供が今度結婚するけど、いつ順番が回ってくるのかとか。

その中で、生命の実が甘いらしいって話が出て、どんな味なんだって盛り上がっていたんだって。

ママさんが食べた以前の生命の実はそこまで甘くなかったし、シャリッて感じの食感だったらしいんだけど、最近実を食べた若い奥さんが『とろけるくらいに甘かった。もう一度食べたい』って話していたらしい。

ママさんはそれが気になって仕方がなくて、傷んで廃棄するはずだった実を頼み込んで『内緒ですよ』って一口食べさせてもらったのだそうだ。

「凄く美味しかったの！　甘くて、とろっと舌でとろけるようで」

「リシュー、いくら気になったからといって、落ちて潰れて悪くなりかけた実を食べるなんて。本当に食中毒になったらどうするつもりだったんだ」

お怒りモードのパパさんからお説教をされて、ママさんはシュンと萎れて『ごめんなさい』と謝った。でも、これって凄い発見だ。だって、生命の実を丸々一個食べなくても妊娠できるなら、支給できる人数が増えるってことだ。まだまだ順番待ちをしている人達が多いけど、待ち時間が半分になるかもしれない。

「クリシュさん」

「ああ。フィルクス様に報告する必要があるな」

僕の言いたいことがわかったのか、クリシュさんは頷いて管理所へ戻っていった。これからまた会議が増えて、帰るのが遅くなるんだろうなぁ。

これが本当なら、喜ばしいことなんだけど、クリシュさんがまた忙しくなって家にいる時間が短くなるかと思うと、ちょっと寂しい。

「リシューが、妊娠……」

ママさんへのお説教が終わったパパさんは、改めて子供ができたことに喜びを感じ始めたらしくて、椅子に座っているママさんのお腹に耳を当てて『ここにいるのか？　俺がわかるか？　父さんだぞ』って話しかけていた。

「まだ一ヶ月ですもの、胎動も始まっていないから耳を当ててもわからないわよ」

「それはそうだが。だが……、そうか、子供ができたのか。名前を考えなければならないな。今度は男の子だろうか、女の子だろうか」

「私は女の子がいいわ。一緒にお菓子作りをしたり、レースを編んだら楽しそう」

お腹に耳を当てるパパさんの頭を抱えて笑うママさんはとても幸せそうで、いつもより笑顔が輝いていて、綺麗に見える。パパさんも目尻が下がって、とても嬉しそう。きっと生まれたら溺愛パパさんになるんだろうな。

クリシュさんに弟か妹が生まれるってことは、僕の弟か妹でもあるよな。凄い、凄いよ。我が家に赤ちゃんが来てくれるんだ。

小さいんだろうなぁ。パパさん似かな、ママさん似かな。パパさんに似たらクリシュさんみたいに格好よくなるだろうし、ママさんに似たら可愛い子だろうな。

「ママさん、僕にも手伝わせて。なんでも言って」

「シノブ君がいるなら百人力ね。私ももう若くないから、クリシュみたいにヤンチャな子が生まれたらきっと大変でヘトヘトになるだろうけど、シノブ君が遊んでくれるなら大助かりよ」

ヤンチャな子、大歓迎だ!! 少し大きくなったら、肩車してあげるんだ。


「シノブ、これはどうしたんだ」

クリシュさんの掌が、軽く曲げている僕の膝を擦った。

「椅子にぶつけたんだ。ママさんが吐いて、どうしようって部屋の中を歩き回ってたら、ガツンって」

今日はクリシュさんと一緒に入浴だ。そういえば、一緒にお風呂に入るのって初めてだ。いつもは順番に入るか、水浴びだけのときは晩ご飯を作る前にチャッチャと済ませるし。

横に並んで入るほどのスペースはないから、クリシュさんの足の間に座って寄りかからせてもらってる。

「ねぇ、ママさんのこと、ビックリした?」

「そうだな……。この年齢で弟妹ができるとは思わなかったな」

「そうだよな。でも、二人とも嬉しそうだったな」

指で水鉄砲を作ってピュピュッとお湯を飛ばして遊んでいたら、クリシュさんに両手を摑まれた。

「俺は少し心配していることがあるんだが、聞いてくれるか?」

「心配なことって?」

ママさんの体のこと?

「シノブは子供が好きだろう。レーメイ様が会いに来るといつも楽しそうだ。赤ん坊が生まれたら、そちらにかかりきりで俺との時間がなくなってしまうのではないかと思ってな」

「ええ!?」

僕の後頭部にチュッチュッと唇を落としながらそんなことを言うから、思わず笑っちゃった。腰を上げて向かい合わせになるように体勢を変えると、クリシュさんが僕の前髪を後ろへと撫でつけてくれた。大きな手で優しく撫でられるのが気持ちよくて、うっとりする。

「僕の一番はいつだってクリシュさんだよ。レーメイちゃんと遊んでるときも、ほかのなにをしているときだって僕が一番大好きなのはクリシュさんだ」

ううっ、恥ずかしい！　恥ずかしいけど、なるべく気持ちを伝えられるように、最近努力しているから、頑張る!!

パパさんとママさんを見ていると、毎日当たり前に『愛してる、いってくるよ』とか『愛してるわ、早く帰ってきてね』って言ってるんだ。ノルンとクゥジュもそう。クゥジュはいつもノルンを『可愛い可愛い』って言ってるし、ノルンは『クゥジュみたいな素敵な人はほかにいません』って言ってるし。

クリシュさんも、いつも僕にあ、愛してるよって言ってくれて、凄く嬉しい。でも、僕は照れてあまり言えなくて。言ってもらえたら凄く嬉しいのを知っているから、チャンスがあったら伝えるようにしてるんだ。でも、やっぱり恥ずかしい。今も自分から言ったくせに、照れて顔を上げられない。

つ、伝わってるよな？　って恐る恐るクリシュさんを見上げると、クリシュさんは満面の笑みで僕を見下ろしていた。

ゆっくりと顔が近づいてきて、ハムッと下唇を食まれた。舌でペロッと舐めて、軽く歯を立てられて、あまりの気持ちよさにブルッと体が震える。

頭を撫でていた手が下りてきて、僕の乳首をカリッと爪で引っかき、腰を支えていた手も下に下りてきて尻を揉んだ後に後ろの穴を指で探られる。

「ま、待って、クリシュさん。あの、ここで……？」

「嫌か？」

耳の中に舌が入って、弱いところを舐め回す。頭の奥がジンッと痺れるような感覚に、背中がピンッと伸びた。

「い、嫌じゃない……」

布団のないところでなんて初めてだ。僕は初めての夜みたいに緊張して、深呼吸をして尻の力を抜いた。


クリシュさんが体を揺すると、パシャパシャとお湯が跳ねる。僕はクリシュさんの足をまたいで大きく足を広げて受け入れていた。

「んんっ、クリシュさ……っ」

体が温まって、いつもより奥までクリシュさんを受け入れているのに、浮力で体が不安定に揺れるから、いいところに当たらなくて凄くもどかしい。もうちょっと右の方。そこが気持ちいいってわかっているのに。

「シノブ、自分で動いてごらん」

「で、できないっ」

「できる。ほら、ここだ」

「ひあっ、あっ!!」

尻を摑んで、強く突き上げた先端がグリッと抉るように一番気持ちいい場所を刺激して、悲鳴のような喘ぎ声がお風呂場に響き渡る。やっと欲しいものをもらった体が貪欲に吸いついて、逃がさないぞってキュウキュウ締めつけた。

一度してもらうともう我慢ができなくて、肩を摑んで体が浮き上がらないように足でクリシュさんの腰を挟んで、僕は自分からいいところに当たるように体を揺らし始めた。

「気持、ち、いいっ」

「上手だ。俺の動きに合わせて」

クリシュさんが腰を突き上げるタイミングで、僕は前に腰を突き出す。少しタイミングがずれるといいところに当たらないから、夢中になって腰を揺すった。

はじめはぎこちなかった動きが回を重ねるごとに滑らかになってスピードが速くなって、二人で一つの動きをする機械みたいにピタリと動きを合わせると信じられないような快感が湧き上がって、足の指先がキュウッと丸くなる。中はクリシュさんが腰を引くと内臓が一緒に出てしまうんじゃないかと心配になるほどピッタリと吸いついていた。

「凄いな、いつもより吸いついてくる」

両方の乳首を同時に親指で押し潰されると体が跳ねて、タイミングがずれてしまった。途端に中が不満げに蠢いて、奥へと誘うようにグニグニと動きだす。

「クリシュさ、それ、ダメだ。上手く動けない」

「ああ、そうみたいだな。じゃあ、こうしようか」

「えっ、な、なに!?」

両足を腕で支えられて、ザバーッとお湯から持ち上げられた。

「摑まっていてくれ」

「ひゃっ、これ、深い……!!」

浴槽の中で膝立ちになったクリシュさんは、僕を持ち上げたまま、ズンズンと下から突き上げ始めた。

「うあっ、あっ、あっ」

お湯の中では上手く当たらなかった場所。欲しくて

欲しくてたまらなかったその場所に、グングンと的確に打ちつけられて悲鳴のような声を上げながら、必死でクリシュさんにしがみついた。

クリシュさんの腹筋で擦られた僕のがピクピクしながら白濁を漏らし始めても、クリシュさんの動きは止まらない。イっているのに突き上げられて、変になってしまいそうな恐怖にクリシュさんの首に噛みついてしまった。

「クッ、シノブ、奥に出すぞ」

声も出せないような快感に頷くことで同意を示すと、一際大きく突き上げたクリシュさんの先端がググッと膨らんだ。今までの経験でクリシュさんの最後が近いことを感じ取った中が『ここに出して欲しい』ってキュウッと吸いついた。

「フッ、ウッ、ウッ」

「ッ、ハッ」

奥にたくさんかけてもらって、うっとりしながら噛みついた口を離すとクッキリと歯形が残っていた。緩くカーブを描く破線状の窪みを舌先でなぞると、徐々に縮んでいたクリシュさんがピクンッと僕の中で跳ねた。

「ふあっ!?」

跳ねた拍子に敏感なところを突つかれて締めつけると、縮んでいたはずのクリシュさんが力を取り戻して、僕はピキリと固まってしまった。

「クリ、クリシュさん、中、が」

「……寝室に移動しようか」

繋がったまま寝室に移動して、僕はこの日、初めて抜かずに二回連続っていうのを体験し、気を失うように眠った。

この後から僕に体力がついてきたと判断したクリシュさんは、二回に一回は連続エッチを求めるようになって、僕は息も絶え絶えになりながら必死でそれに応えた。だけど、恐ろしいことにクリシュさんの体力は僕の想像を超えていて、毎回二回連続になり、たまに三回連続になりと徐々に回数が増えていく。それと同時に僕の体力もついて、はじめの頃を知っているゲネットさんに『シノブも逞しくなったな』と言われるたびに原因を思い出して赤面してしまうのだった。

筋トレでも日々の仕事でもなくて、クリシュさんとのエッチで体力がついただなんて、誰にも言えない。

あれから八年たちました

arekara hachinen
tachimashita

クリシュさんと結婚してから八年。僕は相変わらず畑を耕している。毎日変わらない生活のように感じていたけれど、八年前に比べて変わったことがいくつかあった。

「ブライアンのお腹、ずいぶん大きくなったな」

「予定ではあと一ヶ月だったか。今度の子も無事に産まれるといいな」

そう、ブライアンとブランシュの間に赤ちゃんが産まれるんだ。しかも、今回で三度目。前に産まれた二頭の赤ちゃんは、立派に成長して騎馬として管理所に就職した。

一回目のブライアンの妊娠のときには全然気がつかなくて、『最近太ってきたけど、運動不足か？』とか思っていて、クリシュさんが気づいて獣医さんを呼んでくれたときには、すでに妊娠五ヶ月目に入っていた。

ブライアンはブランシュが近づくと後ろ足で地面を蹴って威嚇していたのに、いつの間にか夫婦になっていたんだなぁ。そうかそうか、末永く幸せになるんだぞって思った先から、ブライアンは近づいてきたブランシュを後ろ足で蹴り上げた。

「ブライアン、なんで蹴るんだよ。夫婦になったんだろ？」

「シノブ、牝馬とはそういう生態をしているから仕方がないんだ」

「え、ブライアンの気性のせいじゃないのか」

牝馬は発情期以外は牡馬を近寄らせないものなんだって。だからブランシュが蹴られるのは当たり前で、怒られて当然なんだそうな。

馬って究極のツンデレだったんだ。交尾するとき以外はそばに近寄らせないなんて、ブライアンは寂しくないんだろうか。

僕はクリシュさんと出かけるときは手を繋ぐし、一緒のベッドでくっついて寝るし、時々は一緒にお風呂に入る。それでも夜勤のときは寂しいし早く帰ってきて欲しいって思うんだけどな。

将来クリシュさんが騎士を引退したら一日中ずっと一緒にいられるのかと思うと、すごく待ち遠しくて早く年を取りたいとか思うのに。

「ブライアンはツンデレかぁ。ブランシュは苦労するな」

仲良くしたくても蹴られるなんて、ちょっと可哀想だ。

「そうだな。だが、ブライアンは好きでやっているところもありそうだが」

「え、そう？」

「好きな子をからかいたい幼稚な男心だ」

なるほど、幼稚園児が好きな子の髪を引っ張ったり、物を取り上げたりするアレか。僕が通っていた幼稚園でもいたな、そういう子。

「ブランシュ、ほどほどにしないとブライアンに嫌われるぞ」

ブランシュに僕の言葉が伝わればいいんだけど。唇を持ち上げて変顔をして首をブンブン振っているけど、どうだろうか。伝わっていないような気がするなぁ。

こんな会話をしながら、抱き締め合っていた。クリシュさんは今日から二週間、新人騎士の演習で留守にする。有事に備えて、過酷な訓練をするらしい。二週間も家を空けるなんて結婚してから初めてで、不安になる。前は一人で暮らしていたのに、クリシュさんの存在に慣れすぎてしまったんだ。

そろそろ抱きついている腕を離さないといけないのに、離れがたくてギュウッとしてしまう。

「怪我には気をつけて」

「シノブ……」

「ん……」

挨拶にしては濃厚なキスをされて恥ずかしかったはずが、舌を吸い上げられると何も考えられなくなって、うっとりと体を任せてしまった。

最後に唇を甘噛みして離れていったクリシュさんの瞳は、昨夜の出来事を思い出させるような濃い色をしていて、お腹の奥がキュッとなる。特に、昨日たくさんクリシュさんのを注いでもらったあたりが、期待したように疼いた。

「いってくる。帰ったら……な」

そんな囁きを残して、濃厚なキスをしていたとは思えない凜とした姿で、クリシュさんは演習に出かけていった。

「いって……、らっしゃい……」

ぽーっとしたままクリシュさんの後ろ姿を見送ったあと、火照(ほて)った顔を冷たい水で洗ってから小さなお客様のために果物の収穫を始めた。ジュースにするとゴクゴク飲んでくれるから、用意するのが楽しい。今日はなににしようか。オレンジジュースにしようかな。

「よし、準備万端だ！　そろそろ来るかな」

小さなお客様が待ち遠しくて、鼻唄を歌いながら出迎えるために外に出ると、すでにスタンバイしていたポチが僕を見てブンブン尻尾を振った。

「ポチも待ち遠しいのか？　今日は僕が勝つぞ」

「ワンッ」

「おっ、張り合う気だな！」

望むところだ！　って感じに返事をしたポチをワシャワシャ撫でながら、僕とポチと、ついでにピョン吉は小さなお客様が来るのを待った。

「しーたーん！」

「来た、セイくーん!!」

ママさんと手を繋いだセイ君が、紅葉のような小さな手を大きく振っていた。セイ君が歩くとプキュッて音が鳴るのは、靴の底にラッパ草の花を乾燥させたものを仕込んでいるからだ。袋状の花を咲かせて、それを乾燥させるとゴムみたいになる不思議な植物なんだけど、押すとプキュッて音が鳴る。

ラッパ草のことはアンネッテ様に教えてもらった。レーメイちゃんの玩具として持っていたのを見せてもらったときに、音が元の世界の『キュッキュサンダル』に似ていて、面白いなって思っていたんだ。それを伝えたらアンネッテ様が興味を持って、靴職人に相談して作ってもらった『キュッキュサンダル』が街のママさん達に大好評で一気に広まった。今では小さな子供の靴といえば『キュッキュサンダル』ってくらいに、みんな履いている。

セイ君は、プキュプキュと可愛い音を響かせながら一生懸命に僕の方に歩いてくる。その姿が可愛くて、僕の胸はキュンキュンしっぱなしだ。だって、髪と目の色がクリシュさんと同じで、まるで子供の頃のクリシュさんが一生懸命歩いているみたいなんだ。

僕は受け入れ体勢バッチリにしゃがんで両手を広げた。それと同時に、ポチも尻尾をブンブン振って、『こっちに来て』ってキュンキュン鳴いている。

負けていられないぞって、僕もパンパン手拍子して、必死のアピールだ。そう、最近の僕とポチは、どちらがセイ君に抱きついてもらえるかって張り合っているんだ。

「セイ君、こっちだよ、そのまま真っ直ぐだよ！」

「キューン、ワンッワンッ！」

セイ君はもうすぐそこまで来ている。方向的には僕が有利だ。僕は勝利を確信して、体を前に乗り出した。

「ぴょんちきー」

「あ……」

「ク〜ン」

セイ君が抱きついたのは、僕とポチの間で無表情で鼻をヒクヒクさせていたピョン吉だった。

「ピョン吉に負けた〜」

「ぴょんちーき」

まだ小さいセイ君は上手に名前が言えなくて、『ぴょんちき』になってしまう。それがまた、悶えるくらいに可愛い。もう、ピョン吉は『ぴょんちき』に改名してもいいんじゃないだろうか。

モフモフのピョン吉とミニクリシュさんなセイ君のツーショットは、それはそれは愛らしかった。順番を待てなかったポチが、横からセイ君の顔をペロペロ嘗めて、キャーッとセイ君から歓声があがる。

「か、可愛い〜っ」

僕とママさんは二人で頬を押さえて、デロデロの笑顔でハモった。

写真、写真があれば……！　この天国のような光景を未来に残せるのに!!

「どうして子供の成長は速いのかしら。いつまでも今のままでいて欲しいわ」

「僕は早く大きくなって欲しいな。一緒にキャッチボールして遊ぶんだ」


セイ君がまだママさんのお腹の中にいた頃、『生まれるまであと二ヶ月か、待ち遠しいな』とか話していたら、ママさんが突然、『そうだわ、この子の名前はシノブ君に、異世界風の名前をつけてもらいましょう』って宣言した。パパさんもクリシュさんも、『それはいい』って賛成して、その場で僕が名付け親になることが決定してしまった。ただ、問題は僕にはあまりセンスがないってことだった。僕の家族達の名前を聞けば分かると思うけど、なんの捻りもない名前ばかり。唯一まともな名前っぽいのはブライアンだけど、あれは爺ちゃんが贔屓にしていた馬の名前をいただいただけだし。

それから一ヶ月のあいだ、僕は悩みに悩んだ。なにをしていても名前のことが頭から離れなくて、まだ青いトマトを収穫してしまったり、雑草と間違えて前日に植えた大根の新芽を抜いてしまったり。

一生使うんだから、こっちの世界でも違和感がなくて、覚えやすくて、言いやすくて、聞いた人の印象に残る名前がいい。そんな風に欲張っていたら決められなくて、頭がパンクしそうになった。

なにも思いつかないし、焦って夜も夢に見るようになって、『どうしよう、早く決めないと』ってグルグルしていたら、ドクターストップならぬクリシュさんストップがかかってしまった。

「そんなに思いつめて考えなくてもいいんだぞ」

「でも、一生のことだし」

僕達の大切な弟の名前なんだから、じゃあ、コレでなんて簡単にはいかない。

「では、元の世界でシノブが好きだったものの名前をつけてはどうだ？」

「僕が好きだったもの？」

「そうだ。尊敬する人、感動した風景、美しい花、美味しいと思った食べ物、一番好きな色や香りや音。シノブが生きた異世界のことを教えてくれないか。そして、その中から一緒に考えよう」

それは、とても素敵な提案だった。元の世界にはもう帰れないけど、僕が好きだったもの達が新しい家族の名前になる。きっと僕は、その名前を呼ぶたびに元の世界の事を思い出して幸せな気分になるだろう。

「うん、それ、凄くいい。一緒に選んでくれる？」

「もちろん、喜んで」

赤ちゃんが産まれるまでの残りの一ヶ月、僕とクリシュさんはたくさん話をした。今までもポツポツとなにかの折に話すことはあったけど、こんなに元の世界の話をしたのは初めてかもしれない。

僕が覚えている一番古い記憶から、こっちの世界に移住するまでに起こったこと、感じたこと、学校の友達の話、便利な道具の話、一番多かったのは爺ちゃんと婆(ばあ)ちゃんの話だったと思う。

僕の両親の話は、あまり楽しいものはなくて。それでも順番に思い出していたら、料理が得意じゃなかった母さんが遠足の弁当におにぎりを握ってくれたことや、今日は遅くなるって言っていた父さんが誕生日ケーキを買って早く帰ってきてくれたことを思い出して、懐かしい気持ちになった。

時々、ほんとうに時々だけど、話しているうちに元の世界が懐かしくて切なくて、悲しくなったときはクリシュさんが抱き締めてくれた。

元の世界はいいことばかりじゃなかった。でも、悪いことばかりでもなかった。懐かしくて切なくなるくらい、僕は元の世界のことが大好きだった。移住して八年経って、自分がどれほど元の世界が好きだったかを知ることができて嬉しい。でも、例えば移住する前に時間を戻してやるって言われても、僕は移住することを選ぶと思う。

元の世界と同じくらい、今ではこっちの世界のことも大好きだから。なによりも、こっちにはクリシュさんがいるし。

「シノブの祖父殿はセージで、祖母殿はキョーカという名前なのか」

「そう、清志と叶佳。元の世界には漢字っていう文字があって、こうやって書くんだけど」

字が下手だから恥ずかしいなって思いながら漢字を書いてみせた。

「漢字には意味があって、『清』は汚れがないとか、清々しいって意味で、『志』は心の向かうところって意味があるんだって。『叶』は望み通りになるって意味で『佳』は美しいとか楽しいとか縁起がいいって意味」

「模様のような美しい形の文字だな。汚れのない心と美しく望みが叶う……。いいんじゃないか？」

「ん？」

「赤ん坊の名前だ。セージとキョーカ」

セージとキョーカ。うん、こっちの世界でも違和感がないかもしれない。

「でも、いいの？　爺ちゃんと婆ちゃんの名前で」

「シノブを育んでくれた大切な方の名前だろう？　そんな方の名前をいただけるなんて、素晴らしいじゃないか。シノブの話を聞いていれば、祖父母殿が愛情深い方達だったということが伝わってくる。産まれてくる弟か妹も、彼らのような優しい人間に育ってくれたらと思うぞ」

男の子ならセージ、女の子ならキョーカ。

パパさんとママさんも気に入ってくれて、即決で決まってしまった。

産まれたのは元気な男の子だった。陣痛が始まってから丸一日。とても時間がかかって、僕達はドア一枚挟んだ部屋でウロウロソワソワハラハラしながら待っていて、産声が聞こえたときには感動して涙が出てしまった。

赤ちゃんを抱っこした産婆さんがふわふわの産衣に包まれた小さな命をパパさんに手渡すと、パパさんはホニャリと目元を綻ばせて、とても優しい顔で微笑んだ。体の大きなパパさんに抱っこされると赤ちゃんはとても小さく見えて、こんなに小さいのに生きているんだと思ったらまた感動して、僕はズビズビと鼻を啜りながら『無事に産まれてきてくれてありがとう』って神様やら仏様やら色んなものに感謝した。

「ほら、お前達の弟だ」

パパさんからクリシュさんにバトンタッチして、僕はその横からクリシュさんの腕の中で大きな欠伸をする赤ちゃんに挨拶をした。

「はじめましてセージ君、シノブお兄ちゃんだよ」

赤ちゃんはまだ目が開いてなくて、真っ赤でクシュッとした顔をしていた。まだパパさん似かママさん似かはっきりとは分からないけど、髪の毛はクリシュさんと同じ綺麗な黄緑色だ。クリシュさんもこんな感じだったのかなって思うと、とてつもなく愛しく感じて、この時すでに僕が名付け親バカになるのは決定していたと思う。

「しーたん、かゆかゆ！」

「ありゃ、虫に刺されたのか。お薬塗ろうか」

セイ君は虫に刺されやすいから、僕の家では虫刺され用の軟膏が常備薬になっている。真っ赤になるから可哀想なんだよな。性能のいい蚊取り線香とか虫除けを誰か発明してくれないかな。

ミント水を作って体に吹きかけているんだけど、今のところないよりマシってくらいの効果しか出ていない。

「しーたん、じゅーちゅ」

「はーい、ちょっと待っててねー。すぐだよ、今すぐにあげるからね」

ピョン吉とポチとおもいっきり戯れたセイ君は、のどが渇いたようでジュースをご所望だ。僕はイソイソと搾りたての生ジュースをコップに注ぎ、セイ君に献上した。

「プハーッ」

ゴッゴッゴッと一気にコップの半分までジュースを飲んだセイ君は、パパさんそっくりな仕草でプハーッと息を吐いた。親子って何気ない仕草が似るものなんだな。

「もっと」

「あら、だめよ。あまりジュースばかり飲んだらお昼ご飯が食べられなくなっちゃうわ」

「やーっ、もっとー」

さあ、今日も始まった。ママさんとセイ君のジュースをめぐる攻防が。でも、ママさんの魔法の言葉ですぐに勝敗が決まるのを僕は知っている。

「オムライス、食べられなくなるわよ」

「おむらーす!!」

魔法の言葉『オムライス』で瞬殺だ。離乳食から米を食べているセイ君は米が大好きで、その中でもオムライスは三日に一度はリクエストが出るほどの大好物だ。

軟らかめに炊いたご飯を甘めのトマトソースで味付けして、刻んだ野菜をたっぷりと、小さく切った鳥も肉。スープの具はジャガイモ、ウサギの形のニンジン。セイ君は好き嫌いなくなんでも食べてくれるから、すごく助かる。

「私、こんなに楽していいのかしら。クリシュのときと比べるとシノブ君がセージの面倒を見てくれるし、お昼ご飯も作ってくれるから助かるわ〜」

「あはは、そう言ってもらえるなら嬉しいな。僕こそセイ君が美味しそうに食べてくれるから、すごく作りがいがあって楽しいよ」

ママさん用の昼食は肉中心のガッツリ飯だ。

「しーたん、だっこ」

「え〜、料理中だからなぁ。セイ君が火傷(やけど)でアッチッチになったら困るから、オムライスができあがるまで待っててくれないかな〜?」

エプロンの紐をクイクイ引っ張って、抱っこアピールをされた僕は嬉しいやら可愛いやら困ったやらで、顔が酷いことになっている。鼻の下なんて、たぶん伸びっぱなしだ。

「アッチッチ?」

「そうだよー、アッチッチだよー。セイ君がアッチッチになったら、しーたんすごく悲しいなぁー」

「……」

おっ、セイ君がなにか考えてるぞ。アッチッチになった自分を想像しているのか？　それとも、抱っことオムライスを天秤(てんびん)にかけて、どっちがいいか考えてるのか？

セイ君が次にどんな行動をとるのかワクワクしていたら、テテテッと三歩後ろに下がって、親指をチュウチュウ吸い始めた。

「しーたんエーンするのやだから、セイここにいるね」

「う、うん、そこにいてね。すぐにオムライス作るからね!!」

ふぁぁぁぁぁ!!　可愛いよぉぉぉぉ。

セイ君が指をチュウチュウ吸うのは、なにかを我慢している合図だ。しかも、僕のために我慢してくれている!　抱っこして欲しいけどセイ君が火傷をしたら僕が悲しむから、離れたところで我慢して待っていてくれるなんて、セイ君はなんて健気なんだ、好きだ!!

フライパンを手に持っていなかったら、僕は膝から崩れ落ちて悶えていたに違いない。

「ママさん、セイ君が可愛くて、僕ツライ」

「セージはほんとにシノブ君が好きねぇ。ママ妬いちゃいそうだわ」

『妬いちゃいそう』とか言いながら、ママさんは紅茶を飲んで余裕の笑顔だ。僕とセイ君は午前中から昼寝が終わるまでしか一緒にいられないけど、ママさんは家に帰ったらずっとセイ君と一緒だから、こんな可愛いところをたくさん見てるんだろうな。羨ましい!

メロメロになりながら、僕の手は高速で動いていた。


早くオムライスを作り終えて、セイ君を抱っこしたい。

「お待ちどうさま、できたよ!」

「おむらーす!」

セイ君はオムライスに夢中で、ササッとテーブルに移動してしまった。

「あれ、抱っこは?」

「ママ、おむらーす!　はやく!」

「うふふっ、シノブ君、オムライスに負けたわね」

セイ君てば、罪な男だなぁ。

ちょっとだけ切ない気持ちになりながら、ママさんのお昼ご飯をテーブルに運んだ。まぁ、いいや。満面の笑みでオムライスを食べるセイ君の顔を見ていたら、切ない気持ちも吹っ飛んだ。


一日目はママさんとセイ君が遊びに来てくれた。二日目はノルンとクゥジュの家に招かれて、晩ご飯をごちそうになった。

周囲が色々と気遣ってくれて、最初の一週間は昼間は寂しいと思うことが少なかったけど、二週間目に突入した日の夜、僕はベッドで溜息を吐いていた。

普通、結婚して何年も経つとマンネリとかいって気持ちが落ち着きそうなものだけど、僕の場合はそうはいかないみたいだ。

クリシュさんの洗濯物がないのが寂しいし、夜になるとブランシュのひづめの音を無意識に探してしまう。一緒に眠る夢を見ては朝起きて、隣に温もりがないことに気落ちするのが初日から続いていた。食事を作るときは、ついつい作りすぎて大量に余らせてしまうし、味気なく感じて食べる量が減った。その上、畑仕事をしていても上の空になってしまって、今日なんてなにもないところで転んでしまったし。

このままだと、畑仕事に支障をきたしてしまう。クリシュさんに怪我には気をつけてって言っておきながら、僕が仕事に集中できずに怪我するなんてダメだろって思うけど、でも、気がつけばクリシュさんの事を考えてボーッとしてしまう。

そんな僕を心配してママさんたちは泊まりにおいでって言ってくれるんだけど、なんだか家から離れたくなくて断ってしまった。

ベッドにはクリシュさんの匂いが染みついていて、キュウンッと胸が疼く。今なにをしているだろう、今日はなにを食べたんだろう、怪我をしていないだろうか、僕の事を一回くらいは考えてくれただろうか。

「会いたいな……」

ポツリと呟くと、ますます会いたくなる。

「あと一週間かぁ……」

残りの一週間がとてつもなく長く感じて、クリシュさんの枕を抱きしめて顔を埋めながら寝転ぶと一日目よりも匂いが薄まっているのを感じてますます寂しくなった。

そんな夜が続き、クリシュさんが帰ってくる今日、朝から大量の料理を作っていた。クリシュさんの好物を思い浮かべると全部作りたくなって、机の上に乗せきれない量の料理が並んでいる。

誰がこんなに食べるんだって量の料理に我ながらやりすぎだって呆れていたとき、ブランシュのひづめの音が聞こえた。

「帰ってきた！」

僕はいてもたってもいられずに、持っていた箸を放り投げて外に飛び出した。

「クリシュさんっ」

「ただいま」

クリシュさんは、約束通りに怪我一つせずに帰ってきてくれた。研修に同行したブランシュを労ってブラッシングをするのをウズウズしながら待って、終わったところで今度は僕の番だって飛びついた。

「シノブ、待て。汚れる」

「汚れてもいい」

待ちきれなくて首を引き寄せて、噛み付くようなキスをした。二週間ぶりのクリシュさんの匂い。いつもよりも濃く香っていて、尾骶骨の辺りから首の後ろへと、ゾクゾクと刺激が走る。

クリシュさんは驚いたように目を見開いていた。瞳の色は透きとおった黄緑色で、夜になると見せてくれる熱を含んだとろりと濃い色が見たくて必死に求めると、熱い舌を絡ませてくれた。

「会いたかった」

「ッ、シノブッ」

キスだけじゃ足りない、今すぐクリシュさんが欲しい。寂しかった二週間の時間を埋めて欲しくて体をすりつけると、僕の体を抱え上げたクリシュさんは乱暴にドアを蹴り開けて家の中に連れ込んだ。

「クリシュさん」

「シノブ」

何度も名前を呼びながら、必死に舌を絡め合った。そうすると、寂しかった気持ちが溶けて愛しいに変わっていく。

玄関のドアに押し付けられたときに肌に感じたクリシュさんの体温に、僕の体は一気に熱くなった。

二週間で寂しかったのは気持ちだけじゃなくて、クリシュさんの温もりに馴染んでいた体も寂しかったんだって気がついてしまったから。

うっすらと目を開けると、そこには険しい顔をしたクリシュさんがいた。何かを耐えるように眉根を寄せ、唇に食らいついて離さない僕を鋭い目で見下ろしている。その目には僕が望んでいた欲に潤んだ熱が、しっかりと浮かんでいた。

もっと触れ合いたくて我慢ができない。二人を隔てる布が邪魔で、自分のズボンの紐を解いて、ストンと落ちたのを足で踏みつけるように脱ぐと、クリシュさんは僕の体を反転させて腰を引き寄せた。ドアに手をついて尻を突き出す姿勢なのに、恥ずかしいと思うよりも期待が先に立つ。

「あぁっ！」

尻を割り開いて、後ろの穴にクリシュさんの舌が触れた瞬間、僕は背中を仰け反らせて喘いでいた。ポタポタと、先走りの汁が大量に溢れて床を濡らす。

ねっとりと嘗められて、尖らせた舌がグニグニと中に侵入してくるのを、体は嬉々として受け止めた。意思とは関係なく、パクパクと開閉をくり返してもっと奥に誘おうとしている。唾液で充分に湿らせたそこにクリシュさんの指が入ってくると膝が震えて、さっきから大量の汁を漏らしているペニスがピクピク跳ねてドアに汁を飛ばした。

「あぁっ、も、出そう」

一本を簡単に根元まで飲み込んで、続けて二本目を根元まで埋めたクリシュさんは、僕の耳に息を吹きかけるように囁いた。

「やわらかいな……自分でしたのか？」

一度だけクリシュさんの指を想像して自分で触ったのを言い当てられて、恥ずかしさに頭に血が上る。

「ここも、自分で弄ったのか？」

「うぁっ」

触られる前から尖っている乳首をキュッと摘まれて、上ずった声で返事をした。

「でも、全然違って、クリシュさんの手じゃないと、気持ちよく、なれない」

「わかった、二週間分、たっぷり愛してやる」

後ろにクリシュさんのを押し付けられて、僕は自分から尻を突き出した。いつもの液体を使っていないから、すんなりとは入ってくれなくて気持ちが急く。早急に先に進もうとする僕の腰を摑んだクリシュさんは、ゆっくりと侵入を始めた。

「んんっ、あっ、太い」

クリシュさんのペニスがいつもより太く感じるのは、きっと気のせいじゃない。二週間分の僕を欲しがってくれている。その証拠に、クリシュさんはまだ鎧も脱いでいない。そんな余裕もなく、僕を求めてくれていた。

「シノブ、少し力を抜けるか。これでは、先に進めない」

「僕じゃない、クリシュさんがっ、ひぁぁっ」

食いしばっていた口を開いたら力が抜けたみたいで、一気にズズッと奥に入ってきて、悲鳴のような喘ぎが漏れた。尻に触れる冷たくて硬い感触はクリシュさんの鎧だ。

頭の後ろでギリッと歯を食いしばった音がして、熱い息が髪にかかる。少しのあいだ動きを止めたクリシュさんは、僕と繋がったまま鎧を脱いだ。

いつも丁寧に手入れしている鎧が、ガチャンッと音を立てて乱暴に床に落とされていく。鎧を全て脱ぎ終えると、感じすぎて溢れた僕の涙を後ろから舌を伸ばして嘗めとりながら、ドアがガタガタと揺れるほど激しく腰を突き上げはじめた。

「ひっ、あっ、あっ」

お腹の奥がクリシュさんを欲しがって、もっと奥にきて欲しいと開いていく。僕の尻を左右に割り広げながらこれ以上ないほど奥まで進んだクリシュさんを、今度は離さないってジュゥッと吸い付いた。

「凄いな……、こんなに」

「あぁっ、クリシュさん、早くっ」

「ああ、今出してやるからな」

中に納まっているペニスが、根元の方から太さを増していく。精液が尿道を通ってせり上がっているんだと思うと、腰が震えた。

「シノブっ、いいかっ」

「あぁっ、うあぁっ」

ここに出すぞって奥を抉られて、目の前がチカチカと点滅を始めた。

「あ———っ」

「出すぞっ」

体の奥深く、ずっと欲しかったクリシュさんの精液を受け止めた僕は、一度もペニスを触られないまま射精していた。ビュルビュルと奥にかけられるたびに押し出されるようにダラダラと溢れて、時間をかけて出し切った後は体に力が入らず、床に崩れ落ちそうになった。

咄嗟に伸びてきた腕が体を支えてくれる。クリシュさんのまだ繋がって硬度を保ったままのペニスに突き上げられて、またトロッと精液が漏れた。

「後ろだけでイッたな」

「んんっ」

首の後ろを強めに噛まれて、両方の乳首を押し潰されて、余韻を楽しむように体を揺すられると、結合部からグチュリと水音が聞こえた。今日はあの液体を使っていないから、水音の正体は全部クリシュさんの精液なんだと思ったら、尻の穴がヒクヒクと疼いた。

「まだ足りないみたいだな」

「やっ、いま動かれたらっ」

少しの振動を敏感に拾い上げたペニスから、トロリと精液が漏れる。

「シノブ、もっと、だろう？」

「んんっ、もっと」

クリシュさんに背後から足を抱えられて、大きく広げたままユサユサと揺すられる。気持ちがよすぎて、気が遠くなりそうだ。

「イッてる、僕、イッてる」

「ああ、そうだな。こんなにこぼして」

見てごらんと示されたそこは、鈴口をパクパクさせながら泉のように精液をあふれさせていた。その体勢のまま揺さぶられて、体の奥に二度目のクリシュさんの精液を受け止めたときには、僕のペニスからは、ほぼ透明になった精液が涙のように一滴ずつこぼれるだけになっていた。

ギシギシと、激しい音を立ててベットが軋む。視界の中で、クリシュさんの肩に抱え上げられた僕の足がユラユラと揺れていた。

繋がったまま寝室に移動して、腰だけ上げた体勢で一度交わり、今は正面からクリシュさんを受け入れている。もう出るものが無くて、でも気持ちよくて、僕の開きっぱなしの口からは引っ切りなしに喘ぎ声が漏れていた。

「あふれてきたな……」

三度クリシュさんの精液を注がれた後ろの穴は、突き上げられるたびに水音を響かせながら精液が漏れ出していた。せっかく出してもらったのにもったいなくてキュッっと尻の穴を締めると、クリシュさんが喉の奥で笑ったのが聞こえた。

「中も凄いな。ヒクついてる」

中だけじゃない、太腿も、腹も、背中も、ずっとピクピクしてる。特にお腹の奥は燻るものがあって、イケそうでイケない感覚に体が切なくなる。

「クリシュさ、中が」

「ん？」

甘やかすような声で優しく答えたクリシュさんは、僕が話しやすいようにギシギシと激しい動きから小刻みな動きに変えた。

「中、切ないぃ」

「ああ、わかってる。もうすぐだ」

なにがもうすぐなんだろう。もうすぐ、切ないのが消えて楽になるんだろうか。

「ほら、わかるか？」

熱い掌で腹をゆったりと撫でられた。掌の下で、クリシュさんを含んでいる場所がクリシュさんの形がハッキリわかるくらいに吸いつきはじめた。

「なにっ、クリシュさん、こわいっ」

未知の感覚に怯える僕を撫でて慰めながら、腰を大きく動かしはじめた。

「くるっ、なんか、くるっ」

「そのまま、感じてごらん」

手足の先から痺れが大きくなって、体がガクガクと揺れ始めた。全身に勝手に力が入って、酷く息が苦しい。そんな中でクタリと力をなくしているのはペニスだけだ。鈴口だけがパクパクと収縮を繰り返している。

「――――ッ」

頭の奥まで痺れが届いたとき、僕は声さえ出せずに体を仰け反らせていた。どこもかしこも自分の体じゃないみたいにビクビクして、魚のように跳ねる。

「――――ッ！　――――ッ!!」

悲鳴すら出せなくなった僕の体を撫でながら、クリシュさんは容赦なく腰を動かした。

「たまらないな、絡みついてくる」

頭の中が真っ白で、暴力的な快感の中で涙が止まらない。クリシュさんの顔から伝い落ちてきた汗にすら敏感に反応してしまう。

「こんなに吸いついて」

怖いと思いながらも受け入れられたのは、涙を吸いとるクリシュさんの唇の感触と優しく僕を呼ぶ声のおかげだ。指の感覚がなくなるほど握りしめていたシーツを離して、クリシュさんに手を伸ばした。

すぐに覆いかぶさってきた体に必死でしがみつき、痙攣(けいれん)する足を持ち上げてクリシュさんの腰に絡めた。

「シノブ」

全身でしがみつくと安心して、もっと近くに来て欲しいって絡めた足でクリシュさんの腰を引き寄せた。

「シノブ」

僕の中で太さを増すクリシュさんが愛しくて、自然と言葉が出ていた。喘ぎすぎた掠れ声でクリシュさんの耳元へ。

「クリシュ、さん、あいしてる」

「クッ、シノブッ！」

痛いほど抱き締められて、僕も抱き締め返して、一つの体になったみたいだ。体の奥で今日一番量が多くて熱い精液を受け取めながら、僕の意識は沈んでいった。


次の日、目覚めた僕は体がフワフワして力が入らないことに気がついた。服が肌に擦れる微かな刺激に反応して乳首が尖るし、後ろがずっとジンジンしてる。昨夜の快感を引きずっているみたいで、ちょっとしたクリシュさんとの触れ合いに熱い息が漏れそうになる。

演習明けで三日間の休みを貰っていたクリシュさんはそんな僕のことを全部お見通しで、朝の仕事を全部引き受けて素早く終わらせると、僕をベッドの中に引きずり込んだ。

クリシュさん不足でボーッとした頭は昨夜たくさん抱き合って通常の状態に戻ったのに、体は敏感になりすぎていて。どこを触られても感じる体を恥ずかしがる僕を、クリシュさんはたっぷりと時間をかけて、じっくり愛してくれた。

その間の食事は、大量に作ってあったクリシュさんの好物で、まるでこうなることを期待して作り置きしてあったみたいじゃないかって、恥ずかしかった。

八年経って変わったこと。そのひとつがクリシュさんとの夜の営みの中にもあったりする。困ったことに、年々気持ちよくなっている。

今回なんて頭の先から爪先まで全身の筋肉が痺れて痙攣（けいれん）する感覚、勝手にビクビクと跳ねる足や腰、視界が真っ白になってなにも考えられなくなったのが怖かった。こんなの、クリシュさん相手じゃなくちゃ耐えられない。

僕がどんな風になってもクリシュさんなら抱き締めてくれるって安心感がなければ、僕はもうエッチなことをするのは嫌だって思ってしまうかもしれない。

八年経って変わったことが沢山あるけれど、変わらないこともある。その代表格が、僕がクリシュさんが大好きで毎日ときめいてしまっていることだ。僕はきっと一生クリシュさんが大好きで、一生クリシュさんには敵わない。

「しーたん、ここ、かゆかゆ？」

「え？」

セイ君をおんぶしていたら、首の後ろをムニッと押されて『かゆかゆ？』って聞かれた。『かゆかゆ』はセイ君が虫に刺された合図で、僕の首を指で押してるってことは、そこが赤くなってるってことか？

「痒くないけど」

「おくすり、ぬりぬりする」

「セイ君が塗ってくれるの？　ありがとう」

小さな指で一生懸命に薬を塗ってくれるのが、くすぐったいやら嬉しいやら。でも、本当に痒くないけどなぁって思っていたら、ニヤニヤしているママさんと目が合った。

「ふふふっ、クリシュもまだ若いわね。そんな目立つところに跡をつけるなんて」

「はっ！」

そういえば、クリシュさんに噛まれたのってこのあたりだ。

「しーたん、かいちゃメッよー」

「あぁぁぁぁ」

こんな小さな子にいかがわしい跡の治療をさせてしまった僕は、いたたまれなくて顔を両手で覆った。

なんてことだ、セイ君の教育に悪いじゃないか。これは、お昼に帰ってきたら話し合いをしなければならないぞ。

そう思って昼ご飯を食べに家にもどるクリシュさんを待っていたんだけど、眠くてぐずるセイ君をあやしているうちに一緒に眠ってしまった。


「ただいま」

「おかえりなさい、今日は遅かったのね」

「ああ、シノブは？」

「あそこよ」

母が指差す先には、ソファーでうたた寝するシノブとセージの姿があった。シノブはおそらく、眠くてぐずるセージをあやしているうちに一緒に眠ってしまったのだろう。

「可愛いわよね、本当の兄弟みたい。やっぱり、セージの名前をシノブ君につけてもらって正解だったわ」

「ああ、そうだな」

シノブがこの世界に移住して俺と結婚してから六年目の年、母が妊娠して次の年に弟が産まれた。シノブに弟の名付け親になってもらったが、それは母と父からの提案だった。

シノブは俺の両親を『ママさん、パパさん』と呼んで慕ってくれているが、時々酷く寂しそうな顔をすることがあった。それは家族で食事をしているときや買い物に行ったとき、何気ない日常の中で不意に起きる。

シノブはあまり元の世界のことを語らないが、その中でも両親についての話題が格段に少なかったように思う。友人や祖父母の話に比べると、数えるほどしか語らなかった。

そのせいなのだろうか、家族の一員として扱われることを喜びながらも、心のどこかで戸惑っているように見えた。これは両親も同じ意見で、特に母はシノブが孤児院の子供と同じ反応をすることがあると気にしていた。

手伝いで孤児院に通っていた経験のある母は、親を亡くして家族を知らない彼らとシノブは同じ目をしているように感じると言っていた。どこまで甘えていいのか分からない、手を伸ばして拒否されたら怖いから距離をとる。そんな風に感じるのだと。

妊娠を知ったとき、これはシノブにとっても転機になると感じた母は、父と相談してシノブに名付け親になってもらうことにした。

シノブに家族の温もりを教えてあげたい。経験不足ゆえの怯えや遠慮を取り除いてあげたい。弟の名付け親になることで、シノブが無意識に作っている見えない垣根を取り払ってくれればと。

弟の名前を一緒に考えるという名目で、シノブが生まれた世界について教えてもらうことができたが、俺と両親が感じていた通りにシノブは親との関係が希薄で、寂しい幼少時代を送っていたようだった。

それでも、シノブは両親のことを一度も悪く言わなかった。普通の家庭なら些細なことだと忘れてしまうような出来事を、シノブは宝物を見せるようにそっと教えてくれた。

もし俺がシノブの両親に会う機会があるのなら、よくぞそこまで自分の子供を蔑ろにできたなと言ってやりたいところだが。彼らがシノブを大切に包むような親だったならシノブはこちらの世界に移住することもなく、俺と出会うこともなかっただろう。ならば、シノブをこの世に生んでくれたことを感謝する言葉だけを伝えようと思った。

　赤ん坊の名前は、シノブの祖父母殿の名前からいただくことになった。シノブに馴染み深い名前というのもあったが、模様のような美しい文字に宿る言葉の意味に酷く惹かれた。

　汚れがない、心の向かうところ。縁起良く、望み通りになる。

　シノブの世界では『名は体を表す』という言葉があるらしい。名前はその物や人の性質や実体をよく表すという意味のようだが、それならば赤ん坊につける名前に相応しいと思ったのだ。それ以外にも祖父母の名前を誉められて、ふわりと笑うシノブが可愛かったのもあるが。

　祖父母殿の名前を拝借した弟の名前を呼ぶたびにシノブのこんな笑顔を見られるのなら、選択肢などこれ以外にないだろう。

『はじめましてセージ君、シノブお兄ちゃんだよ』

　その日から、シノブが作る垣根は徐々に消えていった。シノブはセージの兄になり、名付け親になると同時に父と母の息子になったのだ。

　セージの名前を呼ぶたびに、柔らかな笑みを浮かべる。『幸せか』などと聞かなくても、『幸せだ』とその笑顔が語ってくれる。

　やはり祖父殿の名前をいただいて正解だったと思うのだが、時々、ほんとうに時々、シノブの笑顔を名前だけで引き出すセージに嫉妬心を覚えたりもする。我ながら狭量だと思うが、これもシノブへの愛ゆえのことだから許して欲しい。

「ふふっ、幸せそうね。私も幸せだわ。大きな息子と可愛い息子と小さな息子に囲まれて暮らすことができるんだもの。クリシュ、あなたも幸せね。シノブ君みたいな人に選ばれて家族になれて」

「俺ほど幸せな男はこの街のどこにもいないだろうな」

「……男も女もそうだけど、付き合う相手によって性格って変わるものよね。あなたがそんな台詞を言うようになるなんて。シノブ君って凄いわ」

　気味悪そうに腕を擦る母を横目に、眠るシノブの頬に唇を落とした。可愛い寝顔をいつまでも見ていたいような気もするが、そろそろ起きて『お帰りなさい』の挨拶が欲しい。昼休みにも限りがあることだしな。

きっとシノブは、俺を目に映して驚いて目を見開き、ふわりと微笑んで言葉をくれるだろう。両親に向けるものともセージに向けるものとも違う、俺だけに向けられる眼差しで。


クリシュさんは、子供の相手をするのが凄く上手だ。元々はアンネッテ様付きの騎士だったから、子供の扱いに慣れているらしい。でも、それだけじゃなくて、クリシュさんは子供が好きなんだと思う。

「ねぇ、クリシュさんも子供が欲しかった？」

「ん、そうだな、シノブとの子供なら欲しかったかもしれないな。男の子でも女の子でもシノブに似たらきっと可愛い子が産まれただろう」

ちょっと聞いてみたら、こんな返事が返ってきた。僕はもしクリシュさんとの間に子供が出来るなら、クリシュさんに似た子がいいって思うんだけどな。

「僕はクリシュさんに似た方がいいな。男の子ならカッコいいし、女の子なら美人に育つだろうな」

「俺に似た女に育ったら、それは悲劇だろう。こんなゴツい女では嫁のもらい手がなさそうだ」

「えぇっ、女の子だもん、ゴツくはならないよ。キリッとした美人になるよ、きっと」

就寝までの少しの時間、僕とクリシュさんはベッドに寝転んで話をする。結婚から八年経って少しは落ち着くかと思いきや、僕のクリシュさん大好きはとどまることを知らず、こうやって隣で話しているだけで凄く幸せな気持ちになる。

きっと僕は、一生クリシュさんが大好きなままで死ぬんだろうな。

「いや、ダメだな」

「え、なにが？」

なにやら考えていたクリシュさんが、難しい顔をしてダメ出しをした。

「もしシノブに似た女の子が産まれたら嫁にやらないから、やはり男の子の方がいいかもしれない」

「え～」

『嫁にやりたくない』じゃなくて、『嫁にやらない』って決定なんだ。もしもの話なのに、こんなに一生懸命考えてくれるクリシュさんが大好きだ。

「ところで、シノブ。今度セージに求婚されたら、ちゃんと断ってくれ」

「求婚って、大袈裟だなぁ」

まだ気にしてたのか。いつだったかな、お昼に帰ってきたクリシュさんに『おかえりなさい』の挨拶をしていたら、セイ君が間に入ってきて『しーたん、セイの』ってクリシュさんをグイグイ押し返そうとしたことがあったんだ。

『シノブは俺の伴侶だ』

『ちがうもん、セイのだもん』

僕がポカーンとしている間にも『セイの』『ダメだ』の応酬で、クリシュさんはとうとうセイ君をギャン泣きさせても譲らなかった。

それを見ていたママさんは爆笑していたけど、僕はポカーンだ。

『あー、おかしい。血は争えないわねー。同じことをやってるわ。クリシュが小さい頃にね、私をお嫁さんにするって宣言してクラリスさんが絶対ダメって大喧嘩したのよ。セージも言ってくれるのを楽しみにしてたけど、シノブ君に取られちゃったわねぇ』

そんな可愛いエピソードがクリシュさんにあったのか！　いいなぁ、凄く見たかった。きっと可愛かったんだろうなぁ。

それにしても、パパさんもクリシュさんも、子供が言うことなんだから、譲ってあげてもいいのに。

「シノブが俺の伴侶だという印をつけておこうか」

「わっ、待った、ダメだよ。今日セイ君にこの前の噛み跡見られたんだ。教育に悪いって」

首に唇を寄せられて、クリシュさんの髪の毛がくすぐったくて肩を竦めた。

「兄夫婦の仲がいいのは、むしろ教育にいいだろう」

不思議そうなクリシュさんの言葉に、久しぶりに僕が生まれた日本とアグラムの常識の違いを感じた。こっちの世界では夫婦の営みは素晴らしいことだって認識らしくて、開けっ広げに『昨日は盛り上がった』とか話してしまうところがあるんだよ。クゥジュも時々、『ノルンが可愛すぎて止まれなかった』とか、『朝まで寝かせてやれなかった』とか言うんだけど、僕としては友達の夜の話とか聞いちゃいけないことを聞いてしまったみたいで、うろたえてしまう。

「シノブ、愛してる」

「っ、ぼくも、愛してるよ」

僕が一番弱い言葉を言われて、抵抗する気持ちが萎んでしまった。覆いかぶさってくる大きな体を受け止めながら、ああ、幸せだなって思う。

　離れていた二週間を経験して、クリシュさんへの愛情がまた深まったみたいだ。硬い掌も、肌を掠める吐息も、僕の名前を呼ぶ声も、全部愛おしく感じて胸が震える。

「シノブ」

　名前を呼ばれるだけで心が温かくなる。こんなに愛情を乗せて名前を呼んでくれる人を、僕は他に知らない。

「クリシュさん」

　だから、僕も精一杯の愛情を込めてクリシュさんの名前を呼ぼう。言わなくても伝わっていると思うけど、時々は他の言葉も添えながら。

「あいしてる」

　唇が触れる寸前でつぶやくと、クリシュさんの目が幸せそうに細くなった。明日は、幸せだって言ってみよう。クリシュさんはどんな顔をするだろうか。

　考えごとをしていられたのはここまでだった。あとはもう、クリシュさんの唇と手に翻弄されながら夜が更けていく。

　こうして僕は今日もクリシュさんの腕の中でなにも考えられなくなるくらいに溶かされて眠ってしまったのだった。

あとがき

このたびは『福引で当たったので異世界に移住し、恋をしました　～命を紡ぐ樹～』をお手に取っていただき、誠にありがとうございます。小説投稿サイト時代から応援して下さっている読者様、上巻の『手を繋いで』から読んで下さった読者様、もしかしたら『命を紡ぐ樹』から読んで上巻の存在を知ったという読者様もおられるでしょうか。まずはご挨拶を。花柄と申します、よろしくお願いいたします。

上巻発売後に人生初のファンレターをいただきまして小躍りしそうなほど嬉しかったです。ありがたく拝読したあとは大切に保管させていただいております。

さて、このお話は小説投稿サイト様にて平成二十九年四月から平成三十年十二月にかけて『福引で当たったので異世界に移住してみました』という表題で連載していた小説です。世の中の素敵な異世界BL作品に触発され、明るくめげない主人公による異世界ほのぼのライフな小説を書こうと始めたのですが、当初はこれほど長い話の予定ではありませんでした。それが、あれよあれよという間に一年八カ月が経過し、番外編まで書き終えたのが十二月三十一日。大晦日に最後の更新を終えて晴れ晴れとした気持ちで新年を迎えた五ヶ月後、一通のメールが投稿サイトの運営様より届きました。その件名は『書籍化打診のご連絡』。

件名を穴が空くほどジーッと見て、何かの間違いじゃないかと疑い、本文を開いて五回ほど繰り返し読み、それでも信じられずにそっとメールを閉じました。その投稿サイト様からたくさんの作家さんが商業誌にデビューされているのは知っておりましたが、そんなのは雲の上のお話で私には一生関わりのないことだと思っていたので、突然の話にすっかり動揺してしまったのです。

その後、メールを読み返してはお返事をしたほうがよいのか、そのまま見なかった事にしようか随分と悩み、せっかく声をかけていただいたのだからお返事のメールだけは送ろうと思いました。じつは、その時点では書籍化のお話をお断りするつもりでした。

未知の世界に対する不安もありましたし、私の作品をお金を払ってまで読みたい人などいるのだろうかという気持ちもありました。本が大量に余って出版社様にご迷惑をかけてしまうんじゃないかという思いが過り、嬉しい、光栄だという気持ちを大きく上回っていました。

辞退したい旨をメールに綴り送信した後は、世の中にはこんな事もあるのだなと貴重な体験をしたくらいの気持ちでいたのですが、出版社様から再度ご連絡があり、担当様の熱意に後押しされる形でお受けすることを決めました。

元のお話のイメージのまま、じっくり時間をかけて大切に作っていきましょうと言っていただき、本当に大切に作り上げた小説が今まさに読者様のお手元に届いているのかと思うと感無量です。

ところで、この作品の表題が書籍化するにあたり若干リニューアルしているのは、このままだとBL作品だと伝わりづらいという意見があったからです。確かに、このままではボーイズラブのLの部分が全く伝わってこない。担当様の提案で『恋』の文字を表題に入れることになったのですが、おかげで素敵な表題に変身することができました。

表紙に大きく描かれた『恋』の文字。上巻は薄いピンク色で下巻はそれよりも濃いピンク。カバーデザインを見た瞬間、目から伝わる情報の力を思い知りました。この二人が恋をするのだと、表紙を見た瞬間にわかる説得力といいますか、メッセージ力といいますか。薄いピンクは恋が実るまで、濃いピンクは恋が熟すまでを表現してくださったのだろうか、なんて勝手に想像してしまいました。そこでしみじみと感じたのは、伝える努力は大切なんだということです。

イラストの笹原先生、デザインのａｒｃｏｉｎｃ様、帯を考えてくださった担当様、他にも私の知らないところで力を尽くしてくれた方々。この作品の良さをどうにかして伝えようと知恵を絞り、持てる力を結集して作り上げてくれたのがこの表紙なのです。

実際、表紙を見てカバー買いをしてくださった読者様も多いかと思います。表紙が素敵だから購入したという読者様に、今度は私が伝える努力をしてこの小説を買ってよかったと思っていただけるように努力したいと思った次第です。

この経験を生かし、伝える努力という言葉を常に念頭に置きながら今後も執筆活動を続けていきたいと思っております。またどこかでお目にかかる機会がありましたら、作品を読んでいただけたら幸いです。

最後の最後まで読んでいただき、ありがとうございました。

初出一覧

福引で当たったので異世界に移住し、恋をしました ～命を紡ぐ樹～

少し未来の空の下

※上記の作品は「ムーンライトノベルズ」
(https://mnlt.syosetu.com/)掲載の
「福引で当たったので異世界に移住してみました」を
加筆修正したものです。(「ムーンライトノベルズ」は
「株式会社ナイトランタン」の登録商標です)

あれから八年たちました　書き下ろし

弊社ノベルズをお買い上げいただきありがとうございます。
この本を読んでのご意見、ご感想など下記住所「編集部」宛までお寄せください。

リブレ公式サイトで、本書のアンケートを受け付けております。
サイトにアクセスし、TOPページの「アンケート」から
該当アンケートを選択してください。
ご協力お待ちしております。

「リブレ公式サイト」
https://libre-inc.co.jp

福引で当たったので異世界に移住し、恋をしました ～命を紡ぐ樹～

著者名　花柄

発行日　2020年6月19日　第1刷発行
2020年7月28日　第2刷発行

発行者　太田歳子

発行所　株式会社リブレ

〒162-0825 東京都新宿区神楽坂6-46
ローベル神楽坂ビル
電話03-3235-7405(営業)　03-3235-0317(編集)
FAX 03-3235-0342(営業)

印刷所　株式会社光邦

装丁・本文デザイン　楠目智宏(arcoinc)

Printed in Japan
ISBN 978-4-7997-4814-5